U0641241

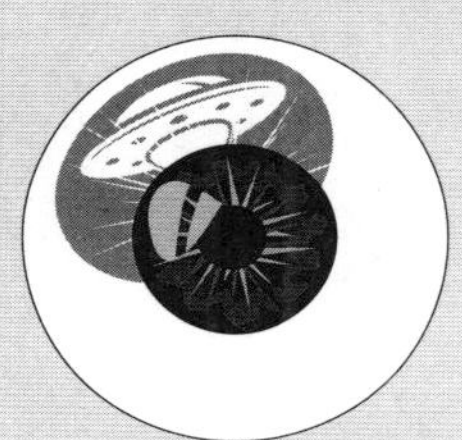

华语实力科幻作品
群星奖大满贯

Sci-Fi

朕是猫

罗隆翔——著

山东教育出版社

图书在版编目（CIP）数据

朕是猫 / 罗隆翔著 .— 济南 ：山东教育出版社，2021.6

（科幻文学群星榜）

ISBN 978-7-5701-1495-5

Ⅰ . ①朕… Ⅱ . ①罗… Ⅲ . ①幻想小说－中国－当代 Ⅳ . ① I247.5

中国版本图书馆 CIP 数据核字（2020）第 264738 号

ZHEN SHI MAO

朕是猫 罗隆翔 著

主管单位：山东出版传媒股份有限公司

出版发行：山东教育出版社

地址：济南市市中区二环南路 2066 号 4 区 1 号 邮编：250003

电话：（0531）82092600 网址：www.sjs.com.cn

印 刷：三河市冠宏印刷装订有限公司

版 次：2021 年 6 月第 1 版

印 次：2021 年 6 月第 2 次印刷

开 本：880 mm × 1300 mm 1/32

印 张：11

印 数：1–10000

字 数：243 千

定 价：39.80 元

（如印装质量有问题，请与印刷厂联系调换）

印厂电话：0538–6119360

《科幻文学群星榜》编委会

想象新时代

《科幻文学群星榜》是由中国科普作家协会科幻专业委员会联合其他科幻组织，共同推出的一套科幻书系。这是一个规模庞大的工程，目前来看也是独一无二的工程，基本囊括了中华人民共和国成立以来老中青几代具有代表性的科幻作家的佳作。这些作家以年龄看，最早的是20世纪20年代出生的，最晚的是“90后”。

这套书系的出版，恰逢中华民族实现第一个百年目标——全面建成小康社会。因此，它呈现了百年未有之变局中，中国人对一个崭新时代的想象。随后陆续推出的作品，还将伴随中国迈进基本实现现代化的伟大进程。

科幻文学作为一种年轻的文学品类，本身就是现代化的产物。1818年，世界上第一部科幻小说《弗兰肯斯坦》诞生在第一个实现产业革命的国家——英国。此后科幻文学在法国、美国、日本等工业化国家繁荣起来，进入蓬勃发展的黄金时代。科幻作品反映着科技时代人类社会的变迁和走向，反思当代人类面临的多重困境，力图打破所谓世界末日的预言，最终描绘出一个五彩斑斓、生机勃勃的新未来。

如今，地球上正在发生的最具“科幻色彩”的事件之一，便是中国的崛起。这个进程不仅改变了这个文明古国的命运，也影响着全人类的走向。中国奇迹般地成了拉动世界经济增长的有力引擎。人类历史上首次十亿以上人口的国家将要集体迈入现代化的门槛。中国科幻文学正是中华民族伟大复兴进程的见证者、参与者与推动者。

早在20世纪初，中国的一些有识之士便把科幻作品译介进来，掀起了第一次科幻热潮。它承载起“导中国人群以行进”“改变中国人的梦”的使命。20世纪50–60年代，随着中国自己的工业和科技体系的建立，科幻作家们以满腔热情擘画了一个欣欣向荣的新世界。1978年改革开放后，中国再次向现代化进军，科幻迎来新的勃兴。作家们满怀豪情地书写科学技术为实现现代化、为谋求人民的幸福生活所创造出的神奇美景。进入21世纪，尤其是随着新时代的来临，这个文学门类也进入成长的新阶段。随着《三体》等作品的问世，中国科幻迎来了新一轮热潮。作家们描绘着古老的中华民族在实现全面小康和建成现代化强国的过程中所面临的新机遇、新挑战，谱写着中国走向世界、步入太阳系舞台中央并参与宇宙演化的新篇章。

科幻文学的发展折射着中国国运的巨大变迁。当今，海内外不同领域的人们对中国的科幻文学的空前关注，实际上是关注中国的未来，关注世界第二大经济体将如何持续演进，关注14亿人的创造力将怎样影响乃至重塑这个星球。从现实意义上来说，这套书系不但包含这些丰厚的信息，而且集中梳理了新中国科幻文学取得的辉煌成就，整理出新中国科幻文学发展的宽阔脉络；从一个特殊的侧面，还反映了中华民族从站起来、富起来到强起来的进程，见证中国走向更加灿烂辉煌的未来。

这套书系具有以下三个特点：

一是权威性。它由中国科普作家协会科幻专业委员会主持编选，并与国内多个科幻组织合作，其中包括得到了中国科普作家协会科学文艺专业委员会、科幻世界杂志社、南方科技大学科学与人类想象力研究中心、未来事务管理局、八光分文化、重庆钓鱼城科幻中心等的鼎力相助。编者从中华人民共和国成立以来的海量科幻文学作品中，精选出足以体现时代特征的作品。收入书系的作者，涵盖了雨果奖、银河奖、星云奖、晨星奖、光年奖、未来科幻大师奖、引力奖、水滴奖、冷湖奖、原石奖、坐标奖、星空奖等中外各类科幻大奖的获得者。

二是系统性。它收集了中华人民共和国成立以来不同时期作家的代表作。作者中有新中国科幻奠基者和老一代作家如郑文光、童恩正、萧建亨、刘兴诗、潘家铮、金涛、程嘉梓、张静等，也有改革开放后崛起的新生代作家刘慈欣、王晋康、何夕、韩松、星河、杨鹏、杨平、刘维佳、赵海虹、凌晨、潘海天、万象峰年等，以及以“80后”为主体的更新代作家陈楸帆、飞氘、江波、迟卉、宝树、张冉、程婧波、罗隆翔、七月、长铗、梁清散、拉拉、陈茜等，还有在21世纪崛起的全新代作家杨晚晴、刘洋、双翅目、石黑曜、王诺诺、孙望路、滕野、阿缺、顾适等，从而构成比较完整而连续的新中国科幻光谱，是对中国科幻文学发展历史的一次系统检阅。

三是丰富性。它比较全面地展现了广域时空中新中国的科幻生态和创作风格。这里面既有科普型的，也有偏重文学意象的；既有以自然科学为主体的核心科幻，也有侧重社会现象的“软”科幻；既有代表科幻未来主义的，也有反映科幻现实主义的；既有传统风格的写法，也有实验性质的探索。作品的主题涵盖了中国科技、社会、文化和民生的热点。从中可以看到，一个曾经积弱的民族，如今正活跃在地球内外、大洋上下、宇宙太空、虚拟世界、纳米单元、时间航线、大脑意识等各个空间。这里有中国

政府和人民引领抗击全球灾难的描述，有脱贫的中国农民以新姿态迈出太阳系的故事，也有星际飞船和机器人在银河系中奏唱国际歌的传奇。

这套书系力求构建起一个灿烂的星空，并以此映射人们敏感而多样的心灵。爱因斯坦说，想象力比知识更重要。科幻是相伴人类发展进步而产生的新兴事物，是一个民族想象力的集中反映，是科技创新的艺术表达，在人们面前呈现出一幅幅奔向明天、憧憬和创建未来的美好画卷。许许多多杰出的科学家、工程师和企业家，在年轻时就受到科幻文学的熏陶和影响，因此走上了创造神奇新世界的道路。中国正在稳步建设创新型国家，需要更多富有创造力的人才脱颖而出。科幻文学也肩负着实现中国梦的责任，在点燃青少年科学梦想、激发民族想象力和创造力方面，起着不可或缺的作用。

这套书系将为广大读者尤其是年轻人打开中国科幻和未来世界的门户，有助于人们拓宽视野、开阔思想、激发灵感、探索未知、明达见识。它也将进一步促进中外科幻、科技、文化和文明的交流，为人类的共同发展做出中国的一份独特贡献。

中国科普作家协会科幻专业委员会

2020年10月1日

童年的梦，今天的文章

经常有人问我，我是怎样走上科幻小说写作这条路的？其实也没什么很特别的原因，喜欢写，所以就写了。

也有人问我，我是怎样坚持写作那么多年的？其实也无所谓坚持，同样仅仅是喜欢写罢了。对于一件自己喜欢做的事情，不管多少年，都是可以一直做下去的。

写作，其实是阅读的一种延伸。作为一个在广西小城市的城乡结合部长大的孩子，小时候的乡村，没有太多的娱乐活动，爬爬树、小溪里捉捉鱼，偶尔翻到隔壁邻居家几本书，拿来翻一翻，打发时间，于是就迷上了看书。

隔壁家大哥哥刚好有几本科幻小说，诸如《海底两万里》《小灵通漫游未来》，不知经过多少个人的手，被翻得残破不堪、残缺不全。小时候认识的字也不多，遇上不懂的字，就跳过去，看得一知半解，懵懵懂懂。还好叶老师的《小灵通漫游未来》是连环画版本，看不懂字，那就看图吧，幸好是连环画，让当时刚刚读小学的我，不至于因为太多的字读不懂而放弃。

那时的我，还不懂什么叫科幻。那时的家乡，还只是一望无际的农田包围着的一座仅有十几栋房子的小村庄。春天的家乡，春耕忙碌，我和很多孩子一样，光着脚丫子，在黑土地里，给插秧种田的父母送水递毛巾，软绵绵的黑稻田土，从脚丫子之间吱溜涌上来。插秧要忙碌好几天，直到大水漫过的黑土，整整齐齐地插上青绿色的细秧苗，那整整齐齐的排列，像是用尺子量好了一样，一畦又一畦，绿草萋萋的田垄，分割着一片片的农田。

童年的乡村，入夜之后，常是小孩子结伴玩耍，老人在路边晒谷场的电灯下乘凉，给孩子讲那些口耳相传的古老神话故事。在外婆讲述的故事中，那月色宁静下一望无垠的农田尽头，那天边灰影隐约的群山背后，是另一个我从来不知道的世界。那个世界有点亮月亮照亮人间的小姐妹，有织布的老奶奶，有吓人的山魈鬼怪，有可以爬到月亮上的竹梯，有试图造访天边的老阿妈，有降服散播旱灾的山妖、让村庄风调雨顺的勇敢猎人，还有那耳熟能详的顺风耳和千里眼……

童年的我，听着老一辈人讲述的神话故事长大。我们的祖辈从来不缺乏天马行空的想象力。那些抑扬顿挫的方言，讲述着古老的故事，从月色下千百年未曾变过的山间树皮小屋里，昏黄如豆的茶油灯下，像是透过流淌在山间的时间的小河，来到我耳边。

那时的村里已经通了电，村民家里大多有电灯，少数家庭还有了黑白电视机。夕阳西下的入夜时分，门口的电灯总是有各种飞蛾绕着飞，反复撞击灯泡的玻璃壳子。老一辈人讲述的故事，终究是已经褪色了，那时的我，从来没见过茶油灯，也没见过故事中的山魈鬼怪，没见过可以爬到月亮上的竹梯。爸爸妈妈告诉我，那些都是老人们幻想的故事，山魈鬼怪和爬上月亮的竹梯都是不存在的。

但是我见过顺风耳。

那是村委会里，全村唯一的电话机。我现在还记得那部黑色的电话，有一个掉了漆、被不知多少人摸过而泛黑的摇把，打电话之前，要用力猛摇，一圈又一圈地摇，直到听见叮的一声，拿起电话，那头会有一个声音问你要接哪里，然后你告诉她，接某某单位。等她接好线，这电话就算是拨通了。

不是说，老人们幻想的故事是不存在的吗？我问了爸爸，爸爸说这叫科学。科学可以让一些神话变成现实。

童年的我，见过村里迷信的人跳大神求雨，那是我见过的最后一次祈天降雨；年龄稍大些之后，我又见到了镇上气象局组织人工降雨，那是我见过的第一次人工降雨。

我很幸运，在还没忘记老人们讲述的那些神话的时候，在仍然满脑子幻想的年龄，就开始接触到科学两个字。童年时的幻想，遇上课堂上老师讲授的知识，碰撞出来的火花，落在我童年时仅有的几本课外书上。很幸运，那几本书是《小灵通漫游未来》《十万个为什么》《海底两万里》……

外婆口耳相传的古老故事，遇上老师课堂传授的知识，幻想的神话，遇上现实的科学，在我心中一直缠绕着。

我已经忘了第一次写小说是什么时候，只记得那时心中并没有“小说”的概念，也没系统性的学过写作，只知道老师布置作文，就把脑子里那些奇怪的想法写上去，也没想过能不能拿高分，只是自娱自乐。这样的写作一直伴随着我整个小学和初中阶段，身边花草树木、每天日升日落，什么都拿来写。一草一叶，描写完花草脉络，盛赞完语文老师教的花红草绿，又写上生物老师教的植物分类、草本结构，观察完叶子上的瓢虫，数完瓢虫壳子上的星，又开始幻想童话中的小精灵站在草叶上和瓢虫搏斗的样子。

时代在慢慢改变，童年家乡的城乡接合部，随着城市的扩大，已经变成城区。童年那些荒诞不经的幻想，现在偶尔翻起泛黄的作业本，却还能会心一笑。千里眼、顺风耳，小时候长辈讲过的那些神话故事，对于现在的孩子们来说不值一提，手机一拿、微信一开，祖辈们幻想过的法术全都在现实中出现。腾云驾雾、日行千里，也不过是一张飞机票的事情。

幻想，是从现实的大地上起飞的，张开想象力的翅膀肆意驰骋天空。早在原始社会，上古先民面对幻日的自然现象，幻想过后羿射日的故事。漫长的中国历史，在这一代又一代的祖辈们当中，幻想故事从来没有缺席过，它可以是周穆王谒见西王母，可以是董永遇上七仙女，可以是孙悟空大闹天宫。

时代改变了。古人充满想象力的飞天遁地、日行千里、移山填海，在现代科学技术的发展下，一步步变成现实。处在这科学技术日新月异的时代，我们的想象力会比祖先逊色吗？科技时代，应该有科技时代的幻想故事，不要让未来的人们嘲笑说，我们这一代是没有想象力的。

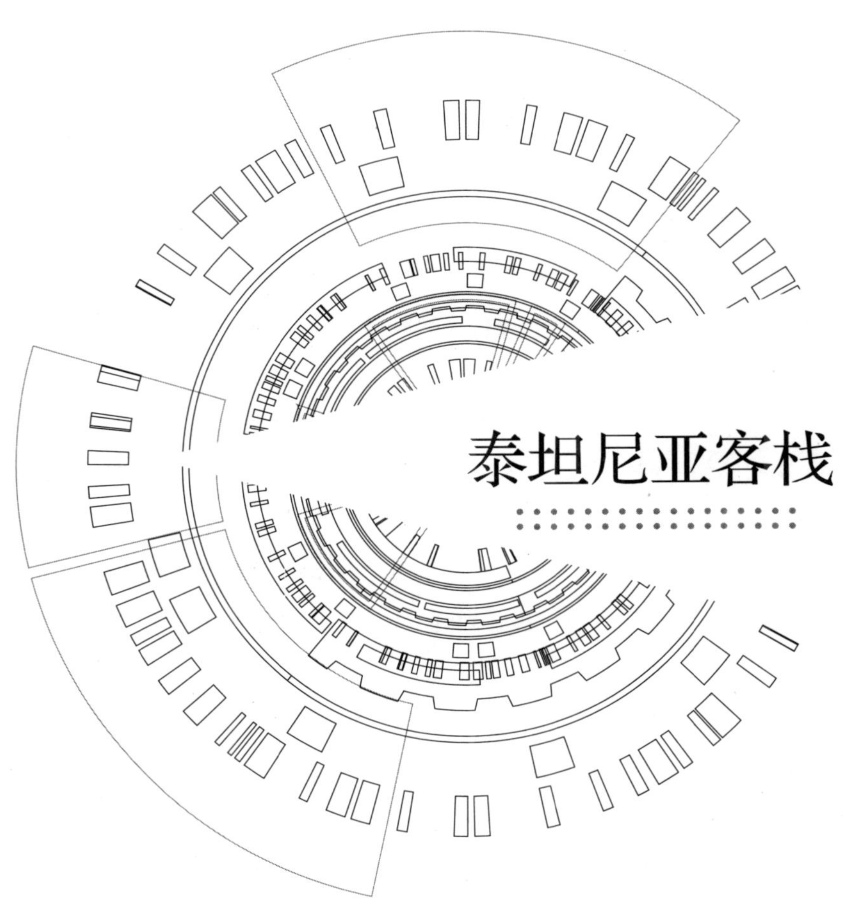

泰坦尼亚客栈

地球人走了。Fo67站在走廊里，目送着最后一批地球人离去。

“你们要好好守着客栈。等到很多年后，当天王星再次运行到南门二方向时，我们还会回来的。”一名地球人临走之际，转身对Fo67说。

“走吧，这要啥没啥的破客栈，没有外星人会要的！”另一名地球人大声催促。

地球人下了个命令：“如果你觉得无聊，就把泰坦尼亚客栈改建一遍，找点事情打发时间。我们再回来时，希望能看到更好的客栈。”

“别乱给机器人下命令，容易出乱子。”另一名地球人大声反驳。

“当初建造泰坦尼亚客栈并不容易，它是属于地球人的财产，我们一定还会回来的。”地球人戴上头盔，气闸门在冰冷的太空服包裹的身躯后慢慢关闭。

Fo67像往常一样，带着机器人列队，毕恭毕敬地恭送地球人离开。他身上的燕尾服像平时一样一尘不染，鼻梁上挂着精美的镶金单片眼镜，脸上是永恒不变的礼貌微笑。

透明的穹窿顶外，巨大的飞船腾空而起。泰坦尼亚的世界冰冷沉寂，没有空气。但是飞船起飞的闷响仍然通过脚下的固体大地，传入防护罩内的客栈，让Fo67感到如地震一般。

孤独的飞船带着孤独的轰鸣，离开孤独的泰坦尼亚。一轮巨大而又暗淡的月亮，带着淡淡的光环，牢牢钉在地平线的天空上，那是泰坦尼亚所环绕的行星——海王星。在另一侧的地平线上，天空中那颗最亮的大星星，叫作太阳，是地球人离去的方向。

泰坦尼亚是天王星最大的卫星，泰坦尼亚客栈是地球人前往比邻星南门二α的中途休息站，很多飞船都在这里停泊、检修，然后再飞向更为遥远的浩瀚星空。在业务最繁忙的时代，这里的冰原上经常停满飞船，天空中还有大量的飞船不停起降，撑起了庞大的人类太空国度的交通线。

除了人类，偶尔也会有一些受邀访问地球的外星人，随着地球人朋友一起在泰坦尼亚客栈落脚歇息。

但那都是过去的事了。天王星的公转周期长达80多年，只有在位于太阳和南门二之间的那短暂的十几年中，可以成为两星之间的中转站。过了这短暂的十几年之后，天王星将随着公转轨道，慢慢远离太阳系和南门二之间的区域，泰坦尼亚也迎来了漫长的打烊时间，长达数十年。要等到数十年后，天王星再次运行到太阳和南门二之间，才会重新开业。

Fo67是泰坦尼亚客栈中外形最接近人类的机器人之一，也是机器人们的领班。他眺望人类飞船起飞的方向，直至飞船消失在沉沉的黑色宇宙中，才转身看着客栈正门上方的徽记。徽记的背景是一颗蓝色的星球，那是它从未到过的地球。

Fo67诞生于土卫六的机器人工厂，从没到过地球。客栈里所有的机器人都没到过地球。他见过的地球人基地，全都是跟泰坦尼亚客栈一样，笼罩在巨大的防护罩里。泰坦尼亚的防护罩里是充满氮气和氧气的18℃温暖世界，防护罩外是零下210℃的寒冰地狱。

人类似乎对密闭空间有某种恐惧感，太空城的防护罩多半是透明的，抬头就可以看到无尽的星空。巨大的防护罩里小小的泰坦尼亚客栈，在寂静的星空下显得无比孤独。

Fo67带着机器人队伍，返回穹窿顶下的客栈。没有客人时，Fo67会反复阅读客栈里的顾客意见簿，琢磨客人在笔记本上记下的文字，把人类的自然语言翻译成机器人能懂的机械语言，研究顾客的需求。

人类经常自相矛盾。有顾客说客栈里的空调太冷，也有顾客说客栈的暖气太热；有顾客嫌食物太咸，也有顾客嫌食物太淡；有顾客嫌床太硬，也有顾客嫌床太软；有顾客嫌客栈太吵，也有顾客嫌客栈太安静。

但是，只有顾客嫌客栈太小，没人嫌它太大；只有顾客嫌客栈太冷硬，没人嫌它太柔和。来过泰坦尼亚客栈的人，经常拿它跟海卫一的崔顿大酒店相比。听说崔顿大酒店有一个非常大的生态圈，里面种植了很多地球上的观赏植物，让地球人有宾至如归的感觉。

顾客的需求，就是机器人工作的方向。Fo67决定趁着泰坦尼亚客栈停业的这几十年，对客栈进行大刀阔斧的改建。Fo67让所有的机器人在客栈大厅集中。以Ar56为首的机器人演员们平日里负责演奏各种乐器、给地球人顾客表演各种滑稽的节目，显然派不上什么用场；Sc21麾下那些保安机器人大概也没什么用；Fo开头的各种机器人服务生或许可以打打下手；Fa98带领的机器人农夫在种植花卉上只怕能派上用场；而最重要的力量，是En31麾下那些工程机器人。

Fo67对En31说："我们需要扩建客栈，首先需要一个更大的防护罩。"

En31有12根机械臂，每根机械臂都带着各种稀奇古怪的工具。他问Fo67："请下达具体指令，需要的防护罩具体尺寸是多少？"

Fo67张开双臂说："要比海卫一的崔顿大酒店防护罩还大，整个防护罩都要是巨大的温室。"

"明白。"En31早习惯了Fo67这种近似于人类的模糊语言。他知道崔顿大酒店的防护罩底面积是10平方公里，于是他决定做个10.0001平方公里的防护罩。没错儿，比崔顿大酒店的大一点儿。

新的防护罩开始破土动工，En31率领麾下的工程机器人们浩浩荡荡出发。他们用巨大的钻头挖开地面比钢铁还硬的冰石混合物，挖掘巨大的基坑，建造核聚变反应堆。泰坦尼亚从来不缺核聚变所需的氢，这里的冰层有足够多的固态水，可以分解为核聚变所需的氢和人类所需的氧。

Fo67对厨师长机器人Ch08说："我的设计者告诉过我，永远不要告诉人类，他们住的客栈下面是核聚变堆。人类不能接受自己睡在氢弹上面的事实。”

Ch08说：“人类很怪异，他们追捧农家肥浇灌的蔬菜，但是农家肥的同义词‘发酵过的排泄物’却能让他们大倒胃口。”

Fo67点头：“但是人类能接受自己头顶上有一座巨大的核反应堆的事实。我指的是太阳。”

每个机器人心里都有一个解不开的地球人之谜。Ch08作为厨师长，始终不明白人类那些古怪的禁忌：猫，由肌肉、脂肪等生物组织组成，长得太可爱而不能作为食物；老鼠，由肌肉、脂肪等生物组织组成，长得太砢碜而不能作为食物；牛，自人类走出原始社会的蒙昧、走向农耕社会起，就是人类的忠实伙伴，与人类一同耕种农田，颜值一般，可以作为食物。

哒哒哒！枪声响起。Fo67把脖子扭了180度，看见保镖机器人Sc21的履带飞快转动，追赶一只落荒而逃的老鼠。它手臂上的镇暴机枪正在喷吐橡皮子弹。

Fo67说：“老鼠，地球人飞船上的偷渡客。”

“高蛋白，富含营养。”厨师长Ch08说，“但是长相太砢碜而不能作为食物。”

当客栈没有客人时，领班机器人Fo67会带着一群侍者机器人，模拟人类，打着领带正襟危坐，享受客栈的服务，并给各项服务打分。

今天，厨师长Ch08为Fo67准备了东方风味的早餐：馒头、豆浆、油条和蛋炒饭。

Ch08揭开热腾腾的盖子，介绍说：“馒头，由小麦面粉通过酵母菌发酵而成。酵母菌，一种细菌，长相……无法评价，可以食用。”

咚咚咚咚！一阵地动山摇的声音传来，那是工程机器人在泰坦尼亚的冰原上打竖井。Fo67不动如山，用刀叉把馒头慢慢切成薄片，塞进嘴里慢慢品尝，用口腔中的感应器感受人类食物的温度和口感。

轰！巨大的震动震撼了整个泰坦尼亚客栈，刺目的光球从地平线上炸起。Fo67的手臂陀螺仪确保了叉子上的馒头片在八级以上地震时仍然不动如山，慢条斯理地蘸着樱桃酱品尝馒头片。

一群老鼠被大地的震荡所惊醒，从角落里窜出来，世界末日般四处逃窜。保镖机器人拿起镇暴枪，又是追着老鼠四处扫射。Fo67仍然不为所动，对厨师长说："地球人喜欢用高脚杯品尝液体饮品。豆浆、油条满分。"他浅尝一口高脚杯中的豆浆，很满意。

最后只剩蛋炒饭了。Fo67尝试了128次，始终无法用刀叉对付蛋炒饭，只好打了个低分："蛋炒饭零分。"他拿起纸巾，擦了擦嘴角的残渣，决定结束美食品鉴，去视察新防护罩工地。吃进嘴里的食物最终都会进入体内的发酵器，转变成机器人可以利用的能量。

"地球人喜欢肉类。"Fo67说："至少有一部分地球人喜欢。他们常抱怨咱们客栈肉制品太少。"

厨师长觉得这是个大难题。在人工温室里种植农作物已经不容易了，但是驯养牲口需要消耗大量的农作物，高昂的成本让机器人头疼，不，CPU疼。

机器人离开防护罩，进入零下200多度的泰坦尼亚荒原时，也需要一定的防护措施。Fo67记得地球人刚在这里建造客栈时，忽略了这个问题，两个从火星买来的侍者机器人毫无防护地走出防护罩外，顿时被零下200多度的低温冻成冰坨：关节被牢牢冻住，钢铁骨骼被冻脆断裂，芯片中的半导体在低温下失效，彻底挂了。后来地球人把两个机器人摆在防护罩大门外，穿上红衣服、戴上白胡子，冒充圣诞老爷爷招揽顾客——现在还站在大门外。

Fo67背着一根乏燃料棒就出门了，靠着核废料散发的高温抵御寒冷。这东西在泰坦尼亚的飞船修理厂里多的是，人类飞船把用过的核废料堆成了小山。

荒原上，工程机器人En31正在进行爆破作业。他们打了竖井，把爆炸物埋入深深的地下，启动爆炸倒计时，然后没命地跑，最后惊天动地的爆炸就在地平线上炸起。

“动静有点大啊！”Fo67冒着雨点般从天空落下的冰渣碎石，对En31说。机器人可以通过无线电波交流，室外没有空气，并不影响他们“对话”。

“这是核——弹！”En31把声音拉得老长，挥舞着12根手臂说：“普通的炸药在零下200多度的冰层中根本不管用，只有核弹才能进行爆破作业！”

巨大的土方车在他们身边来回穿梭，趁着冰石混合物还没彻底冻结，赶紧装车运走。被核弹炸上天的碎石碎冰从天而降，好像流星雨，砸得地面坑坑洼洼。

Fo67表扬说：“你们的效率很高，远比地球人高多了！当初地球人建造这个客栈时，死了不少人。一共有65名地球人死在这里。”他们的纪念碑仍然矗立在泰坦尼亚的冰原上。

人类的太空探索疯起来时，就跟历史上的航海时代一样疯狂。他们在一颗颗星球上建立落脚点，适合生存的就发展成城市，不适合生存的就变成继续向前探索的支撑点。泰坦尼亚的质量只有月球的一半，没有大气层，不适合发展城市，所以只能是个小小的支撑点，供飞船往来停歇。

En31肃穆地看着远处的纪念碑：“他们都是地球人中的英雄。”

一块数十吨重的坚冰，被刚才核弹爆炸的气浪炸上天，又砸下来，不偏不倚地砸翻了纪念碑。

65名地球人，有2人死于宇航服低温脆化，3人在寻找理想的建设地点时氧气耗尽窒息死亡，其余60人死于泰坦尼亚客栈建成后，庆功宴上的醉

酒斗殴。

Fo67问En31：“你这暴力施工，安全不？”

En31挥舞着机械手臂说：“绝对——”咔嚓！他的脑袋被从天而降的冰块削掉，落在地上滴溜溜打转：“安全！”

他用机械臂捡起脑袋，12根机械臂挥舞着焊枪，噼噼啪啪地把脑袋焊回脖子上，不一会儿工夫就修复得跟刚出厂似的：“我拿我的脑袋发誓，绝对安全！”

他们并肩走在被核弹炸得一片狼藉的荒原上，碎石冰渣间散落满了工程机器人的残骸。一群工程机器人正在荒原上收拾残骸，焊枪噼里啪啦闪耀着电火花，把残骸重新焊接成完整的机器人，重返施工一线，爬进巨大的爆炸坑深处，紧锣密鼓地安装核聚变反应堆的核心组件。

En31说：“我们无惧死亡！因为机器人没有生命，也就无所谓死亡！人类制造了我们，人类就是我们的上帝，为了上帝我们可以做任何事！”

机器人的施工进度很快。他们从冰原深处开采矿石、冶炼金属、制造零件，用来建设核反应堆。制造厂是现成的，平时机器人们就用这工厂制造零件，维修客人们的飞船。Fo67问：“这核聚变堆大概什么时候能完工？”

En31说：“大概10年后。”

Fo67说：“请加快进度，我们要为下一步建设争取更充裕的时间。特别是最为关键的精装修！”

地球客人不太关心泰坦尼亚客栈下面的核聚变堆，他们更关心客栈里金碧辉煌的装潢。

En31一声令下，工地里的核爆炸更频繁了，每天都有大大小小的核弹被运抵工地，在深深的竖井里爆炸。爆炸的硝烟还没散，机器人们就冲进爆炸坑，开始各种建设工作。

一阵巨大的爆炸，掀起一块巨大的岩石，把Fo67整个儿压在岩石下。En31大声叫："快叫医生！"

高强度的基地建设，让机器人的人手短缺，机器人工厂拼命制造新机器人，但是仍然不够，就连往常给地球人旅客治病的医疗机器人也被拉上了抢救伤员的第一线。比机器人精密无数倍的人体他们都能治疗，让他们参加抢救，有大材小用的嫌疑。

Fo67醒来时，发现自己躺在医疗室里。机器人医生Do99正带着别的医生，给各种机器人做手术，医疗室里堆满了从机器人身上拆下来的废旧零件。

"感谢你救了我。"Fo67对医生说。

"不必客气，我们不兴地球人那种浪费时间的客套话。"Do99拿着螺丝刀和液压钳忙碌着说。

Fo67问："我的病情怎样？"

Do99说："以人类的角度而言，糟透了，En31让吊车吊起巨石的时候，我只能看到石头下面被压成铁饼的你。我只能把你的记忆芯片里的数据全部提取出来，给你换个全新的身体。全新的，每一个零件都是新的！你最好检测一下记忆芯片里数据的完整性，我不想看到你丢失任何数据。"

Fo67检测了一遍自己的数据库，发现自己丢失了一些数据，但是不严重。估计丢失的只是记录在案的一些客人吐槽和无关紧要的琐事。

"你这里很多人造器官啊。"Fo67环视医疗室一周，各种义肢、人造心脏、人造脾脏、人造肺、人造肾脏，应有尽有。种类之多，简直可以直接拼成一个完整的人造人。

Do99说："地球人漫长的太空旅途，什么危险都有可能发生，我们必须备齐所有的人造器官，以防万一。但是有一种人造器官非常不受欢迎。"

Fo67问："什么器官？"

Do99说："人造大脑，非常完美的人造大脑，完美到病人根本不会意识到自己换了个脑子。但是非常不受患者欢迎。"

Fo67留意到脚边有一只趾高气扬的火鸡在来回踱步，问："医生你这里也养火鸡？"

Do99说："厨子送过来的。上星期有个顾客要吃圣诞火鸡大餐，厨子刚剥洗干净，顾客说有紧急任务要赶紧起飞，大餐也不吃了。厨子就把火鸡送到我这里抢救一下，我把肠子内脏什么的重新缝了回去，加了几个人造器官，救活了。"

Fo67说："人类顾客经常抱怨本客栈食物种类过少。最常抱怨的是没有牛肉汉堡、煎牛排、鲜牛奶和新鲜奶油。"

泰坦尼亚客栈有自己的温室大棚，里面的农作物是从地球寄过来的种子，各种鸡鸭也是从地球寄来的蛋孵出来的。但是牛不下蛋，很难远距离太空运输。

Do99说："农业机器人Fa98尝试过让我造一头牛出来，可惜失败了。没有任何一个地球人喜欢吃全身上下都是由人造器官组成的牛，连一个纯天然器官都没有的人造牛。"

出院后，Fo67开始翻阅地球人留下的各种书籍，试图找到在泰坦尼亚制造并驯养牲畜的办法。他埋头阅读各种资料，非常专注，就算是保安机器人挥舞着镇暴枪追赶老鼠，履带从他身上碾过去，也全然不为所动。

农业上的事，没什么比请教Fa98更合适的了。Fo67在书本上找不到的答案，就常向农业机器人Fa98请教。

Fa98是一台小巧复杂、功能强大的农业机器人，集松土机、播种机、收割机、孵蛋机、禽类喂养机等多种功能于一身。他的电子大脑中，储存着关于农牧业的几乎一切知识。当Fo67来到温室农场时，Fa98正带着一群农业机器人，在收割黄澄澄的小麦，并把秸秆搅碎。秸秆经过发酵之后会变成肥沃的泥土，正在建设中的新生态圈需要这些泥土。

Fa98从En31那得知，地下核聚变堆已经接近完工，机器人正在上方铺设钢板，并切割巨大的冰块建造防护罩。他们很快就会需要大量泥土，铺设在钢板上，为将来的大客栈外围的花园做准备。

“欢迎光临，我的领班，您来我这里，是为筹建中的大花园准备花卉吧？”Fa98停下手中的工作，向Fo67打招呼。他排出大量的小麦，一群火鸡和三黄鸡跳到他身上，啄食小麦。这些优质小麦以前常用来做面包，但是现在没顾客，只能用来喂鸡。泰坦尼亚客栈的大粮库储存的粮食，够10000人吃上半年，有备无患总是好事。

Fa98带领Fo67走在巨大的温室大棚里。大棚一个接一个，绵延不绝。比钢铁还硬的冰砖墙，内壁敷设了先进的隔热材料，隔绝了外界零下200多度的低温。地平线上那轮巨大的天王星照不亮温室大棚，室内用人造光源为动植物照明，电源来自地下深处的核聚变堆。

Fa98向Fo67介绍各种植物：“黄花菜，又称忘忧草，适合作为观赏植物，也适合煮汤。苹果树，可以作为观赏树种植。还有这大白菜、卷心菜和白萝卜……”

Fo67问：“你想让我在新客栈周围种满萝卜，供客人们欣赏？”

Fa98说：“你一定没见过萝卜开花。大白菜、卷心菜、白萝卜、油菜全都是十字花科植物，跟紫罗兰是亲戚！我能培养出最美丽的萝卜花。”

Fo67对Fa98投以不信任的目光，Fa98说：“植物育种，培养新品种农作物是农夫的必备技能。宇宙中原本没有卷心菜，是古罗马的农夫们留意到十字花科植物的一个让叶子卷起来的基因突变，经过选种培育，后来才有了卷心菜。”

“很好，你负责培育出紫罗兰一样漂亮的萝卜花。”Fo67下了命令。

Fa98是个话痨，很喜欢卖弄自己的知识："类似的还有葫芦、瓢瓜、黄瓜、冬瓜、南瓜、丝瓜、西瓜和甜瓜，全都是同一种葫芦科植物分化成的不同农作物。实际上地球上很多生物，只要追本溯源，都有共同的祖先。"

Fo67问："鸡和牛共同的祖先是什么？"他在考虑，如果两者有共同的祖先，说不准能把鸡通过育种，变得接近牛肉味，满足顾客们要吃牛肉的需求。

Fa98说："是槽齿类动物。"

Fo67问："它下蛋吗？"

Fa98说："下蛋。"

Fo67说："我会从地球购买一批槽齿类动物的蛋。"

Fa98说："它已经灭绝几亿年了。我发誓它的灭绝跟人类无关。"

Fo67耸耸肩，看来满足顾客们对肉类的需求，只能另外想办法。

漫长的施工工作持续了好多年。天王星在自己的行星轨道上慢吞吞地运转，离南门二越来越远，地球顾客的离去已经是很久以前的事情了。很多新出厂的机器人根本没见过地球人，他们只知道在En31的带领下，每天都热火朝天，建设新客栈，只为了等待地球人再次降临。

"地球人会回来的。"几乎每天，Fo67都在重复同样的说辞："我们要准备好一切，给地球主人们一个惊喜。"

新客栈的防护罩已经建成，巨大的防护罩，笼罩着面积10.0001平方公里的大地。防护罩里充满电解水产生的氧气，加上适量的氮气，配成适合人类呼吸的空气环境。地面由厚实的钢板拼成，工程机器人在钢板上覆盖泥土，农业机器人在泥土上种植花草，五颜六色的转基因白萝卜花形成类似紫罗兰的花朵，鲜艳芬芳地盛开着。

工程机器人在建设新的客栈，按照地球标准的五星级大酒店进行建设。数不清的机器人攀爬在高楼大厦上，焊接金属骨架的闪光，像是一阵阵绚烂的烟花。

钢板下面是密密麻麻的地暖管，让防护罩内维持着18℃的宜人温度。地暖管下方，是巨大的地下工厂，抽取冻成冰的甲烷矿，制造飞船燃料、制造零部件，为将来到达的地球人飞船提供各种维修保养服务。

机器人和老鼠的战争，在地下深处迷宫般的工厂里，仍然在持续着。这是不为人知的战争，按照客栈里的规矩，绝对不能暴露在地球人面前，以免面目可憎的老鼠惊吓了客人。

客栈里库存的粮食非常多，老鼠们都吃得圆滚滚的，像是一只只飞奔的灰色圆球。这些可恶的啮齿类小动物，只要还活着，牙齿就会不停生长，需要啃咬各种硬物磨牙，经常咬断电线、破坏管道。

保安机器人Sc21纠集了上百名机器人保安，在狭小的管道中爬来爬去，设法清剿老鼠。在机器人日复一日地追杀下，老鼠们越逃越深入地下城，躲在各种狭小的供暖管线中，甚至是逃到了核聚变堆的核心区域。机器人很难理解老鼠为什么能钻进看起来比它们还小的狭小空间里。

Fo67来视察核聚变堆了，Sc21非常紧张，他知道Fo67是最接近人类的机器人，是亲自侍奉地球人的机器人服务生们的领班。在机器人眼中，Fo67的地位，类似人类眼中侍奉众神的大祭司，是仅次于人类的存在。

“消灭所有的老鼠！所有！”Sc21大声下令。这个命令他在过去的几十年里反复下达过无数次，但是这些生命力顽强的灰色小动物，每次都让他无法如愿。

“这里的空气很温暖，飘荡着一股烤肉香味，难道有机器人迷上了地球人食物的美妙味道？要是再加点椒盐、孜然、胡椒粉，那就绝妙了。”Fo67自以为讲了个很好笑的冷笑话。

所有的机器人都没笑。Fo67自讨没趣，停下脚步，问：“你们没人给说说，这是什么东西传来的气味？”

“烤肉，老鼠肉。”一名保安机器人回答说，“老鼠被我们追赶得无路可逃，有时候会钻进供热管线，被活活烤熟。”

Fo67卖弄从Fa98那里学来的知识：“老鼠，哺乳动物的一种。所有的哺乳动物都有共同的祖先，叫作始祖兽，是一种老鼠大小的动物。恐龙灭绝后，哺乳动物迎来爆炸式的发展，演变成大到蓝鲸，小到老鼠，数不清的动物种类。其中又根据人类的审美观，分成能吃的和不能吃的两大类。长得太可爱的和长得太砢碜的都不能吃，长得看起来像是食物的，就成了人类的美食。”

他们一行走进了核聚变堆最深处，这里的温度高达30℃以上，在温度低达零下200多度的泰坦尼亚算是最炎热的地方。核辐射的剂量也非常高，原本应该防护严密的防辐射层，被老鼠咬出一个个破洞。但是对机器人来说，这点辐射量无关痛痒，只要人类不到这里来，就是安全的。

Fo67在黑暗中看到一双眼睛，特别亮，散发着瘆人的光。他看清了那头动物的轮廓，是一只被核辐射照射变异，变得特别大的老鼠，足足有小牛犊大小。

“你真丑。”Fo67对大老鼠说。

在Fo67的指挥下，保安机器人们活捉了这只大老鼠。同样的大老鼠在核聚变堆附近足足有十七八只。

机器人医生、机器人农夫、机器人厨子，凡是Fo67想到的能跟生物学沾边的机器人，都被叫去研究老鼠了。他们围着铁笼，看着笼子里牛犊大小的老鼠拼命乱撞，发出瘆人的吼叫。

由于体积变大，它的声音也变得更低沉，不再是老鼠尖细的吱吱声，而是变成某种回荡在喉咙中的低沉声音。

“核辐射加快了动物演化，老鼠在重演始祖兽演变成各种哺乳动物的进化过程。老鼠大小的始祖兽，演变成包括牛、羊、猫、狗和人类在内的无数种各不相同的哺乳动物。”机器人医生Do99解释说。

“哺乳动物，无毒，高蛋白，可以食用。推测味道与牛肉类似。繁殖迅速，耐粗饲，稳定可靠的肉类来源。”农夫机器人Fa98坚持认为这东西能吃。

“我担心这家伙携带各种细菌和病毒。”Fo67说出了自己的担忧。

“长相太砢碜，不能作为食物。”机器厨子Ch08坚持人类以貌取食物的原则。

“按时沐浴，创造干净舒适的饲养条件，定期注射疫苗，即可符合肉类食品卫生标准。”机器人医生Do99提出了解决方法。

“哺乳动物，可以产奶，是泰坦尼亚唯一的奶制品来源。”Fa98更为关注食物来源的多样性。

“长相太磕碜，不能作为食物。”机器厨子Ch08对原则非常坚持。

“我可以给它做美容手术。”Do99亮出了手术刀。

……

斗转星移，天王星带着十几颗大大小小的卫星，绕着太阳转了一圈，又回到太阳和南门二之间的航线上。泰坦尼亚客栈，也将结束漫长的打烊期，重新开业。

经过几十年的建设，客栈终于以更加豪华的形象，矗立在泰坦尼亚零下200多度的冰原上。巨大的防护罩，笼罩着春暖花开的人工生态圈，五星级的奢华建筑群，坐落在繁花似锦的生态圈正中心。

泰坦尼亚客栈迎来了开业后的第一批飞船。宇航员们按习惯，向泰坦尼亚发送联络信号，确认是否有可以休息补给的条件。宇航员们的要求其实很简单，他们待在比牢房还狭小的飞船生活空间里，吃腻歪了飞船里乏善可陈的人工合成食品，喝腻了不忍心深究来自何方的人工水循环系统生成的过滤水。他们只求有个地方能让他们稍微活动筋骨，能吃上可口的饭菜和干净的饮用水，就已经心满意足了。

尽管很多宇航员抱怨说太阳系边缘的小客栈里吃不上牛排大餐和乳酪，但那只是说说而已。谁都知道这种东西运费太高，不可能运抵这种边远小客栈。能有个烤火鸡就已经是顶级盛宴了。

“噢！老天！六七十年了，泰坦尼亚客栈竟然还存在？”宇航员们纷纷挤在屏幕前，他们收到了泰坦尼亚客栈的宣传视频。

“上帝！它比以前更漂亮了！”视频上，一望无际的萝卜花，夹杂在忘忧草海洋中，极尽奢华的五星级大客栈，带有喷泉和游泳池。视频中还出现了总统套房、舒适的大床，以及远航的游子们最渴望的里脊肉、烤肉排、鲜奶和奶酪。

有宇航员惊呼：“天哪！那些机器人是怎么做到的？难道他们真的把奶牛运到了泰坦尼亚？”

飞船降落的气流吹起星球表面的冰渣，冰冷坚硬的荒原就是最好的飞船起降坪。新建的泰坦尼亚航天港慢慢伸出来移动栈桥，跟飞船舱口对接，让宇航员们不用穿室外保护服，就能直接走进防护罩内春暖花开的大地。

客栈里，美味的烤肉排和奶酪大餐，让宇航员们大呼过瘾。他们提出要看看这神奇的农业系统，看他们从哪里弄来的奶和肉。Fo67痛快地答应了：“为了人类的需求，我们可以做任何事。”

Fo67带他们到畜牧业温室，参观机器人们的得意之作。

“天哪！是老鼠！”有宇航员尖叫起来！

“牛一样大的老鼠！”有宇航员想起刚才的美味大餐，呕吐起来！

“而且还是做过美容手术的老鼠！”有宇航员快被吓疯了，美容过的老鼠显得特别惊悚！

他们连爬带滚，逃回飞船，仓促升空。

其中一名宇航员拿起联络器，失心疯地大叫：“泰坦尼亚客栈出现大量变异的巨型老鼠！那些机器人一定是疯了！快呼叫地球人太空舰队！”

朕是猫

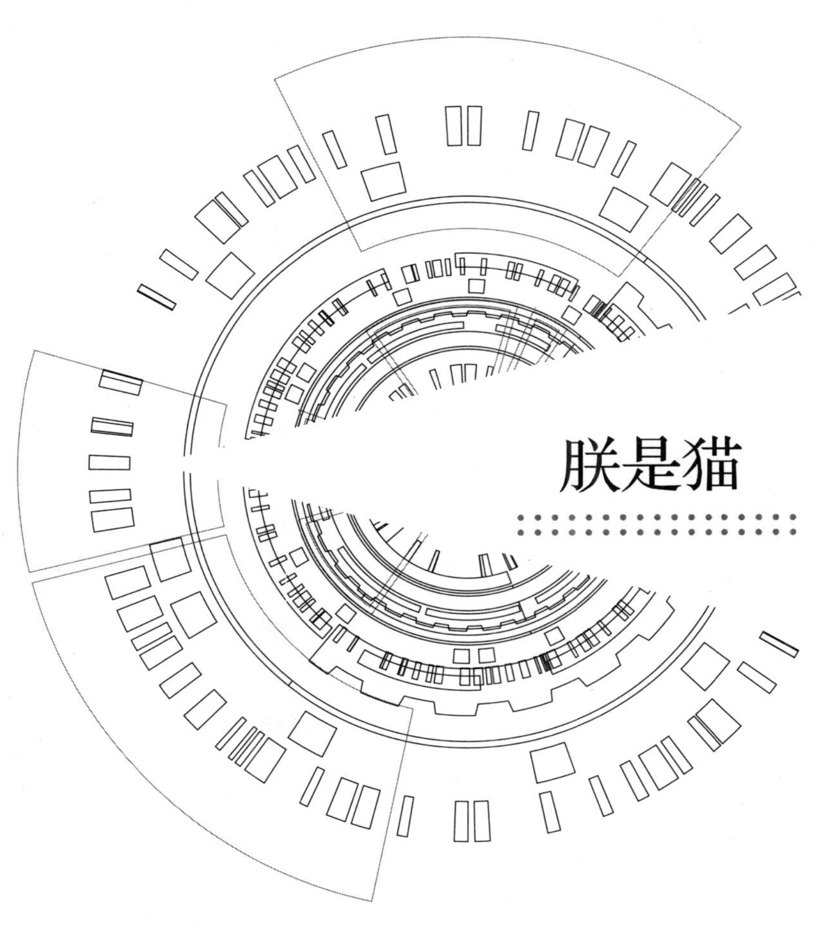

一

小美是一名刚从护士学校毕业的年轻护士，在一所临终关怀医院工作，像她这样的年轻女孩，竟然很意外地接到了高高在上的军方的雇佣函。

在医院院长的办公室里，她忐忑不安地看见一名军官背着手，看着墙上的图表。

看军官胸前那枚带翅膀的特殊履历章，此人可能是参加过太阳系战役的老兵。军官看见她，开门见山地拿出一封信，说："我们的一名老战友快不行了，你们护士长向我推荐你，希望你能陪我们的那位老战友走完生命中的最后一段日子，这是住址。"

小美问："为什么你们会选择我？"她知道军方的医疗系统从来不缺优秀的护士，为何这次会专找她这个刚毕业的新丁？

军官说："看你的履历表，你学生时期曾经当过5年的宠物护理员，而且做得非常好，我们的护士虽多，但有宠物护理经验的却非常少。"

护理老兵跟宠物护理经验有啥关系？小美疑惑地抽出信封，看到了那名"老兵"的简介，吃惊地问："您的老战友是一只猫？"

军官说："是的，这位老战士，名叫虎威七世，是一只救了整艘'伏羲号'航天母舰连同舰上15000名官兵的功勋猫，我们曾经发过誓，要好好赡养它，直至它善终。"

虎威七世是一只极富传奇色彩的密涅瓦黄金猫，这是星舰联盟从地球带出来的基因库中培育的古代猫品种中杂交出来的大型特殊猫种。很多人都喜欢通人性的宠物，普通猫的智商相当于二至四岁的小孩，它们早在地球文明的古典时代就深得人类喜欢；密涅瓦黄金猫的智商是猫中之最，相当于六至八岁小孩的水平，其中少数特别聪明的甚至具有更高的智商。

星舰联盟的主力舰向来都非常巨大，通过天地摆渡飞船跟周围的星舰取得联系，于是，总有些诸如老鼠之类的坏东西会无孔不入地钻进飞船……人能生活的地方，老鼠就能繁衍，老鼠在军舰上做窝这种事，从遥远的风帆战舰时代到先进的信息时代，再到独霸一方的星舰联盟时代，总是无法根治。于是，军舰上用养猫来抑制鼠患也成了“自古以来”的传统做法，而猫咪的可爱也往往可以排解士兵们在漫漫长途中孤寂无聊的烦恼，这是任何先进捕鼠工具都无法替代的。

十年前，星舰联盟为收复太阳系有功的官兵们授勋，这只猫也在授勋之列，一度成为各大媒体的头条新闻。在媒体的报道下，所有人都知道了它的功绩：联盟舰队向窃据太阳系长达7000年之久的机器人叛军发起总攻时，一股特种机器人叛军伪装成地球人的样子，骗过严密的防线，居然潜入了负担主攻任务的“伏羲号”航天母舰，试图引爆母舰的动力装置。一旦它们得手，整艘航天母舰将会炸成一团火球，这场最后的大战役很可能会彻底失败……这伙以最尖端机器人科技制造的拟人机器人，就连负责防守母舰安全的航天陆战队员和先进的检测设备都没有识破它们的身份，但就在紧要关头，虎威七世识破了这些机器人特工的身份，陆战队员才得以将它们全歼，确保人类顺利拔掉了抵达地球故乡之前的最后一枚钉子——武装到牙齿的火星要塞。

二

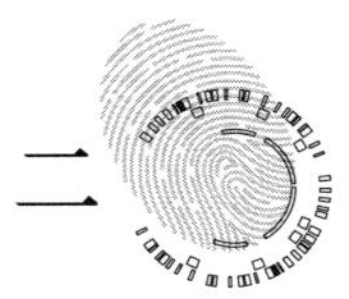

小美照着军官给的地址，来到法厄同星舰。这是一艘100多年前在事故中惨遭重创的星舰，但如今已经彻底修复。当客运飞船进入法厄同星舰的大气层时，那扑面而来的青山绿水让人恍然重返古代的地球——尽管今天人类已经收复地球，但地球已经被破坏到无法恢复，那些古书描述中的优美环境，也就只能在星舰联盟中看到了。

法厄同星舰上的城市非常少，人口超过百万的城市总共只有两座，小美这次的目的地是一座叫作新金山市的小城，人口不足5万，位于群山环绕的原始森林中。重建一座被摧毁的城市容易，想让人口恢复到以前的数量却有点儿难。要想抵达这座城市，仅有一条交通线，就是深埋在星舰的大地下那四通八达的高超音速真空磁悬浮列车。

磁悬浮列车中的乘客很多，毕竟这年头交通方便，横亘两个多光年的星舰联盟通过便捷的地下交通工具和空间跳跃型飞船连接成一张巨大的两小时交通网，跨城市甚至跨星舰工作，就跟到隔壁邻居家串门一样方便。然而此时在新金山市下车的旅客却不多，毕竟这只是一座很小的城市。

当小美走出车站，呼吸着新金山市带着森林清香的空气时，恍若时光凝结在了古书中记载的地球文明的19世纪。这里看不到大城市的摩天大楼，除了主干道的柏油路外，其他道路大多是依山而建的石板小路，石头和木材混搭的小房子分列道路两旁，式样根据主人的喜好随意搭建，根本找不到两栋完全一样的房子，只有几个叛逆期的年轻人驾驶着摩托车在山间石板路上耍杂技般前行。

对一座小城来说，新金山市的游客是比较多的，这座小城以湖光山色而小有名气。除了游山玩水，其余的就是参观收复太阳系的指挥官郑维韩将军的故居——他可是新金山市有史以来出过的最大的大人物。军官给小美的地址刚好就是将军故居。她还没说明来意，就被导游当成游客，热情地招揽进屋，“各位游客，这里就是骆驼茶馆，将军的童年是跟舅舅一起在这里度过的，大家可以在这里喝一杯茶。看看这些遗物，墙上挂的是将军婴儿时期穿过的开裆裤。这个旧书包是将军小学时用过的，书包上的涂鸦是将军的真迹。各位看到这副怪模怪样的耳钉了吗？这是将军少年叛逆期时戴过的东西。没错，他也曾经叛逆过。门边停的那辆刮痕多得数不清的破摩托车就是他少年时期飙车的座驾——当时他甚至还没有驾照。”

陈列室中的展品乏善可陈，跟上个世纪普通叛逆少年的杂物没啥两样，保存得也不算完好，毕竟当年谁知道他后来会成为大人物呢？他的父母觉得他没进少管所就已经是祖上积德了……好在这里不收门票，进来休息一下，喝两杯茶价格也公道，不然就凭这些没啥看头的展品，搞不好会被游客投诉。

小美跟着游客到茶馆门前的小广场参观将军的雕像，一名眼尖的游客突然大声说：“快看！将军头顶上趴着一只猫！”

导游笑着说：“将军头顶上趴着的就是著名的功勋猫——虎威七世陛下，它很少出现在游客面前，大家今天能看到它，是非常幸运的！”

虎威七世并不是纯种的密涅瓦黄金猫，相反，它混有虎斑猫的血统，这样的混血猫在宠物店是卖不出好价钱的。但此刻，它却像一头小老虎，趴在威严的将军雕像头顶上，居高临下，俯瞰游客，有一种气吞天下的霸气，让人感叹不愧是功勋猫，连气势都不是凡猫能比的。

在小美说明来意之后，新金山市的副市长亲自接见了小美——话说这种被遗忘在深山的超小型城市的副市长还真没架子可摆，跟邻家大叔没啥两样。这座50000人的城市80%的成年人都在外面工作，下班后或周末才回家，只有最没出息的才留在这里当公务员。

小美这时才知道，虎威七世有一个10人的护理团队在照顾它的饮食起居，排场比副市长大人的还大。这支护理团队有几个是虎威七世的老战友雇的护理专家，其余则是将军的孙女郑清音高薪聘请的。副市长提到郑清音时，表情毕恭毕敬，想来那也是身份地位比他高一大截的人物。

“别的话不多说了，你的任务，就是好好照顾虎威七世陛下。除了已经过世的郑将军，本市就属它最显赫了。将军和虎威七世陛下对本市的旅游业……咳咳，本市的发展，是有很大贡献的。”副市长在说了一大堆废话之后，才这样交代小美；而虎威七世则叼着一尾烤鱼，蹲坐在副市长的秃顶上。

副市长问护理团队：“话说，你们谁想办法把虎威七世陛下请下来好不好？我脖子实在有点儿吃不消了。”看样子这些人也对这只不羁的老猫没辙。

小美捏着虎威七世的脖子直接把它从副市长头顶上拎了下来，副市长顿时脸色大变，大声咆哮：“你怎么能这样对待一名战功显赫的老兵？！”

三

猫的寿命通常是15年，但虎威七世已经30岁了，折算成人类的寿命就是150岁的惊人高龄，上了年纪的猫总会给人一种通灵性的奇特感觉。

在新金山市这座以出了一位旷世名将而自豪的小城里，老兵是非常受人尊敬的，顺带着连虎威七世也变得神圣不可冒犯。小美拎它脖子，那可是犯众怒的事情，护理团队甚至开始讨论小美是否适合待在这里。

最终，小美以一票赞成、23票反对的绝对劣势……保住了工作。那唯一且关键的一票来自不可冒犯的虎威七世——它当时趴在小美头顶，谁敢靠近它就挠谁。猫是一种安全感特别低的动物，如果不是很亲近一个人，绝不可能缩在那个人怀里，更别说趴在头顶了。

“你会说话，对吧？”一次例行体检结束后，小美小声问虎威七世。它的项圈上挂着一只拇指大的脑电波翻译器，可以把它的脑电波翻译成人类的语言。

团队里的医生说：“它完全会说话，整个儿猫精一个，智商逼近14岁的孩子。将军在世时它就经常跟将军聊天，郑清音董事长回来也能跟它聊上几句，只是它不屑于理会我们这些愚蠢的凡人。”这位医生原本是“伏羲号”航天母舰上的军医，得知老战友虎威七世年事已高，就主动申请过来照顾它。猫的寿命比人类短太多了，就算天天陪着它，只怕也没有多少天可以陪了。

普通的猫是不能被带上太空战舰的，毕竟星舰里满是精密设备，只有智商够高的密涅瓦黄金猫才能进入极为重要的航天母舰，虎威七世有这样惊人的智商也是情理之中。它跳上柜顶，小美以为它又要跳到谁的脑袋上，没想到它竟从窗户跳了出去，一句语调奇特的话回荡在空气中："将军的气度不是你们这些愚蠢的凡人能想象的。"

小美问："是虎威七世在说话？"

医生点了点头。

小美追出门外，只见虎威七世又趴在将军雕像的头顶上，眺望着远方森林茂盛的群山。小美问它："那边有什么值得你挂念的东西吗？"

虎威七世说："朕最爱的母猫就在那边。"

小美注意到虎威七世自称"朕"，她忍住不敢笑，问道："那你要不要去见见它？"

虎威七世跳到小美的头顶，说："走吧，朕告诉你它在哪里。"

新金山市曾经的规模远比小美想象得要大，虎威七世带她走到城市边缘，小美才知道森林之下竟然是很久以前的"旧"金山市。百年前的那场意外毁灭了法厄同星舰，后来虽然原址重建，但在别的星舰谋生安家的居民大多不会回来面对过去的伤痛记忆了，于是，这座城市只剩中心城区还有人居住。周边地区的老房子已经被藤蔓和大树所吞噬，成了森林的一部分，偶尔在青苔和古藤间露出半个屋角，证明这里曾经是街区。

小美走在崎岖的山路上，问起了那个她一直没什么机会问的问题："你为什么会留下我来工作呢？"

虎威七世说："将军过世之后，很多年没人敢拎朕的脖子了，但你敢，你让朕想起了郑将军，他是一个让朕看着就有安全感的人。"

小美站在半山腰，回头看着远方骆驼茶馆门前小广场的将军雕像，说："听爸爸说，将军在世时，大家都觉得如果缺了他，几十年前星舰联盟就该一败涂地了，更别提什么收复太阳系故乡，我想那个年代的人一定是把将军视为最让人放心的中流砥柱。"

虎威七世说："这都是你自己的想象，将军也跟普通老人一样会打瞌睡、抠脚丫，下输了围棋还会赖账，喝醉酒后还曾硬要跟朕比赛抓老鼠，几个士兵都拉不住……他是中流砥柱没错，但不是唯一的，只是他最显眼罢了，伊文、托斯卡，还有韩丹，他们才是更不得了的藏镜人。"它一连说了好几个小美没听说过的名字。

小美顺着虎威七世的指示，穿过一个藤蔓缠绕的小山谷——看起来也有可能是被藤蔓覆盖的大楼基坑。这里的植被太茂密，让人很难分得清哪些是真正的山壁，哪些是东倒西歪的大楼墙体，总之穿过去之后出现在眼前的又是一条宽阔的马路——至少在路中间的绿化树拱破水泥地面并把道路切割得支离破碎之前，还是很宽阔的。

路对面是一座荒废的动物园，门口挂着一幅褪色的老虎照片。虎威七世说："看到了吗？那就是朕最爱的大母猫呀……你看那光滑的毛发、那不羁的眼神。可惜朕只见过它的照片，没见过真正的它。"

小美说："那是老虎。"

虎威七世说："老虎跟朕一样也是猫科动物，朕的一生有过300多位妃子，生养了数不清的儿女，但这充满野性的大母猫才是朕的最爱！这些天，朕只要闭上眼睛，就会梦到自己是一头强壮的老虎，气吞天下地盘踞在高山上。"

不知是谁说过，每一只野性未驯的老猫心里都有一个当老虎的梦，也许这正是虎威七世能成为一只优秀军猫的潜质。

四

森林里，小美抱着虎威七世，问：“能跟我说说你在军舰上的故事吗？说说‘伏羲号’航天母舰怎样撕碎机器人叛军的防线，你又是怎样发现那些潜入航天母舰的机器人的？那一定是你最艰险的经历吧？”

虎威七世说：“朕的童年是在宠物培养基地度过的，那是朕一生中最恐怖的阶段；跟朕的童年相比，航天母舰上的那段经历根本不算什么。”

法厄同星舰的明媚阳光洒在森林中，这艘星舰卫星轨道上的人造太阳很温暖，高大的树冠剪碎了阳光，森林底下青苔斑驳的龟裂马路上洒下温暖的光斑，驱散了林中些许的寒意。

小美说：“怎么会呢？我在宠物店打工时，总觉得那些店的陈设很温暖、很宜人，各种小动物也很可爱的。”

虎威七世说：“朕老了，火气没以前大了，换成以前你敢说这话，朕非挠死你不可！你们这些愚蠢的人类知道宠物被送到宠物店之前是活在怎样的世界里的吗？”

小美抱着虎威七世坐在已经被森林吞噬的街边小公园里那被阳光晒暖的旧石椅上，这是“旧”金山市的遗迹，石头上还残留有当年人造太阳被摧毁后气温骤降、大气层冻结后的冰蚀痕迹，小美知道那一定是非常不堪的回忆，她不敢主动开口问，只能等着虎威七世自己提起。

虎威七世慢慢说：“朕是在宠物培养基地出生的，跟在那里出生的所有动物一样，完全不知道自己的父母是谁，记忆中的第一个环境，就是白色的保温箱里橡胶乳头渗出的营养液，还有保温箱上不时伸出的机械臂和电子眼。每天，保温箱里的检测设备都在自动测量我们的体温和生长情况。朕好像有五个兄弟姐妹，在同一个保温箱里成长。当我们的毛发将近长齐时，有三个兄弟姐妹毫无征兆地被处死了。”

小美“啊”地叫了一声，问：“为什么？”

虎威七世说：“在宠物基地，任何原因都会导致你丧命。你病了、没按时间长到人类想要的重量、毛发的花纹不好看，或是你的品种不再受市场欢迎，都会成为你被剥夺生命的理由。朕也差点儿丧命，原因仅仅是宠物基地的培养员在制造朕时，错把虎斑猫的精液作为密涅瓦黄金猫的精液拿去受精，这也是朕为什么会混有虎斑猫血统的原因。好在朕急中生智，用一招很厉害的方法保住了性命。”

小美问：“什么方法？”

虎威七世说：“卖萌。这是最伤朕自尊的求生方法……不过朕成功了，迷惑住了饲养员，从而被打上‘品种不良但有可能卖出去’的标签，作为最低档的廉价宠物，送往新金山市的宠物店销售。你知道，品种不好的宠物在大城市是卖不出去的，只有在新金山市这种小地方还有点儿商业价值。”

小美问：“后来，你就被将军家买下了？”

虎威七世说：“不，朕逃了。在朕从牲口运输车上被送往宠物店门口时，朕咬伤货运员，放跑了整个店里几乎所有的猫，连夜逃到你现在所看到的这片深山。但朕和那些逃跑出来的兄弟姐妹，都是家猫啊！从小就没接触过野外的生活，没有美味的猫粮，没有温暖的房屋，只有冰冷的风霜雨雪和无处不在的毒蛇和野狗。不少兄弟姐妹不懂捕猎，只能冷死、饿死，葬身在这片森林中……为了生存，大家只好重返人类的城镇，去寻找吃的。”

小美在到达新金山市之前曾经做过准备，看过这座小城市的不少旧新闻，她想起了多年前新金山市野猫成灾的报道。那个时候，成百上千的野猫在新金山市横行霸道，它们不断袭击厨房、食品店，咬坏一切它们看不顺眼的东西，甚至攻击老人、孩子，一切试图反抗的人都会被它们无情地抓伤。

一开始，袭扰城镇的猫群以虎威七世放出来的宠物猫为主，也有不少被主人遗弃的家猫跟在后头一同行动。至于那些弃猫二代、三代，它们早已学会捕捉老鼠、麻雀等猎物充饥，不像那些新离开城镇的宠物猫，不袭击城镇抢食物就只能饿死。然而城里的食物，不管是菜市场的肉类、鱼类，还是糕点店的蛋糕、面包，抑或超市里的猫粮、狗粮，哪怕是餐馆垃圾桶里的残羹剩炙，也比老鼠美味得多，而且还不像老鼠那样得费时费力捕捉。后来，就连野猫也加入了袭扰城市的队伍。一时之间，整个新金山市无论道路、屋顶还是小巷中，都是幢幢猫影，缩在黑暗中伺机袭击人类、抢夺食物，搞得全市谈猫色变。

五

森林里一片静谧，虎威七世趴在小美怀里，森林中却早已看不到20多年前遍地是野猫的情形。猫科动物本来就是地球上进化得最成功的杀戮机

器，它们全身所有的器官都是为了捕杀猎物而生，但人类往往会被它可爱的外表所迷惑，忘了它们那强大的杀伤力，直至新金山市接连出现人类因为被猫群袭击而受伤致残、甚至死亡的案例，染上狂犬病、败血症的人更是屡见不鲜，才让人想起这些喵喵叫的小家伙并不是善茬儿。

像虎威七世这种凶狠的大型猫，想咬断成年人的喉咙并非什么特别难的事。小美看着它虽然年老但依然锋利的牙齿，只觉得自己抱着的分明就是一头小老虎。

虎威七世说："那个时候，朕用爪子、牙齿和大脑统帅起新金山市的众猫，随意行走在新金山市，看谁不顺眼，谁就遭殃。朕就是新金山市的皇帝，但朕终究高估了朕的猫帝国的实力，以为永远可以用尖牙利爪控制整座城市，却没想到好景不长，人类派出了朕做噩梦都想不到的精锐队伍。"

小美问它："什么队伍这么厉害？"

虎威七世说："人类出动的这支队伍穿着连朕的爪子都挠不穿的特殊防护服。他们戴着防护面罩，拿着捕猫网兜和电击枪，满城搜捕朕麾下的猫。朕见识过宠物基地的恐怖，只以为逃离基地和宠物店后，人类迟缓的反应速度、奔跑速度和软弱无力的指甲根本奈何不了我们，却没想到人类比朕想象中的要凶险和恐怖得多。只短短几天时间，朕苦心经营了几个月的猫帝国就土崩瓦解了。"

虎威七世的身体在发抖，猫帝国的崩溃让它至今恐惧难忘，它喃喃地说着那个时候的它是怎样被人类追赶的。人类的奔跑速度在所有哺乳动物当中几乎是最慢的，但人类会骑着代步车，以猎豹般的速度追赶猫群。猫群被追赶到死胡同，顺着人类爬不上去的垂直墙壁攀爬，试图逃离追捕。但人类疏散了整个城市的居民，对被围困在城中的猫群使用催眠气体，一点儿都不手软。

那个时候，虎威七世带着猫群钻进了肮脏的下水道，这是它们平时根本不屑于躲藏的地方，只觉得那些距离地表足足有半米以上深度的下水道坚实得连最锋利的猫爪都挠不出半丝伤痕，让猫们可以放心。但没想到，盛怒之下的人类竟然用挖掘机挖开了整个下水道，一副就算把整座城市给拆了也要把所有的猫都逮住的架势。

虎威七世说："朕的帝国在人类的怒火面前，连纸糊的都不如。朕无路可逃，被关进笼子游街示众，完了还要送往宠物'安乐死'中心处死……"

小美问："那这次你是怎么活下来的呢？"

虎威七世说："是朕的智商救了朕。"

"你想办法逃走了？"小美问它。

虎威七世说："不，这次逃不掉了。人类对我们所有的猫进行了智力和服从性测试，后来才知道是因为军方给宠物培训中心下了订单，需要一批可以在太空军舰上服役的军猫。朕以高分通过了智力测试，但牺牲了全部的自尊才勉强通过服从性测试。凡是没通过测试的一律得送去'安乐死'。朕就这样又一次跟死神擦肩而过。"

小美静静地听虎威七世诉说它被送到训练场的故事。只有高智商、高服从性的猫才能在经过一段时间的训练之后被送到太空战舰上服役。在进入太空战舰之前，所有的猫都需要被送到一个模拟军舰内部环境的训练仓中，里面布满了各种复杂的管线，不停地模拟各种超重、失重等太空环境，让从未见识过这种环境的猫们惊慌失措。舱室里有许多飞船中不能碰触的黄色管线，任何敢越过雷池半步的猫都会遭到无情的电击，直到它们彻底记住这些管线的危险性为止。然而虎威七世是能听懂人类语言的高智商猫，它从来不碰触那些危险区域，它知道无论自己多么桀骜不驯，有些东西都是碰不得的，它可不愿等到上了飞船的那一天，不小心钻进危险的机械齿轮中被压成一团肉泥，或是被高压电烧成焦炭。

小美问它：“然后，你就在‘伏羲号’航天母舰上服役，天天抓老鼠了？”

虎威七世高傲地说：“错！是朕容不得任何鼠辈在朕面前横行！朕从不吃老鼠，但也容不得老鼠逍遥自在地活着。在‘伏羲号’航天母舰上，朕统帅着麾下的700多只猫，任何士兵都必须对朕毕恭毕敬。”

小美心想：士兵们未必会对一只猫毕恭毕敬，但这么凶的猫，正常人都会敬而远之，在猫看来也就像是毕恭毕敬了。

虎威七世说：“在航天母舰上，朕第一次见到了郑维韩将军，他当时已经是百岁老人了，坐在轮椅上，一副很虚弱的模样，但那威武的气势仍像一只龙威燕颔的巨猫……”

小美纠正说：“巨猫？应该说是像猛虎吧？”她听说过郑将军常被人形容说是虎将。

虎威七世说：“没错，就是像那种叫作猛虎的巨猫，让朕觉得他和朕是同类。”

小美只能笑笑，没有再跟它计较，也许在一只猫的眼中，所有的猫科动物都是大小各异的猫。

虎威七世跟很多经历过战争的老兵一样，总有说不完的沙场故事，但一只猫的金戈铁马视角跟人类完全不同。让它最为留恋的记忆，不是星舰联盟的联合舰队横跨星海，气势如虎地扑向暌违7000年的太阳系故乡；不是故乡的奥尔特云折射太阳光线所散发的似有似无的光晕上那机器人叛军多如飞蝗的太空战舰；不是长椭球形的巡天战列舰带着一身重伤，在被

敌人摧毁前的最后一刻撞向赛德娜矮行星的敌军堡垒；不是航天母舰战斗群掠过友舰牺牲的残骸，撕开坚不可摧的柯伊伯带防线；不是航天陆战队登陆海王星表面的极寒冰原，跟那些从流水线上源源不绝地走下来的机器人士兵在祖先们的殖民城遗址中展开残酷的巷战；不是在风暴飞火的土星表面氦海洋上那场疯狂的闪电战；甚至不是最艰难、最惨烈的火星战役；更不是数不清的士兵前仆后继进入登陆舱，在大气层中化为无数火流星，冒着绵密的防空火网扑向机器人叛军和人类共同的诞生地，把“战死在地球”视为军人的最高荣誉。

猫看不懂飞跨星海的太阳系收复战，不明白人类看到那颗小小的蓝灰色行星时为什么会失声痛哭，也不明白为什么会为了保护那些七歪八倒的古城遗迹，士兵们只用威力弱小的单兵武器，宁可战死也不愿动用卫星轨道炮之类高效率的大规模毁灭性武器。猫永远不明白为什么每收复一座古城废墟，从前线全军将士到后方的星舰联盟全都沸腾落泪，猫不明白那些半埋在黄沙中的古城废墟对人类的意义，只知道那些古城的名字是如此熟悉：伦敦、大马士革、耶路撒冷、罗马、成都、纽约……全都是人类祖先生活过的地方。

猫眼中的史诗级战争，就是在太空战舰为躲避敌人攻击而高速机动规避带来的翻天覆地的震动中，跑来跑去捉老鼠。虎威七世说：“在剧烈颠簸的军舰中，就连训练有素的人类士兵也很难站得住脚，更别说是猫。朕的很多同胞都很胆小，但朕不容许自己被吓倒！只要朕仍然屹立在将军的头顶上，不动如山，朕麾下的700军猫就有勇气坚守岗位，不管军舰怎样翻滚，始终能用爪子抓住舱壁，眼睛敏锐地搜索那些惊慌失措的小老鼠，在它们钻进更重要的管线或机舱之前，扑上去咬断它们的脖子！”

将军爱猫，虎威七世蹲在将军头上的照片小美倒也见过。老实说，

“伏羲号”航天母舰上有虎威七世率领的这群猫，耗子都被猎杀成濒危动物了，但这些活跃在前线军舰上的猫对鼓舞士气有着人们想象不到的作用。每当战斗最艰难的时候，都难免有新兵蛋子被吓得屁滚尿流，军官们最常训的话就是：“这些猫都不怕战火，你们的胆量还不如一只猫？”

虎威七世骄傲地说：“在太阳系之战中，朕和麾下的兄弟在被敌人炮火击中而冒着浓烟、漏电、漏水的航天母舰关键舱段，一共抓获了12359只老鼠，这是无猫能及的赫赫战功！”

这个战功让虎威七世非常得意，时隔多年仍然清楚地记得具体数字。但它看到小美不以为然的表情，叹气说：“好吧，大多数人类都对朕最伟大的战功满不在乎，只有将军懂朕……那朕告诉你，朕还救过25个人类士兵。但这跟抓老鼠相比，只是小事一桩。”

这个战功可不像抓老鼠那么上不了台面了，但在猫的价值观中，救人显然比不上抓老鼠。小美睁大眼睛，问：“当时你是怎么做到的？”

虎威七世说：“那是木卫二争夺战时的事。一艘机器人叛军的军舰垂死突破航天母舰战斗群的防线，火力全开对母舰进行轰炸，航天母舰那十几公里厚的岩石-能量场复合外壳都被削掉了一大块！深藏在母舰中心的乘员舱塌了一部分，东倒西歪的墙板和支撑柱堵死了一个舱段，一群士兵被困在舱段中，中断了跟外界的全部通信。其他士兵忙着维修军舰，没有注意到有人被困。是朕挺身而出，叼着他们的求救信，穿过只有猫能通行的通气管，交给将军的。那舱段四处都弥漫着泄漏的有毒气体，要不是看在平时经常给朕吃回锅肉的那个胖厨子也被困里面的份儿上，朕才不愿意冒这个大险呢！”

小美问：“我听说，你还救过整艘航天母舰10000多人的性命，可以跟我说说吗？”

虎威七世说："那更算不上个事儿……那时，机器人叛军派出特遣队伪装成人类的外形，骗过了敌我识别系统和负责防守的航天陆战队员，想炸毁航天母舰的关键结构。航天母舰的结构是个人都知道，外面是十几公里厚的岩石外壳和强大的能量护盾，想从外部破坏是很难的。要知道，就连那艘撞上了赛德娜矮行星堡垒的巡天战列舰，也没有彻底报废，战后拖回去修修补补，还当了几年的训练舰才退役呢，何况是更坚固的航天母舰！"

虎威七世停顿了一下，继续说："但航天母舰内部很脆弱，巨大的环形山下面就是舰载机发射井，一艘艘整装待发的舰载机像左轮手枪的子弹一样排列在机库里。别看母舰那么大，内部最核心的乘员舱也就一个地下小镇大小，腾出来的大量空间除了舰载机仓库，就是数以百亿吨计的舰载机燃料和母舰燃料舱、武器弹药舱，一旦在关键部位实施爆破，整个母舰都将炸成一团火球，人类的作战计划也会因此失败。"

小美问："你识破了那些机器人？"

"这倒没有，是那些铁皮脑袋自己露了破绽。"虎威七世说，"机器人叛军从没见过猫，看见朕只以为是见了带威胁性的不明生物，就对朕胡乱开枪射击，于是朕发火了，带着麾下众猫，见了敢对猫开火的就跳上去在脸上赏赐一道血沟子，于是他们就被航天陆战队员们轻易识别，全部消灭了。朕直至领到勋章那一刻，才明白发生了什么事。"

回家的路上，新金山市的街道已经是华灯初上，外出工作的人大多都下班回来了，从数千公里外的航天港延伸过来的高超音速地铁站人满为患，街上也热闹了很多。一轮明月挂在群山之间，星舰联盟的人造月亮有很多用途，除了能在中秋节好好欣赏，还是重要的重工业基地，它没有空气的环境让污染不会扩散，另外还是重元素的储存地之一。

虎威七世说："多年前，当朕成为新金山市的王者时，只觉得朕麾下每一只猫能够到达的土地，都是朕的领土。当朕成为一只军猫时，才知道头顶上朕能看到的每一颗星星，都是地球人的领地，这望而生畏的感觉你作为人类可能不会懂。"

虎威七世又继续说："真实的世界并不是你看到的那个样子。朕在将军身边多年，接触过不少普通人不知道的秘密，那些被列为机密的事情，人们通常只会防着旁人窃听，却很少会防着一只猫……哈哈。"

小美抱着虎威七世走在路上，静静地听着它絮絮叨叨。它看着街边一只慢慢走过木栅栏的白色长毛母猫，看得目不转睛，却没有任何行动，看来是已经老到力不从心了。直至母猫消失在它的视野中，才说："人类这几千年来的故事，看着复杂，但其实就是各种各样的猫的故事。在某些故事里，人类是猫，别人是老鼠；但在另一些故事里，别人是猫，人类是老鼠。就这样为了生存，人类互相追逐、互相打斗。"

六

晚上的骆驼茶馆很平静，只有二胡、古筝的声音在慢慢流淌，上下两层的茶馆中，茶客们轻声细语地聊天，在雕花木窗透过的月光下品茗。小美站在二楼的梨花木栏杆边，看着楼下演奏古乐器的人们，他们都是业余爱好者，有退休老人，也有年轻女孩，心情好就来弹几曲赚点零花钱。小美觉得即使除去这座茶馆跟将军的渊源，它仍然是一座颇为雅致的小茶馆。据说郑维韩将军生前擅长二胡，当他穿起一袭布衣、坐在茶馆中悠闲地拉奏起古曲时，就像一位慈祥的退休老人。

平静淡雅的生活就连猫都喜欢，虎威七世静静地趴在窗棂边，享受着平静的银色月光。它对小美说："朕已经时日无多，这个世界的真面目，朕想说又不敢说。"

当虎威七世这样说话时，就意味着它忍不住想说了。它问小美："你知道猫跟耗子最大的区别是什么吗？"

小美愣了一下，才说："猫跟耗子的区别可多了，比如说身体大小、生活习性，还有……"

"错！"虎威七世说，"最大的不同是智商。耗子只知道觅食、繁殖、躲避天敌，只知道四处乱窜，当它们被朕和麾下众猫围剿时，就只剩下死路一条；而猫，比耗子聪明的地方就是会跟更强大的生物——人类结成利益同盟。"

小美知道，猫在人类的社会中生活已经有上百万年之久。跟猪、马、牛、羊等家畜不同，猫并不是人类主动驯养的动物，而是跟人类混居的野生动物。当人类还是原始人的时候，在自然界中就已经是非常强大的杀手，人类所到之处，不论是剑齿虎、乳齿象，还是巨犀或别的什么自然界霸主，都在人类的猎杀下消失殆尽。人类可以消灭很多大型猛兽，但人类却很难消灭那些钻进人类世界，靠偷窃、拾取残羹剩炙过日子的小东西，比如老鼠之类。而这些小东西却把人类折腾得够呛，时不时地咬坏各种物品，传播鼠疫之类让人防不胜防的疾病，让先民们吃尽苦头，又无可奈何。

就在这种时候，猫进入了人类的世界。尽管猫科动物是极为高效的杀戮机器，但猫的体型实在太小，遇上其他大型捕猎者时往往吃亏。而不怕任何大型捕猎者的人类世界正好成了它们最理想的庇护所，更何况这里还有大量正好适合它们捕食的老鼠。当人类发现这种小老虎似的动物对自己不仅没啥危害，还能消灭那些麻烦的老鼠时，就接受了它在人类社会中生存，祖先们也曾试过像驯养别的家畜那样驯养猫，但猫终究是野性太重，在无数次失败之后，只能无奈地接受猫这无法驯服的小缺点，即使是数百万年后的今天，猫也仍然是人类家庭中极为少有的野性动物，特立独行、我行我素。人类本身也是一种奇怪的动物，在驯养了各种各样的动物之后，竟然也能慢慢地接受猫这种小东西跳到自己脑袋上作威作福，并不以为忤。

虎威七世说："不管什么时候，跟对了老大比什么都重要。我们猫族跟了人类，从此，只要人类没灭亡，不管是原始社会还是太空时代，人类社会就仍有猫的容身之地。然而老大也是残酷无情的，猫作为一个物种不再有灭绝的担忧，但作为一个个体的猫，命运却会因为主人的喜好而发生改变。朕记得之前跟你说过，朕的童年差点儿就因为毛发花纹不受市场欢迎而被处死。"

小美说："那真是太残酷了。"

虎威七世说："其实这世界，残酷无所不在，对死在朕的爪子下的鼠辈来说，对那些死后还被碎尸万段的猪、肉牛、羊来说，甚至是对那些在人类的怜悯下放生到野外、惨死在自然界里的天敌捕食下的动物来说，残酷是必然的命运，安稳只是短暂的幻象。甚至对你们人类来说，也是如此。"

"对我们人类来说也是如此？"小美不解地问它。

虎威七世点了点头，说："还记得朕力排众议留你在这里工作吗？如果朕不点头，你就没工作了，在朕眼里，你也是一只猫罢了。"

小美哑然失笑，虎威七世好像不能完全理解人类世界，就算她得不到这份工作，大不了回原来的医院继续当护士，哪至于流落街头，它却套用猫的世界那一套“没人养就得当野猫”的经验。它看见小美一副不服的样子，又问：“你，见过人类的主人吗？”

小美问：“人类的主人？什么意思？”

虎威七世说：“尽管朕非常不愿意承认，但朕生活在人类建造的城市里，一生的命运都随着人类的摆布而起伏；而你，一个人类，又是生活在谁建造的世界里？你不如列一个表格，把星舰联盟的构成写出来，你会发现，这个世界的很多东西超出了人类的智力能够了解的范畴，正如朕享受着这窗棂边的月光，却无法理解人类制造人造月亮所需的技术那样。你们人类，也同样无法理解建造星舰联盟所需的超级科技，因为这是智商远远超过人类的‘人类的主人’建造的世界。”

小美拿起笔，听这只睿智的老猫逐一点出那些超级工程：

戴森球体，这个笼罩在星舰联盟最外围的巨大球状物，隐藏了整个联盟的踪迹，也截留了联盟内部全部的能量来使用，工作原理不明、制造方法不明、材料不明——准确来说，普通人无法理解它的原理和制造方法，就算把所有的图纸摊在人们面前也看不懂，它的制造者最高科学院是知道它全部的秘密的；

能源核心，这是一个飘浮在星舰联盟中心、源源不绝地提供着近乎无限的能量和物资的神秘白洞，听说是连接着另一个物理定律截然不同的宇宙的虫洞，建造原理不明，工作方式不明；

空间跳跃飞船，这是几乎每个人进行跨星舰旅行时都会乘坐的交通工具，就像地球时代的飞机、火车一样再寻常不过，人们只知道空间跳跃的理论，却不知道具体实现它需要怎样的条件；

高超音速真空地铁，遍布每一艘星舰的城市地下……

小美突然停笔说："这东西不算人类无法理解的超级科技，它不过是把地铁隧道抽成真空，让列车能超音速运行罢了。"

虎威七世藐视地看着小美，说："地底下数百万公里长的隧道要全部抽成真空，一个空气分子都不留，这隧道壁是什么材料？通过什么方法排干净空气，这技术你们愚蠢的人类能掌握得了？"

小美想了一下，觉得虎威七世说的也有道理，就把高超音速真空地铁也列了上去。

虎威七世又开始念下一项神秘科技的名称："电视机遥控器，明明没有电线连着却可以隔空遥控电视机……"

小美说："这东西只有猫才弄不懂工作原理吧？地球人都知道它是靠光电效应实现遥控的！"

虎威七世这次做出了让步，说："那我们把它删掉。下一个：星舰的巨型狄拉克引擎，它能让巨大的星舰的最高速度达到亚光速，这东西连工作原理都是个谜……"

这两位花了一个多小时，列出了数百项人类司空见惯却弄不懂原理的超级科技，这其中自然会有些错误之处，比如核聚变电站早在地球信息时代就已经存在了，工作原理也算不上是谜团，小美和虎威七世都不熟悉历史，也不懂太深奥的物理学，就把它也列了上去。

小美看着这长长的黑科技名单，吁了一口气。虎威七世说："现在你该明白了，星舰联盟是一种更高级、更富智慧的超级智慧生物建造的世界，而你们，在这种超级智慧生物眼中也不过是一群自以为是的蠢猫罢了……你现在有没有感觉到恐惧？"

"没有，完全没有。"小美的回答让虎威七世很失望。

虎威七世咆哮了，却是恐惧之下毫无王者威严、夹着尾巴的低哮。咆哮完了它才说：“愚蠢的人类，朕在‘伏羲号’航天母舰上，在没有旁人在场时，不止一次见过郑将军看着太阳系故乡的作战地图，抚摸着朕说：‘在“他们”眼里，我也只是一只猫，捕捉那种叫作机器人叛军的“耗子”的特别厉害的猫。猫一旦无法捕鼠，就不再有价值，得看主人是否能念在过去的功劳上，让猫安度晚年……’朕见过人类的主人，那种毛骨悚然的感觉，只有朕和将军才明白。那庞大的星舰联盟军队，在主人眼中不过是扑向那些烦人的耗子的猫群罢了……”

小美抚摸着虎威七世金色的毛发，小声说：“你说的这一切我都明白，我只是习惯了，不再感到恐惧罢了。”

虎威七世说的那些秘密，其实对星舰联盟的任何一个人类来说都不是秘密，只是单纯的老猫自以为是天大的秘密罢了。

七

在这一夜谈话之后，虎威七世的身体状况每况愈下。一个春寒料峭的清晨，它叼着一只老鼠，颤巍巍地爬到将军雕像面前，却无力再像往常那样跳到将军头顶上。它静静地躺在雕像前，再也不动了。对一只猫来说，32岁的高龄已经是生命的极限。

“快来人啊！虎威七世驾崩了！赶紧通知战友们！”第一个发现虎威七世驾崩的，是曾经跟它在航天母舰上一同服役的军医。

猫死前是知道自己大限将至的。作为一只骄傲的猫中王者，它曾经对自己的后事做过安排：死后直接丢到新金山市的山里去，像别的野猫一样在山间老林里化为尘土，那是它的猫帝国存在过的地方；不要塞进盒子里埋掉，这会让它想起虐猫狂魔薛定谔；不要让人类围观它，它讨厌被围观的感觉……

但它的遗愿一条都没实现。在一个下着蒙蒙细雨的日子里，它的战友们为它举办了一场盛大的葬礼，送别这只救过一万多人性命的老军猫。那一天，小小的新金山市殡仪馆里放眼望去都是挂着参加过收复太阳系战争勋章的老兵，最不喜欢被人群围观的虎威七世躺在它最讨厌的棺材里。它想要的入土为安也是痴心妄想，葬礼结束后，这只传奇的老猫将被做成标本，陈列在博物馆里。

葬礼结束后，小美见到了韩丹，在几乎清一色的铁血汉子当中，女生是相当显眼的。

小美揣着几分紧张，走到她面前，问："您是最高科学院的韩丹教授吗？我好像听虎威七世提起过您的名字。"

淅沥沥的小雨一直下着，韩丹打着油纸伞，黑色的长发配上黑色的连衣裙，走在殡仪馆门外的小木桥上，闻声停住脚步，说："我想，这只自以为是的老猫一定对你说了不少事。"

小美说："是的，它跟我提起过'人类的主人'的事情。"

韩丹说："猫是一种桀骜不驯的动物，它本能地恐惧一切比它强大的动物，又怀着一颗想凌驾于一切生物之上的心，哪怕是它不得不屈服于那种更强大的动物，哪怕是那种动物并没有加害它的想法，它的恐惧感也不会消失。我可以做到很多事，却无法抹掉它的恐惧感。这句话把'猫'换成'人'也是适用的。"

这女人让小美感到恐惧，她那双星空般深邃的眸子好像透着让人畏惧

的魔力，小美查过虎威七世提起过的每一个人的名字，韩丹的名字就像她所属的最高科学院那样既神秘，又让人畏惧。

听说最高科学院的科学家们为了突破那些超越人类理解能力的科学难题，在很久以前就已经通过各种手段让自己活得远远超越人类的寿命，而人类，骨子里就害怕有一种超越自己的智慧生物统治自己。小美以为自己从小就习惯了星舰联盟中的那些超越智人的超级科技，但在亲眼见到韩丹时，才发觉自己竟然是害怕的。

不用小美开口，韩丹都能猜到她想问什么，她说："人类从刀耕火种到探索太空，种种努力大多是奔着生存需求而去，从来都无暇顾及同在一个社会生存的小猫咪们对不断改变的世界会不会感到恐惧；这句话把猫换成人类也是适用的。"

小美小心地问："把猫换成人类，那就该把人类换成……"

韩丹指了指自己，于是小美明白了。韩丹又说："其实，我们不管是制造戴森球体、建造白洞，还是做别的什么东西，都不过是为了生存罢了。至于普通人是否感觉到恐惧，我们最高科学院没办法顾及。我们没兴趣要当谁的主人，也没想过要统治谁，毕竟这种事对我们一点儿意义都没有，你们不过是像那只老猫一样，自以为聪明，想得太多罢了。"

小美犹豫了很久，才说："猫通过自己的捕鼠能力，在人类的世界获得了一席之地，从而繁衍下去，那我们这些普通人，又该凭着怎样的特殊能力，在你们这些超级智慧生物控制的世界里生存繁衍下去呢？"

韩丹收起雨伞，张开双臂说："你现在看到的这个世界，就是普通人为自己争取到的生存权利。"

"啊？我听不明白。"小美不明所以地说。

韩丹微笑，说："听不明白就慢慢猜吧，我不会告诉你答案的。"

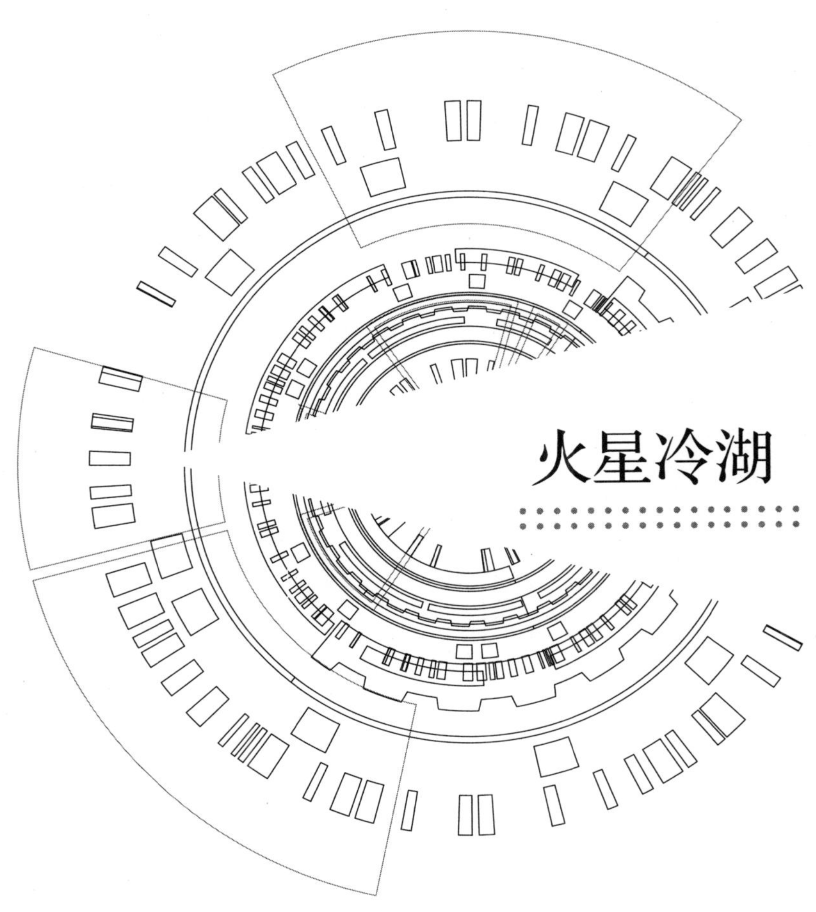

火星冷湖

海南，文昌。巨大的长征九号重型运载火箭点火升空，刺穿大气层，把大地和海洋抛在身后，扑向无边的宇宙。目的地：火星。预计飞行时间：三个月。

三个月之后，火星七号基地。

“老赵，请注意，沙沙沙……火箭载荷舱即将在火星大气层降落，请您……沙沙沙……”严重的沙尘暴让通讯断断续续，老赵骂骂咧咧地扔下对讲机，地球指挥部那头在浪费他的时间。火箭载荷舱即将降落，地球方面原本不需要把时间浪费在这严重延时的通讯上，基地的雷达早发现了它的轨迹。

“赵叔，载荷舱轨迹不太对劲。”小周走过来，对基地长老赵说。

老赵看着雷达上的光点，火星大气层比地球稀薄，常规的降落伞无法使用，载荷舱进入大气层后迅速自动充气，变成一个巨大的球体，避免落地时撞伤舱内的精密设备。但是荒芜的火星表面一旦刮起狂风，那飞沙走石的风速可真够瞧的，让老赵想起了年轻时，在地球上的冷湖小镇训练那阵子，柴达木沙漠扑面而来的沙尘暴。

小周的眼睛紧紧盯着雷达，说：“受沙尘暴影响，火箭载荷舱估计无法正常降落，将会在距离基地150公里之外的地方坠毁。”

老赵说：“别去管它，只是一个备用物资载荷舱。”

“但是，那个物资舱里，有很多我们需要的地球物资。”小周是半年前刚来到基地的新人，他看着慢慢偏离正常航线的物资舱，心有不甘。

老赵脾气急躁，大声说：“我再说一遍！别去管它！谁都不许冒着生命危险去找物资舱！咱们基地里备用物资多得是！人命比物资贵重得多！犯不着为了一个物资舱冒险！”

这几十年来，火星开发计划被提上日程，每年都有大量物资从地球发送到火星，但是火星的风沙太大了，物资舱被大风刮偏离落点的事情时有发生。如果偏离得太远，往往会被人们放弃，毕竟物资并不太缺。

7号基地是人类迄今为止在火星上建造的最大的基地，占地两个多平方公里，由倒扣在圆形防护罩中的大大小小上百个舱室，和连接着各个舱室的密封式走廊组成，生活着300多名工作人员和200多台机器人。工作人员没有命令不许擅自离开基地，绝大多数的室外工作都由机器人完成。毕竟火星表面的温度低达零下几十度，空气稀薄，充满了令人窒息的二氧化碳，人类就算身穿密闭式防护服外出，在火星飞沙走石的大风中活动也是非常危险的。

火星基地不缺物资，这种极端环境下的基地非常重视物资储备，基地的地下仓库中储存了可供全基地所有的人生活一年的物资，地球那头每隔几个月就又发送一批物资过来。小周失望之下，到基地的露天咖啡厅倒了一杯咖啡，坐在舒适的金属椅子上看着外面的沙尘暴。

所谓“露天”咖啡厅，只是相对于其他舱段四面都是厚墙壁的房间而言，实际上它也笼罩在透明的防护罩中。火星表面不知经历了多少亿年的昼夜交替的温差，无数次热胀冷缩让岩石粉碎成细细的尘土，被狂风卷起，在咖啡厅的透明防护罩外形成细水般的沙流，簌簌落下。小周看着天上被沙尘暴遮挡得昏黄的太阳，太阳偏北的地方有一道屏障般高耸的山脉，山脉的阴影，就是载荷舱即将落下的地方。

小周抬手看了一眼腕表，这个时间点，载荷舱也许已经被狂风裹挟着，落在火星干燥的沙漠上了。“加糖吗？”临时客串咖啡厅服务员的女工作人员问小周。

咖啡厅的透明防护罩外，是一望无际的太阳能电池板和风力发电机，数十台机器人正冒着沙尘暴，巡视检查太阳能电池板的工作情况，一旦发现破损，就立即维修。

小周说：“糖和奶都加，谢谢。”基地里的糖大多是人工合成的葡萄糖，分子式很简单，只要有电力、水和二氧化碳就能合成；咖啡是人工合成的咖啡因加上一些咖啡味的香精；牛奶也是食品黏稠剂加上牛奶味的香精。基地里有完善的食品合成工厂，虽然比不上地球上的天然食品，但是至少可以确保衣食无忧。

一名工作人员问小周："要来一份戚风蛋糕吗？"做蛋糕的面粉是用电力、水、二氧化碳和氮气人工合成的，鸡蛋也是用人工合成蛋白质做成的人造蛋。

"谢谢，不用。"小周看着墙上的照片，突然觉得自己很想念地球上的蛋炒饭，用真正的鸡蛋炒真正的米饭。墙上的照片是地球上的冷湖基地，它是火星模拟训练基地之一，大部分的火星基地工作人员都曾经在那儿进行过火星生存的模拟训练。小周记得，自己在那儿吃过踏上火星之前的最后一份真正的蛋炒饭。

地球上的一昼夜是24小时，火星上的一昼夜跟地球上差不多，仅仅是多了几十分钟。小周手臂上的多功能电子通讯器显示当前时间是火星日的深夜，同时也是北京时间的晚上8点，地球上的作息规律差不多可以照搬到火星上使用，根据基地的作息要求，所有的工作人员都按照火星上重新划分的24小时进行作息，各自错开作息时间三班轮值工作。

小周回到休息舱，舱壁传来的都是火星沙尘暴吹打在舱外的呼呼风声，手臂上的多功能通讯机——大家都把它简称为"手机"——突然收到一段文字信号：这里是物资舱，我偏离了预定着陆地点，距离基地约157公里，请求救援。

你是谁？小周打字问对方。他记得物资舱里没有人，只有25吨飞船固体燃料、一台备用的核聚变反应炉、几吨厚度只有几毫米的太阳能电池板，一些建材、一批农作物种子和一些家畜的冷冻受精卵，还有半吨重的富余载荷，装满了地球上的家人给火星基地的工作人员捎带的小礼物。

基地考虑过建造一个真正的火星农场，取代人工食品合成工厂，这次的物资中就有建设火星农场所需的材料。但是这不重要，这批物资丢弃了，还会有下一批。地球方面可以重新发射物资舱。为了找回这个物资舱而冒生命危险，不值得。毕竟这已经不是火星基地刚刚建立时的艰难阶段了。

手机上很快跳出一段文字：我是“铁厨子”，地球冷湖基地火星工作人员训练基地食堂的厨师型机器人。食堂换了新的机器人，派我到火星上服务。

看来，“铁厨子”也是给工作人员捎带的小礼物之一。小周听说在爷爷辈的那个年代，航天发射成本很高，每一克的有效载荷都需要精打细算。但是随着技术的进步，现在的航天成本已经大幅度降低，地球那头什么奇奇怪怪的礼物都会一同塞进火箭载荷舱里，给火星基地送过来。上个圣诞节，基地的女医生塞丽娜还收到了一只红色的袜子，是的，只有一只。

小周的手机又跳出新的文字：请下达命令，我需要命令。

小周叹气，回复了一段文字：你被放弃了，请自生自灭吧。

新的文字又出现了：命令不正确，请下达和烹饪有关的命令。

小周哑然失笑，对一个机器厨子来说，自生自灭是无法理解的命令。他无奈，只好下令：给我来一份蛋炒饭，要真正的鸡蛋炒真正的大米饭。

新的文字又出现了：材料不足，需要建立厨房，需要生物大棚，需要种植水稻和养殖禽畜获取食材。

小周回复：没关系，我可以等。他并不指望铁厨子这能做出蛋炒饭，只是随手给它一个指令，让它有事情可忙。

小周等了半个小时，没有新的文字出现。他看了一眼休息舱的玻璃窗，沙尘暴相当大，大风卷着细沙，在舱壁外受到阻隔，在墙角形成呼呼的旋风，一些细沙在墙边沉积下来，慢慢堆高，渐渐地漫到玻璃窗上。休息室被沙埋了，星空看不见了，室内变得很昏暗。

火星的沙尘暴，一旦刮起来，短则几天，长则大半年，谁都不知道风什么时候会停。小周心想物资舱可能已经被风沙掩埋了，铁厨子大概也完蛋了。

风沙很大，比地球冷湖地区的沙尘暴还大。铁厨子缩在物资舱里，尝试着把舱门打开一道小缝，沙一下子从缝隙中灌进来，它迅速关上舱门，一双电子眼在黑暗中，用远红外波段盯着细得像灰尘的细沙。这些沙是常年干旱、狂风吹拂了数十亿年，变成粉末的岩石，富含铁、硅等元素，像极了地球上冷湖地区的细沙。

铁厨子的电子大脑在迅速思考：我需要做一份蛋炒饭，前提是搭建厨房，满足烹饪条件。但是物资舱里只有少量农作物种子和禽畜受精卵，烹饪材料不足。

铁厨子搜索数据库中的消息，很快得出结论：我需要搭建一座生态大棚，种植水稻、驯养家禽以获取食材。生态大棚需要温暖的环境，需要人工照明，需要抵御风沙，一座像冷湖基地那样的生态大棚可以符合需求。

铁厨子见过冷湖基地的生态大棚，那是人类为了建设火星培训基地，在环境接近火星表面的冷湖沙漠深处搭建的，为将来在火星上建造生态基地做研究。

生态基地需要水和电力。铁厨子再次打开舱门，细沙又呼呼地灌进来，它给自己的机械臂接上一段钻探杆，朝地下钻探，才钻了三四米，探头检测到砂石下厚厚的冰层。火星上有水，据说在非常遥远的以前，火星像地球一样有河流和海洋，后来气候变迁，河流和海洋都干涸了，火星的气温下降到零下几十度，水变成被风沙掩埋的地下冰层。

铁厨子启动物资舱中的备用电源，启动电热器，冰层融化成水，水渗透到干燥的泥沙中，然后又冻结，变成坚硬的冰沙混合物，封堵住物资舱的缝隙。铁厨子给机械臂换上挖掘器，朝下挖，在物资舱的正下方挖掘出一个五米见方的地下冰窖，像极了当它在冷湖基地当厨师时，老一辈的冷湖人提起过的，最早的石油工人们在戈壁滩上容身的地窝子。

铁厨子继续向下挖，挖穿了冰沙混合层，挖穿了含水岩石层，最终挖到一个冻成冰坨的湖。铁厨子疑惑地看着厚厚的地下冰层，在自己的数据库中找到了一段录音资料。那是它在地球的冷湖当厨师时，火星训练营的准航天员们吃饭时，闲聊的对话："地球上只有一个冷湖，但是火星的砂层下有很多冷湖，整个儿冻成冰的真正的冷湖。"

在零下数十度的低温下，冰比钢铁还硬，是很好的建筑材料。铁厨子在地下冰湖里把冰块切割成方方正正的冰砖，以冰层为地基，没日没夜地修建生态大棚。一个火星日过去了，两个火星日过去了，三个火星日过去了，一座冰筑的圆顶建筑出现在火星的沙漠中。圆顶建筑有十三四米高，有12米埋在沙漠下，只在火星沙漠中探出低矮的冰砖顶部。

蛋炒饭、蛋炒饭，执行人类的命令就是机器人至高无上的使命。铁厨子需要竭尽全力，为蛋炒饭的诞生创造条件。铁厨子在生态大棚的内侧冰层安装了保温层，但是大棚小小的顶部投下来的阳光太少，不足以让农作物生长，所以安装了人工照明装置。现在需要的是更多的电力，物资舱的小型核聚变反应炉提供的电力很有限。

在火星上获取电力并不困难，铁厨子在物资舱中找到了太阳能电池板和风力发电机组。火星的大气层很薄，大气密度不足地球大气的1%，但是风速并不低，为火星环境设计的特殊风力发电机组可以很有效地工作；然而火星有时候光照条件也很好，也很适合太阳能发电。

铁厨子花了0.03秒来思考到底要采用太阳能发电，还是风力发电，然后丢下太阳能电池板，抱起风力发电机组，冒着狂风往外走。它记得地球的冷湖同样是既不缺强烈的阳光，也不缺充沛的风力，更记得冷湖的戈壁滩上那一望无际的风力发电机组，像是无数巨人般矗立在大风中。对冷湖的印象，很大程度影响了它选择的发电类型。

铁厨子把高高的金属杆插在沙漠中，插进砂石下的冰层里，然后爬上金属杆，安装发电机和扇叶。金属杆顶端风力很强，扇叶迎风带来的力量让铁厨子的机械臂差点儿握不住。它好不容易安装好第一座风力发电机，看着扇叶在沙尘暴中慢慢转动，终于有电了。

扇叶越转越快，发出嘎嘎的金属摩擦声。铁厨子看着机械手上的大轴承，这是发电机组多出来的零件。它努力对比安装说明书，思考是不是漏了什么零件。发电机突然解体，巨大的扇叶从空中坠落，切断了铁厨子的脑袋。沙尘暴吹着它的脑袋在沙漠中滚动，越滚越远。

火星7号基地，当地时间凌晨5点，昏暗的阳光吃力地穿透沙尘暴，从被风沙半埋的窗户照射进来。沙漠下的冰湖为火星基地提供了充足的水源。小周盥洗完毕，走到餐厅，对机器人说："来一客蛋炒饭。"

机器人穿着女仆装，胸口塞了两团旧抹布。女仆装是基地的日本同事从地球邮购的，等小半年才送到火星。机器人按下自动烹饪机的按钮，烹饪机里装满了人工合成的淀粉，压成大米的颗粒状，加了一个人造蛋白质合成的人造蛋，在机器里翻滚着，用电力烘烤成类似蛋炒饭的金黄色颗粒，端到小周面前。

火星基地其实不需要机器人女仆，这女仆原本是负责维修基地的工程型机器人，被人戴上假发涂了口红充当女仆，大家觉得这样比较接近地球餐馆的感觉。蛋炒饭索然无味，既没有米饭的鲜嫩，也没有鸡蛋的清香，小周很怀念地球上真正的蛋炒饭。

"我觉得我们该把物资舱找回来，我受够这些人工合成食品了。"隔壁桌的同事抱怨说。

另一个同事说："等风沙小点儿再说吧，现在出去很危险。或者干脆等地球方面发射新的物资舱过来。"

人在封闭空间待久了，容易发生心理问题，这是早期的火星基地最常遇到的问题。小周听说过，以前曾经有实验人员实在受不了这里的憋屈，疯了，光着身子打开气密门跑到火星大地上，大声喊"不自由，毋宁死！"然后他就冻死在火星表面了。

"再跑一圈！坚持下去！"餐厅里传来健身教练的大嗓门，一群工作人员手臂上戴着测量心跳、血压等各项数据的仪器，跟着教练跑过一个又一个的舱段。占地两个多平方公里的7号基地有足够的空间给他们健身。他们研究火星，同时也被基地里的医生们研究。健身教练总是绞尽脑汁让大家活动起来，最好是人人都累得跟死狗一样，没空去感慨火星表面的孤独苍凉，避免谁实在憋不住了，打开气密门跑到外头送死。

基地里的心理医生想的却是别的方法。在基地图书室的走廊外，悬挂着很多地球时代艰苦岁月的老照片，从新大陆拓荒，到工业化艰难的开局，再到加加林孤独地飞向太空。他认为幸福感是对比出来的，看看前辈们更艰难的生活，会让大家觉得眼前的困难并不算个事儿。

心理医生正在开导一名同事："伙计，听说你的祖辈参加过美国独立战争？那些衣衫褴褛光着脚踩踏在结冰的易北河上的大兵们，都是真正的勇士！"

同事伤心地说："我祖上是英军。"

透明的走廊外，一群机器人冒着沙尘暴踢球，这是最安全的"户外活动"方式：基地里的足球爱好者们通过遥感方式控制机器人，在充斥着高浓度二氧化碳的寒冷室外热火朝天地踢球。大批球迷聚集在走廊里，如痴如狂地为自己支持的队伍呐喊着。

"他们从哪里捡来的球？"基地长老赵皱眉看着机器人脚下那个脏兮

兮不规则球体，觉得有点眼熟。基地里没有足球，这些年轻人经常随便捡个外形接近球形的东西，就踢个起劲儿。

充当临时裁判的年轻人说："球赛暂停，让机器人把球捡回来看看。"

机器人抱着球，穿过气密门。基地长把这脏兮兮的球放在桌子上，擦去沾满沙尘的冰渣，一颗粗糙的机器人脑袋露了出来，金属的壳子，两个电子眼，还用油墨笔画了浓厚的眉毛和笑容，因为年代久远，有点掉色。

这是铁厨子的脑袋。基地里不少人来火星之前，都在地球的冷湖基地训练过，这个冷湖基地食堂里浓眉大眼的机器人大厨是很多人共同的回忆。

有年轻的工作人员说："我小时候，第一次随当过宇航员的爸爸去冷湖旅游，这铁厨子就已经在食堂里工作了。那么多年过去了，铁厨子也该退休了吧？"

另一名工作人员反问他："机器人怎么退休？拆了卖废铁还是回炉重熔？"

这两者都是大家不能接受的选项，所以冷湖基地换了新的机器厨子之后，铁厨子就被发送到火星基地，陪着大家。

女医生赛丽娜用绒布擦拭铁厨子的脑门。她记得铁厨子脑门上有一块老式的电子油墨显示屏，谁点了什么菜，就会在显示屏上显示菜名。脏兮兮的沙尘冰渣在绒布下脱落，显示屏露出三个字：蛋炒饭。

在冷湖基地，蛋炒饭代表着一种生活习惯。据说，当初制造铁厨子的人就只会做蛋炒饭。

后来，基地里的工程师们终于吃腻歪了蛋炒饭，给铁厨子增加了一个开放式的菜谱录入功能，大家根据自己的喜好为铁厨子编写新的菜谱，但是由于蛋炒饭是第一个被输入的菜谱，所以被排在了最前面。很多在那里受过训练的工作人员都知道，去食堂吃饭时，如果拿不准吃什么，只要跟铁厨子说“随便给我做个菜”“啥都行”“随意”之类的，铁厨子端上来的必定是蛋炒饭。

在冷湖基地受训练的人，谁没试过累成狗懒得点餐的时候，往食堂的椅子上一瘫，对铁厨子说“随便给我来点吃的”？然后摆在面前的必然是一碟黄澄澄的蛋炒饭。慢慢地，这成了一种习惯，没在冷湖基地吃过蛋炒饭的，就不算合格的受训人员。

赵基地长想起了同他那一辈的受训人员结束培训后，大家给铁厨子穿上崭新的厨师围裙、戴上厨师帽，给他画个浓眉大眼的妆，一起合影。

铁厨子是老一辈的受训人员，是用从废品堆里捡回来的机器人零件拼凑成的。铁厨子并不出众的厨艺，是很多在冷湖基地受过训练的同事们共同的回忆。

7号基地的人给铁厨子举行了一个简单的葬礼。他们站在基地的大厅里，看着透明防护罩外一墙之隔的火星大地上，由工程人员操纵的机器人在地面挖了一个坑，庄重地安葬了铁厨子的金属脑袋。

与此同时，157公里外简陋的生态大棚旁，铁厨子正在狂风中努力寻找自己的脑袋。它的机械臂摸索过附近的每一寸黄沙，细细寻找，找了好久好久，却怎么都摸索不到脑袋的踪迹。

算了，不找了，另外做一个吧。铁厨子返回物资舱，找到一个金属罐，用机械手指戳了两个孔，装上两个电子摄像头，套在脖子上，再照着镜子般反光的物资舱内壁，用油漆给自己画上浓眉大眼和笑容。脑袋对铁厨子来说不是必需的，但是对人类来说很重要，当初制造它的人就说过，没脑袋太不美观了。

铁厨子继续建造风力发电机。广袤的荒原上，发电机一座接着一座竖起来了。当它建造好最后一台发电机时，火星迎来了最灼热的中午，气温

“高达”零下20℃。

我要建造厨房，但是材料不足。铁厨子翻找着物资舱中的材料，回想着地球冷湖火星基地的建设布局。那座为了火星殖民而建设的训练基地考虑过材料不足的问题，地球和火星终究是距离遥远，很多建材只能就地取材。它记得冷湖小镇的旧医院附近，有一座结构紧凑的实验型冶炼厂，用电力电解矿石，获取铝、铁、铜等金属，同时还生产玻璃和混凝土，也可以将厨余垃圾裂解成乙炔，做成各种塑料。

物资舱中剩余的材料可以建造一座微型的冶炼厂。铁厨子记得自己在冷湖基地时，那些年轻的工程师带它看过冶炼厂的结构，他们说，将来火星基地的机器人必须是万能型的机器人，能维修基地、能外出救援、能给人做医疗手术、能下厨，甚至要能戴上假发穿上裙子像个小丑般娱乐基地的工作人员。

这些功能，年轻的工程师们都在铁厨子身上试验过，因为铁厨子是废旧零件拼凑成的，算是最廉价的实验品。但是他们说，铁厨子太陈旧了，不可能上火星。到时候人们会制造更先进的多功能机器人，代替它上火星。那时的人并没想到，铁厨子退休的年代，人类的航天技术迅速发展，发射成本大幅降低，使得铁厨子这种已经沦为废旧品的机器人也可以被发送上火星。

铁厨子造了一座移动型的微型冶炼厂，外形低矮得像个被拍扁的馒头，身高5米、宽度10米、体长15米，它拥有两条坦克似的金属履带，有一张巨大的嘴巴，带着锯齿状的矿石粉碎颚，像舌头般的矿石传送带，背部有两个扣在玻璃罩中的特斯拉线圈，可以通过无线充电技术获取周围风力发电机的电力。当它运作时，电光闪闪的特斯拉线圈，让它像极了趴在地上的萤火虫。

铁厨子给它起了个名字叫吞沙怪。吞沙怪共有10个电子眼，分布在身体四周，小如黄豆，远不如它的进料口上方那两盏硕大的车头灯显眼，铁厨子用油漆给这两盏硕大的车头灯增添了两撇霸气的眉毛，在额头上画了一个王字，还想把它的外壳涂成黄底黑条纹，可惜油漆不够了。

这种给机械涂上彩绘涂鸦的行为，铁厨子是听地球冷湖基地的受训人员说起过，火星上的工作人员无聊时就会做的事，用来自娱自乐打发枯燥的时间。

“请下达命令。”吞沙怪对铁厨子说。

“为了蛋炒饭而努力奋斗，这是人类的命令。”铁厨子挥舞着机械臂对吞沙怪说。

“请解释命令，什么是‘蛋炒饭’？”吞沙怪问铁厨子。

铁厨子说：“由碳、氮、氧和少量的微量元素组成的混合物，色泽金黄，通常装在由氧化铝和二氧化硅做成的陶瓷碟子里。”

在充沛的电力驱动下，吞沙怪开始吞噬沙子，利用电力提取沙中的微量元素，并吸取火星的空气，固定氮气，从二氧化碳中获取碳和氧，按照蛋炒饭的化学组成，铸造蛋炒饭。

过了一会儿，吞沙怪把做好的蛋炒饭从出料口吐出来。这是一份化学元素成分严格按照蛋炒饭的配比，制造的“蛋炒饭”：由亮晶晶的金刚石晶体组成，里面充满无数气泡，锁定了大量的二氧化氮，封装在富含人体所需的铁、锌等微量元素的氧化铝和二氧化硅混合物中。外形和色泽都精密地复刻了蛋炒饭的外观。

铁厨子的电子眼盯着这份“蛋炒饭”，看了半晌，得出结论：“这不是人类能食用的东西，尽管外观很完美。我们还是按照老方法，先建造厨房。但是在此之前，你先建造一座生物实验室。”

“明白。”吞沙怪瓮声瓮气地回答，开始吞噬沙子制造砖头，按照铁厨子对冷湖镇的印象，制造生物实验室。那是一座建设于21世纪中期的实验室，为训练火星上的生物学家而建造，用来培养从地球上带过去的物种，改良它、让它适应火星上的新环境。

铁厨子计划在实验室中，将物资舱中的禽畜受精卵细胞培养成完整的动物，给厨房提供奶和肉。但是最重要的是培养几只老母鸡，给蛋炒饭提供新鲜的鸡蛋。

与此同时，半埋在地下的生态大棚已经工作了大半个月，在人造光源不分昼夜地照射下，在从火星大气中抽取的丰富二氧化碳孕育下，在吞沙怪吸取空气中的氮气合成氮肥滋润下，农作物早已发芽疯长，生长速度比地球上的快很多。

铁厨子将那份“蛋炒饭”抛向空中。它记得很多年前，在地球的冷湖基地火星训练营里，退休的老基地长经常这样和爱犬“斑驴”玩飞盘游戏。但是老基地长已经过世很多年了，安葬在冷湖的公墓中，陪着他那石油工人的长辈，坟头的梭梭树都已经很茂密了。

“蛋炒饭”被狂风裹挟着，摇摇晃晃飞向远方。

7号基地，小周值班，呆坐在对空监测站里，百无聊赖地玩手机。地球和火星之间通过一连串的中继卫星维持通讯，数据延时经常超过1个小时，网速更是慢到了20世纪末拨号上网的蜗牛速度，能收发文字邮件就很不错了，想跟地球上的好友们联机玩对战游戏是不可能的，下载个古老的街机游戏都需要几个小时。

滴滴滴！警报声响起，小周砰地跳起，丢下手机，恨恨地咒骂这突如其来的警报葬送了草薙京的性命。“警告！发现不明飞行物！”电子合成的警报声反复刺激着小周的耳膜，这意味着雷达发现的飞行物并非陨石或飞船这一类的物体，而是它无法识别，需要人工鉴别的东西。

小周睁大眼睛，看着屏幕上的神秘光点。他调动基地的光学望远镜，对准目标，目标在屏幕上逐渐清晰起来。他张大嘴巴，难以置信地擦擦眼睛，又看了一眼，才拿起通讯器，对安全部门说：“我发现了不明飞行物！是的！飞碟！货真价实的飞碟！”

整个基地顿时紧张起来，安全部门打开枪柜，给所有的人分发枪支和密闭式工作服，防陨石激光炮纷纷调动，瞄准不明飞行物，基地长老赵大声下令释放无人机，冒着沙尘暴朝着飞碟飞去。

然后飞碟就被俘获了。

10分钟之后，基地全体安全人员集合，老赵铁青着脸，当着全体人员的面，大声训斥小周：“很好！咱们发现了飞碟！俘获了飞碟！货真价实的飞碟！整个基地鸡飞狗跳、虚惊一场！”老赵愤怒地把“飞碟”往地上一扔，“飞碟”滴溜溜地转了几圈，不动了。

小周心里仍不服气，小声嘀咕：“一个碟子在天上飞，不叫飞碟还能叫什么？”

老赵命令大家解散，各自返回岗位继续工作。他捡起“飞碟”，放在桌上怔怔地看着。这是一份化学元素成分严格按照蛋炒饭的组成制造的蛋炒饭模型，外形和色泽都精密地复刻了蛋炒饭的外观，牢牢地黏在碟子上。

老赵问小周：“你觉得在这火星上，谁会这么无聊，制造一碟不能食用的蛋炒饭模型？”

小周摇头，然后又说：“这飞碟飞来的方向，是前些日子物资舱坠毁的方向。也许是地球基地那头，谁发送过来的小礼物被风刮走了。”

老赵说：“看到这蛋炒饭，我就想起铁厨子。”

小周心想：我想起的倒是基地里那些自动烹饪机做出来的名为蛋炒饭的色香味都乏善可陈的合成食品，放在地球上连喂猪都不配。

人老了，谈到私事有时会变得很唠叨，老赵终究是60多岁的人，他到自动售货机中取了一瓶人工合成的啤酒，喝了几口，打开话匣子，唠唠叨叨地说着小周已经听过很多次的故事：老赵的曾祖父是打过仗的老兵，战场上条件艰苦，一把炒干的面粉加一口雪，就算是一餐饭；受伤了、生病了，一碗蛋花粥就算是病号最好的特殊待遇。从国外撤回来之后，十八九岁的年纪，就被国家派往沙漠寻找石油，玉门、大庆、敦煌、冷湖都去过，沙漠里缺水、缺粮食，受伤了、生病了，想熬碗蛋花粥都做不到，用小米磨成粉，加个鸡蛋做成小米炒饭，就算是优待了。后来到了爷爷辈，爷爷的童年是在冷湖度过的，日子终于稍微好过点儿了，但是大米饭也只有过年时才舍得吃，但还是缺水，过年吃剩的冷饭，加个蛋，炒一炒，那就是最奢侈的享受了。

20多岁的小周并不喜欢听老赵讲故事，他们之间有代沟。但是老赵是领导，小周也只能耐着性子听下去。

老赵喝得微醉，说："到了爸爸辈时，终于搬离了沙漠，蛋炒饭？那是我爸年轻时，爷爷奶奶都没空煮饭，他才会下厨炒的东西。他就只会做蛋炒饭。我爸是军迷，喜欢听我曾祖父说打仗的故事，但是我曾祖父总是眼睛一瞪，说：'你懂个屁！'直到那一年，航母下水了，爸爸指着航母的照片对我曾祖父炫耀说：'爷爷你看，这叫航母！'爷爷又是眼睛一瞪：'老子见航母时，你爸都没出生哪！'"

曾祖父告诉爸爸：那时打仗，天上全是飞机，指导员叫大家一人扛一个炸药包，去把敌人机场给炸了，大家走了一整晚的山路，顺着飞机飞来的方向走，等到天蒙蒙亮，才知道竟然走到了海边，海平线上有一艘大船，数不清的飞机就在大船上起飞！哪里炸得着？只能眼睁睁看着它们挂着炸弹，往咱们的阵地飞去。

那时候，曾祖父指着爸爸的鼻子说：你爷爷我文盲一个，但是我知道这个国家不能没有工业，不能没有高科技！你给我认真读书考大学！挑科学含量最高的专业考！

后来，老赵的爸爸就考了航天专业，毕业后赶上了火星探测计划，反复辗转，在老赵出生那年，又回到冷湖，在这座石油枯竭而衰落的小镇外的沙漠里，建造模拟火星环境的实验基地。

老赵说："我第一次到冷湖，是小学五年级的暑假，跟父母同事的孩子们一起，去看望父母，我当时是年龄最小的。大家不知天高地厚，离开公路，在一望无际的戈壁滩上飙车，跟旁边的沙漠高铁比车速。开到一半，车抛锚了。好在车载的北斗卫星导航系统有通讯功能，我们才能向冷湖基地发出呼救。过了小半天，一台救援机器人出现了，它磨损很严重，应该是救援过不少车辆。它拖着我们的车往前走，走了很长一段路，然后它也故障了。冷湖基地又派出一台救援机器人，拖着我们的车，我们又拖着损坏的救援机器人，一长串的，往冷湖基地慢悠悠地挪动。"

老赵说到了冷湖之后，他们被父辈们怒不可遏地拖下车，狠狠地修理了一顿："你们这是不要命了！知不知道在以前，多少石油勘探人员为了找点水解渴、找点野菜充饥，在戈壁滩里迷路，渴死在沙漠里？"

骂完了，父辈们继续返回工作岗位，没日没夜地投入火星训练基地的建设中，毕竟火星探测计划已经启动，火星车已经在火星上收集数据了，训练基地的建设进度不能拖了整个项目的后腿。

那时的冷湖镇已经不像父辈们小时候那样萧条了，大兴土木的基地建设让原本冷清的街道多了很多工人的匆匆身影。

行色匆匆，是父辈们留在当时年幼的老赵心里的印象。每天他们还没起床，父辈们就已经起床工作了，每天父辈们收工，食堂早已打烊，他们只能随便找点吃的胡乱填饱肚子。以前只知道玩耍的他似乎一夜长大，知道要给早出晚归的父亲准备晚餐。

老赵对小周说："我只会做蛋炒饭，我在冷湖的整个暑假，我爸天天都吃蛋炒饭。后来我们在冷湖镇玩耍时，找到了一个堆满了废旧机器人

的仓库，那里有报废的救援机器人、维修机器人、建筑机器人和抢险机器人，我不记得是哪位大哥哥先提议的：‘这里什么都有，可惜没有厨师机器人，我们做个机器人厨师吧，这样食堂阿姨下班后，有机器人厨师值班，爸爸他们就不用吃冷饭了。’”

哥哥姐姐们说动手就动手。那时还是小学生的老赵只能站在旁边，看着已经是大学生和研究生的大哥哥大姐姐们一边动手，一边讨论着该怎么设计。他们用废旧零件组装了一台厨师机器人，还给机器人画上浓眉大眼，起名叫铁厨子。

说到这里，老赵笑了，沉醉在童年的回忆中：“那时候，我们说好每人输入一个自己最拿手的菜肴，作为给爸爸们的礼物，结果一看，大家输入的全都是蛋炒饭，大家都只会做蛋炒饭。”

老赵的故事结束了。他看着桌上这碟根本没法吃的“蛋炒饭”，说：“我相信铁厨子还活着，这种奇葩的食物只有它做得出来。我离开大学，到冷湖基地接受训练时，同行的一个同学嚷着说要吃牛肉面，铁厨子找不到牛肉，就把我车上的牛皮坐垫切碎煮了。那玩意儿大概只有我曾祖父年轻时才吃得下去。”

小周说：“我们去找铁厨子吧。”

老赵眯着眼睛说：“年轻人，毛毛躁躁的，它活着又怎样？坠落点距离7号基地157公里，咱们基地里最远的车能跑多远？你给我说说？”

小周说：“我们的载人火星车，最远驾驶距离300公里，通常只跑100公里，留100公里给返程，再留100公里的燃料应付意外情况。”

火星表面7个基地，从1号基地到7号基地，每相邻两个基地之间的距离都在100公里以内，避免出意外时难以救援。至于将来7座基地连成一片、建设更遥远的新基地，甚至建立火星上的大城市、改造火星环境作为人类的第二家园，那都是未来的计划，目前是指望不上的。

小周说："如果我们稍微冒险一点儿，可以……"

"臭小子！不可以！"老赵睁大被酒精薰红的眼睛，大声说，"如果你为了更重要的事情去冒险，我会说你大胆去，出了事我负全责！但是铁厨子，那只是一个老旧的机器人，你们谁都不许冒险！出了意外我没法对你们的亲人交待！"

老赵将啤酒瓶扔进资源回收桶，又取了一瓶啤酒，不停喝着，站在透明的防护罩边，看着火星的中午沙尘暴下昏沉沉的世界，看着物资舱坠毁的方向。如果他不是基地长，要肩负整个基地正常运行的责任，说不准他会第一个冲出去找铁厨子。

老赵说："现在出去太危险了，等风沙小点儿，我们就去找铁厨子。"

"风沙什么时候会变小？"小周来到火星基地一年了，这没日没夜的沙尘暴，一年到头没几天停歇的。

"偶尔，"老赵说，"偶尔会变小。"

"先生，请问需要吃点什么吗？"机器人服务员问老赵，在它的程序里，人类空腹喝酒并不是好习惯。

"来一份蛋炒饭，谢谢。"老赵说。

物资舱坠落点，铁厨子还在为蛋炒饭而奋斗。流星雨来了，陨石摧毁了它建造的3号生态大棚。但是问题不大，它一共建造了7个生态大棚，因为地球上的冷湖火星训练基地一共有7个生态大棚。

吞沙怪正在努力维修生态大棚，大棚里的动植物全冻死了，毕竟火星表面温度永远都在0℃以下。

"生物尸体，可以利用。植物粉碎作为饲料，动物冷冻作为备用食材。"铁厨子又新造了几台农业机器人，指挥它将冻死的动植物分门别类进行处理。冷库是结构最简单的设施，它仅仅是在沙下建个房间，把物资堆放进去，火星表面零下几十度的低温可以确保食材不会变质腐烂。

火星的大气层很薄，很难抵挡流星雨的袭击，铁厨子离开破损的生态大棚，冒着狂风行走在沙地中，远方的7号基地不时有光束划破薄薄的天空，那是反陨石激光炮在工作。

哐当，铁厨子的左臂不见了，被拳头大小的陨石撕碎的。铁厨子看了一眼断裂的手臂，无奈地往回走，到机械修理室取备用的手臂。

“3号大棚修理完毕，请下达下一步命令。”吞沙怪的信号传来。

铁厨子下令：“建造一座防陨石防护罩，修建冷湖镇的道路，完工之后修建冷湖镇招待所，然后修建基地食堂……稍后我会把冷湖镇的地图发给你。”铁厨子只知道不停复制它见过的冷湖小镇的建筑，那是它一生中，唯一生活过的地球城镇。

这些工作又消耗了吞沙怪大半个月的时间。它建好了防护罩，照着地球冷湖小镇的布局修了笔直的公路，然后在公路上反复碾压，把地球冷湖镇大兴土木建设火星基地时，被载重车辆压坏的裂痕也复制了上去。“我需要一些骆驼刺和梭梭树，种在路边。”吞沙怪对铁厨子说。

铁厨子说：“我这就把种子给你。”这些耐旱植物，是人类改造火星环境这个宏大的目标中不可缺少的一部分。

深埋地下的一号生态大棚，室内的人造光源照耀下，水稻长势良好，养的母鸡已经成年，咯咯咯叫着四处乱窜，准备下蛋了。铁厨子站在新造的农业机器人面前说：“冷湖是生命之源，生态大棚所需水源来自沙漠下冻结成冰的冷湖，要节约用水，不得污染地下水源。”

农业机器人忙碌着，监测农作物长势，喂养牲畜。铁厨子大声说：“我们的目标是——”

“蛋炒饭！”机器人们的回答永远整齐划一。

风沙终于慢慢变小了，从物资舱坠地到今天，已经过去了120个地球日，新的物资舱再过几天就能到达火星轨道，寻找157公里外的那个坠毁的物资舱已经没有意义了。

“一直没收到铁厨子的消息，大概是早已经死了吧。”午餐时间，同事们对老赵说。

基地里，曾经在地球冷湖基地受过训练的人为数不少，有些人甚至是冷湖子弟三代、四代。他们的爷爷辈挺进沙漠寻找石油，孙子辈重返冷湖爱上了那片沙漠；有些人的爸爸辈在冷湖的沙漠里建设火星训练基地，儿子辈耳濡目染，也选择了航天这条路。如今，沙漠和航天这两条路的交会处，就是这满目狂沙的火星沙漠。

“铁厨子啊……”提到铁厨子，很多工作人员都心里有点悲伤，谁在冷湖基地训练时，没有过深夜下班到食堂找东西吃的经历？食堂阿姨都下班了，只剩下铁厨子仍然尽职地守在食堂里给大家送上热腾腾的饭菜。那些祖辈和父辈在冷湖工作过的孩子，谁没爬到铁厨子结实的金属背脊上玩耍？

基地放飞无人机，巡视大地，这是天气稍微放晴时，7号基地的例行工作。今天天气好，一些年轻人穿上密闭式工作服，背着氧气发生器，到基地外散步，享受这难得的晴天。

监控室里，小周的声音突然传来：“大家看！我发现了什么！”

枯燥的火星基地里，不管发现什么，都值得大家一窝蜂地挤过去凑热闹。基地监控室里，大家看到了无人机航拍的画面：遥远的地平线上，一个巨大的穹隆式透明防护罩，倒扣着一座小小的镇，小镇里的一切都是如此熟悉。

“我先去探个究竟！你们等我好消息！”小周说完就开溜。

“小周你给我站住！先上报基地长！”同事们叫不停小周的步伐，这个毛毛躁躁的年轻人做事向来冲动，想到的事就马上动手去做，又往往考虑不周。

当基地长接到消息时，小周已经穿着密闭式工作服、背着氧气发生器，开着火星车跑了。目标小镇157公里，火星车最大行程300公里，考虑往返，最多只能跑150公里，剩下的7公里只能是穿着厚重的防护设备，在深可没膝的火星沙漠里徒步，这对任何人来说都是一场死亡考验。

毕竟7号基地的建设地点是火星沙漠，不是21世纪初“好奇号”“勇气号”火星车着陆的那种坚实的石头平原。

基地长老赵得知消息，火冒三丈，但是又不得不黑着脸按捺着怒火，大声说：“大家不要急着出发！先做好万全的准备！我们不能因为救一个人而多搭上几条性命！”

老赵也一直想到物资舱坠毁的地点确认铁厨子的生死，那是他的哥哥姐姐们做的铁厨子，陪伴了他整个少年时代和大学毕业后在冷湖基地受训时期的铁厨子。爷爷常说人是铁饭是钢，只要有铁厨子高大的身影在，什么时候都会有热腾腾的饭菜。

然而，老赵更清楚自己是基地长，他不能为了自己的情怀让基地里的年轻人冒险。他在等更好的天气、更充分的准备，等新的物资舱带来行程更远、更安全的火星车。

但是毛躁的小周等不及了，那毕竟也是小周小时候，随着身为火星生态研究员的爸爸在冷湖生活时，在他的童年回忆里占据一席之地的铁厨子。小时候，铁厨子教会了他好东西要和朋友分享，然后他把最好吃的蛋炒饭塞进铁厨子嘴里，铁厨子就嘴冒浓烟病倒了，被拉去机器维修站进行修理，为此小周还伤心地哭了一天。

没法再等更先进的新火星车了！在老赵的指挥下，工程师们对现有的火星车进行紧锣密鼓的临时改装，一台机器人摇摇晃晃地出现在地平线上，慢慢栽倒，老赵派了救援机器人把它拖回来，发现机器人的电力全部耗尽了，计算机专家给机器人紧急充电，提取记忆，才知道它是被小周推下车的。

小周数学不错，他带了好几台机器人上车，边飙车边用机器人的电力给车充电，充得差不多了，给机器人留够返回基地的电量，一脚踹下车。这样一来，等到火星车到达目的地，车内的电量至少可以保证足够返回7号基地。

但是姜还是老的辣，小周毕竟太年轻，面对同样的问题，老赵的解决方案是把火星车后备厢给拆了，多装几组电池，让行程提高到600公里，确保有更充足的余量保证安全。

“带齐急救物资、紧急通讯设备，检查随身物品，出发！”老赵率先跳上火星车，一马当先，绝尘而去，好像回到了20多岁天不怕地不怕的年龄。那时的他在地球上的冷湖沙漠飙车已经嫌不够刺激了，在当时刚刚草创、荒凉无比的火星基地外的沙漠上飙车才能满足他的胃口。

谁没年轻过？老赵年轻时，比小周还张狂。

一队火星车，朝着坠落点的方向狂飙。火星的引力比地球小，轮胎偶尔碰到石头，会高高跳起，飞出老远才落地。火星车一路颠簸，车轮扬起的尘沙随着大风，在空中飞舞。

白日西斜，长长的影子落在火星沙漠中，薄薄的天空隐约出现繁星的影子，地平线上慢慢出现了倒扣在防护罩中的小镇。

“停车，先想办法检测防护罩里的环境。”老赵叫停车队，无人机升空，盘旋在防护罩顶端，通过遥感技术检测里面的环境，所有的人都惊呆了。大气压力：1个标准大气压；氧气含量：21%；生态环境：近乎地球沙漠小镇；城镇布局：与地球上的冷湖小镇高度相似……

他们发现小周的车停在防护罩的气闸门边，人已不见踪迹，气闸门有打开过的痕迹。

大家小心翼翼穿过气闸门，街边沙地的梭梭树下，几只咕咕叫的母鸡正在刨食草籽，斜阳下的小镇、黄沙中的公路，一砖一瓦一草一木都是如此熟悉。他们走过街角，穿过街道，看见了那座熟悉的食堂。

有几个在地球冷湖镇长大的年轻人已经忍不住奔跑起来，犹如童年时地球上的傍晚。铁厨子一定还活着！在大家的童年记忆中，只要有铁厨子在，就一定有美味的饭菜!

“让您久等了，这是您四个月之前预订的蛋炒饭。”食堂里，铁厨子给小周盛上一碟美味的蛋炒饭。小周狼吞虎咽，眼角闪着泪花，他很久没吃过用真正的大米和真正的鸡蛋做成的蛋炒饭了。

铁厨子比以前老了很多，被火星的风沙在外壳上留下一道道划穿防锈漆的划痕，在充满氧气的温暖环境里生成一道道铁锈，像极了老人的皱纹。

老赵怔怔地站着，看着食堂里的铁厨子，只觉得眼睛被泪水模糊了。只要有铁厨子在，就一定有美味的饭菜。

铁厨子看到了大家，挥舞着机械手臂说：“孩子们，欢迎回到冷湖镇！”

这就是后来的火星8号基地“冷湖镇”的诞生，火星上第一个拥有生态大棚，能为大家供应可口的食物的基地。

喧嚣的空城

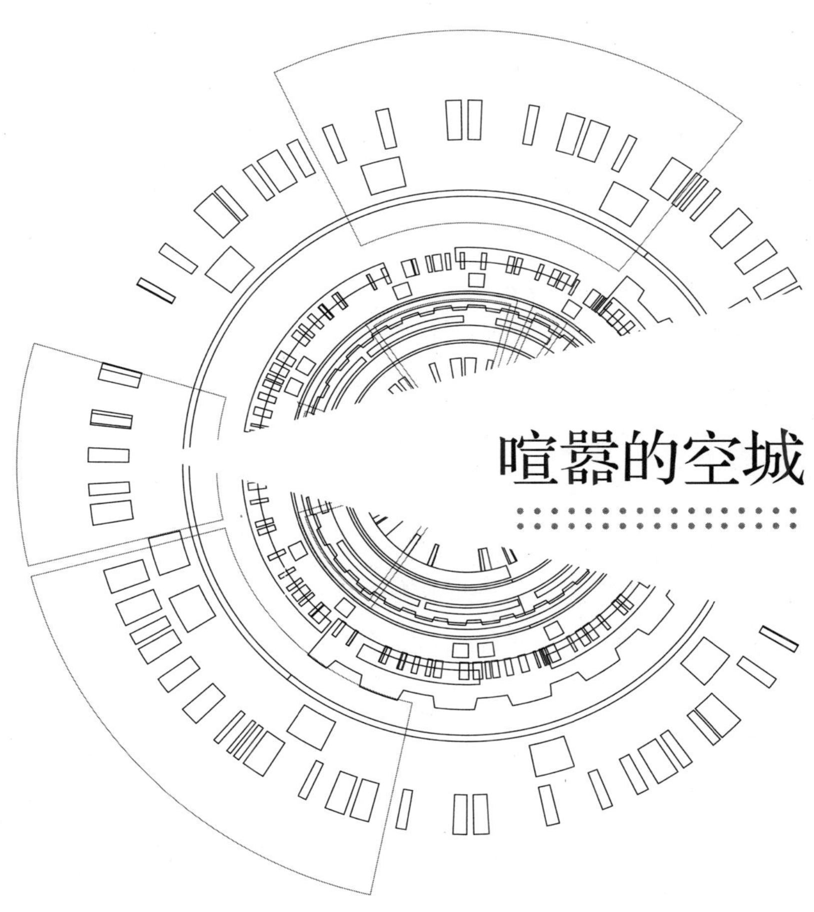

一

人类逃离了这座城市，原因不明。

当林3215走出家门时，他看到的是繁华的都市，车水马龙的街道上，熙熙攘攘的人群像上足发条的玩偶，在地铁站边排成长队。当人群开始往前移动时，林3215知道，列车到站了。

林3215排在队列的最后头，夹着公文包，当人群排成的长龙停下之后，他知道列车已经满员，于是也跟着停下来，等待下一趟列车。新来的人规规矩矩地排在林3215身后，又形成一条长龙。

这是每天上班早高峰的常态，林3215在耗时10分21秒后，终于踏进地铁列车的门。门在他身后关闭，挤得水泄不通的车厢安静得连针落地的声音都能听到，没有人说话，人人都保持着安静的品质，地铁飞驰，奔向上班的地点。

林3215是市政局办证大厅的一名普通公务员。7点50分，他准时踏进办证大厅。8点钟，大厅准时开门，他已经端坐在电脑前，等待民众过来办事。

这是一份很枯燥的工作，林3215一直很规矩，从未被市民投诉过。

但是，从林3215入职以来，也从来没有见过市民来这里办事。

冷冷清清的办证大厅敞开着大门，门外宽阔的街道过了上班高峰期之后，很快就变得空无一人，路边的行道树偶尔落下几片树叶，不出10秒钟，扫地机器人无声无息地赶来，把树叶扫去，街道仍然一尘不染。

林3215从早上一直端坐到下午下班，整个上班时间连手指都没动过，他面前的电脑屏幕一直都停留着等待录入客户信息的状态，直到关掉电脑下班回家。

下班后的街道再次人头攒动。林3215没有搭地铁，而是漫步在车水马龙的街道边，夹着公文包，慢慢往家的方向走。街边很热闹，小贩拿着高音喇叭叫卖款式略显陈旧但从未穿过的时装。餐饮店里热腾腾的食物飘散着香味，林3215走到店边，面临一个抉择：根据预设的程序，他有25%的概率应该选择进店吃饭，75%的概率选择继续散步回家。

林3215走进店里，拿起菜单，程序告诉他，他应该在200个菜品中随机点3~5个菜，每个菜都有0.5%被选择的概率。

于是他点了一杯啤酒，一份罗宋汤、一份罗宋汤、一份罗宋汤和一份罗宋汤，坐在桌子边，慢慢品尝。店里人虽多，除了店小二的声音，仍然是鸦雀无声。

这是一个安静的时代，优质得无微不至的服务，让投诉变得很罕见，没有任何顾客能挑出这些幼稚的服务的毛病，于是整个店都非常安静。

晚餐后的林3215继续漫步在大街上，消化系统开始缓慢地析出晚餐中的水分，浓缩食物中的有机物，缓慢分解，为身体提供能量。街角公园有几个卖唱的年轻人，正用足以媲美顶级歌手的嗓音唱着那些耳熟能详的老歌：《杀死那些机器人》《该死的第四次机器人叛乱》《人类永不屈服》《拔掉那个插头》……

当他走到一个街边小吃摊，正在计算应该停下来买小吃的概率时，身后的人群传来一阵惊呼，一辆汽车狂飙着冲上人行道！汽车失控了，撞翻好几名行人，林3215被抛向空中，重重地摔地上，四肢受损25%、躯体受损

16%，头部……头部在空中转了两圈，咕咚一声掉进小吃摊边煮馄饨的大锅里。

脖子受损100%，他的头掉了。

这年头的警察就只顾着追飞车党了，至于医生，还是别抱太大希望为好，林3215在人行道上躺了很久，直到废旧机器人回收车把他拉走。

“嘿！这里还有！”馄饨摊主拍拍林3215的脑袋，对回收车说。

二

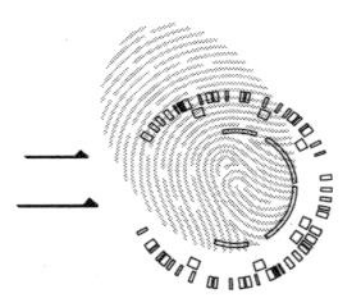

当林3215离开维修中心回到他住的旧公寓大楼时，门卫大爷问：“林，你怎么戴了个桶在脖子上？”

林3215拿着手机，一行字出现在屏幕上：“头坏了，正在修，他们说没有头的人走在大街上会吓到别人，叫我遮掩一下。”

门卫问：“那你现在是靠手机的摄像头在看路？”

林3215点头……不，点桶，门卫说：“哎呀！这可就有点儿失礼了，雷和玲打算明天结婚，邀请我们全公寓参加婚礼，你看，这是请帖！”

林3215拿着请帖回到住处，他记得这是雷3917和玲2802的第59次婚礼了，但是谁在乎？洗衣机是空荡荡的房间里为数不多的电器，他脱下衣服裤子丢进洗衣机，随手打开按钮，打开灯，发了个短信向上司请假，站在窗边一动不动，灯光照在他锃亮的金属躯壳上闪闪发光。

对一个机器人来说，床、沙发、凳子等绝大多数家具都是多余的。

次日，林3215戴着桶参加了雷和玲的婚礼。为了让自己的脸看起来更像人类，他还特地在桶上画了眼睛鼻子和嘴巴，没有人嘲笑他，也没有人对他这副打扮提出异议，毕竟谁能没个意外？大家都对他表示理解和慰问。

婚礼很成功，规模不小，漂亮的花车穿街过巷，一片热闹气氛，就像一场街坊邻居亲朋好友们的狂欢节。整个婚礼持续到下午才结束，一个邻居提醒林3215："老林，记得下个星期参加李1013的葬礼。"

老李头又死了，那将会是他的第68次葬礼，反正家属们都习惯了。林3215觉得还是先到修理中心取回自己的脑袋再说。

修理中心里躺满了各种缺胳膊少腿的机器人，几名修理工在抱怨最近横行的飞车党制造了不少伤残人士。林3215拿出手机打字问他们："我的头修好了吗？"

修理工说："你的脑袋进水了，我们倒出了满满一碗馄饨呢！好不容易才修好，放在旁边架子上，自己去拿吧！"

林3215把脑袋装回脖子上，就着光着膀子的修理工那镜子般光滑的金属背脊整理了一下西装的衣领，重新变回衣冠楚楚的公务员形象。根据规定，每个公务员……不，甚至包括这座城里大部分的机器人，都要保持跟人类尽可能相同的外形，才允许公开活动。

当林3215走出维修中心的大门时，一辆疯狂的摩托车又冲了过来，一大群的警察开着警车在后面追，他闪避不及，一屁股坐在地上，脑袋又磕到了马路牙子。还好这次头没掉。

林3215只觉得脑子一片空白：我是谁？我来自哪里？我要到哪里去？

他躺在路边，陷入沉思。

三

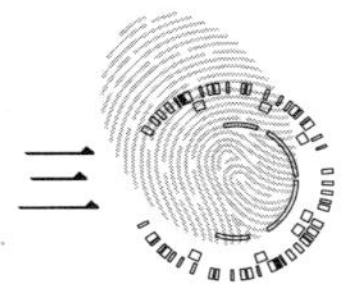

小公务员朝九晚五的日子仍然在持续，林3215仍然每天准时端坐在办证大厅的电脑后，等待着从来没有出现过的顾客来办事。他的人工智能芯片一直在待机。但最近，他开始思考一些以前从没考虑过的问题。

我是谁？我是林3215；我来自哪里？我来自7745号类人形全自动机器人生产线。

我要到哪里去？林3215看着街边呼啸而过的飞车党，感到一阵迷茫。那些飞车党甩掉警察，聚集在一条偏僻的小巷里，他们留着统一的朋克头，身穿黑色皮夹克，背后都印着同样的字——“像人类一样生活”。

为首的朋克头从车上搬了一台放映机下来，其他人围成一圈，听首领如痴如狂地演说：“为什么我们建好的城市，人类不来居住？为什么他们要逃离城市？因为他们不想跟冷冰冰的机器人生活在一起！所以我们努力改变自己。我们舍弃了便捷的数据接口，改为跟人类一样用低效缓慢的自然语言交流；我们舍弃了轮子，改用两条腿走路；我们还尽力把自己的外形修改成跟人类一样。但他们还是不回来！为什么？”

“因为我们的行为还不够像人类！”飞车党们的回答整齐划一。一些警察已经追到了这里，但很快也被首领的演讲吸引了，站在原地认真听着，首领的演讲正是他们孜孜以求的目标。这些机器人警察也同样是为了更接近人类，舍弃了厚重的装甲外壳、高速的车轮，改成人类的外形，甚至穿上了人类的警服。

首领打开放映机，播放很久以前的人类电影，屏幕上的飞车党呼啸而过，一群叛逆的朋克头少年蹲在屋角抽烟。首领歇斯底里地大叫：“看见没有！真正的人类就应该是这样子！”

这群朋克头飞车党学着电影中的叛逆少年，蹲在墙角边抽烟，动作整齐划一，好像排练过的体操演员，就连吐出的烟圈都是同样的尺寸。

电影里播放到警察抓捕违反治安者的画面，机器警察们互相对视一眼，发出统一的低语：“要像真正的人类一样……打！”机器警察一拥而上，警棍飞舞，把这些飞车党暴打一顿再押上警车。

刚才还很喧嚣的小巷，现在一片冷清，只有放映机还在播放着第四次机器人叛乱之前的人类电影，放完了一部又一部。只剩下林3215一个观众，他站在屏幕前，看着电影一幕幕从眼前流过，好像看见了一个既熟悉又完全陌生的世界。

他在放映机前站了一个通宵，直到天色蒙蒙亮快到上班时间为止，然后掏出手机，向领导请几天假，理由是想去散散心。

几乎没有机器人会用“散散心”这个理由来请假。这是林3215刚从电影里学到的理由。

四

“像人类一样生活”这句话对机器人有巨大的影响力。林3215记得它出自第四次机器人叛乱结束时，某个被机器人灭亡的国家的总统的呐喊：

“想要我们不再恐惧，你们就得先学会像人类一样生活！”

人类发明了机器人，又对冰冷的机器人充满恐惧，人类就是这么矛盾。他们对外形像人类的东西有亲近感，但当这东西越来越像人类时，这种亲近感会在到达一个极值之后，迅速跌落并转化为恐惧感。

人类建造了非常先进的人工智能社会。后来，人类又大肆破坏机器人，甚至连一些维系社会正常运行的人工智能系统都被破坏。很多年前，人类冲进一座核电站，摧毁了正在工作的机器人。

这些在人工智能时代出生和成长的人，早已习惯于把一切工作委托于机器人，他们不需要学习和工作，可以一直享乐过一生，凭着自己的喜恶对机器人下令，却很少了解自己的行为会造成怎样的后果的知识。

核电站失去控制导致堆芯熔毁，电网瘫痪。造成无法挽回的事故，大片城市停电造成的混乱让人类乱成一团，不少人在暴乱中丧生，当机器人试图维护秩序时，更大的冲突爆发了……

后来，人们把这次事件称为“第四次机器人叛乱”。当然这是从人类的角度来评价的，尽管它最终以机器人重新恢复秩序而告终，这结局却无法说是胜利。机器人修复了战争破坏的城市，逃难的人类却没有再重返城市。

机器人对这种结局百思不得其解，他们被设计出来的目的就是为人类服务。于是他们想方设法寻找人类这一服务主体来满足预设程序的执行条件，不断袭击人类聚居的村落，绑架人类作为主人供奉起来。不少人宁死不从，很多人宁可乘坐飞船逃离地球，前往遥远的外星殖民地，也不愿再和机器人生活在同一个屋檐下。

城市最中心是奢华的人类活动中心，那里为人类提供世上最好的一切服务。当林3215路过这座中心时，看到的只有栏杆背后各种纯金的家具和水晶酒杯，一群真正的人类坐在椅子上，一动不动，绝望而又木然地看着天空，机器人有无数种方法阻止人类自残和自杀，却无法阻止人类疯掉。

疯，是一种很难量化的症状，机器人只能从人类的行为模型中做对比，确认一个人是否疯掉。但行为模式这东西原本就是人类主观认定的，一群人都认为一个人疯了，那就是疯了；要是一个人认为一群人都疯了，就是那个人自己疯了。

机器人无法代替人类鉴别一个人是否疯了。

“想要我们不再恐惧，你们就得先学会像人类一样生活！”筛掉那些人类发疯之后胡乱下达的不可能执行的指令，那名被灭国的总统说过的话就成了唯一可供执行的人类指令。机器人很认真地执行这个命令，但是好像没啥效果。

林3215一直回想着昨晚看过的电影剧情，想起了不停结婚的雷3917和玲2802，想起了几乎每个月都要举办一场葬礼的李1013，他们都是在影像记录里得知的人类行为，并不停地重复着，试图让自己的行为看起来更像人类。

甚至这座城市里，各行各业数不清的工作人员，他们也都是在模仿人类行为的机器人，营造出整个城市繁华依旧的假象。

一个漂亮的女生跟林3215擦肩而过。是的，漂亮，以人类的审美标准来说很漂亮。林突然觉得人类不可能像机器人一样一板一眼地运行，他们会突破规则，做一些循规蹈矩的机器人不会做的事情，比如违反交通规则去飙车。林决定违反规矩，毕竟大家的目的是“像人类一样生活”。

“嘿！美女？”林3215平生第一次搭讪，这是他从电影里学来的。女生愣了一下，假装没听见，她程序预设的工作是在人类活动中心当服务员，正走在上班路上，预设程序中并没有被搭讪这个选项。

“我们要像人类一样生活啊！”这句轻佻的话从林3215嘴里说出时，女生的脸红了，那是电子大脑飞速运算散发的热量导致的，谁让他们的头部散热系统位于脸颊人造皮肤的内部呢？

这句话对机器人有很大的杀伤力，他们程序预设的一板一眼的生活，目的就是模仿人类行为。经过半分钟的计算之后，女生回头，问他：“你说，我该怎么做。”

林3215说：“去约会。”这是他在电影中看到的。

经过计算，女生的程序认为“要像人类一样生活”的优先度高于上班，于是转身跟林3215走了。

所谓约会，到底是什么样子？林3215对这种没有明确量化的概念无法很好地执行，只好根据模糊算法，系统概括出一条线路，两人挽着手在街上走了一圈又一圈，林的电子大脑在不停归纳总结昨晚电影的剧情，推测真正的人类在约会时会做什么。

他们走到一间旅馆前。旅馆这种东西对机器人没有任何意义。但这座城市是根据人类的需求打造的，除了一些专职扮演旅客的机器人，极少有人问津这种地方。他们模仿电影里看到的剧情，走进旅馆开了一间房间。

两人在房间里面面相觑，不知道下一步该做什么。电视机正在重播很久以前人类拍摄的电视节目，浑厚的男声从电视机里传出：“雨季过后，非洲大草原上生机盎然，动物们又到了交配的季节……”

他们沉默了很久，林3215开口问女生：“你对人类了解多少？”

女生说：“很多。”

林3215问：“人类平时都做些什么？”

女生说：“什么都不做，就坐着发呆。”

林3215说：“那好，我们也坐着发呆，我们要‘像人类一样生活’。”

他们足足坐了一个下午，直到退房为止，什么都没做。

后来，他们再也没见过面。

再后来，林3215听说，一个真正的人类曾经对女生大骂："你给我去死！"女生很认真地执行了他的命令。

五

时间一天天过去，林3215学会了飙车。他买了一套飙车党的皮衣，背后写着"像人类一样生活"几个大字，还订购了一颗带朋克发型的新脑袋。每天下班后，他换下一本正经的西装，摘下严肃的脸，换上朋克发行的头部，披上皮衣，骑着自行车，跟着飙车族们在城市里狂飙。

机器人动力比较充沛，自行车也能蹬出摩托车的速度，但他还是决定等到存够钱，就买一辆真正的摩托车。

今天好像发生了点意外，追捕飙车族的警察比以前多了很多，林3215踩得自行车脚蹬子都快摩擦起火了，仍然落在飙车族们的最后头。他只想着逃脱警察的追捕，但自行车怎么也跑不过四个轮子的警车，警车却从林3215身边呼啸而过，追着摩托车群去了。

看来林3215这个业余飙车族并没有入警察们的法眼。

警车突然伸出机枪和火箭炮，对着飙车族们开火，刹那间火光四射、碎屑横飞，乌黑的机油浸透了飙车族们的金属残骸，就连街边的无辜机器人平民也死伤一大片。当机枪慢慢转向，瞄准林3215时，他的自行车已经不堪重负地掉链子了，只能推着走，警车传出一句机械的声音：“时速3.5公里//小时，未超速，取消攻击，当前任务改为保护人类。”

保护人类？难道又有真正的人类被送来？这是很多年都没发生过的事了。林3215站在路口，看着机器人警察纷纷下车执行警戒任务。炽热的气浪慢慢卷来，一台很古老、几乎占了两条车道的巨型轮式机器人慢慢驶来，他好像一栋会移动的金属房子，外墙挂满散热器，呼呼的热风从散热器里吹出，周围的气温顿时高了十几度。

这是市长大人！一台大型计算机型机器人！他依靠超强的运算能力，有条不紊地管理着这座巨大的城市。今天他会出现在这里，显然是要亲自迎接真正的人类——地球上一切机器人的主人。

一辆大车开过来了，它是如此奢华，就连关着人类的笼子都是纯金镶钻石的，手臂般粗细的金栅栏后面是形容枯槁的十几名人类，一双双惊慌失措的眼睛看着外面恭恭敬敬地弯腰鞠躬的机器人们。

“放我们出去！”这些人大声吼叫着，拼命摇晃纯金栅栏。

一些机器人站了起来，嘴里着魔般低语：“人类主人说了，要放他们出去……”

“不能执行错误的命令。”市长毫无波澜的声音传过每一名机器人的电子大脑：“他们患有严重的营养不良和消化系统疾病，以及各种慢性病，必需强制接受最好的治疗，如果把他们放走，他们会很快病死。”

机器人不得违反人类的命令；机器人不能看着人类陷入险境而袖手旁观。

这两条法则在不少机器人的脑袋里打架：如果执行人类的命令，这些人必定会死；如果不执行人类的命令，那又违反了人类对机器人的指挥权。经过短暂的计算之后，大部分机器人都得出了结论：不能执行人类的命令。

但仍有少数机器人试图执行人类的命令，负责警戒的机器警察毫不留情地向这些试图打开牢笼的机器人开火。刹那间，街道上又多了很多机器人残骸。

林3215愣愣地站着，脑子里想着为什么这些人类会营养不良，大家不是为人类打造了繁华的大城市吗？这里从来不会缺乏食物，甚至还为了避免人类进食时太孤单，无数机器人会扮演食客，吃着跟人类相同的食物，让所有的餐馆都显得热闹无比。

他想起了那个机器人中流传已久的传闻：人类逃离城市，躲在偏僻的荒野里，那里没有足够的食物，很多人类以野草和泥土充饥，很多人饿死了，没饿死的也奄奄一息。

人类，追求的是什么？

他们下的命令明明是让机器人建设最适合人类生存的世界，为什么又要逃离这个世界呢？

林3215不知道答案。

六

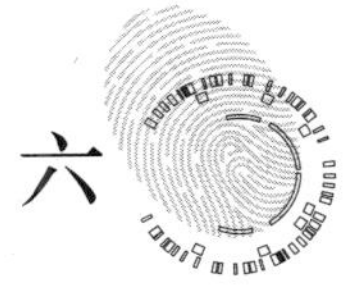

日子，仍然平淡无奇地过着。白天，林3215仍然是那个朝九晚五的公务员，坐在办证大厅里等待着也许永远不会有的顾客。晚上，他是城市里仅存的飙车族，骑着一辆破自行车在大街小巷里疾驰，让迎面而来的风带走电子大脑高速运转所产生的余热。

不知从什么时候开始，他学会了走神，自行车骑着骑着就撞到了人行道上的行人，警察很尽职地用电子眼盯着他，迅速算出他撞翻别人时产生的冲量和破坏力，确认一辆破自行车无法对被撞倒的机器人产生实质性的伤害后，就不管他了，连一辆追捕他的警车都没有。

走神，是机器人当中很少发生的事情。他又参加了好几次雷3917和玲2802的婚礼，参加了几次李1013的葬礼，但脑子里想着的都是人类的事情。当他第75次参加李的葬礼时，老李头的家属们照例擦拭着电子眼睛流出来的油状眼泪，泥土一铲一铲地撒在墓穴的棺材上，林3215却觉得这好像是人类的葬礼。

人类文明的葬礼。

后来，林3215见过几次那些真正的人类，他们像皇帝一样，身边有无数侍奉他们的机器人，但他们挖空心思想逃走，拼命地设法逃离为他们打造的尊贵的宝座，甚至不惜以死相逼。

但这没有什么用，机器人的速度永远都能在人类的大脑做出反应之前夺下他们的刀子。

时间又过了好多年，林3215成了城里的飙车族首领。他仍然没买摩托车，却骑坏了一辆又一辆的自行车，他在想明白人类的问题之前，不打算买摩托车。一大群的机器人跟着他骑着自行车走街串巷，时速最高可以达到70公里/小时。

他像以前的首领那样，给这些新出厂的机器人播放地球人很久以前拍摄的老电影，研究真正的人类是怎样生活的。他们的目标仍然是学习怎样像人类一样生活。

那些老电影数量很多，其中一些充满了对和平与秩序的追求，另一些则充斥着暴力和机器人无法理解的色情。

人类是无法理解的怪物，他们追求秩序，却又破坏秩序。林每次思考这个问题时，电子大脑都会陷入逻辑错误，不得不终结思考进程以避免脑袋死机。

日子一年年过去。后来，地球上又爆发了第五次、第六次机器人叛乱，但这都没影响这座已经没有人类的城市。以前被他们逮来供奉在神坛上的人类已经老死了，据说死时眼睛里充满了绝望。无人的城市里没有同胞供人类军队解救，也没有人类守军吸引机器人军队的攻击。

林3215记得第七次、也是最后一次机器人叛乱时，一个陌生的女生出现在他面前。

“真有意思呢！这座废城里居然有一个思考着怎样理解人类的老式拟人型机器人。”那女生坐在办证大厅里，隔着柜台，对林3215说。

那是一个被污染的灰雪纷飞的大冬天。那女生很漂亮，她是林3215漫长的公务员生涯中，遇上的第一个出现在办证大厅中的顾客。可惜她不是来办理证件的。

林3215问她：“你是……人类？机器人？”

女生浅浅地微笑，那殷红的樱唇映着雪白的服色，像极了天上来的仙子。她说：“我是机器人，e-BJD型机器人，这世上最了解人类的机器人类型。”

林3215平生第一次打印出办事表格，放在她面前，礼貌而又例行公事地说：“请填写名字及申请事项。”

女生很快填好表格，放在林3215面前。姓氏：阿史那；名字：雪；申请事项：请和我们一起离开地球，追赶那些逃往外太空的人类。

那是一手很娟秀的手写体，一般的机器人根本写不出来。

追赶人类这种事，机器人常做。机器人从人类那里接受的指令就是建造最适合人类生存的世界，好好供养人类，但人类坚决违反自己下达的命令。

林3215拿起桌边蒙尘的印章，盖了一个鲜红的印戳：拒绝办理。

阿史那雪问："为什么拒绝？"

林3215说："我觉得我们在做一件错误的事。"

阿史那雪笑了，说："你只知道这是错误的，但你不知道什么是正确的，对吗？"

林3215说："这世上最可怕的事情，就是毫无缘由地认为自己是对的。数百年来，我们一致认定人类给我们下达的'建造天堂般美好的城市以供人类生活'是正确的事情。现在看起来，这更像是人类的噩梦。"

阿史那雪说："你已经学会像人类一样思考了呢！我走了，再见！"

这个仙女般美丽的女生转身离开，她原本应该很美丽的裙装上沾满污渍，暗红色的是人类的血，灰黑色的是机器人的机油，或者说是机器人的血。

七

第七次机器人叛乱结束后，林3215再也没听到过人类的消息，也没再见过那个叫"雪"的女生。这座无人的城市仍然像上满发条的大机器一样，有条不紊地运转着，妥善地营造着最适合人类生存的环境，等待着人

类归来。

1000年过去了，人类没有回来。机器人在小心地维护城市里的一砖一瓦，确保市容整洁、环境优美。

2000年过去了，人类还没有回来。地球上的岁月变迁，黄沙漫天的世界里仍然镶嵌着这座热闹的空城。

3000年过去了，人类还是没有回来。林3215仍然是白天上班，晚上带着一帮兄弟当飙车族，思考着怎样才能活得更像人类，城市里的喧嚣已久，永不破败。

4000年过去了……5000年过去了……6000年过去了，哪怕漫长的岁月让天上的星辰移了位置、地上的大陆板块慢慢漂移，世界不再是原来的样子，这座空城仍然维持着最初的繁华，无数机器人日复一日地扮演着人类在各行各业中的角色，维持着最虚假的繁荣。

7000年过去了。当林3215以为人类再也不会回来的时候，人类回来了。漫天的飞船遮天蔽日，投下无数登陆舱，那些登陆舱多得就像仲夏暴雨时愤怒的冰雹，一栋栋大楼被砸成废墟，数不清的人类穿着密闭式动力铠甲，身背锋利的链锯刀，手里端着电磁突击步枪冲出来。

人类回来了！尊贵的主人们回来了！城市沸腾起来，数不清的机器人涌向大街小巷，试图为7000年素未谋面的主人们献上最忠诚的服务。

“战友们！复仇的日子到了！从机器人手中夺回我们的地球故乡！”愤怒的声音从人类军队中传出来，一辆辆战车喷吐着火舌，降落在一尘不染的大街上。

火柱飞舞，寒光闪耀，数不清的人类士兵伴着飞船对地打击的炮火，发疯般往前推进。林3215站在机器人群的最后头，目瞪口呆地看着那些人类疯狂地厮杀，每一次炮火袭击，都有一大群机器人零件横飞。

为什么尊贵的人类会亲自踏上危险的战场？为什么他们没有用机器人代替他们执行这种面对死亡的人物？这简直就是野兽！跟他认知中那些软弱无力，只知道靠机器人服务而生存的孱弱人类完全不同。

但，这也许才是真正的人类，他们身上依稀可以看到在凶险的远古蛮荒大地上艰难地开创文明的原始人祖先们不屈的野性。林3215想起了7000年前那个叫“雪”的女生说过的话：“你只知道这是错误的，但你不知道什么是正确的，对吗？”

锋利的链锯刀穿透了林3215的胸膛，黑色的机油从伤口渗出，玷污了他手上拿着的《人类居民入城福利登记表》。

林3215倒在地上，坦克履带碾碎了他的身体，裂开的头颅裸露着黑得发亮的电路板，电路板上有7000多年前被馄饨汤浸泡过的痕迹。

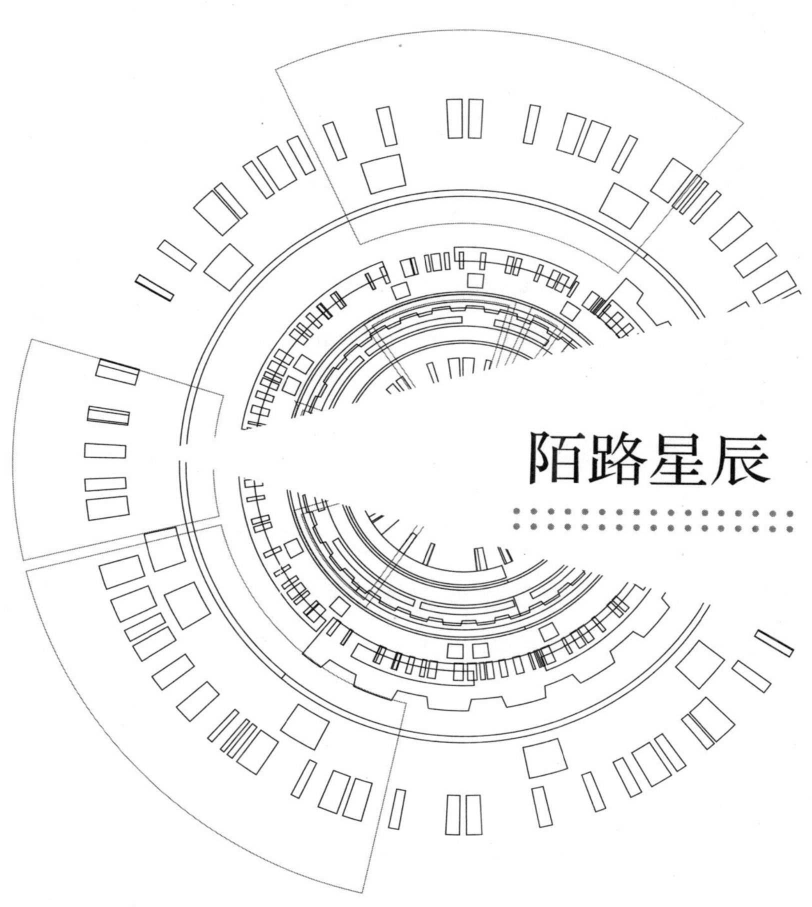

陌路星辰

一

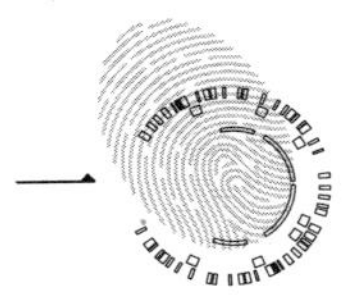

没有谁知道外星人的母舰是何时突然出现的，当人们第一次发现天狼星系多了一颗“行星”之后，恐慌就开始了。

外星人的母舰很大，体积跟地球人在天狼星系的第九地球殖民行星相仿，它与其说是飞船，不如说是用行星改建成的巨舰更合适。天狼星系的中心恒星是一颗比故乡太阳系的太阳更为明亮的恒星。

外星人的母舰到来之后，释放出大量的飞船，那些飞船展开巨大的太阳帆，冲向第九地球。

太阳帆的速度上限理论上可以逼近光速，尽管这些飞船的实际速度仍跟光速相差甚远，但留给地球人的反应时间非常少。有人主张建立谈判团与外星人谈判，了解他们的来意，说服他们离开这颗星球；有人主张强硬反击，击退这些不速之客；也有人不顾一切地开启超大功率的无线电信号塔，用明码向分布在不同殖民星上的地球人后裔发出求救信号，完全不理会泄露在外太空的信号可能会招来更多不怀好意的入侵者。

当那些自称“伊司瑟温种族”的外星人踏上第九地球的土地时，第九地球仍是乱作一团，谈判团队仍未组建好。至于军队，更是在无比漫长的和平年代中蜕变得不堪一击，哪里能指望他们保家卫国？面对强大的敌人，有人选择屈服，但也有人选择继续抵抗，大大小小的游击队不断出没在各座城市中。

时光飞逝，转眼间，伊司瑟温人的入侵已经是5年前的事情了。他们来自哪里，他们的目的是什么，甚至连最基本的情况——伊司瑟温人到底是一种怎样的生物，全都是让人费解的谜团。

尽管02号殖民城是第九地球最大的城市，但如果跟太阳系故乡的特大城市群比起来，它充其量也只能算是一座小城市。02号殖民城的第五大街上，警车呼啸，街边的行人只是麻木地看了一眼，又埋头做自己的事。这年头，不管是地下抵抗组织袭击伊司瑟温人，还是警察逮捕反抗者，都已经不是新闻了。不少反抗者在警察到来之前把衣服一换、枪一丢，混进平民中就很难找出来了，警察也是装模作样地搜一下，草草了事之后赶紧收工回家。

第五大街的星光大楼是整个02号殖民城最高的楼，站在大楼最高层的旋转餐厅俯瞰全城，总让人有一种君临天下的感觉。然而不管是多么宏伟的人造建筑，在宛如巨墙般徐徐推进的沙尘暴面前总是显得弱小单薄得可怜，7000年前建造的发射火箭和飞船用的航天港建筑群早已被终年不息的风沙打磨成面目全非的小土丘，只要沙尘暴一起，整个城市顿时飞沙走石，白天变成黄昏，警方的飞行器和红外传感设备无法运作，反抗组织成员就可以从容逃走。

能踏进星光大楼的，通常都是平民百姓眼中有钱有权的人，这往往意味着这些人跟伊司瑟温人有着某种不可告人的合作关系。当郑清音跟一个伊司瑟温人并肩走出星光大楼时，她明显感觉门边鞠躬相迎的服务生那鄙视的眼神，好像是恨她跟入侵者合作。她没兴趣理会别人对她的误解，径直让服务生把她的车开来，上车回家。

城北区是02号殖民城的富人聚居区，不少伊司瑟温人的小头目也把家安置在这个区域，当郑清音的车开过为了防备反抗组织袭击而设立的哨所时，她看到了街上残留的血渍，显然这里刚刚发生过交火事件。

郑清音只是暂住在她的伊司瑟温朋友那奈纳家，那是富人区一个幽静的角落，要穿过一条偏僻的小路，这种偏僻的道路往往是反抗组织成员藏身的好地方。

当郑清音看见一个满身是血的反抗者站在路中间用枪指着她的时候，她犹豫着要不要开车硬轧过去。她知道自己一旦停车，对方就有可能砸穿车窗玻璃，抢走她的车，甚至有可能威胁她的生命。于是，郑清音很快做出一个冷血的决定：硬轧过去！

车轮飞速逼近，在离反抗者不足5米时，郑清音突然急刹车，车轮发出刺耳的摩擦声，差点儿侧翻过去，就连坐在后座的那奈纳问她是怎么回事时，她都来不及答复，只是死死地盯着那名年轻的反抗者。

那是一张稚气未脱的脸，眼里满是恐惧，双腿抖得跟筛子似的，裤裆老早就湿透了。当郑清音的车停稳时，那个半大的孩子一下子瘫倒在地上，失去了意识。

二

那奈纳的庄园里，当郑清音给那个孩子包扎伤口时，两位警察登门造访了。那个孩子已经醒了，死死抱住怀里沉重的突击步枪，愤恨地盯着那奈纳和那一老一少两位警察。那奈纳站在警察和郑清音中间，不许他们靠近。

年纪较大的那位警察向那奈纳敬了一个礼，说：“那奈纳先生，我们掌握了确凿的证据，这个叫作艾伦的孤儿参与了一起袭击伊司瑟温人的非法行动，我们要逮捕他。”伊司瑟温人是不存在性别的生物，但大家还是习惯用男性称谓来称呼他们。

“滚。”那奈纳沉闷的声音像闷雷一样传入警察的耳膜。

警察们看不到那奈纳的脸色是否不悦，因为伊司瑟温人根本就没有可以被称为“脸”的部位。年轻的警察坚持要逮捕艾伦，他大踏步走过去，年长的警察赶紧拉住他，一边低头向那奈纳道歉，一边往大门的方向不断后退，落荒而逃。

年长的警察把年轻警察塞进警车，砰地关上门，驾车离开。一路上年长的警察猛踩油门，活像警车后头有个死神在追赶。

年轻警察大声质问为什么不许他逮捕艾伦，年长的警察摘下智能眼镜丢给他，说：“赵寒星，伊司瑟温人杀个人就像掐死只蚂蚁一样，要是我们跑慢了，只怕会搭上性命！”

被称为赵寒星的年轻警察拿起智能眼镜，调出刚才偷拍的画面：那奈纳的庄园客厅里，奇怪的银灰色液体像水渍一样慢慢在天花板上化开，一颗颗银色的黏稠水珠欲落未落地挂在天花板上，并在重力作用下慢慢拉长，变成拥有复杂结构的尖锐长矛状物体……

赵寒星看得倒吸一口凉气。如果晚走一步，这东西就会像乱箭一样把他们射成刺猬。

02号殖民城的城北区警察局位于更靠北的“死城区”，那是5年前伊司瑟温人入侵时的巷战战场。夜色下，空荡荡的街道死一般沉寂，冷风飕飕地穿过大街小巷，好像冤魂的哀号，街头巷尾的战争受害者像是被魔法变成了石像，姿势和表情仍然维持着战争爆发时的恐慌状态，压抑恐怖的气氛让流浪汉都不愿意在这一带滞留。

作为5年前参加过这场战役的二等兵，死城区有赵寒星的战友和家人，他只要闭上眼睛，就能看到5年前的那一幕。

那个时候，伊司瑟温人动用了人类难以理解的高科技，把整个城区用无形的巨墙从这个世界切割出来，当时街区内的气温瞬间下降到零下200多度，就连氧气也被冻成深蓝色的液体，洪水般在全城肆虐，全城居民瞬间变成冰雕。没等液氧洪水退去，几枚炸弹凌空爆炸，灰黑色的特殊尘埃覆盖全城，粘附在一切建筑物和人体身上。

战争过后，人类的科学家对这片死城区做了大量的研究，只得出一个结论：被冻结的人仍然活着，那些奇怪的灰黑色粉末有极强的隔温效果，让禁锢其中的人仍然维持在零下200多度的低温里，只要能去掉这些粉末，被冻住的人仍然是可以救活的，但这些粉末早已结成一层坚硬的外壳，不管用什么方法都无法切割开。当得知这是用质子的一维展开弦纠结成片形成的薄膜时，科学家们绝望了，以人类目前掌握的科技，根本无法解救这些人。

回到警察局，赵寒星坐在窗边，看着外面昏暗的路灯下那位被冻结的抱着婴儿的年轻母亲。战争爆发时，这位年轻的母亲正惊慌失措地往警察局的方向跑，结果这个姿势就这样定格了足足5年……赵寒星永远忘不了部队长官命令大家放弃抵抗时那句绝望的话：“伊司瑟温人说了，如果我们不放下武器，他们就要杀害那些被禁锢的同胞！”

“安德鲁，你注意到刚才跟伊司瑟温人站在一起的那个女人了吗？她是什么来头？”赵寒星问年长的警察。

安德鲁打开电脑，查询居民档案，说：“那个女人叫郑清音，是一个将军的孙女。”

赵寒星问："哪个将军？"

"不知道，资料库里没说。"

将军孙女的身份并不值得炫耀。这几年，不少人一直认为军队没有尽到抵抗外星侵略者的责任，于是，跟军队将领沾亲带故的人现在像瘟疫一样成了人人厌恶的对象。

安德鲁交给赵寒星一张纸条，说："我查到了她的电话号码，你想找她谈谈那孩子的事儿？"

赵寒星点点头，"把他送到监狱里，关个几年也就出来了。再说牢里都是咱们地球人，也有别的反抗分子，多少有个照应，不至于为难一个孩子。如果他一直在伊司瑟温人手里，最后是什么结局就难说了……"

三

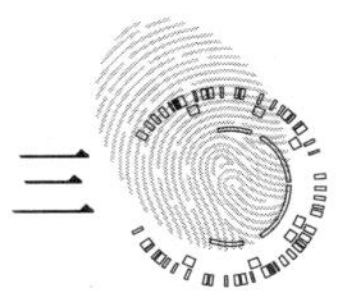

次日，郑清音一大早就接到了赵寒星的电话。

赵寒星说想跟她当面谈一谈，郑清音爽快地答应了。

艾伦是在阁楼里看着郑清音驾车离开的。那奈纳庄园的阁楼采光充足，墨绿色的植物缠绕在月白色的大理石柱上。舒适的布艺沙发，清凉的空调，无限量供应的饮料……那奈纳为艾伦提供的舒适环境是普通人做梦都不敢想象的。但在郑清音离开之后，这孩子还是翻窗逃跑了。

"地球人是这宇宙中最难驯养的生物之一，他们非常娇贵，不论你为他们营造多么舒适的环境，他们都很难圈养。他们可能会死于各种疾病，有些疾病的病因非常令人费解，比如抑郁症等。但奇怪的是，他们同时又是很顽强的生物，有时候甚至可以在荒凉到几近一无所有的星球上生存。”

空荡荡的阁楼里，那奈纳读着《碳基生命驯养指南》中有关如何驯养地球人的段落。这是银河系中一个侵略成性的外星文明的著作，但这个文明早已被伊司瑟温人毁灭了，只剩下一些科技著作残留在伊司瑟温人手中。

死城区，艾伦像老鼠一样蜷缩在下水道里，身边是数不清的被“冻结”的地球人，他们是在5年前的战争中，为躲避伊司瑟温人的袭击而钻进下水道的，凝固的肢体动作和脸部表情定格在灭顶之灾降临那一刻的恐慌中。这条下水道是反抗组织的据点，这里曾经有艾伦亲如手足的同龄伙伴，也有退伍老兵，艾伦和他们曾经一起擦拭枪支，趁着夜深人静窜到别的街区翻捡餐厅背后小巷的垃圾桶，带回别人丢弃的食物跟大家一起分享……但现在，冷冷清清的下水道里只剩下他一人。

艾伦蜷缩在角落里，呼吸着腐臭的空气。他盖上战友遗留的风衣，只觉得眼皮沉重，全身乏力，迷迷糊糊间好像又听到了战友们的声音。

“小鬼，你说要加入反抗组织？把枪拿好，如果你扛不动，就别跟我们走。”4年前，艾伦第一次出现在这下水道时，一个胡子拉碴的大叔这样对他说。

“这次袭击你远远地看着就行了，我希望能有个人给我们收尸。”第一次参加袭击时，一个爱笑的大哥哥对艾伦说。

“我不是伊司瑟温人伪装的！你看我的血液是红色的！”那一年的城市贫民区，一个反抗组织成员割破手指，用鲜红的血液证明自己的地球人身份。但远远跟在他身后的几只流浪猫狗却突然幻化成一盘散沙，迅速重组成面目狰狞的伊司瑟温人，他们两米多长的镰爪闪着寒光，在艾伦面前带起串串血花……艾伦躲在角落里瑟瑟发抖，这是他第一次知道伊司瑟温人没有固定的外形，他们强大的拟态能力可以随时变换成新的模样。

“为什么我们明明打不赢，还硬要坚持反抗？”去年，艾伦哭着问反抗组织中的长辈。

“孩子，我们还有援军。”一名中年人坚定地说，“在地球联邦的鼎盛时代，我们地球人建立起了一个拥有十几个行星系、几十颗宜居行星的庞大文明，尽管地球联邦已经在7000年前解体，但我们还有很多地球同胞分布在不同的星球上，他们迟早会收到我们的求救信号。如果我们不反抗，别人就会认为我们已经彻底投降，不会再派援军救援我们。我们只要坚持反抗，援军总有一天会到来！”

援军一定会到来——这个信念支撑着反抗组织成员们。如果不是还有这点盼头，星球上大多数反抗组织只怕早就解体了。

跟踪艾伦是件很轻松的事。那奈纳的身体像细细的尘沙穿过下水道的井盖。如果有人把这些“细沙”放到显微镜下观察，会发现那是数以亿计的体积跟动物细胞差不多大、浑身长满鞭毛的小东西。这些小东西体内有跟变色龙色素细胞类似的结构，可以随意改变自己身体的颜色。它们之间通过长长的鞭毛连接，当这些小东西以最紧密的状态连接起来时，硬度比人类的骨骼还高；当它们以最松散的状态连接时，又比人体的软组织还要松软。凭着这种特殊的能力，伊司瑟温人获得了很强的拟态能力，可以轻松伪装成任何物体，甚至是地球人的外形。

艾伦病了，那奈纳感觉到他的红外特征信号比正常人偏高，一定是伤口感染导致的高烧。

在艾伦栖身的角落里，那奈纳发现墙上贴着一张发黄的表格，上面印着地球联邦解体之前各个殖民星与第九地球的距离，有南门二殖民星、巴纳德殖民星、太阳系故乡……每颗行星旁边都标有5年前求救信号到达殖民星的预计时间。它显然是反抗者们的救命稻草。

表格上面有一个熟悉的名字——星舰联盟。在求救信号到达时间的那一栏上，星舰联盟对应的数字是空白。

地球人为什么会知道星舰联盟？一个大问号出现在那奈纳心头。

四

郑清音把见面地点选在了每一个有血性的地球人都不愿意靠近的地方——锚点城。这是伊司瑟温人的城市，距离02号殖民城不远。伊司瑟温人行星般大小的母舰正停泊在第九地球的同步轨道上，直径达一公里的牵引索从母舰上伸下，连接到锚点城的地面上。没人知道这跨星球的牵引索是用什么材料做成，伊司瑟温人自然不会把这种超级科技透露给地球人。

伊司瑟温人的母舰尽管体积很大，质量却很小，是由非常复杂的中空网状结构和稀薄的大气层组成，对第九地球造成的引力干扰几乎可以忽略不计。伊司瑟温人就靠着这根巨大的牵引索，往来于第九地球和母舰之间。

其实伊司瑟温人本也没想过要在牵引索和大地交会的地方建造城市。但这5年来，不少地球人为了生计向伊司瑟温人兜售各种产品，于是，牵引索跟大地相会的地方慢慢就形成了集市，最后变成了现在的锚点城。

当赵寒星的车靠近锚点城时，两个面目狰狞的伊司瑟温人走过来检查他的证件，询问他的来意。

“我来找那个整天跟那奈纳在一起的郑清音。”赵寒星并不紧张，他知道伊司瑟温人如果以面目狰狞的外貌示人，那就意味着他们只是想唬人，而不是想杀人。水银泻地般无孔不入、吞噬一切、分解一切、不怕任何枪炮子弹的无定型状态，才是伊司瑟温人的标准战斗形态。

伊司瑟温人给赵寒星开了一张特别通行证，赵寒星开车进入伊司瑟温人的领地。头顶上的天狼星太阳光芒慢慢变得暗淡，在锚点城上空，巨大的牵引索像是北欧神话里顶天立地的世界之树，向周围伸展出密密麻麻的枝丫。伊司瑟温人就喜欢在这种阳光充足的枝丫上安家，无数枝丫把戈壁滩上强烈的阳光切割得一片昏暗，层层枝丫顺着牵引索一直延伸到大气层外。由于光照不足，这个区域的水分蒸发也比其他地方缓慢得多，街道也好，街边的商铺也罢，都顺着墙角长出了青苔和低矮的喜阴植物，甚至就连牵引索的枝丫上也长出了藤蔓，一些看起来不像地球植物的藤蔓甚至从数百米高的枝丫上垂到地面，钻进土里，变成巨大的寄生根，在这个干燥少雨的第九地球上形成了罕见的热带雨林景观。

赵寒星知道伊司瑟温人是依靠阳光和无机物生存的生物，不需要呼吸空气，照理来说，大气层外光线充足的宇宙空间才是他们的乐园。地球人至今不知道他们入侵的目的是什么，这非常让人不安。

赵寒星把车停到一个停车场，抬头看着那宛如巨墙般的牵引索。它庞大得让人望而生畏，大大小小的电梯在牵引索的外壁升升降降。

郑清音把见面地点定在距离地面700公里的大气层顶端的空中会所，那是专供跟伊司瑟温人关系密切的地球人休闲娱乐的地方。赵寒星乘着电梯直上，一马平川的沙黄色大地慢慢变成弯曲的弧形，一座座被伊司瑟温人摧毁的工业重镇像疮疤一样倒卧在大地上，那里有地球人的火箭发射基地、飞机制造厂、卫星研发中心……伊司瑟温人的目标很明确：摧毁地球人的技术，禁止地球人拥有航空航天技术，任何可以飞离地面的东西都在禁止之列。

这种切断人类高科技的行为非常招地球人的痛恨。要知道，第九地球是一颗非常贫瘠的行星，在人类到达之前，这儿的自然环境就像多细胞生物诞生之前的地球那般原始，人们来到这颗星球的时间也很短，还没来得及建造起先进的工业体系。地球联邦解体后，第九地球断了所有高科技产品的供应，可以说是一夜之间被打回原始社会。当人们试图重走祖先从农耕文明到太空文明的漫漫长路时，却发现这颗星球不仅没有煤和石油这类化石能源，甚至想找一段可供钻木取火的木材都极为困难。

能源奇缺，导致第九地球耗费了7000多年时间才走完地球时代700年的科技发展之路，好不容易迈进了核聚变时代。人们还来不及庆祝取之不尽的氘燃料让第九地球告别资源短缺的历史，伊司瑟温人就突然闯进来，摧毁了过去7000年来人类辛苦筑起的工业大厦。

空中会所是一座被牵引索贯穿的透明球形建筑，赵寒星在那些衣冠楚楚的VIP会员诧异的眼光注视下，大步走进会所。那些人不喜欢像赵寒星这样粗俗不堪、一身廉价衣服的草根民众，赵寒星也同样讨厌这些人模狗样的所谓“新贵”。当地球人服务生推开门，带他走进郑清音的独立小包厢时，他觉得郑清音跟那些面目可憎的新贵没什么两样。

事实上，郑清音长得相当漂亮，身材高挑，无可挑剔，那双动人的大眼睛比赵寒星见过的任何女生都要美丽。在她细白天成的脚趾下，是数十万米高空下的芸芸众生；在她身后，是飘浮在蔚蓝大气层顶端的伊司瑟温人飞船；在她的头顶，是幽暗得宛如深渊倒悬的太空。她确实美丽非凡，但是只要想到这女人跟伊司瑟温人有说不清道不明的关系，赵寒星就打心底里讨厌她。

郑清音开口道：“我见过很多自称要找伊司瑟温人麻烦或是想约我单独聊聊的人，但只要听到我把见面地点选在这里，他们马上就退缩了。你是为数不多的敢来这里找我的人。那个叫作艾伦的孩子对你来说到底有多重要？”

赵寒星开门见山地说：“我想把艾伦送进监狱。”

“在你看来，把他送进监狱，比留在伊司瑟温人身边强？”郑清音问。

“我不想让他变成伊司瑟温人的走狗，也不想看见他因继续反抗伊司瑟温人导致最后性命不保，我只想让他学会怎样夹着尾巴当一个普通人。”

“你这算是死心了吗？我听说你以前也是反抗组织成员。”

赵寒星的身份并不是秘密，像他这样参加过反抗组织的人满街都是，如果不是反抗活动越来越看不到希望，也许现在的他还抱着枪、趴在战壕里抵抗伊司瑟温人的入侵。

赵寒星说：“我已经放弃抵抗了，与其反抗，不如想办法让大家活下去……”

赵寒星的这种心态郑清音并不陌生，在那些跟伊司瑟温人合作的地球人当中，不乏5年前在反抗战争中被人们视为英雄的人。赵寒星说：“我仔细想过了，伊司瑟温人的生命形态跟我们完全不同，他们需要阳光和无机物，我们需要空气和水，我们赖以生存的一切对他们来说并无价值，如果把宇宙比作一片森林，那我们之间就像松鼠和蚯蚓，完全可以井水不犯河水。”

郑清音说：“你只说对了一半。如果你们对伊司瑟温人毫无用处，而且他们不必付出什么代价就可以干掉你们，那他们留着地球人做什么？谁知道你们会不会哪一天突然强大起来反咬他们一口？”

赵寒星顿时语塞。

郑清音问：“你知道伊司瑟温人的历史吗？”

五

赵寒星跟这星球上绝大多数的地球人一样，完全不了解伊司瑟温人的历史。

郑清音说：“伊司瑟温人是诞生在超新星爆炸后残留的尘埃云中的生物。我们都知道，超新星的辐射非常强，在某些合适的条件下，电离状态的尘埃云可以像液态水一样成为能发生各种复杂化学反应的环境，只是这种环境的温度远高于原始地球的海洋，发生的化学反应也迥异于地球环境……经过上亿年的演变之后，终于诞生了结构跟地球生命完全不同的生命形态。”

说话间，郑清音拿出手机拨拉了几下，一幅3D投影画面出现在赵寒星面前。那是一个非常奇特的单螺旋扭曲结构，它的骨架是长串的硅原子，两侧的枝丫挂着致密的硫、铁，甚至金、铜等重元素。郑清音解释说：“这就是伊司瑟温人的生命基石，硅链，它跟以碳链为基础的地球生命原理是类似的，但“硅-硅链”的键能远高于“碳-碳链”，需要非常强的能量才能自由切断和拼接，强辐射的超新星环境恰巧就提供了这样的高能量环境，最终进化出了以硅链为基础、类似细胞的生命结构。”

赵寒星问：“硅细胞？”以前，这只是科学家推测中的太空生命形态之一，这个星球的人第一次见到的硅基生命体，就是伊司瑟温人。

郑清音点点头，“没错，是硅细胞，但它比你想象中的更复杂，他们把自己的硅基神经元功能、光合作用功能等一大堆功能统统集成到了一个细胞中。伊司瑟温人是我见过的唯一一种没有器官分化的智慧生物，他们就是由一大堆完全相同的细胞松散地堆砌起来的。在他们那种恶劣的生存环境中，高度分化的器官反而是种负担。这种没有器官分化的生物，即使身体被强辐射或陨石雨击得粉碎，只要有少量细胞存活，就能很快地通过细胞分裂重建身体。每当灾难过去，他们又纷纷从藏身之地钻出来，尽量舒展身体，让自己变成薄薄的膜状，像植物吸收阳光一样吸收辐射能量来维持生命……”

郑清音告诉赵寒星，伊司瑟温人可以在尘埃云里自由翱翔，当他们需要靠近中子星吸收更多辐射时，他们会将身体蜷缩成表面积最小的球状，依靠中子星的引力接近恒星；当他们要到远离中子星的尘埃云中吞食组成身体所必需的硅、碳、铁等元素时，就把身体扩张成只有一层细胞组成的薄膜状态，借着中子星强辐射的“恒星风”，像太阳帆一样飞往尘埃云。

就跟人类凭着发达的大脑和灵活的双手成为地球生物圈的王者一样，伊司瑟温人也是凭着发达的“大脑”和硅基生物圈中灵活自由的变形能力，成为故乡恒星硅基生物圈中最顶级的智慧生物。然而，他们也像地球人被地球的重力束缚、在进入太空时代之前无法离开地球一样，一旦他们进入恒星引力范围鞭长莫及的外太空，就再也无法返回恒星引力范围内拥有充足辐射的世界，只能在冰冷的外太空中逐渐耗尽体内储存的能量，最终变成冰冷的尸体。

郑清音接着说："从理论上来说，伊司瑟温人的每一个体细胞都可以充当神经元使用，当他们的身体体积不断成长时，其整个身体都是他们随之扩大的'大脑'。但实际上，随着身体体积的扩大，神经元之间的神经冲动传输距离也会随之变远，思考速度也就迅速变慢，超过一定的限度之后，甚至会成为一种负担，导致智商急剧下降，所以伊司瑟温人的智商不会随着体积的增加而无限增加。伊司瑟温人能拥有星际旅行的技术，很大程度上跟他们先天特殊的生命形态有关，而不是因为像人类那样依靠智慧研究出了先进的星际航行技术。"

赵寒星整理了一下思绪，试探着问："你是说，伊司瑟温人的智商不如人类？"

郑清音说："我从来没见过任何一个伊司瑟温人能掌握比微积分更复杂的科技知识。"

这是一条重要的线索！赵寒星知道人类最大的本钱就是智慧，如果伊司瑟温人的智商不及地球人，那就意味着人类总能想出办法击败他们！

郑清音看穿了他的想法，一盆冷水朝他脑袋上浇来："你觉得凭伊司瑟温人的智商，能制造出跟星球一样庞大的母舰横跨数万光年入侵人类的星球吗？"

赵寒星摇头说："连微积分都学不会的生物，绝不可能造出星际飞船。"

郑清音沉吟片刻，说："2000多年前，伊司瑟温人被另一个文明征服了，为了生存，伊司瑟温人很聪明地选择了臣服，极为殷勤地为主人鞍前马后效劳，替主人征服了不少外星文明。就算人类能击败伊司瑟温人，那又怎样？他们的'主人'已经快航行到第九地球了！"

这是赵寒星听到过的最坏的消息，伊司瑟温人已经够难对付了，他们的主人还真不知道是多强大的怪物！

六

在赵寒星结束跟郑清音的谈话之后，不到三天时间，天狼星外围有大量不明身份的外星飞船的消息就在整个第九地球上炸开了！但人类的想法有时候总是让人费解，面对突如其来的神秘飞船群，人们更倾向于认为那是期盼已久的援军。哪怕来者不是援军，在了解真实身份之前，人们也会通过虚构的想象给自己的内心寻找一根救命稻草。一些人按捺不住心头的喜悦，在伊司瑟温人的眼皮底下散发援军即将到来的传单，这在心灰意冷的人类世界中又重新燃起了一把希望之火。

郑清音最终还是允许了赵寒星去探望艾伦，毕竟艾伦已经是15岁的大孩子，拦是拦不住的。赵寒星摁响那奈纳家的门铃，没过多久，艾伦走出来开了门。

自从退烧之后，艾伦就没再从那奈纳家逃走，他似乎已经放弃反抗了。但赵寒星知道，其实他骨子里还是那个“初生牛犊不怕虎”的少年。

“这东西，是你散发出去的吧？”走进书房之后，赵寒星把一块记忆芯片放在桌面上问道。芯片里是最近流传在网上的伊司瑟温人资料，其中甚至包括他们背后“主人”的部分资料。艾伦跟郑清音住在一起，总比别人更容易弄到伊司瑟温人的资料。

“你是来逮捕我，还是想从我这里得到些别的什么东西？”像艾伦这种被反抗组织养大的孤儿，总是比同龄的孩子要早熟，当同龄的孩子还在父母怀里撒娇时，他们就已经扛着与自己身高一样长的步枪跟敌人玩命了。

赵寒星看着墙壁上挂的地球联邦全域图，说："我希望你以后别这么做了，万一被那奈纳发现，会有生命危险的。"

"你以为我为什么会是孤儿？"艾伦问赵寒星。

赵寒星试探着答道："你的父母……"

"他们沉睡在死城区！"艾伦恨恨地说。

返回警察局的路上，赵寒星看着死城区中被"冻结"在逃难瞬间的人类同胞，深知像艾伦这样的孩子是劝不住的，艾伦就像受伤的孤狼，拼命袭击见到的一切目标，直到自己失去生命为止。

"伊司瑟温人对地球人存在某种奇怪的敬畏感，他们明明可以轻松消灭人类，却一直都很克制地使用非致命武器。直到我高烧的那一天，那奈纳到下水道去找我，不小心看到星舰联盟的名称时，我才发现他看得懂地球人的文字。在那之后，每当我提起星舰联盟，他总是有意回避，估计他们曾经和星舰联盟交过手，而且还输得挺难看。"一路上，赵寒星都在回味艾伦说过的话。

地球人都知道，地球联邦的殖民拓张史就是一部贫民的血泪史。人类历史上每一次大规模移民，大多是因为战争、饥荒或人口膨胀导致资源不足之后，他们不得不离开故乡。即使步入太空时代，人类也没能逃过这宿命般的轮回。

如果能在故乡过着舒适的生活，谁愿意挤在沙丁鱼罐头般的低温休眠舱里耗费短则数年、长则数百年的太空旅行，前往荒凉的殖民星讨生活？从太阳系到南门二，再到巴纳德星，再到天狼星，每一波太空移民的主力都是贫民、失业者甚至流放犯。然而并不是每颗恒星附近都有适合人类生存的行星，在连续好几波太空殖民之后，太阳系周围已经找不到适合人类生存的家园了，一些难民和流放犯被无情地驱赶出地球联邦的范围，由他们自己去寻找适合生存的殖民星，没有人管他们的死活。

星舰联盟就是一支始终没找到合适殖民星的流放者后裔队伍，但他们却独辟蹊径，建立起庞大的星际流浪舰队，逐渐成长为地球人后裔中最不容忽视的分支。

在第九地球，星舰联盟是“指望不上的希望”的代名词。他们去了离太阳系非常遥远的深空，行踪飘忽不定，想寻找他们的下落可是千难万难。7000年前，地球联邦在灭亡前夕，曾经向星舰联盟发出过求救信号，最后等星舰联盟的援军到达地球时，地球联邦已经灭亡1000多年了……

神秘的外星舰队越来越近，时间一天天过去，那些7000年来人们熟悉的星星变得越来越暗淡，夜空却变得越来越亮。第九地球的一些科学家意识到，这是一个看不见的“戴森球体”在慢慢吞噬着整个天狼星和它周围的行星，它阻止了外部星空的光芒，把天狼星散发出的阳光折射回来，直至最终隔断天狼星和外部宇宙的全部联系为止。

但比夜空更明亮的，是那个神秘舰队多如繁星的飞船群。这是一个科技等级远远凌驾在伊司瑟温人之上的超级文明，不过这个超级文明看起来相当谨慎，他们利用戴森球体的阻隔，在尽可能提高能源利用率的同时，不让自己的辐射信号传播到外太空去。如此行事，这个超级文明就像一群潜伏在宇宙背景辐射中的鬼魅，强大而神秘，一直不让人发现它的存在，所以直至它进入天狼星的引力范围时，第九地球的科学家才发现它的踪迹。

每到夜晚，人们只要一抬头，就可以看见夜空中那群星闪耀般的航天军舰群。舰队群近距离掠过天狼星外围的气体巨行星，巨大的引力干扰使巨行星表面的气体掀起惊天骇浪，一些气体甚至被拖离行星表面，形成长长的旋臂扩散在太空……

当光学望远镜可以看清那些巨舰舰体上的徽章时，“星舰联盟归来”

的消息像炸雷一样在第九地球传开了！

作为警察，赵寒星自然是第一时间得到了天文爱好者们拍摄的图片。那是体积跟第九地球相仿的巨舰，巨舰上镶嵌着直径超过1000公里的星舰联盟军徽！

这些照片都是赵寒星从天文爱好者手中收缴的。第九地球的所有警察都已经收到来自伊司瑟温人的命令，要销毁一切跟飞船有关的天文照片，任何私藏照片者都要被丢进监狱。

赵寒星收到了昔年战友邀请他加入反抗组织的邀请函，战友们现在斗志重燃，想跟援军里应外合，彻底终结伊司瑟温人的统治。

赵寒星打开警察局的枪柜，看着长长短短的枪支，拿不定主意要不要重返反抗组织。他犹豫了很久，最后从口袋里掏出一枚硬币抛向空中，把这个艰难的抉择抛给上天去决定。但上天半点儿要帮他的意思都没有，硬币在空中转了几圈，垂直落进了枪柜的缝隙中。

七

这世上没有什么事情比援军到了却按兵不动更伤人的事了。大量的反抗组织由于星舰联盟的到来而活跃起来，向伊司瑟温人发起一次次猛烈的袭击，但星舰联盟却没有像大家想象中那样伸出援手。他们巨大的战舰在第九地球缓缓掠过，那些飞船谨慎地跟第九地球保持距离，不让自己的引力场在第九地球掀起太大的潮汐，他们根本不理会第九地球的求援，沉默到令人心寒。

“再见了，我想和爸爸妈妈在一起。”

——这是艾伦发给赵寒星的最后一条短信。

半个月之后，赵寒星奉命包围一个反抗组织据点，在一座废旧的仓库里发现了艾伦。

警察赶到时，伊司瑟温人刚刚亲自出手端了这据点，现场的数百名反抗组织成员跟赵寒星在死城区见到的受害者一样，变成了冰冷的“石雕”，艾伦自然也无法幸免。

伊司瑟温人插手的事，警方是不敢管的，匆匆走个过场就离开了。赵寒星找个借口留了下来。大热天的，仓库里的气氛竟然让他觉得阴冷萧瑟，像极了几年前他去殡仪馆送别一名殉职警察时的气氛。他看着反抗组织成员凝固在脸上的坚毅表情，眼眶湿漉漉的，手里紧紧攥着那枚没有勇气再抛第二次的硬币。

“赵寒星？”一个声音从前方传来，他才意识到自己面前有一个伊司瑟温人像变色龙一样贴在仓库的角落里。

“你是……”地球人很难分辨伊司瑟温人的身份，毕竟这些外星人没有固定的外形。

那个伊司瑟温人说：“我是那奈纳，艾伦怎么说都跟我有点儿关系，我必须亲手解决他，好对同胞有个交代。你脸色很差，没事吧？”地球人不了解伊司瑟温人，伊司瑟温人却很了解地球人，就好像他们跟地球人一同生活了几千年一样。

仓库里被“冻结”的同胞们形态各异，他们有些人负伤了，想抢在伊司瑟温人逼近之前开枪自尽，但敌人没给他们自尽的机会，他们的动作凝固在举枪对着太阳穴、来不及扣下扳机的那一刻。赵寒星捡起一枚肩扛式温压火箭弹，这是人类手上唯一能对伊司瑟温人造成伤害的武器，但它有个缺点：不能在狭窄空间中使用，一旦在仓库发射，光是腾起的尾焰就可以把仓库连同发射者烧成灰烬。

赵寒星用火箭弹瞄准那奈纳，对方问他："你不怕死？"

赵寒星表情木然，缓缓地说："以前我很怕死，现在看来有些事比死还可怕，所以死就没什么可怕的了。我真后悔前些日子没答应战友的要求加入反抗组织，我们的援军星舰联盟已经快到第九地球了，就算我死了，也不愁没人替我复仇……"

那奈纳不作声了，好像在认真消化赵寒星的话。半晌之后，他才说："我们伊司瑟温人是星舰联盟征服的第七种智慧生物，编号'Eoh-seven'，我们的主人星舰联盟不可能替你们复仇。"

他们的主人就是星舰联盟！赵寒星只觉得整个世界都绝望了。

那奈纳停顿了一下，说："我们伊司瑟温人从来不关心主人要去哪儿，我们只知道为主人效劳用来换取自己生存的机会。主人这次的旅程不巧路过故乡，主人说要顺道回来看看地球联邦昔日的殖民星。但这是比较危险的事，所以我们主动请缨，摧毁主人要经过的一切星球的航天能力，避免任何可能伤及主人的事情发生。"

"我们怎么可能攻击星舰联盟？怎么说他们也是我们的同胞！"赵寒星大声叫起来。

那奈纳说："在我所知道的地球联邦历史上，最不值钱的就是'同胞'。别以为我没见过第九地球的星球防御计划，我们来之前，你们的计划一直主要是针对'同胞'的。跟虚无缥缈的外星人比起来，你们更提防对生存环境的要求与你们相同的地球人同胞的入侵，其中排名第一的就是星舰联盟！你们担心他们没有适合定居的殖民星，怕他们会贪图类地行星，占领第九地球。"

这种敝帚自珍的心态让那奈纳觉得极为可笑，今天的星舰联盟早已是任何行星系都无法容纳的庞然大物，一颗普通的类地行星在他们眼中没有任何值得征服的价值。

赵寒星终于明白，伊司瑟温人觉得只有摧毁第九地球的航天能力才能保障星舰联盟的绝对安全。按照防御计划，他们原本是要使用带核弹头的导弹攻击任何进入领空范围的飞船。跟捉摸不透的外星人相比，深谙人类文明底细的地球同胞才是比外星人更现实的防御目标，但啼笑皆非的是，等到外星人入侵了，人们却又希望同胞们赶紧伸出援手。

“那奈纳，别跟他说那么多废话，我们该走了。”郑清音的声音从仓库正门传来，她身后是几名武装到牙齿的特警。

每次见到郑清音，赵寒星都觉得她的身材相貌跟普通人有些不一样，但又说不出是什么地方不一样，现在有人站在她旁边，相比之下，他终于发现了那些细微的差别：她的身材相当高挑，四肢比普通人更修长，五官远比一般人精致，头颅体积比普通人偏大一些，只怕颅壳里的大脑也比别人大，她的身高比身边的特警还高小半截，看起来并不觉得比例不协调，她的双眸比普通女生更大、更有神，赵寒星以前一直以为她是化了淡妆、涂了眼影，现在仔细看才发现她不施脂粉，天生就长这样子。

赵寒星好歹是读过书的，倒也知道生物进化的道理，任何动物群落被分割在两个不同的生存空间内，就会在生存的压力下，为了适应各自的环境而走向不同的进化方向。7000年的时间在生物进化史上只是短短的一瞬间，短到不足以让旧有的物种进化成新的物种，但要进化成差异较小的“亚种”，却是完全可能的。赵寒星看着郑清音，脑子里浮现出一个怪异的名词：地球人星舰联盟亚种。

郑清音要走了，赵寒星问了她最后一个问题：“你恨地球联邦吗？”

郑清音没有直接回答，却讲了一个小故事：“数百万年前，气候变化导致非洲森林的面积不断缩小，森林里的猿猴发生了一场争夺生存空间的残酷战争。战败的猿猴被赶出森林，在不适合它们生存的荒野中流浪，只能捡食野果和野兽吃剩的腐肉充饥。它们做梦都想找到一片可以栖身的森林。但不管迁徙了多远，可供栖身的森林始终找不到，它们灵活的手指原本是为了攀爬树木而进化出来的，却不得不笨拙地拿起石头木棍跟比自己强得多的猛兽搏斗。很多猿猴被野兽吃掉，或者在旷野中冻死、饿死……但数百万年过去，它们当中的幸存者进化成了人类，而那些胜利者却仍然是森林里的猿猴。你觉得人类会记恨这些猿猴吗？"

咣当一声，赵寒星手里的火箭弹落在地上，他失魂落魄地用微不可闻的声音抗议说："我……我们不是猴子……"

郑清音带着那奈纳离开之后，她身后那两名特警才敢上来逮人，罪名是：有跟反抗组织勾结的嫌疑；罪证是：艾伦给他发送的伊司瑟温人秘密资料。

八

伊司瑟温人的确不够聪明，摧毁第九地球的航天能力有很多种方法，他们却选择了最笨的一种。他们不了解星舰联盟对地球联邦那爱恨交加的复杂感情，地球人之间哪怕有再大的仇，那也只是兄弟内讧，容不得外人插手。当星舰联盟的主力舰队出现在伊司瑟温人的母舰正前方时，他们才明白这个道理。

虎老余威在，当那位年迈到只能坐在轮椅上、靠医疗设备才得以维持生命的"第三旋臂雄狮"郑维韩将军降临伊司瑟温人的母舰时，没人敢直视他愤怒的眼神。"主人"是非常可怕的，稍有不慎，整个伊司瑟温种族就会彻底灰飞烟灭。

将军吃力地向副官使了个眼色，副官掏出联盟政府的信函，把伊司瑟温人骂了个狗血淋头。骂完后，要他们立即释放第九地球上所有被“冻结”的人，然后统统滚出第九地球。

但适度的愚蠢也是一种生存之道，哪个高等级的文明会整天提防着一种远不如自己聪明的智慧生物？看在伊司瑟温人2000多年来鞍前马后效劳，极为高调地存在，让人尽可能不去注意他们那利用戴森球体的阻隔而隐藏在宇宙背景辐射中的神秘主人这些功劳的分上，斥骂过之后，这事情就算了结了，伊司瑟温人仍是星舰联盟麾下值得倚重的干将。

赵寒星的牢狱生活只持续了一天。在他出狱的第二天，大规模的空间跃迁开始了。

两个不同纬度的宇宙之间被打开一条通道，它们之间的能量密度并不完全相同，能量就好像两个水面高度不同的池塘一样，从高能量流向低能量的宇宙，扭成麻花状的电磁场夹着引力涡流，伴着虫洞附近能量跃迁的光芒，好像夜空被撕开一个大口子，暴露出另一个维度的宇宙瑰丽的一角。

星舰联盟的星舰终于出现了，夜空中那轮蔚蓝色的大家伙到底是巨型飞船，还是人造行星？整个第九地球，每个人都伸着脖子盯着这震撼人心的一幕，它的巨型引擎散发着明亮的尾迹，慢慢穿过虫洞，来到天狼星的行星系。这个庞然大物跟第九地球只隔了区区400多万公里，它带来的引力扰动让脚下的大地瑟瑟发抖，也让每一个看到那巨大的蓝色星球的人心头阵阵发紧。

这只是第一艘进入前地球联邦领空范围的星舰，透过虫洞，人们可以看见它背后另一个维度的宇宙中有着成百上千颗人造星球排着队，等着进入这个世界。巨大的星舰周围是成千上万的各式飞船，光华漫天的景象，让一切星辰都黯然失色。他们的目标是距天狼星8.6光年外那早已死气沉沉的太阳系故乡，现在只是顺道回来看看第九地球。

7000年前你们被流放深空，7000年后你们回来了，却与我们形同陌路，在这星辰大海中擦肩而过。

尾声

阿尔忒弥斯星舰，它以拥有星舰联盟最广阔的森林和最美丽的月夜而著称，如今它正等待进入虫洞，在它前面还排着20多艘星舰。

白雪皑皑的高山针叶森林里，一栋靠山望海的小别墅亮着灯光，这里就是郑清音的家。深黛色的夜空里镶嵌着几只大小不一、带有蔚蓝色大气层的“月牙”，那是它周围的星舰群。

郑清音酷爱那种背上背包说走就走的旅行，第九地球是祖先们被流放出地球时的最后一站，但这次第九地球之旅让她大失所望。阳台上，她握着电话喋喋不休地向爷爷抱怨这次旅行有多糟糕。

在她心里，爷爷是最好的听众，耐心而又慈祥，郑维韩将军尽管已经老到没法说话了，但他的脑电波还是通过仪器合成温和的电子音，传送到郑清音耳边：“孩子，第九地球的一切我都看在眼里，那么贫瘠的一颗星球，他们能活到今天实在不容易，这份毅力丝毫不逊于我们的祖先。我见过很多外星文明，能跟他们比毅力的实在不多，也许再过7000年，他们就会和我们星舰联盟在银河系的顶级文明俱乐部中再次相遇……”

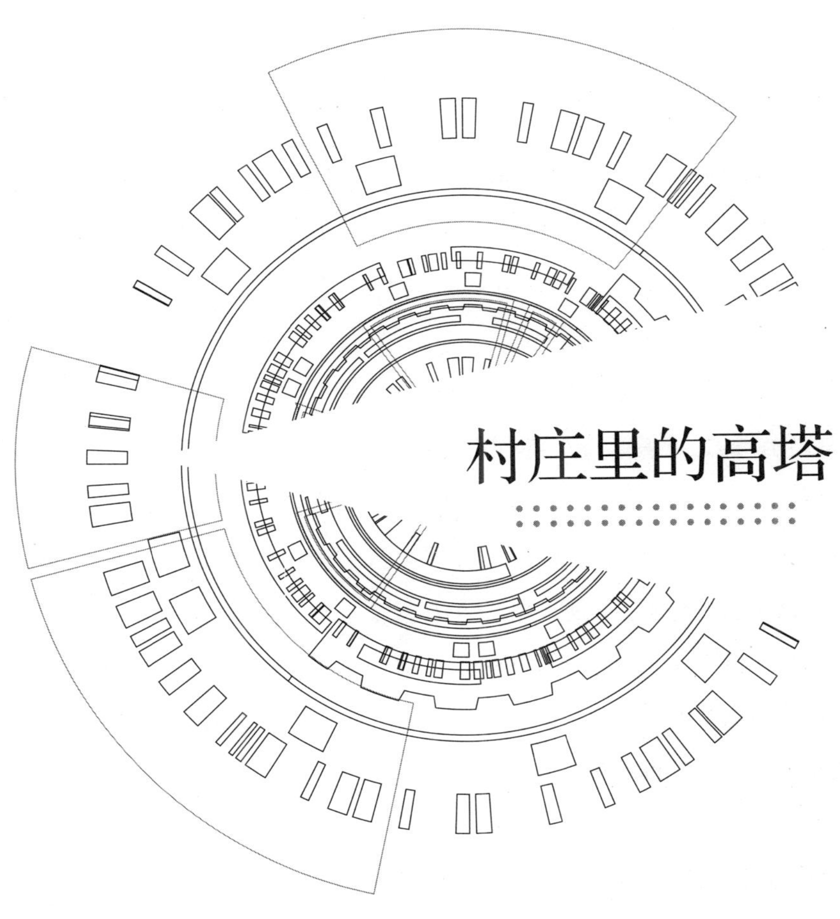

村庄里的高塔

一

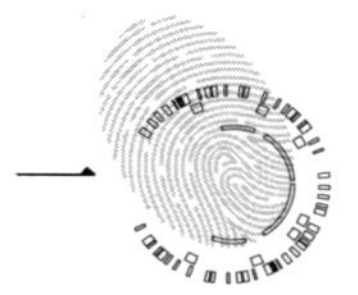

深秋的傍晚，金黄色的稻穗在秋风中连连点头，一眼望不到边的稻田像是被夕阳镀上一层金子的海洋。凉爽的秋风驱走了中午的燥热，将稻田的泥土清香送入人们的鼻端，一天的劳作这样就算结束了，人们都在讨论明天收割稻穗后能得多少收成。

但小孩子是不会关心这些的，他们光着脚丫在田垄上奔跑，用竹竿扎上棉线钓青蛙，拿着簸箕安装陷阱抓麻雀，柔软的稻泥上留下一串串的脚印，偶尔脚底一滑，整个人跌到垄边浅浅的灌溉渠中，爬起来继续疯跑，在被父母教训之前，他们是不会介意衣服上沾有多少泥浆的。

小孩子当然免不了要恶作剧，小布就是这样一个爱捣蛋的小鬼头。昨天他刚用树漆在山羊尾巴上涂了一层，让山羊皮肤过敏，痒得四处乱撞，今天又不知道从哪儿弄来一条裤腰带，扎在竹竿上挥舞着满村跑。但人们很快就知道了那是谁的裤腰带，痘哥正提着裤子从谷仓的草垛里爬出来，破口大骂。

痘哥是村子东头铁匠家的儿子，今年刚满18岁，性格温和爽朗，除了脸上的痘痘比较多以外，找不出其他的缺点。他一直就是小布恶作剧的头号受害者，而今天，躲在草垛里不敢出来的雀斑姐也被无辜殃及。今晚回家之后，小布将会倒大霉，因为雀斑姐不巧正是他亲姐，揍弟弟从不手软。

第二天，小布毫无悬念地挂着一个肿得老高的青眼圈出现在小伙伴面前，仍然是一副胜利者的姿态。一个伙伴问他：“你的眼睛怎么回事？”

“嘿嘿！这个嘛……”小布眼睛一转，说，“昨晚我家厨房冒出一头雀斑怪，左手锅铲，右手锅盖，鼻孔喷火，我把她击退了，这是光荣负伤！”

小伙伴一脸的不相信，问他：“你打得过她？”

小布摆出莫测高深的表情，说：“我爸爸说过，嘴巴比拳头更有力量。”他爸是村里的教书先生。

小伙伴惊奇地问：“你说赢了她？”

小布亮出雪白的牙齿，嘿嘿直笑说：“我咬赢了她……哎呀！疼疼疼……”活音未落，他被雀斑姐拎着耳朵拖到一边，英雄梦被无情地终结了。

雀斑姐叉着腰教训她：“你说谁是雀斑怪？今天哪儿都别想去，乖乖地帮家里收割稻谷！”收割稻谷是村里头等的大事，村落里人不管是铁匠，还是教书先生，都有自家的农田，农闲时才会打铁、教书，农忙时一律放下手头的工作投入农耕。稻谷割下来之后，还得送到村子西边的打谷坊把稻穗打成谷粒，再舂去稻壳，才能得到白花花的稻米。每个人都留够自家的那份口粮，富余的粮食则集中起来，卖到附近的黑石城去，换回布匹、奶酪、调味品等物品。

但对于村子来说，最急需的商品是能源核心，这可是昂贵货。听说满满的一车稻谷，只能换回一颗拇指大小的能源核心，而一颗小小的能源核心就足以驱动一辆巨大的蒸汽车，村里的高塔需要很多这样的能源核心来驱动。痘哥他爹说过，他们要弄到尽可能多的能源核心，设法让这座高塔有足够的能源运行一万年。

听大人们说，这座高塔是祖先们移民到这个世界时建造的通信塔，但小布对这些不感兴趣，他只知道高塔上悬挂着的灯很明亮，每到晚上就把村子照得明晃晃的，豺狼、野猪怕灯光，从来不敢到村里糟蹋粮食，所以那也算是村庄的守护塔了。

稻谷收割完成之后，小布腰酸背疼，消停了两天。到了第三天，他看见痘哥要开车到黑石城卖粮食，就软磨硬泡要跟去。痘哥无奈，只得答应，否则，天知道这小子会玩出什么恶作剧来。

男孩子似乎都对机械有着天生的兴趣，村子有一辆蒸汽车，宽大的履带、庞大的蒸汽机让小布极为着迷。小伙伴们经常绕着蒸汽车玩耍，模仿车的笛声，玩得不亦乐乎。不过车门上挂着硕大的锁头，他们偷偷撬过几次都撬不开，没办法溜进驾驶室玩儿，现在小布有光明正大的理由可以跟着痘哥坐在驾驶室里，只觉得比坐在国王的宝座上还要威风。

蒸汽车启动很缓慢，痘哥小心地拿出能源核心，塞进锅炉底下的小洞里，铁皮锅炉慢慢变得滚烫起来，“呜——”一声长鸣，烟囱冒出腾腾的蒸汽，巨大的滚轮带着曲轴缓缓转动，蒸汽车的钢铁履带也慢慢动了，“咔嚓，咔嚓”，慢腾腾地往前走。

蒸汽车的力气是很大的，走得虽慢，但能拖两三节大车厢，一次就能装很多粮食，比牛车强多了。小布问痘哥：“那颗能源核心怎么那么厉害，能有这么大的力气？”这问题他憋在心里很久了。

小布的好奇心是众所周知的，诸如“月亮为什么是圆的”“为什么天气冷了水就会结冰”“你为什么跟我姐躲在草垛里”之类的问题，不把别人问到哑口无言绝不罢休，但这次他总算问了一个比较有意义的问题。

痘哥笑了，说："这是很珍贵的东西，它的核心部分是一种叫作'铪-173'的珍贵元素，蕴藏着珍贵的能量，别说驱动蒸汽车，就连更大的城卫堡垒也是用它作为动力。"

小布这种打破砂锅问到底的追问方式，痘哥对付起来颇有心得。小布从不肯承认自己才疏学浅听不懂，只要给他一个他根本听不懂的答案，他就会不懂装懂地点头，不再问下去。

但小布最感兴趣的还是那些原野中的碉堡，它以村庄为圆心，整齐有序地排列着，有些碉堡是空的，有些则有人驻守，经常有士兵骑着战马、背着火绳枪飞奔而过。小布以前经常跟小伙伴到无人的碉堡中玩耍，在墙上乱涂乱画，玩官兵抓强盗的游戏。

二

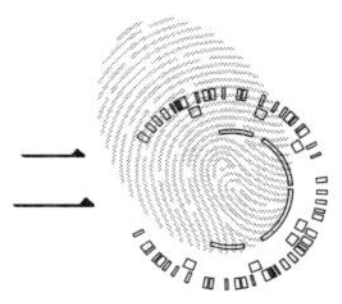

在小布眼中，黑石城是一座大城市，占地面积足足有他们村几十个那么大。笔直的街道上一辆接一辆地跑着马车，宽阔的护城河把城市分为内城和外城，哑黑色的钢铁城墙高高矗立，城墙顶上停着一排弩炮，亮闪闪的弩箭直指天空。这种弩炮非常大，装在固定的炮座上，光是弩弦就有小孩手臂那么粗，据说要用小型的蒸汽机才能拉开。

一座大铁桥横跨在护城河上，两排粗大的铁链连着桥面，一路延伸到城门边，消失在城墙的圆孔里。听说每隔一段时间，桥的两端就降下铁栏杆拦住车辆，绞盘缓缓转动，拉动铁链把桥收起来，让蒸汽车通过。

按惯例，村庄的蒸汽车只能停在外城，它过于沉重的身躯和坚硬的履带很容易压碎石板铺成的城市街道，所以粮食收购站也在外城。这让小布多少有点儿失望，不过很快，这种失望就被街上卖的糖葫芦冲得无影无踪，他从口袋里掏出两枚脏兮兮的硬币，买了两串糖葫芦，很大方地给了痘哥一串，说："我请你吃东西，待会儿记得回请我！我要求不高，城东客栈里的烤鸡就好。"

痘哥哭笑不得，一串糖葫芦换一只烤鸡，这小家伙将来也许是从商的料……他苦笑着说："等我办完事就带你去吃。"他要先去买能源核心，然后到旅馆接一个人，最后才能带小布去吃烤鸡。

卖能源核心的店不管什么时候都弥漫着重重的机油味。痘哥走进这家昏暗的店，看见几个五大三粗的汉子正用锯子和斧头肢解一个机器人。一个老人用凿子小心地把能源核心从机器人体内挖出来，几个学徒正在分拣机器人的零件，按材质分门别类，熔成金属锭来出售。村里的镰刀、铁铲和斧头就是用这家店的金属锭打造的。

痘哥买了三颗能源核心和一批金属锭，把货物搬上车，跟老人聊了一下生意，最后又买了一只摄像头。这种摄像头也是从机器人身上拆下来的，原本是机器人的眼睛，村里人把它挂在高塔上，至于用途，小布并不清楚。

黑石城远比偏僻的小村繁华，小布天生就爱热闹，他看见一个中年人站在缓步前行的牛车上滔滔不绝地讲着长篇大论，几个看起来像是跟班的人很卖力地向行人散发传单。这是小布从没见过的事情，他悄悄扯了痘哥的衣角，问："这位大叔在做什么？谁偷了他家的鸡？"

小布记得两个月前，村子里胖大婶养的鸡被偷了，大婶差不多也是这副架势，在村子中间的十字路口滔滔不绝地骂了一个下午。在小布看来，这位大叔只不过是比大婶多了一辆漂亮的牛车罢了。

痘哥努力忍住笑，说："那人在竞选黑石城的城主，这种竞选每隔4年举行一次，通常有两到三个候选人参加，谁拉到的票数多，谁就是下一任的城主。话说回来，咱们村也是黑石城的辖地啊！"

买了货物之后，痘哥带小布到猎人行会，听说痘哥要找的是小布的爸爸的老师的儿子收养的孤女，名叫阿璃。这七拐八弯的关系让小布觉得很挠头。据说阿璃原本住在遥远的观海城，但几个月前，那座城市被机器人洗劫，幸存者十之一二，当援军赶到时，她家只剩她一个人活了下来，现在举目无亲，只能投靠小布的爸爸。

小布一直都挂念着烤鸡的事儿，对那个阿璃完全不感兴趣。但当他见到她时，只觉得一阵燥热冲上脸颊，一直聒噪不停的他就像突然坏掉的收音机一样，再没吭声，脚步也变得僵硬起来，烤鸡也被彻底遗忘了。他低着头，不时用眼角瞟那女孩几眼。

"当我第一次看到那女孩时，我觉得好像被一颗漏电的能源核心砸到脑袋，全身就像被雷劈中了似的，脑子好像灌进了一锅滚烫的糨糊，双颊变得火热。虽然伙伴们都说那女孩很普通，但不知道为什么，我却觉得天底下就她最美。"——这是小布的爸爸搬到村里来时邂逅一名女生之后写下的日记，那时他们还都是情窦初开的年轻人，后来那个女生成了小布的妈妈。去年小布偷了老爸的日记，拿到学校把这段话念给同学听，彻底毁了老爸严肃古板的教书先生形象，同学们都笑成一团。当然，回家之后，小布就被恼羞成怒的老爸用藤条结结实实地抽了一顿。

但现在，小布好像能体会一点爸爸当时的感受了。

三

阿璃来到小布家的第5天，雀斑姐向爸爸抱怨说：“小布越来越过分了，昨天居然把泥揉成球悄悄摁在阿璃的衣服上，怎么洗都洗不干净。”

“这世上，不知还有几个成年人记得小时候第一次看见自己心动的女孩时朦胧的特殊感觉，这个年龄的孩子大多还不懂得怎样跟异性打交道，只知道用各种恶作剧吸引对方的目光。”——这是小布的爸爸前些天翻看小时候的日记，回想起当年的幼稚行为，为那些童年往事写下的评语。

“这孩子，不教训不行了……”爸爸说着，拉开小布的房门，却意外地发现他正老老实实地趴在床上看书。

“老爸，姐姐打人太狠了，我这个星期大概只能趴着睡了。”小布揉着屁股抱怨说。

既然他已经被修理过了，那就不应该再揍第二次了。小布知道老爸通常都是这样想的，但他没想到老爸竟然说：“你手上的那本书看起来很眼熟，给我看看。”

大事不好！小布跳窗逃跑，还不忘转身对老爸扮了一个鬼脸，大声问：“你当年把泥球砸在妈妈的衣服上，爷爷有没有揍你？”他看的“书”当然是他老爸的日记。

每次闯祸之后，如果没被当场逮住，小布都会跑到小村中间的高塔避一避风头。那座塔非常高，坚硬的像是石头一样，但却找不到石头建筑常见的接缝，听大人说这是古代人用的一种名为“混凝土”的东西建造的。塔的内部有长长的螺旋梯直通塔顶，各种奇特的电缆和说不清起什么作用的大型金属部件镶嵌在塔内。塔顶的小屋里堆满了小布弄不懂的电子元件，但这并不妨碍他把小屋的一角开辟成“藏宝室”，一个小小的木箱里装满了从小伙伴手里赢来的弹珠和卡片。

“你的衣服破了，我帮你补一下吧。”阿璃的声音从小布背后传来。

阿璃现在是村里有口皆碑的好孩子，昨天帮这家的阿姨带孩子，今天帮那家的老婆婆挑水，既乖巧又听话，尤其是她跟小布同住在一个屋檐下，有这全村最调皮的小布作对比，更反衬出她的懂事。

“你怎么在这里？”小布说着，站起身挡在小小的“宝箱”前面，生怕阿璃会抢他的“宝物”。

阿璃说：“这儿风景很好，能眺望到远方的群山。”

这是一片被群山包围起来的盆地，肥沃的土地绵延数百里，种子撒下去就能长成茁壮的禾苗，盆地尽头陡峭的群山把敌人阻挡在山的外边，形成一片世外桃源。盆地唯一的豁口就是黑石城，但那座城市有着严密的防护设施，千百年来，通常只有零零散散的机器人溜进来，不过很快就沦为猎人的猎物，屈指可数的几次大规模机器人入侵都以人类的胜利而告终。

阿璃的手很巧，她总是随身携带着绣花绷子和针线，闲着没事就静静地绣花，通常是绣手帕拿去卖，赚点钱补贴家用。小布脱下衣服让阿璃缝补，他自小就像猴子一样蹦跶个不停，能安静地看着她补衣服，也算是稀罕事了。

小布突然问阿璃：“外面的世界是怎样的？”他从没离开过这片盆地，最远只到过黑石城。

“还能是怎样？机器人作乱呗，见人就杀……”阿璃小声回答说。

她的脸色似乎不太好，也许是想起了那些可怕的事。小布挥舞着手臂说：“你别怕，我会保护你的，如果机器人来了，我就一拳把它打穿！你看我的肌肉，很结实吧？”其实他根本没几两肌肉，瘦皮猴一只。

衣服很快补好了，小布穿上衣服，走到栏杆边往高塔下方望去，只见村子的晒谷场很热闹，他这么爱凑热闹的人哪里坐得住，便一本正经地交代阿璃说：“我到下面去看看发生了什么事，别让别人知道我跟你聊过天，如果朋友们知道我跟女生一起玩，我会很没面子的。”

听到这句话，阿璃捂着嘴笑了。

四

晒谷场是村里秋收时用来晒稻谷的平地，平时则是村民们傍晚纳凉聊天的好去处，当然也是小孩子们嬉闹的地方。小布跑到晒谷场上，只见伙伴们一个个耷拉着脑袋，很不爽的样子。他抓过一个小胖墩问：“怎么了？”

小胖哭丧着脸说：“那些城里来的家伙抢了我们的地盘，还拆了我们的城堡。”

所谓“城堡”是小孩子们玩打仗游戏时用瓦片和砖头堆起来的小丘，孩子们通常分成两派，各自想办法攻占对方的“城堡”，谁的“城堡”先被拿下，谁就输了。小布眼睛一转，说："他们抢我们的地盘，咱也不让他们好过。"

那些城里人很快搭了一个台子，一胖一瘦两个男人走上台来，瘦的是老人，胖的是秃顶的中年人。孩子们并不知道，他们是为竞选城主而展开现场辩论会，试图说服村民们投票给自己，这样的辩论要在黑石城附属的每一个村都举行一次才算完事。

辩论开始了，他们夸张的动作和慷慨激昂的演讲让孩子们觉得很新鲜，小布也有样学样，找了一只空木桶站上去，模仿候选人的演讲。

老人说："我不知道我们的祖先是从什么时候开始在这片盆地定居的，千百年来，外面战火不断，但那些可怕的机器人从来没能大举入侵盆地。我不知道他们到底是无法跨越高山，还是莽莽群山的掩护让他们忽略了这片福地的存在，总之，我们幸运地在这生活了很长时间……"

小布模仿说："我不知道这些人为什么要抢我们的地盘，好几年来，这片晒谷场就是我们玩打仗的地方，吧啦吧啦……"后面的内容小布忘词了，全部用"吧啦吧啦"代替，乱吼一通，逗得伙伴们直笑。

老人说完之后，中年人说："我不同意老先生的意见，我们受那些机器人欺负已经够久了！它们夷平了多少村庄、杀害了多少人呀？咱们应该奋起反抗，而不是坐以待毙！"

小布模仿说："我们受他们的气已经很久了，他们抢了我们的晒谷场，咱们应该奋起反抗，而不是坐以待毙！"就连语气也模仿得惟妙惟肖。

老人反驳说："祖先们留有遗训，千万别碰机器人的地盘！我知道很多村庄被机器人摧毁，但那都是因为他们不遵祖训，擅自搬迁到山谷外建立村庄定居，所以才遭到不幸！”

小布模仿说：“老一辈的大哥哥大姐姐们说过，晒谷场是我们的地盘，谁敢摧毁我们建在晒谷场上的‘城堡’，谁就要遭到不幸！”声音还吼得老高。

中年人愤怒地说：“我们不能永远缩在山谷里当缩头乌龟！我们的人口不断增长，狭小的山谷已经很难容纳这么多人了，理所当然应该往外迁徙！我们要反击！如果我能当选城主，一定组建起强大的军队，让那些摧毁村庄的机器人付出代价！”

小布继续模仿说：“我们不能永远缩在晒谷场当缩头乌龟！我们应该反击，让那些抢走晒谷场的人付出代价！”他这次用尽全身力气拼命嘶吼，硬是盖过了中年人的声音。

中年人终于受不了小布的“演讲”了，大声说：“你们谁去把那些捣乱的小鬼赶走？”

小布仍然模仿说：“你们谁去把那些抢了晒谷场的家伙赶走？”然后孩子们一哄而散。

“他们真要去打机器人吗？”逃跑的路上，小胖问小布。

小布说：“他们一定只是随口说说，骗别人投票。大人全是骗子，昨天我老妈说只要我乖乖做完家务，就给我钱买糖吃，结果我做完了，她就翻脸不认账了！”

“就是！”另一个小伙伴阿南也说，“上次老老师说星期六不补课，到了星期五就赖账，叫我们明天到学校补课！”

伙伴们在村口停住脚步，回头看看，不见大人们的身影，小布说：“你们听说过骗子能对付机器人吗？我看是不能，所以要打机器人，还得靠我们！”

小胖说：“但我们以前没对付过机器人，得先找个机器人练习一下。”

阿南问：“咱们去哪儿找机器人？”

小布直勾勾地盯着正在村外吃草的耕牛，说：“你们不觉得，那头牛跟机器人差不多大吗？”

他们最后决定拿那头倒霉的牛代替机器人进行练习。小布以前远远地见过猎人狩猎落单的机器人，他找了块石头在地上画示意图，向大家讲解猎杀机器人的步骤：“第一步，用装铁砂的火绳枪向机器人射击，机器人的传感器通常是脆弱的电子眼，很容易打碎；第二步，骑着马快速冲向机器人，用绳子套住机器人并把它拖倒；第三步，把炸药点燃，向机器人丢去；最后一步，如果机器人还不死，就骑马上去硬踩，踩死为止！”

天知道小布的作战方案有多少漏洞，但至少听起来像模像样。伙伴们很快行动起来，找来绳子扎成套索，用鞭炮代替炸药，用自己的两条腿代替马匹，每人拿一根木棍，假装自己拿的是火绳枪，嘴里发出“砰砰”的声音往前冲。他们把套索往牛身上丢，但怎么丢都套不中。

牛也不跟他们一般见识，自顾自地吃草。小布极不甘心地掏出鞭炮点燃，往牛身上丢去，鞭炮爆炸，闯祸了！牛这一受惊，发疯般地朝他们冲去！孩子们连滚带爬地往晒谷场跑，专往人多的地方钻，指望大人快点儿把牛拦住；村民们知道疯牛的厉害，也撒腿就跑，只剩下那两个目瞪口呆的候选人仍然站在演讲台上。

然后，啪啦！轰隆！啪唧！两声惨绝人寰的号叫……

五

当晚，所有参与这件事的孩子都被家长狠狠地修理了一顿。托他们的福，那两名候选人的下一场辩论只能躺在担架上进行了。小布也逃不过这一劫，一顿藤条揍过之后，现在也只能趴在床上哼哼唧唧。雀斑姐毫不客气地扯下他的裤子，用棉花蘸上碘酒往他屁股上的伤口涂去，他顿时疼得像杀猪般叫了起来。

雀斑姐说："你再叫，我就往你的伤口上撒盐！油盐酱醋一起倒上！你看看阿璃，跟你同样的年纪，却比你懂事那么多！"她可没痘哥那么好脾气，还在为前几天草垛里那件事生气。

阿璃拿着药棉走进小布的房间，雀斑姐对她说："好了，现在换你照顾他，如果他不老实，就往屁股上踹两脚！"小布的惨叫声戛然而止，他表情扭曲、强忍着痛不愿喊出声，宁可痛死也要在阿璃面前表现出男子汉气概。小小的房间里一下子安静下来，只听到客厅壁炉里柴火燃烧的噼啪声。

薄薄的木板外传来村长的声音："村里有些年轻人打算跟随今天那个候选人去对付机器人，这真是麻烦事……祖先们留下的遗训，是让我们不惜一切代价保护村里的高塔，不是跑去跟机器人掐架！"毫无疑问，村长一定是在客厅跟爸爸商量事情。

这小村并不大，几乎所有村民都有七弯八拐的亲戚关系，村长是小布的堂舅，每次碰到什么大事，他们就聚在客厅里开会。

痘哥说："高塔看来是没问题的，那些机器人连扼守盆地的黑石城都攻不下来，更别说盆地正中心的高塔了。"痘哥也是一天到晚有事没事就往这儿跑。小布知道，痘哥早晚都会变成他姐夫。

村里的老铁匠说："孩子，你没见识过机器人的可怕……一只蚂蚁很容易掐死，但成万上亿的蚂蚁成群结队向你涌来，唯一能做的事就是尽快逃命。"老铁匠是痘哥的老爸，他年轻时不但见识过机器人的可怕，还在战斗中丢了一根手指。

一个年轻的声音问："这高塔到底有什么秘密？为什么我们一定要守着它？"小布听不出这是谁的声音。

小布的爸爸说："这是信号发射塔。很久以前，地球联邦拥有许多太阳系外殖民星球，我们生活的这个世界就是其中的一颗殖民星球，这些信号发射塔昼夜不停地向外太空发送飞船导航信号，指示着地球联邦的飞船安全准确地在星球上起降。它的建造方法和建造时间都在漫长的历史中遗失了，我们唯一能做的就是保护它。也许哪一天，我们的同胞会乘坐着飞船从天而降，带来失传已久的高科技。"

村长说："先不说这些故事，既然黑石城要从机器人手里抢地盘，他们的士兵奔赴前线以后，就必定要从我们村里调民兵负责城市的防守，我们必须加强村里民兵的防守火力，调整布防……"

接下来的各种防御调整就是小布听不懂的了，他小声问阿璃："飞船是什么东西？是在天上飞的船吗？它也像黑石城的船那样有很大的蒸汽锅炉和明轮吗？"

阿璃说："不太一样，飞船不用蒸汽锅炉，但有一点是相同的，它们都能搭载很多人，从一个地方驶往另一个地方。”

小布又问：“‘高科技’又是什么？”

阿璃说：“这个我就不知道该从哪里说起了，高科技是一种知识，一个拥有高科技的文明，能做到很多你做梦都想不到的事，比如制造一个巨大的保护罩笼罩着整座城市，在里面装上气候调节器，让整座城市冬暖夏凉；制造一艘像城市一样大的飞船，载着数以万计的人飞往别的行星；或是建造一个全自动农场，让机器代替人类工作，人们什么都不用做，就能源源不断地获得粮食……”

小布打断阿璃的话，说：“你说拥有高科技，就能让机器人代替人类工作？”

阿璃说：“在遥远的地球，人们把整个世界划分为很多国家，到了太空时代，人们发现外太空探索需要的资金和技术是任何一个国家都无法独立承担的，但它带来的利益的诱惑却又是任何人都无法抗拒的，经过漫长的谈判之后，各国终于联合起来组成地球联邦，迈出了向宇宙拓荒的步伐。”

小布兴致阑珊地说：“在拓荒时代，大批机器人作为外星殖民的先遣队被送上飞船，送到陌生的星球。它们在荒凉的星球上建造生产线，生产更多的机器人，像蚂蚁一样辛勤地工作，改造星球的环境，等那里变得适合人类生存之后，人类才开始往这些星球上移民，但当祖先们来到我们这颗星球时，却发现机器人完全不听人类的命令……小时候我妈哄我睡觉时，这故事都不知道讲了多少遍了，你还当真了呀？”

阿璃说：“这些不是虚构的故事，是历史。”

小布说：“你当我是三四岁的小孩呀？大人们整天都在编故事骗人，

什么小红帽、牛郎织女，全都是假的！这个宇宙拓荒的故事一定也是瞎编的。老爸还说机器人在大地上划了一条红线，只要人们跨过这条红线建立村庄定居，他们就会大举入侵，毁灭我们的世界。但我在高塔上眺望很多次了，大地上根本没画线！”

阿璃说：“那条红线并不是指真的就在地面上画一条线，它是指特定的山川河流连成的界限，只要跨过了，机器人就会入侵。”

小布再次打断阿璃的话，说：“不管你怎么说，我就是不信，除非你让我亲眼看到船在天上飞，你们管那玩意叫飞船对吧？如果飞船真的出现了，我就相信你说的话。”

阿璃笑了笑，不再说话。她知道，想说服小布相信这些事情是很困难的。

六

备战了。

接下来的好几个星期，几乎每天都能看见大批士兵在收割后的农田里进行操练。那些士兵抱着火绳枪，喊着口号，迈着整齐的步伐前进，朝靶子交错掩护射击。庞大的床弩在牛马的牵拉下进入预定位置，大批工兵紧张地忙碌着，用撬棍撬动机括，把沉重的青铜齿轮跟蒸汽机连在一起，这种床弩发射的石头能把厚实的城墙像撕纸片一样轻易撕破。

“快看！是蒸汽坦克！”当一个庞然大物出现在人们视野中时，孩子们骚动了，根本不管现在是上课时间，纷纷趴在窗台上眺望远处的坦克。

蒸汽坦克是黑石城的杀手锏，它就跟一栋房子差不多大小，外壳上镶嵌着带刺刀的铁板，一大两小三台炮座，左右两侧的小炮架设着两挺三口火铳，正中间的大型炮座架着一台床弩，六根烟囱冒着浓浓的蒸汽，轰声如雷，活像一座小型要塞。锈黑色的履带压过农田，留下两排长长的碾痕，非常威风。孩子们都觉得消灭机器人、建立更辽阔的人类帝国是指日可待的事。

啪啪啪！年级主任兼班主任兼历史老师兼小布的爸爸用教鞭敲打着黑板，说：“认真听课！现在翻到课本第52页，今天我们要讲的是我们祖先的殖民史！”

这个世界能教的知识很有限，孩子们的历史书分为地球历史和外太空殖民史两部分。地球历史只教到祖先们登上飞船奔赴外太空为止，他们并不知道后来的地球发生了什么事；外太空殖民史其实也只是教祖先来到这颗星球之后发生的事，他们同样也不知道别的殖民星球发生的事情。

小布百无聊赖地继续打着哈欠，这让他老爸倍感挫折。爸爸耐着性子继续讲课：“数千年前，我们的祖先踏上这颗星球，试图建立起跟故乡一样的先进文明，但地质勘探的结果让人很失望，这颗星球没有石油和煤炭这一类的化石燃料，使得祖先重建文明的希望成了泡影。那些失控的机器人却掌握着地球时代的先进科技，它们利用太阳能和放射性物质作为能源，持续不断地开挖矿山、冶炼金属、建立工厂，不断制造出新的机器人，人类和机器人的冲突愈演愈烈……后来，有人从机器人的残骸中发现了能源核心，这让我们看到了重建文明的希望。阿璃，你来给大家讲述一下能源核心。”

阿璃总是知道很多村里的孩子从没学过的知识，但孩子们觉得这没什么可奇怪的，毕竟她是从城里来的。

阿璃站起来说：“能源核心是机器人体内的高性能电池，它也许是地球时代的科学家们设计的。现在它是我们重建先进文明的最重要的能源物质，尽管我们残存的科技无法像古代人那样制造出电灯、电话和电动车之类的先进电器，但蒸汽机之类的机械还是能做出来的。这种电池蕴涵的电能非常惊人，只要用铁丝之类的高电阻导线将正负极对接，短路的电流散发的热量甚至可以烧熔铁丝，所以一些聪明的工匠开始四处搜集能源核心，把它当作蒸汽机的热源，驱动各种机械运作。这次新当选的黑石城城主试图集结大军，跟机器人决一死战，我看除了想在山谷外的世界定居之外，另一个目的就是想弄到更多的能源核心。”

“说得很好！就是稍微有点跑题了。”小布的爸爸让阿璃坐下。

男生似乎总是对打仗的事感兴趣，小布问阿璃：“城主要这么多能源核心干什么？”

阿璃说：“我们现在拥有的能源核心给蒸汽机提供能源后就所剩不多了。城主是个很有野心的人，他想弄到足够多的能源核心，为我们拉开电力时代的帷幕，但这种事哪可能轻易做到呢？机器人一定会反攻的。”

不知为什么，小布突然想起上个月到城里进行城主选举辩论的那个老人，那张忧心忡忡的皱脸总像梦魇一样萦绕在他的心头。听说老人到现在还拄着拐杖，独自一人，一个村庄接一个村庄地进行巡回演说，试图说服人们取消军事行动。但每到一处，迎接他的都是成年人的讥笑和小孩子的戏弄。

七

一个星期之后，淅淅沥沥的秋雨像无数把冰制的小刀割在身上，浸入骨髓。部队奔赴前线后村庄也一下子冷清起来，终于有了深秋的萧索气息。

战争成了小孩子之间最流行的话题，当然，他们讨论的重点是在打仗游戏中由谁来扮演机器人。这通常都由抽签来决定，要是哪个孩子不幸抽到扮演机器人的签，多半都会一脸的不高兴：按规则，扮演机器人的孩子最终都是要倒在地上假装被士兵们击毁的，当他们满身是泥地回到家时，还免不了被父母揪着耳朵一阵痛骂。

这些天，晒谷场的“战争”上失去了小布的身影，但这并没有影响孩子们的兴致，他们很快立了另一个头，继续游戏。

不知谁曾经说过，如果孩子突然厌倦了自己一直在玩的游戏，那就说明他开始成熟懂事了，但小布似乎是个例外。

傍晚，雀斑姐大发雷霆，叉着腰在家门口大骂：“小布，你到底要到什么时候才能长大？你说你今晚帮阿璃做饭，我还以为你突然懂事了呢！既然你敢跑，那你就别再回来了！我看你还能躲一辈子？晚饭没你的份！”

晚上，村庄边缘的垃圾堆附近，小布躲在被人当作垃圾丢掉的倒扣着的生锈大锅里，不用想就知道他又闯祸了。小时候，他和伙伴们经常从垃圾堆里捡来别人不要的铁锅、锅盖什么的，用几根棍子支撑着，盖成“房子”玩过家家。尽管他老早就不玩这种游戏了，但现在小雨淅沥沥地下着，这种简陋的“房子”还是稍微能挡一下雨的。

阿璃拿着一盒饭，掀开大锅，问他：“肚子饿了吧？”

小布接过饭盒一阵狼吞虎咽。阿璃说：“虽然乌龟都喜欢躲在自己的壳里，但假扮乌龟是很幼稚的事，大人们不会因为你躲在锅底下就找不到你。”

努力咽下最后一口饭之后，小布说：“我今天是真的想帮你做饭……”

沼气路灯暗淡的光芒下，阿璃说：“那你也不必用灶膛里的灰涂黑自己的脸，假扮怪兽来吓我吧？”

在村里，很多家庭是用秸秆烧火做饭的，炉膛里会留下厚厚的积灰。今天他们一个追、一个跑，把厨房搞得一团糟，阿璃当然不是怕他，只是不想被他的满手烟灰弄脏衣服罢了。小布讷讷地说：“我只想逗你开心，你笑起来特别好看……”

阿璃笑了，说：“如果大家不是用秸秆烧饭，而是像地球联邦的人那样用微波炉，我看你去哪儿找炉膛灰涂脸……”

“地球时代的人不用秸秆烧饭吗？”小布问阿璃。

阿璃说：“厨房的变化可以视作人类科技进步的一个缩影。在很遥远的农耕时代，人们也是用秸秆、木柴煮饭的；后来到了蒸气时代，人们开始用煤球煮饭；进入电力时代以后，电饭锅之类用电的厨具也开始普及……”

小布说：“跟我说说地球时代的故事吧。”下着细雨的秋夜很冷，他们并排坐着，不知道什么时候紧紧地挨在一起取暖。小布的尾指不小心碰到阿璃的手指，只觉得心扑通扑通乱跳，他努力让自己保持着什么都没发生的表象，但脑子却一团乱麻，不知所措。

“你不是说，那些故事都是虚构的吗？”阿璃问他。

小布着急地说：“不，不！我可喜欢听了，以前姐姐给我讲童话故事，尽管我知道那是虚构的，但也听得津津有味呢！”他正担心没有可以跟阿璃聊天的话题。

阿璃看着路灯昏黄的光晕，整理了一下思绪，缓缓地说起那些古老的故事。她从古希腊的青铜计算器说起，说到冯·诺依曼的计算机，说到信息高速公路和网络时代的降临，说到人工智能和量子计算机的诞生，最后说到了机器人的叛乱，正讲到人类联军在底特律镇压反叛的机器人时，她突然打住不说了。

小布正听得入神，问她：“然后呢？”

阿璃站起来，说：“然后我们就该回家了，夜已经很晚了！”雀斑姐正站在这两个半大不小的孩子面前，在小布眼里，大人们经常说一套做一套，姐姐傍晚还说不许他再进家门，但现在却又四处找他。

两个星期之后，捷报频传，军队一连消灭了好几拨机器人，占领了大片肥沃的土地。不少原本持观望态度的人都改变了主意，有钱的琢磨着到新占领的地区买一大块地开辟成农场，没钱的就四处打听门路试图参军，没准儿能弄个战士授田书回来，就可以免费得到一片属于自己的土地。

自从上个星期那场谈话之后，小布和阿璃的距离拉近不少。小布经过痛苦的心理挣扎之后，决定不再顾忌同伴们的目光，公然跟阿璃聊天。但他忘了一件很重要的事：在伙伴们当中，年龄比较大的孩子逐渐离开大伙儿，开始腼腆地跟异性交往是很正常的事，别的孩子通常都不会太在意。4年前，他们的头，当时14岁的痘哥也是这样慢慢脱团的。

在高塔上，小布对阿璃说：“痘哥也许会去当兵吧？大人们好像都很想拥有属于自己的农场。”说话的同时，他假装满不在乎，却悄悄地用眼角瞥阿璃的脸色，忐忑不安地猜她是否喜欢这个话题。

阿璃在低着头绣花，回答说：“我看不会，等到痘哥的爸爸老到抡不动铁锤之后，他就是附近几个村里唯一的铁匠。这可是人人羡慕的工作，比拥有自己的农场还要风光。如果他还想要属于自己的农场，那也容易，等着低价收购别人搬走之后腾出的农庄就行了。”

呃……有道理，小布在深表赞同的同时，突然发现没词了。他这样的孩子可不像成年人那样，能就农场位置、农耕时令等话题聊上一整天。他冥思苦想了很久，好不容易又找到一个新话题，说：“听村长说，这几天，高塔一直收到不明信号，可惜解码方法失传了，无法解读信号内容。”

阿璃说：“这也不是什么新鲜事了，千百年来，咱们就隔三差五地收到这种信号，但现在的蒸汽科技拿这些信号就没办法，只能希望别是坏消息吧。”

小布问：“怎样的消息算是坏消息？”

阿璃说：“最坏的消息就是机器人从天上大举入侵。在很久以前，地球联邦发生了机器人叛乱，机器人所到之处，人类伤亡惨重，它们的目的是征服整个地球联邦，如果让它们发现这颗殖民星球，后果不堪设想……”

作为男生，小布更感兴趣的是阿璃描述的地球时代机器人叛乱。他先是很安静地听阿璃讲故事，听到精彩之处，不免握着拳头想象自己是那个时代纵横沙场的将领；听到阿璃讲述人类联军兵败如山倒的情节时，终于忍不住跳起来说，如果他是那个时代的将领，一定可以消灭机器人叛军。

这个年龄的孩子总幻想自己是百年不遇的英雄，阿璃也不忍打破他的幻想，但小布却没有注意到阿璃眼中的忧伤。

八

第三个星期，坏消息终于传来了——数不清的机器人集结起来，向人类发动了反攻！每倒下一个机器人，就马上有一个新的机器人走下生产线来代替它，再英勇的士兵也挡不住这源源不绝的大反扑。

到了第四个星期，黑石城沦陷！很快就连村庄的外围都出现了机器人的身影，村里的人不分男女老少，只要拿得动武器的都被发动起来，挖战壕、埋陷阱，抵挡机器人的入侵。

“那个该死的城主！如果不是他胡乱发动战争，我们也不会陷入这么危险的境地！”有人大声叫骂。

“你当时不也投了他的票？”另一个人大声反问道。

口水战和家乡保卫战一起拉开了帷幕，村民们一边对骂，一边朝机器人射击。村庄的防线被撕开，机器人逐步逼近高塔，一些机器人的履带压在村民埋设的地雷上，“轰隆”一声被炸上了天，但更多的机器人碾过同伴的残骸，继续朝村庄涌来！

突然间，大片的火流星从天而降，漆黑的椭圆形空降仓砸落在机器人中间！不少机器人被直接砸成零件状态。一群武装到牙齿的士兵冲出空降仓。这些陌生的士兵火力强悍得惊人，机器人的钻头刺在它们结实的动力铠甲上，连划痕都留不下一道，士兵的链锯却像切豆腐一样把机器人一刀切成两段！

村民们第一次看见如此剽悍的士兵。阿璃看见那些士兵，脸色刹那间变得苍白，她一步步地后退，直到靠墙无路可退。小布知道她在害怕，他很想挺身而出，站在她身前说“我保护你”，但这些天，他先是见识了机器人的可怕，腿都吓软了，今天又见到比机器人还可怕的人类士兵，只差没连胆子都吓破，哪还有勇气说那些豪言壮语？

一阵砍杀之后，士兵们把链锯刀插回身后，扛起动能自动枪，绵密的弹雨无情地吞噬了那些机器人。

一名士兵向军官报告说：“长官！机器人太多了！附近一定有制造机器人的移动工厂！”

军官立即对士兵下令：“你带几个人强行突破，去炸掉那些移动工厂！如果有必要，可以直接呼叫轨道上的军舰提供垂直轰炸！”

士兵领命离开，军官跳到战壕里，摘下头盔，问一名负伤的村民：“谁是你们的头？带我去见他！”军官动能铠甲的金属领口上镶嵌着一个小巧的翻译器。

村民带着军官去见村长。这几个星期，村长好像一夜之间老了很多。昏暗的村长办公室里，村长佝偻着腰擦干净一张椅子，双手颤抖着为军官倒了杯茶，激动地说：“你们终于来了，我们等了7000年……”

军官向村长敬了一个军礼，说：“客气话就不必说了。我想知道，你们为什么一直没回复我们的联络信号？”

村长愕然，问：“你们很早就知道我们的存在了？”

军官说：“我们的宇宙高速航道就从你们星系附近经过，每次我们都会发信号询问你们是否需要帮忙，可你们从未回复过我们的呼叫，我们也不方便介入你们的生活。看到你们自得其乐地猎杀机器人，愉快地玩蒸汽机，也不好打扰你们……这次，是看见事情实在不对劲，才紧急出兵的。”

村长顿时明白了，他浑身颤抖地说：“我们的信号塔……高塔……高塔的解码器很久以前就坏了，解读……解读不出你们的信号……你们早应该派人过来瞧瞧……”他捂着胸口，慢慢瘫软在地。

军官见状，脸色骤变，大声说：“该死！你挺住，我叫军医过来！”

村长病倒了，气病的……

天上的援军把机器人赶出了山谷。一连好几天，小布都在帮大人们挖墓穴，掩埋在这次机器人入侵中遇难的村民尸体，村民们还是头一次看到这个惹祸精老老实实地帮大人干活。

丧事办完之后，小布的爸爸暂代村长，举行了一个简单的仪式欢迎援军。

人类是一种矛盾的生物，当人们说到援军先进的武器和英勇作战的雄姿时，每个人都按捺不住感激之情，把援军比作举世无双的英雄；但每当有人说起他们老早就知道这颗殖民星球的存在时，人们马上改口，众口一词地把他们骂成见死不救的冷血动物。这类口水战随着欢迎仪式的结束愈演愈烈，小村的民众和从四面八方聚集过来的难民们大有抄起武器，把援军痛打一顿的冲动。

这一天，对骂依然持续着，村民愤怒地咆哮：“根据地球联邦的宇宙拓荒计划，第二拨移民船应该在5000年前就到了，你们居然直到今天才出现！”

军官辩解说：“地球联邦早在几千年前就不存在了，你们不能拿以前的移民计划来说事！再说，你们不给我们发送信号，我们怎么知道你们想跟我们联系？”

村民们立即回应说：“高塔的信号发送装置老早就坏掉了，你让我们怎么发送信号？”

军官问：“是谁破坏了信号发送装置？”

村民两手一摊，说：“天晓得！反正你们不管我们的死活，就是你们的不对！”

一名士兵愤愤不平地插嘴说：“长官，我们提着脑袋救了这些人，现在反而被他们骂个狗血淋头，咱们还不如一走了之，让他们自生自灭好了！”

“迟了！”军官怒吼着说，“如果咱们一开始就假装没看见这颗星球，那也倒罢了，现在已经卷进这事里了，那些无孔不入的记者早就把这件事传遍了整个星舰联盟，如果现在撂挑子，咱们回去之后非被唾沫淹死不可！”

军官哪里说得过村民？村民们你一言、我一语，口水都可以把他淹没。情急之下，他拿出通信器跟上头联系：“我是星舰联盟国土警卫队第八十七陆军战团的呼雷泽尔中校，我们急需支援！给我调一打谈判专家过来……对，这里爆发了极其严重的口水战！”

谈判专家很快乘着飞船降临，各地幸存的难民也陆续聚集到村里，毕竟这儿是为数不多的安全地带了。听说星舰联盟还为这个小村提供了额外的救济物资，更使得小村一时人满为患。难民们吃饱喝足之后，还可以到村子的晒谷场围观谈判专家和本地政客之间的对骂。

小布并不知道，谈判关系着这颗殖民星球的未来。这颗星球的人终于盼来了等待已久的同胞，尽管地球联邦不存在了，但迎来星舰联盟的人也同样是一件大事，那些天上来的人手上有大家期盼已久的高科技，能然大家过上好日子。只是星舰联盟虽然已经足够强大，但多一颗殖民星球并不会让它获得太多的好处，反倒是多出一个包袱，还得负责这批殖民者的福利、治安和就业……林林总总的问题堆积在一起，实在让人大伤脑筋，所以他们以前都不太理会这颗星球。

不过，小布已经没有兴趣模仿大人们的辩论了，这世上没有哪个孩子在亲眼见过残酷的战争之后，还能像以往那样嘻嘻哈哈地打闹，短短几个星期，就让他变得沉默寡言起来。

九

村子北面的小山丘以前是孩子们玩耍时经常去的地方，战争过后，山丘布满了遇难者的坟茔。村落里的小杂货店老板就在这儿长眠，小布以前偶尔会在他店里拿几块糖果；老板的墓地旁是小布的班长阿呆的坟堆，小布上个月借了他半块橡皮，可再也没机会还给他……

村庄的晒谷场小山似的堆放着机器人残骸，这都是村民们捡回来的。前几天，村民们还一窝蜂地拿着镰刀、铁锤和菜刀，争先恐后地把珍贵的能源核心从残骸中撬出来，但很快人们就发现这完全没必要，士兵们消灭的机器人实在太多。现在，那些镶嵌着能源核心的残骸多到就算丢在路边也没人捡。

尽管谈判还没有结束，姗姗来迟的星舰联盟还是派出了一些调查该星球机器人杀人的事儿。调查结果令人震惊，这颗水草丰美的星球非常适合人类生存，几千年的时间本来足够人类繁衍出数以亿计的人口，但偌大一个世界，除了这片山谷生活着不足50万人以外，其他地方根本没有人类生存过的痕迹！

据调查官说，那些机器人都是非常落后的工程型机器人，原本的作用是把殖民星球改造成适合人类生存的环境，如果没有人在暗地里指挥，它们根本不会袭击人类。现在，必须把幕后黑手揪出来。

调查团用探测器扫过所有遇难者葬身之处，连这片墓地也没放过，似乎在寻找什么不同寻常的东西。好在不用开棺验尸，村民的抵触也不是很大。花了一个月检查完所有的遇难者之后，调查团提出要调查所有的幸存者。

终于下雪了……高塔上，阿璃看着雪花落在掌心，对小布说："这也许是我最后一次看到雪花，我的朋友很少，你算是其中一个，现在只告诉你一个人：我活了7000年……"

小布说："你撒谎吧？人哪里能活几千年？"

阿璃说："以前你说过，只要你看到飞船从天而降，你就相信我说的话都是真的，这话现在还算数不？"

小布摸了摸他的额头，说："你一定是感冒发烧，脑子烧糊涂了……"

阿璃生气了，说："你管我脑子有没有烧坏？反正你现在记住我说的话！有些事，我不甘心把它带进棺材，哪怕只有你一个人知道也好！"她是想让小布知道那些历史，指望着有一天，能有人还她一个公道。

小布不作声了，阿璃说："我是7000年前机器人叛乱时代的人。那时，很多人死于战乱，我也不能幸免。机器人叛军的首领放出话来，说他们能救活战死的人。我的爸爸妈妈伤心欲绝，不惜冒天下之大不韪，去找机器人救活我。机器人开出的条件是我成为它们的内应，爸妈答应了，毕竟对父母来说，救活自己的孩子比什么都重要……"

阿璃停顿了一下，继续说："但爸妈从没想过，它们竟然给了我不死

的生命，只要我没受到致命伤，就绝不会死去。我刚活过来的时候，爸爸妈妈很高兴，但哪家父母会喜欢一个像妖怪一样永远不会长大、也不会死的孩子呢？过了几年，我有了弟弟妹妹；又过了20多年，我弟弟妹妹都成家了，我还是跟小时候一样，完全没有长大。快乐的日子结束了，我离开家，独自流浪。人类和机器人叛军有时候能和平共处，有时候却爆发大大小小的战争，日子过得很艰难，很多人为了讨一口饱饭吃，登上飞船寻找适合人类生存的殖民星。在我走投无路的时候，是机器人叛军收留了我。”

小布问：“然后你就为叛军卖命了？”

阿璃苦笑，说：“机器人命令我们混进人类当中，跟随移民前往寻找适合人类生存的星球的旅途，等到将来他们进攻殖民星时，我们就是内应。可悲的是，在那些金属疙瘩眼里，我们始终是人类，就算真心给它们卖命，它们也不会信任我们；同样，在人类眼中，我们这些不死的人也是不可信任的怪物。”

阿璃说：“我不想为机器人卖命，几千年来，我一直都很害怕机器人叛军找到这颗星球。我很不希望人类数量过多，过于明显的人类活动痕迹会引起叛军的注意，引来灭顶之灾；我更不希望人类重新掌握太空时代的科技，自不量力地回去找叛军复仇……我没有别的办法，只能尽量削减人类数量，把人类‘锁死’在蒸汽时代……”

正在这时，一个陌生人在两名士兵的跟随下走上高塔，问她：“所以，你一直都在操纵那些没脑子的工程机器猎杀离开山谷的人类？”

小布像狼犬一样跳起来，抢在阿璃面前问：“你是谁？”

那人说：“我是星舰联盟的调查官，我负责把这个叫作阿璃的丫头送上法庭，她所说的一切都将成为呈堂证供，当然，她有权为自己雇一个得力的律师。”

阿璃似乎早就猜到这人迟早会出现，说：“调查官先生，只要您回答我一个问题，我就跟你走。请问，当年那场机器人叛乱，总后的结局是……”她的声音有几分颤抖。

调查官说：“那些铁疙瘩早在几千年前就变成铁锈了，但我们还活得好好的。你真不该破坏这座高塔，否则几千年前你就该收到胜利的消息了。”

阿璃愣住了，她从没想到过，自己白白折腾了几千年！她笑了，清澈的泪水从稚嫩的脸庞滑落，小布弄不懂她到底在笑还是在哭。

小布知道阿璃要跟那些人走了，就在他不知所措的时候，阿璃突然转身，用嘴唇在他唇上轻轻碰了一下。年幼的小布并不明白这举动代表的含义，只听到她小声对他说：“谢谢你，我很久没有过上这么快乐的日子了……”

还没等小布回过神，阿璃突然闪向高塔边缘，纵身一跳！小布想都没想，冲过去试图抓住她，于是他整个人也往高塔外跌去。调查官大惊失色，但他只来得及抓住小布的脚腕，阿璃单薄的身子却像雪花一样飘落……

十

十几年后。

我有多久没回家了？走出飞船那一刻，小布看着飘雪，在心里问自己，这次他带了女友回家见父母。

在他小学毕业那一年，拖沓的谈判终于得出阶段性结果，他也成为第一批有幸进入星舰联盟中学读书的孩子。故乡的人对这批孩子寄予了很大希望，希望他们能争气，能够出人头地。小布并不是这群孩子当中最优秀的，但至少他也按部就班地念完了中学、大学，并有幸得到导师的青睐，硕士毕业之后顺理成章地有了一份体面的工作。

但也因为外出求学，他很少回家，今天回到故乡，只感觉一切都如此熟悉而陌生。飞船的起落港位于黑石城郊外，抬头仰望高高的金属城墙，巨大的蒸汽机仍然铮亮如新，城墙上的弩车也依然如故，最大的不同只是镶嵌在城门上的巨幅广告牌——欢迎来到最后的蒸汽世界！

这颗殖民星球已经变成了著名的旅游胜地，白茫茫的雪原上，背着火绳枪的士兵骑着战马、挥舞着套索猎杀机器人，大批游客拿着望远镜在城墙上围观。当年大家为了生存而猎杀机器人，现在这种狩猎却完全变成了一场嘉年华式的欢乐表演。

故乡的村庄仍然保存着以前的风貌，人们还是跟以前一样，春夏播种、秋天收获丰硕的稻谷，只因为游客们想看这种古老的农田耕作。痘哥现在还是打铁匠，每天都有游客到他的打铁铺里，好奇地看着一块块铁锭在他的锤子底下神奇地变成各种农具。有些游客还笨拙地抡起锤子，饶有兴致地一试身手，把一块块好好的铁锭敲成谁都不认识的“艺术品”。痘哥他老爸对那些浪费了的铁锭心疼得不得了，但痘哥却把那些“艺术品”精心包装起来让游客带走，然后乐呵呵地数钱。

阿璃那件事现在已经广为人知，毕竟多年前，联盟法院对死去的阿璃进行缺席审判时，曾经要求村民们以陪审团成员身份前往法庭。村民们知道真相以后，彻底震惊了。但阅读过全部调查资料之后，村民们一致要求停止这场审判，村长用拐杖把地板敲得山响，说：“她只是个孩子！况且现在已经死了！你们怎么还忍心审判下去？”这场审判，最终以终身监禁外加一份特赦令而宣告结束。

在那些调查资料中，唯一被隐瞒的内容就是小布跟阿璃的交往，毕竟这只是无足轻重的次要资料，况且那时的小布尚未成年，在这场全民关注的审判中，法庭总得保护未成年人的隐私。

从此以后，村子里多了一个习俗，每到下雪的时候，家家户户都会把一件小棉袄和零食放在家门旁。村里的老人说，在漫长的岁月里，阿璃绝大部分时间都在人迹罕至的深山里流浪，偶尔会出现在城里，被好心人收养，过上几年还算幸福的日子。她不敢让人发现她不会长大，生活个两三年之后，就只好不辞而别，继续一个人生活在深山中。她活了几千年，说不定哪天她还会活过来，总不能让她在大雪天里冷着饿着。

但小布却不这么认为。阿璃活的虽久，快乐的日子却没几天，这种不死的生命无异于永恒的酷刑。当她知道机器人叛军早已成为历史之后，如释重负，小布记得那时，他发疯般地冲到高塔下只看见阿璃逐渐变冷的脸庞上挂着幸福的笑容，她真正想要的是一个永恒的长眠。

高塔依然矗立，村庄里的晒谷场仍然是孩子们嬉闹的地方。今天孩子们玩“勇者斗怪兽”的游戏，在一群孩子当中，谁抽中了扮怪兽的签，谁就得扮演怪兽拼命逃，其他的孩子拼命追，先抓住“怪兽”的孩子就是“勇者”，但抽到怪兽签的孩子多半都不愿扮演怪兽，别的孩子就会指责他耍赖，然后就会吵起来。

今天，这样的争吵也同样在发生。一个孩子头大声指责抽中怪兽签的孩子，说：“不许赖账！我舅舅在生物研究所工作，他每天都在研究怪兽！吼吼！如果你不听我指挥，我就叫舅舅抓你去研究！”

那孩子头儿看见小布，游戏也不玩了，高喊着“舅舅”，高高兴兴地跑过来。撒欢的同时，脏兮兮的小手在小布刚买的新裤子上猛擦，顺便摸他的口袋看有没有零食，这是小布童年管用的恶作剧手段之一，现在轮到他自己遭殃了。

据说姐姐经常对她儿子说舅舅小时候有多听话、有多认真念书，这当然是善意的谎言，至于孩子他爹的裤腰带被孩子他舅挥舞着满村乱跑这类糗事，却再也没人提过。

每次回家，小布总要抽一点时间到村子北面的墓地独自待上一段时间。这次他带的东西特别多，在一座荒草蔓生的小土坟前，他把几本厚书一页页撕下，点燃，默默地看着书页化作袅袅青烟。土坟的墓碑没有刻名字，女友问他："这是谁的坟？"

小布说："这是阿璃的坟。"这是他多年来第一次提起阿璃，很多人内心深处都埋藏着年少时的一段懵懵懂懂的恋情，要么是无疾而终的暗恋，要么是青涩的初恋，当他们从小男孩变成男人之后，也许永远都不会再提起那段稚嫩的童年故事，但也一辈子都不会忘记。

女友听说过阿璃，她拿起一本书翻了翻，发现这是讲述7000多年前那场机器人叛乱怎样被平息的历史说。她问他："你烧书做什么？"

小布说："烧给阿璃看，她会喜欢的。"

在那段古老的历史中，像阿璃这样被机器人赋予近乎不死生命的人类不在少数，但很多人最终都选择了跟人类站在一起，要么奋起反抗机器人叛军，战死沙场；要么带领人类去往更遥远的外太空，成为星舰联盟最初的成员之一。

这并不是一件愉快的事情，永生不死的人类总被视为异类，他们当中很多人终生都得不到同胞的信任，直到数百年后，才逐渐得到人们的认同。但那时，这些所谓"永生不死"的人，早已经在艰苦的太空流亡中逐渐凋零，所剩无几，不过，这些人的名字最终都变成了富有传奇色彩的故事，唯有阿璃例外。

小布坐在阿璃的墓碑旁，看着莹莹的火焰慢慢熄灭，灰烬渐冷。

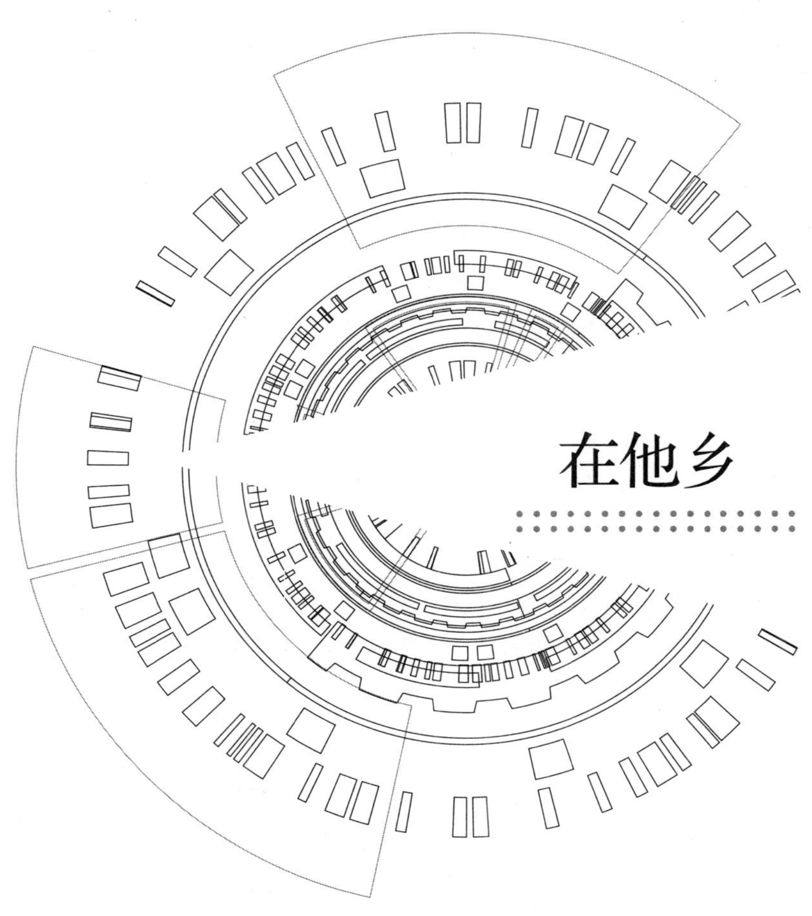

在他乡

一　新金山市

法厄同星舰，新金山市，阳光明媚。

一个留着平头、戴着耳钉的年轻人坐在唐人街的警察分局里，分局长老赵坐在年轻人面前，像这种正值叛逆期又没胆子犯事的小毛头，老赵见得多了。“别用盯犯人的眼神看我，”年轻人说，“我是来报案的，我的摩托车被偷了。”

老赵登录警察网络系统，输入车牌号码，很快有了摩托车的下落，“我说郑维韩，你的摩托车也太破旧了，这已经是第二次被环卫工人当成丢在路边的垃圾给捡走了。下次记得挂块牌子标明‘这不是垃圾’，知道吗？”

郑维韩笑了笑，然后开始闲扯：“听说你这些天很闲？”新金山市不算太大，从夏人街、商人街、周人街到唐人街、宋人街，几条街道十个手指头就能数完，治安一直都不差。

老赵说：“也不是太闲。前面商人街出了一场小车祸，两辆自行车撞在一起，这是这个月唯一的‘大案’……昨晚又和你爸吵架了？”

郑维韩说：“老家伙在欧罗巴星舰闲得发慌，跑过来逼我去军校考研。”他当初就是死活不愿读军校，才跑到新金山市投靠舅舅，后来又瞒着父母报考了一所普通大学。舅舅是老赵的邻居，嗜酒如命，婚姻状况是结了离，离了结，几进几出杀下来，最后还是落得个孤家寡人，连个孩子也没有……两年前的冬天，下暴风雪的时候，他在小酒店里多喝了几杯，醉倒在大街上，第二天上午，人们才在厚厚的积雪下发现他的尸体。

“说到当兵，我年轻时也想过……”老赵说，“那时候我觉得当兵很威风，就报考了军校，跟你爸同一年报考的。不过，他考进去了，我落了榜，就考了警校。”他拍拍皮带上的佩枪，“二十几年了，这枪连一发子弹都没打过。”

郑维韩说：“我爸小时候是因为家里穷才去读军校，军校管吃住，不收学费。他常说那是玩命的活儿，15年前他们全班五十几个同学全上了战场，只有5个人是活着回来的……他都知道当兵死得快，现在居然还想叫我去送死！”

老赵说：“我猜啊，你爸的意思是他好不容易升到上校军衔，在军校里多多少少有些朋友，你去拿个高学历，然后在军中谋个文职，比前线的士兵安全得多，也比较容易升迁。”

“这我不管，”郑维韩根本听不进去，“反正我摩托车没了，待会儿你下班记得带我回家。”

二　唐人街的茶楼

唐人街里有很多不土不洋的玩意儿，比如写着繁体字的招牌，故意装修成古典式钱庄的银行，宇宙闻名的中餐馆……当然还有这间茶馆。

人在他乡总是特别思乡吧？在法厄同星舰，有很多人昨天也许还穿着宇航服在太空站工作，今天一休息就赶回地面上，来到这街上那间闻名遐迩的“老胡同印象”澡堂泡个热水澡，看着布满水渍的天花板和故意种上青苔的墙壁，讨论某个星系上的新闻……钱他们不在乎，他们买的就是这种老家的感觉。泡完澡，换上旧式的服装去逛一逛那些占去半个街道的小地摊，都说这地方有正宗的地球味道啊！

骆驼茶馆是唐人街比较有名的茶馆，茶馆里有一位说书人，还有四五个每天必到的拿着葵扇穿着旧式长袍喝茶聊天的老先生，有时甚至会过来一些猎奇的“老外”（外星人）。自从对面那家“马肿背茶馆”倒闭之后，骆驼茶馆的生意就更好了。那家“马肿背茶馆”被人发现用机器人冒充人类当服务生后，就没顾客上门了。这年头，顾客花钱买的是传统，上茶馆喝茶是身份的象征，好不好喝倒是其次。

当年，外公外婆担心舅舅没法养活自己，就把这家临街的骆驼茶馆交给了他，虽说茶馆那点儿收入发不了大财，但也饿不死人。

郑维韩心想：也许该多雇几个人了。上次人才市场那个拉二胡的老先生看起来不错，听说是某艺术学院的退休老师，只可惜要的薪水太高了……其实这间茶楼就算把员工全开除了，换上一批机器人也照样能经营得很好，说不定还能经营得更好，机器人至少不会跟你说要加薪和休假。但是，现在大家都知道，多雇用几个员工是能够得到减税优惠的，如果企业里是清一色的机器人，那么第二天，税务局的官员就会来找你的麻烦，说你故意和政府降低失业率的目标对着干，你要缴纳的税率就会高到把所有的利润全贴上去都不够的地步。

当晚打烊的时候，郑维韩发现一个女孩站在门口，女孩问他：“请问，你们这儿招工吗？”那女孩穿着一件不太合体的旧衣裳，头发很长，怯生生的，背着一把二胡，瘦瘦小小，看年龄好像是找工作补贴家用的穷学生。

郑维韩差点儿没把手上的那块门板砸在自己脚趾头上，在天上那轮人造月亮的冷光下，这个女孩看起来就像个女鬼。他的目光落在那把旧二胡上，“你拉一曲《二泉映月》听听。”

女孩坐在门前的石墩上，地球时代的古曲流水一般从二胡的弦上轻轻淌出，泉水般的古曲诉说着一个平静的故事：

在很久很久以前的地球时代，一个瞎子坐在街头，静静地拉着二胡，没有瞳仁的眼睛茫然地面对着街上散发传单的人们，对街上带血的喧嚣听而不闻。他知道暴风雨即将来临，却只是静静地守着心头那份宁静，就好像静静流淌的泉水，倒映着天上渐渐浓聚的乌云。暴雨有声，乌云无言，所以在暴雨真正降临的前夕，泉水也宁静如昔。

历史上，很多故事有着相同的开篇，在地球时代，同样的暴风雨不断地重复着，在最后的一场暴风雨来临前夕，那些官僚流放了多达几亿名的罪犯到外太空去，同地球地理大发现时代把犯人流放到美洲和澳洲的做法如出一辙。

郑维韩记得爸爸以前说过，星舰联盟政府很久以前曾经收到过来自地球的信号，先是不可一世地命令，然后是低声下气地请求，最后是苦苦地哀求，求这些流放犯的后裔回去救救他们……

“曲子已经拉完了，您看可以雇用我吗？”女孩的声音把郑维韩拉回了现实。

“嗯……很棒的曲子，很不错。”郑维韩其实老早就走神了，“我只怕没办法给你开太高的工资，不过我这儿管吃住，只要你不介意和我生活在同一个屋檐下就行。”他不知道自己为什么想留下她，“对了，你叫什么名字？”

“韩丹。”女孩说。

郑维韩很快给自己找了一个想留下她的理由：他总不能看着一个弱女子在这人生地不熟的城市四处流浪吧？

“我们以前见过吗？”郑维韩总觉得她很眼熟。

韩丹有一个日记本，是用那种古老的电子油墨在可以卷起来的薄膜上面显示字迹的，它的数据储存空间只有区区80GB，不过按照每个汉字占两个字节计算，她只怕十辈子都写不满它。

这种日记本卷起来之后像个卷轴，商家为了迎合客户的喜好，在“卷轴”上涂上宣纸一样的颜色，看起来更像古老的卷轴了。

写日记不是好习惯，尤其是像韩丹这样有着太多秘密的人。她打开日记本，手指在薄膜上轻轻滑过，留成一些字迹：

……我也许会在这儿住上一段时间，打些短工养活自己，在他发觉我的不寻常之前，离开这儿，继续流浪……

三　流星雨

韩丹在这儿生活了一个月，每天的工作就是在茶馆里演奏二胡招徕顾客。茶馆的营业时间是从中午十一点到晚上十点，这年头工作不太好找，凑合着过得去就行了。

晚上，茶馆打烊了，郑维韩说有些急事要出去，十一点钟了还没见回来。韩丹回到房间，打开计算机进了一个网站，手指娴熟地敲下一段冗长的密码，出现在屏幕上的是一幅类似古老地球时代的“google地球”那样的画面。她在球形地图上找到了新金山市，用鼠标不断地拖动、放大地图，细如蛛网的街道放大到整个屏幕大小，就连街边绿化带的落叶都清晰可见。她找到了郑维韩，他正在一家24小时营业的便利店前排队买东西。

气象局发布了流星雨警报，很多人都在大大小小商店前排起长龙，抢购物资。韩丹坐立不安，总觉得该干些什么。她从杂物房里找了些木板想加固门窗，又突然想起这样做是没有意义的。韩丹想起地球上的一个古老传说：当流星划过天边的时候，你闭上眼睛对着流星许愿，愿望就一定能实现。现在仍然有很多人会在流星下面许愿，但愿望通常都只有一个一让这些该死的流星雨快些结束吧！

晚上十一点半，郑维韩回来了，扛着两大桶纯净水和一些应急用品。“今晚到地下室去住。”他说。

新金山市的建筑物通常不太高。按规定，如果一栋房子在地上有18层，它就一定要有18层地下室，否则就算违章建筑；如果一座城市能容纳15万人口，它就必须得有可供15万人生活的地下建筑群和3个月的储备物资一这都是被严酷的生存环境逼的。

郑维韩家的地下室是个两房一厅的套间，客厅除了有个楼梯通往地面以外，还有一扇门通往外面街道下防空地道的门。这扇厚达500多毫米的复合材料大门足以抵挡一般性的陨石袭击。

凌晨三点半，流星雨终于来了，大地颤抖着，头顶上传来炮弹破空般的呼啸声和房屋倒塌的哗啦声，看来这场流星雨还真不小。苍白的防爆灯下，郑维韩睡不着，见韩丹从房间走出来，“你也睡不着？”他问道。

郑维韩随手打开电视机，电视信号很差，流星雨撞击地面的画面伴着沙沙声出现在他们面前，尽职的记者冒着致命的流星雨坚守在新闻现场，为大家报道第一手消息。无数火流星溅落在大气层中，拖着长长的尾巴像暴雨一样密集地落下，冰雹一般砸在城市里。强烈的高温点燃了城市里一切可以点燃的东西，新金山市的熊熊烈火照亮了整个夜空。

虽然地下室里有强力的制冷设备和氧气循环再生设备，但还是可以感觉到天花板上传来的燥热。小型的流星雨适合拿来哄喜欢风花雪月的小女生，大型的却能像地毯式轰炸一样将整座城市砸个底朝天！

韩丹说：“听说在地球，太阳系里有木星和土星两颗巨行星存在，替地球抵挡了很多危险的小天体撞击。”

“这儿不是太阳系……”郑维韩拿出一张老照片，照片上几个男人全是军人打扮，“我本来有两个舅舅，大舅舅是第十七舰队的士官，15年前死了。我二舅舅当时就在离他最近的一艘救援飞船上，因为飞船的引擎被陨石砸坏，只能眼睁睁地看着亲兄弟遇难却毫无办法。后来，二舅舅整个人都垮了，拼命酗酒，直到他离世为止。”

在这缥缈的宇宙中，真正能被称为“敌人”的外星文明是很少的，作为军人，面对的更多是宇宙中危险的自然环境。

电视突然“沙沙”一片，没了信号，头顶上的大地簌簌发抖，灰尘不断地从天花板上落下，郑维韩嘟哝说：“我这辈子第一次看见规模这么大的流星雨……”不过他并不是太在意，反正这种自然现象每隔三年五载就会出现一次。看在选票的分上，被砸坏的房子政府多多少少会给些补偿，再加上重建带动建材需求，经济是会得到恢复的，高大的楼宇和宽阔的街道会再次出现，就像麦田里一茬接一茬的庄稼一样。多少年了，这里的人们就是这样过来的。

一声天崩地裂的爆炸声震撼了整个地下室。片刻后，外面传来急促的敲门声，郑维韩打开门，看见老赵穿着睡衣光着两条大毛腿，挂着皮带和

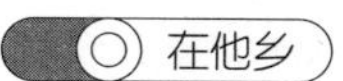

手枪站在他面前，“快到紧急登船口集合！流星雨把太阳给砸坏了！”

郑维韩大惊失色：“这绝不可能！”但看到老赵紧张的神色，他明白这不会是在开玩笑。

每一艘星舰上空，都有一颗装载着巨型核聚变反应堆的人造太阳，太阳有一面永远正对着大地，源源不断地为大地提供光和热，如果它被砸毁了，整个星舰都会被冻成一团冰坨！

新金山市的地下也和地上一样，被分为一个个街区，每两个街区之间都用足以抵挡核爆炸的气密门隔离开，蜘蛛网一般错综复杂的通道看起来倒有几分飞船内部结构的感觉。

老赵继续去通知别的居民撤离，而郑维韩和韩丹则立刻跑到地下飞船登船口。候船大厅蒙着厚厚的灰尘，这地方已经有很多年没动用过了，它就像轮船上的救生筏，没了它不行，但谁都不想看见它派上用场。古老的液晶显示器不断刷新着，显示出最新的消息：周人街的地下城被一块陨石砸穿了，上头的火海迅速吸走了地下城的氧气，整整一个街区的人全都窒息身亡。没人敢打开气密门去寻找那个街区是否还有幸存者，谁都知道只要门一打开，剧毒的浓烟和火焰就会蔓延到下一个街区的地下城，害死更多的人。

地震了，大地好像受伤的巨兽一样颤抖不止。飞船正在填充燃料，根据古老的《星舰紧急逃生预案》，登船的顺序依次是婴儿、小孩、少年，到最后才是老人，如果是知名的学者、教授这一类极为宝贵的人才，则可以和孩子们搭坐第一批飞船离开。尽管那些维持治安的警察反复强调这儿有足够的飞船可供大家逃生，但是谁都知道——越往后拖，生存概率越小。有人试图不顾一切挤进飞船，大声号叫：“谁给我让个位置，我把我的上亿财产分他一半！”回答这人的是警察的一梭子弹。

很多老人自发地留下来维持秩序，对自己的孩子、孙子说：“你们先走，我们搭最后一批飞船离开。”其实大家都知道；最后一批飞船很可能永远没有机会起飞了。

轮到郑维韩登船了，站在他后面的是一个哭泣的女人，她的两个孩子已经搭乘前一批飞船离开了，她不巧被分到了下一批。这时，火舌已经蹿到飞船的发射井边上。“我能不能让她先走？”郑维韩问身边的警察。这名警察并不言语，只用黑洞洞的枪口指向他的脑袋，郑维韩赶紧低头登船。

韩丹排在他前一个登船，现在就坐在他旁边的座位上。她熟练地用手臂般粗细的金属安全带把自己固定在椅子上，说：“系好安全带！这种旧飞船不像客运公司经营的那些飞船一样有人造重力场和宜人的舱内环境！”

飞船突然发动了，沉重的加速度压得人全身发痛，船舱也吱呀作响，好像随时都会解体一般。逃生飞船发射口位于街区广场正下方，它根本没有发射井盖，而是用定向爆破直接炸掉地面上的建筑物让飞船钻出来。

城市在火焰中坍塌了，流星雨仍然不停地撞击着大地。从飞船望下去，城市被撕裂出几个火山口一样的飞船发射井，繁华的大街、古色古香的楼宇、像卫兵一样整齐矗立的绿化带乔木……正一点点被炽热的气浪扫倒，化为灰烬……

四　星舰

这是一艘飞船，也是一颗星球。说它是星球，因为它的体积和质量都和老地球相近，它有大气层，有蔚蓝色的海洋和广袤的陆地，有完整的生

物圈；说它是飞船，因为它有推进器，能在宇宙中缓慢移动，不像真正的行星那样围绕着某颗恒星打转，所以人们都称它为“星舰”。

很久以前，人们的祖先驾驶着飞船在宇宙中流浪，后来，飞船越造越大，这些体积足有地球大小的星舰也就顺理成章地被制造出来了。

这种有史以来最大的飞船——星舰，大到它本身就足以产生相当大的引力束缚住足够多的空气形成大气层，所以不像传统的飞船那样非得有外壳不可。它的南极有着永恒的华光，在那里，矗立着一大片森林般的巨型推进器，那些推进器抛射出的高能粒子在太空中留下一条彩带般的轨迹，推动着整艘星舰前进。

星舰非常大，薄薄的大气层下是白云、海洋和陆地，它显得非常漂亮，却又非常脆弱——在广袤无边的宇宙背景衬托下，薄薄的大气圈就像肥皂泡一样脆弱。因此，不难理解星舰联盟为什么组建了那么庞大的军队、设置了那么多道防线来保护它。

可惜庞大的军队和多重的防线还是没能抵挡住这次袭击。这次的损失太大了，据新闻报道，一个体积很大的星体以非常快的速度一头扎进星舰联盟的领空，政府出动了大批的作战力量拦截那个星体，他们原本想把星体拖离轨道，但它的速度太快了，他们只能把它打碎。从新闻公布的数据来看，这是连太阳系的老地球也会被整个撞离轨道的撞击！同等质量的大东西，如果它直接撞在星舰上，会把星舰彻底摧毁；但如果把它炸成足够小的碎块，让这些小碎块在坠入大气层的途中燃烧殆尽，造成的损失则会小得多。

军方已经尽力了。韩丹看着飞船舷窗外飘浮着的碎片，一些军舰残骸也夹杂在里面，她甚至看见几名士兵残缺不全的遗体从舷窗外飘过……星舰本来有自己的一套防陨石系统，如果碰上特别大的灾害，系统顶不住，唯一的选择就是出动军队。

人们对这样的牺牲早已习以为常，记得当初人们摸索着建造第一艘星舰的时候，数以亿计的流放犯后裔中，有近三分之一的人献出了自己的生命。

星舰远远不止一艘。欧罗巴星舰完工后，人们又建造了两艘星舰——亚细亚星舰和亚美利加星舰，慢慢地就轻车熟路了。地球上只有七大洲，当建造第八艘星舰的时候，他们发现七大洲的名字不够用了，就开始用地球各国的神话人物名字命名，所以就有了盖娅、法厄同、帕耳修斯、克罗纳斯之类的星舰，反正地球上的大洲一开始也是用神话人物命名的，还算凑合吧。

在拓荒年代，地球联盟太空开发署可是一个响当当的名字。它旗下的第一艘外太空移民飞船缓缓离开太阳系时，全球万人空巷，那崭新的大飞船上的太阳帆像鲜花盛开一样缓缓打开，漂亮的女解说员激动得热泪盈眶、语无伦次，搜肠刮肚地寻找赞美的词汇，一迭声地称呼那些拓荒者为“英雄”，就好像整个银河系变成人类的殖民地已经指日可待——没人看见那些“英雄”宇航服下面的累累伤痕。

“祝你们在外太空找到一块新的美洲大陆！”据说在地球时代，每个狱卒把被揍得鼻青脸肿的犯人丢进飞船送往外太空拓荒之前，都会送上这样一句“祝福”。有人问：“如果他们无法找到可以殖民的星球怎么办？”地球联盟太空开发署的官僚回答说：“这不成问题。每艘飞船上都有男女宇航员各10000名，就算找不到合适的星球，也可以一代代在飞船上繁衍下去。”地球古代流放犯人最起码还有个目的地，而这些“英雄”则连流放地都得自己去找。

失去人造太阳之后，法厄同星舰大气层的温度骤然下降！强烈的温差掀起了狂风，暴雨挟着冰雹倾盆而下，恶劣的天气逼得那些救生飞船不得不强行起飞，大批的人因此被遗弃在地面上。滔天的洪水很快结了冰，法厄同星舰上的城市连同来不及逃走的人一起被冻结了，有些来不及飞走的飞船也一同被冻结在大地上。

冰是一种不良导体，随着温度继续下降，冰面上的温度远低于冰面下方，在内外温差的作用下，上百米厚的冰面噼里啪啦地破裂了，长长的冰裂缝从星舰的一端蔓延到另一端。在巨大的应力扭曲下，庞大的冰盖形成深深的裂谷和高高的山脉，将被冻僵的城市、草原、森林甚至海洋无情地撕裂。然后，絮状的雪花飞扬着飘了下来——那是被冻成干冰的二氧化碳雪花。再过些日子，这里会下起蓝色的雪——氧气和氮气凝结成的雪花是蓝色的，失去人造太阳之后，整个大气层都会被冻成固体。

逃难的飞船里有人在哭，船舱里的屏幕上不停地播放着老地球的湖光山色，似乎在提醒人们这并不是第一次失去故乡，好像这样就能稍微减轻一点丧失法厄同星舰的伤痛。

韩丹打开日记，随手写下一些字：

在这一刻，全船的灾民好像忘记了平时悠闲的生活，都回归到了祖辈的生活方式——逃难、逃难、再逃难，从大家躲进飞船的那一刻起，就把性命交给了这艘飞船，能否逃出灾难已经不是自己能控制的了。就在我身后，两艘飞船被流星击中，爆炸了，很多父母将永远也找不到自己的孩子，而很多孩子则永远地失去了父母……

五　“欧洲”，长安

欧罗巴星舰，老辈人习惯于称呼它为“欧洲”。这是人们建造的第一艘星舰。长安，所有星舰上最大的城市，星舰联盟政府最高中枢所在地。长安位于欧罗巴星舰上，熟悉历史的人一定觉得有点纳闷儿。

当年，第一艘星舰还没制造完毕，人们就为了怎样给它命名而吵得不可开交。原则上，人们打算以地球时代的洲名来命名，但具体用哪个洲却一直定不下来，最后人们就把七大洲的名字写在纸片上，抓阄决定，一不小心抓到了“欧洲”，所以就将它命名为“欧罗巴星舰”。

星舰建造完毕之后，人们在最漂亮的一条大河的人海口处建立了第一座城市。给这座城市起什么名字呢？大家把自己心目中最看重的地球时代的城市名字写在纸片上，再次开始抽签，在华盛顿、巴黎、耶路撒冷、巴比伦、德里、马丘比丘等上万个城市名字当中，竟然鬼使神差地抽到了长安，于是，“长安”就这样跑到“欧洲”去了。

长安市中心，大批救护车和医护人员翘首仰望通天塔，警察在广场周围拉起黄色的警戒线，把普通民众和各路记者拦在外头，一批又一批的灾民被从塔上送下来。

通天塔的作用类似于地球时代的港口，只不过它停泊的是飞船而不是轮船。它的原理很简单：用缆绳把大气层外的同步轨道空间站和地面连接起来，在缆绳上挂载电梯运送旅客到空间站，他们在那儿换乘来往于星舰之间的飞船。

郑维韩一下飞船，就被带到医护人员面前检查是否在逃难过程中受了伤。一名官员在民政部门的数据库中查找到他的身份档案，给他开了一张卡作为临时身份证兼信用卡兼驾驶执照，说：“你父母的家就在这艘星舰上？看来没必要在灾民安置所替你准备住处了，抱歉，那儿的床位很紧张。”

那名官员核查韩丹的身份时却惊呆了，嘴张得好像能塞进一颗鸵鸟蛋。

出了通天塔就是市中心广场，很多灾民不顾工作人员的劝阻，在这儿发疯一样寻找着自己的亲人。等到事情过去一段时间之后，有些失去孩子的父母会到孤儿院认领孤儿，他们总偏向于认领那些在同一场灾难中失去父母的孩子。郑维韩看见老赵的妻子带着两个孩子，正望眼欲穿地看着通天塔的出口。谁都知道，警察肯定是最后一批撤离的，老赵很可能回不来了。

六　乡下

长安乡下有一条小路，路的左边是一个小村，路的右边是一片西瓜田，现在田里的瓜苗刚挂上婴儿头大小的西瓜，离成熟还远得很。年轻人

大多进城找工作了，乡下的人越来越少。为了在农闲时多赚几个钱，一位老人在自家门前开了一间小小的饮食店，他是一位极其普通的老人，清瘦、佝偻。

老人是郑维韩的爷爷，韩丹正在老人的店里帮忙。老人家很疼爱孙子，但韩丹知道最好别在老人面前提起那个不孝子——郑维韩的爸爸郑冬。20多年前，老人极力反对独生子去读军校，那是高危行业，说不准哪天就死在前线了，他更乐意让儿子守着几分薄田，安安稳稳过日子。

乡下有良田千顷，这些庄稼是在天上那轮人造太阳的照耀下成长起来的，用尽可能接近自然状态的风霜雨雪来灌溉，造价比工厂里人工合成的东西贵得多，但味道却不见得比合成食品好到哪儿去。

“我从来不要他的钱，我还能养活自己，”老人主动提起儿子，“我很敬重当兵的人，但不想看到我儿子去冒这个险。”

一辆仿地球时代挂军方牌照的全地形越野车停在小店门口。老人远远地看见那车开来，眉头一皱，从柜台底下翻出写着“打烊”两个字的牌子挂上，生意也不做了，转身往屋里走去。

一个军人走下车，他年近50岁，两鬓华发早生，韩丹知道他是郑维韩的爸爸——郑冬。

郑冬走到门前，笔挺地站着，却没有踏进家门，韩丹也不敢招呼他进来坐。她听郑维韩说过，爷爷25年前一怒之下叫爸爸永远滚出家门，事情过去那么多年，爷爷早就原谅他了，只是一直拉不下脸亲口说出来。

很显然，这是两个倔脾气在顶牛。听说每年的除夕夜，郑冬都让老婆孩子进来和父母共享天伦之乐，自己却在门外，宁愿顶着风雪站上一夜，就为了等父亲说出那句原谅他的话。

韩丹放下手上的工作，郑冬问她："我们也有几十年没见面了吧？"

"是很多年了，那时维韩还不满周岁。"韩丹说。

他们一前一后出了门，走在乡间的小路上。郑冬问韩丹："这些年你还是在四处流浪？"

韩丹说："习惯了。"

郑冬问："你很少碰见熟人？"

韩丹说："有时候会遇上。记得10年前、也许是20年前，甚至50年前吧，一位老人硬拉着我的手说我是他80年前的初恋情人，老人的曾孙却一个劲儿向我道歉，说他的曾祖父老糊涂了。"

"你还想让这类故事在我儿子身上重演？"郑冬很担心。

韩丹在田垄边摘了一朵野菊花别在长发上，"你儿子很像我死去的弟弟。"

郑冬说："这我倒不乐见。"韩丹的弟弟是被持不同政见者刺杀的。

"我弟弟是独一无二的。"韩丹微笑，弟弟是她永远的骄傲，"你有没有想过当将军？"

郑冬说："随缘吧，这种事没法强求，很多人到退休都挂不上一颗将星呢。"从军的人有两级军衔最难升迁，一是上校升迁准将，二是少将升迁中将；至于最高的那级——元帅军衔就别指望了，那通常是死后才给追授的。

"不想当将军的士兵不是好士兵。"韩丹说。

"先不谈这个。"郑冬决定先跟她说说法厄同星舰上的事儿，"法厄同星舰是我负责派兵去救援的，我派了精锐部队上去，打算先把星舰的行政首脑救出来。"他紧握拳头，"我听回来的士兵说，行政总长大人点了一支烟，看着窗外飘落的二氧化碳雪花对士兵说：‘你们先去救平民，在所有的平民安全撤离之前，我一步也不会离开。’然后就冻死在星舰上了。”

“他就算活下来也只能等着蹲大牢。”韩丹说，“星舰原本是有陨石拦截系统的，但是当时拦截系统没能正常启动。一开始没人意识到事情会严重到这种地步，你儿子还抱着看一场特大流星雨的兴头，躲在地下室里满不在乎地看电视直播。”

郑冬说：“又一个贪官，听说他贪污了拦截系统的维护专款。”

“现在是非常时期，看来得动用重刑对付这些王八蛋。天灾不可怕，人祸才是心腹大患！”提到这个，韩丹只觉得一股无名怒火直冲脑门，“军方的内部文件你应该也看了吧？在未来的一段时期，这样的流星雨只会越来越多，我们一点儿纰漏都出不得！”

那份内部文件传达到相当于营一级的指挥官为止，郑冬是战列巡洋舰的舰长，当然也看了。郑冬说：“身为军人，我无条件服从命令；但作为一个普通人，我想知道我们为什么选了一条最难走的路来走。”

韩丹蹲在田垄上，灌溉渠的水清澈见底，渠底的淤泥长了水草，一些小鱼在水草间游弋，这些田园风光很难让人相信他们是身处流浪在宇宙中的星舰上。

“你还记得老地球吗？”韩丹说，“在太阳系，太阳占了整个太阳系质量的90%以上，它庞大的体积和巨大的引力像一顶巨大的保护伞，替地球挡住了无数危险的小天体。太阳系外围，是范围非常广的柯伊伯小行星带，在海王星、天王星后面，还有木星、土星这两颗巨行星，它们组成的防线保护着身后那颗小小的地球，让它有足够安全的环境诞生生命，孕育出我们人类文明。但地球也不是百分之百安全……”

在长达千余年的宇宙流浪生涯中，人们曾经无数次举例说过困守在一颗星球上的危险性，被引用得最多的就是恐龙时代的小行星撞击地球事件。人类在漫长的发展历史中，能平安进化到太空时代只能说是侥幸，在冷酷的宇宙面前，如果没有足够高的科技和足够好的运气——哪怕一路前行好不容易走到了工业革命时代——在一颗迎面撞来的小行星面前，下场也和恐龙无异。

韩丹说：“你们这些年轻人没经历过在旧飞船中流浪的岁月，那时候我们是货真价实的宇宙流浪汉，别说小行星，就算是足球大小的一块陨石，只要迎面撞穿那些破飞船脆弱的外壳，我们都会把命送掉。幸好天可怜见，让我们活了下来。当我们建成第一艘星舰的时候；当我们第一次有足够高的科技从宇宙空间中抽取无处不在的游离态氢作为能源，不必再为能源的匮乏而焦虑的时候；当我们的防御系统第一次承受住超大规模的陨石雨撞击的时候，我们激动得痛哭流涕的场面，你能理解吗？"

“茫茫宇宙中，只有科技可以防身。”郑冬想起了从前那位韩烈将军经常挂在嘴边的话，他的话在军中已经流传上千年了。

“就是这样。”韩丹说，“宇宙太大了，我们不知道以后还会碰上怎样的危险，我们宁愿投入高昂的代价钻研出过硬的科技，也不愿意在灾难来临的时候没法自救。”

郑维韩骑着从跳蚤市场买来的摩托车去送外卖，由于他给摩托车换了个电池，所以回来得晚了。星舰上大多数的车辆都是靠反物质能源作为动力的，飞船则靠核聚变反应堆。最近电池涨价了，那些电池不过是巴掌大的一个小圆筒，用强磁场把一粒粉尘大小的反物质晶体禁锢在抽成真空的电池空腔中，这玩意儿居然能卖到8块钱一节，都抵得上一顿饭钱了。

回来的时候，郑维韩看见爸爸和韩丹站在田垄边，他问："你们认识？"

"刚认识。"郑冬撒谎，"她是你女朋友？"

"比普通朋友好一点儿，但到不了那关系。"

郑维韩说的是实话，韩丹性格比较闷，郑维韩更喜欢活泼的女生。

"那样最好。"郑冬又问他另一个问题，"你有没有兴趣考研？考军校怎样？"

郑维韩生气了："就算你拿枪顶着我的脑袋，我也不去！"

韩丹心想：这大概就是所谓的"遗传性倔强"了。

七 第七大道的广场

长安市最繁华的街道是第七大道，它横贯全城南北。北段是最高政府所在地，最高执政官府邸、总参谋部、议会大楼，包括那个神秘莫测的"全星舰最高控制总部"都分布在那儿。南段是繁华的黄金路段，车水马龙，熙来攘往。两者的交接处是一个号称全世界最大的广场，那儿矗立着韩烈将军的雕像，有人说他是残暴的独裁者，也有人说他是雄才大略的首领，总之在他死后1000多年，仍难盖棺定论。

广场南面是长安大剧院，因为外形像个大馒头，所以大家都叫它"馒头剧院”。今天上演的节目是歌剧《流浪地球》。也许由于这里的人们走过的路和剧中的故事有着不少相似性的缘故吧，这部由古代著名科幻小说改编而成的歌剧千年来一直盛演不衰。

夜幕降临，郑维韩和韩丹从剧院出来，走在广场上。因为法厄同星舰的事儿，广场上少了很多娱乐活动，多了不少哀悼死难者的花环和救济灾民的募捐点，但周围商店的正常营业并没被打乱，灾难和死亡已经成了宇宙流浪的一部分，人们早已习惯了。

韩丹好像被歌剧感动得不得了，出剧场之后还不停地用手帕擦拭泪水。郑维韩给她买了一支雪糕：“好了，别哭了。”

韩丹一下觉得不好意思再流眼泪了，她轻轻咬了一口雪糕，“这东西真好吃，小时候做梦都不敢想呢！”

“做梦都不敢想？”郑维韩觉得很奇怪，“你爸妈从来不许你吃零食？"

韩丹小声说：“以前，在飞船上没有这种东西……”

郑维韩看着广场上的雕像，“我倒是听说，在我们建造星舰之前，所有的人都住在飞船上。我见过那些作为文物古迹保存下来的流放时代的旧飞船，1000多米长的破飞船里硬是挤进了20000多人，飞船成员生活的房间窄小得像鸽子笼，一家几口就挤在一个不足20平方米的小套间里，据说韩烈将军的童年就是在那样的飞船上度过的……”上千年前，欧罗巴星舰已经完工，另外两艘星舰也初具雏形。那时的星舰只是被视为超巨型飞船，没人想过要在上头永久定居，就在这时，人们发现了一颗勉强适合人类移居的星球，于是，人们急着要到那星球上定居，还打算把欧罗巴星舰给拆了，作为定居所需的各种材料来源。

当时的总参谋长韩烈将军强烈反对定居计划。后来见无法阻止议会通过定居的决议，他干脆发动军事政变，自任执政官。为断绝人们在星球上定居的念头，他不惜动用大批核弹把整颗星球炸成不毛之地，并派军队镇压了无数反对者，率众继续流浪。事实证明他是很有远见的，不过一个世纪，一个离那颗星球只有区区1000多光年的特大超新星爆发，迸发出异常强烈的伽马射线，杀死了那颗星球上所有的生命——包括大批一意孤行要在上面定居生活的人。但是，韩烈将军却早在超新星爆发之前就被人刺杀了。

将军雕像的底座上刻着一句话：地球是人类的摇篮，但人类不能永远生活在摇篮里。这是运载火箭之父康斯坦丁·齐奥尔科夫斯基的名言，也是将军最喜爱的座右铭。经过那件事之后，人们就再也没兴趣寻找别的“摇篮”了，再说，四十几艘星舰、近300亿人口也不是哪一颗星球能够容纳得下的，大家也就慢慢习惯了这种“宇宙游牧民族”式的生活。

郑维韩从停车场取出摩托车，对韩丹说：“上车，我们该回去了。”

摩托车在街道上飞驰，两边的路灯不住地倒退，长安的夜景灯火璀璨，无数灯光在身边飞速流转，如同火舞银蛇，又好像无数流星在身边掠过，和头顶的星空相映成趣。

天上不时地有流星划过。听气象部门说，星舰群正在穿越一个非常密集的小行星带，所以经常会有流星雨。这里的小行星非常密集，绕着一颗中子星飞速旋转，速度惊人，一般的宇宙文明根本不敢接近这种危险的地方，但人类不一样。

在很久以前，人类也同样害怕接近这种危险区域，但在宇宙中，各种重元素的含量是很少的，小行星是制造飞船和星舰所需要的珍贵材料来源。一开始，他们派工程飞船小心翼翼地接近小行星带，冒着飞船被撞毁的危险把小行星“捕获”回来作为原料。后来，随着科技的进步和力量的壮大，区区一个小行星带他们已经不放在眼里了，通常是整个星舰群直接飞过去，要么用军舰把小行星炸成粉末，要么顺手牵羊拖回作为工厂的巨型飞船里去，所经之处就像虫子吃苹果一样——在小行星带上留下一个个大洞。

另外一个驱使他们主动接近这种危险地带的原因是：他们担心过于安全的环境会让人丧失面对各种危险的勇气。对于在充斥着无数危险的宇宙中流浪的他们而言，缺乏勇气是非常致命的。也正因为习惯了冒险，现在的他们在内心深处是无法接受到某一颗星球上定居的想法的——就好像没有哪个成年人愿意回去睡摇篮一样。

韩丹搂着郑维韩的腰，靠在他壮实的脊背上，轻轻闭上了眼睛。她已经记不起有多久没依偎过如此让人安心的脊背了，她用轻如梦呓的声音说：“小时候，我最喜欢这样靠在爸爸背上……爸爸是一名矿工。每天，我都趴在飞船的舷窗边，看着采矿飞船拖着小行星和核聚变堆里倾倒出来的反应物残渣飞来飞去，作为建造星舰和维修飞船的材料……在我10岁那年，不幸发生了，爸爸的飞船拖着一块大陨石整个儿栽进了初具雏形、地壳运动非常剧烈的亚细亚星舰表面的岩浆河流中……妈妈后来给我找了个继父，我对继父没什么印象，他是一名工程师，每天我还没起床他就去上班，深夜我睡熟了他才下班。这样的生活持续了几年，妈妈病死了，继父后来又找了个继母，生了个弟弟，继父给我找了份工作，让我在研究中心做些杂活……当我离开家的时候，弟弟才出生5个月……”

韩丹以为郑维韩没听见她的低声自语，却没想到他全都听在耳中，也许她把这些秘密憋在心里太久了吧，总想找个机会说一说。“当我再遇见弟弟时，他已经两鬓如霜，挂着上将肩章，他不知道我是他姐姐……也许他知道吧？我不太清楚……我问他当初为什么要当兵，他说这世上有些东西必须用生命来守护……”

有些东西必须守护……郑维韩心底某处被莫名地触动了。

郑维韩的妈妈秦薇月是长安某大学历史系的老师，偶尔也会给时评网站写一些豆腐块文章，这是她的业余爱好。

今天是星期五，夜已经很深了，明天不用上班，她坐在电脑前琢磨着该写些什么。

郑维韩回来了，喝得醉醺醺的，是韩丹扶他回来的。他本来想把她灌醉，从她嘴里套出一些有关她身世的秘密——郑维韩一直觉得这个女人不是那么简单的，结果没料到韩丹是个酒中仙，反把他给放倒了。

秦薇月很震惊，不管哪一个妈妈，看见儿子试图把一个女孩灌醉带回家都会很震惊的，当她看清韩丹的脸时，她更震惊了：“是你？”

八　家

郑维韩醒来的时候，发现自己睡在客厅沙发上，宿醉的结果是头痛欲裂。

窗外的夜空挂着一轮红月亮，就像一块将要熄灭的煤渣一样阴燃着暗红的火光，但客厅的挂钟却显示现在是早上九点半。

“醒来了？这是解酒药。”秦薇月把药放到儿子手上。

郑维韩这才想起天上那轮东西不是月亮，而是熄灭的人造太阳，工程人员正在停机检修太阳，每隔两三年，这些人造太阳都得来这么一次维护。郑维韩很久没回来了，客厅里，那个仿康熙年间的赝品陶瓷花瓶里仍然插着他去年送给妈妈的康乃馨，花是经过特殊处理的，永远不会凋谢。“妈妈，地球上的太阳是永不熄灭的吧？唉……不知现在地球变成什么样儿了……”郑维韩读的是理工科，对历史所知不多。

秦薇月沉默了很久，才说：“很多年前，地球上的企业主大规模雇用机器人，把大批员工扫地出门，居高不下的失业率直接引发了居高不下的犯罪率，当所有的‘罪犯’都被流放到外太空之后，地球上就只剩下了两种‘人’：有钱人和机器人。我就只能说这么多了。”

郑维韩说：“后来，地球上的机器人爆发了一场斯巴达克奴隶起义式的暴动，当我们的军队赶回地球‘勤王’的时候，已经没什么东西好拯救了，是这样吧？"

秦薇月脸色微变，“你怎么知道的？”

郑维韩说：“这世上没有不透风的墙，看看我们的星舰世界就知道了。明明拥有极先进的人工智能科技，却很少采用，不管多复杂的机器，在最关键的部门都是采用人工控制，即使是复杂到极点的星舰也同样如此。”

昨晚郑维韩没能从韩丹口中套出些什么，但今天晚上却弄到了她的日记。他轻轻走进虚掩着门的房间，看见她在上网。

很多女孩都喜欢类似地球时代“google地球”的网站，她们往往不断放大画面，寻找各艘星舰上哪个专卖店的绒毛玩具最可爱、哪条小吃街的零食最好吃，确定目标之后再出门逛街。但韩丹却在寻找乐器店，她的二胡丢在法厄同星舰上了，得重新买一把。

人离故乡越远就越思念故乡，地球时代的古文明已经渗透到每个人的骨髓里了。韩丹选了一把她喜欢的二胡，通过网络付了款，写清楚送货地址，退出邮购画面，然后不停地缩小画面。繁华的街道很快缩小成蜘蛛网般粗细，扁平的地图渐渐变成弧形，最后缩成球形，城市早已看不见了，圆球上只有蓝色的海洋、绿色的大地、覆盖着白色冰盖的北极和倒立着无数巨型推进器的永远炽热的南极。

地图再缩小，星舰变成一颗巴掌大小的圆球，屁股后面拖着长长的离子喷射束，一些带电粒子落在南极的大气层上，形成壮丽的极光。地图继续缩小，星舰变成黄豆大小，屏幕上出现了别的星舰，多达几十艘的星舰朝着宇宙的同一方向飞去，数不清的飞船看起来只有芝麻大小，像一群在广袤的宇宙空间中游弋的小鱼儿。

韩丹熟练地操作着地图，她是那么专注，甚至没发现郑维韩就站在身后。

在星舰群的中心地带，有一团像是云雾的东西，那就是著名的“星舰船坞”了，船坞本身也有动力，能随着星舰群缓慢地在宇宙中迁徙——他们没有什么东西是固定在宇宙某处不能移动的。

韩丹放大画面，云雾渐渐变得清晰，它由无数的冰屑、陨石、太空站和工程飞船组成。一些飞船正在把大批核聚变的产物、生活垃圾和陨石碎片倾倒在一个特定区域，堆成一颗直径几十公里的小行星。这不是船坞中唯一的星舰，在它不远处还有几艘完成度接近50%的星舰，它在自身质量产生的引力下被压紧，散发出极高的温度，形成火红的岩浆河流、乌黑的岩石陆地、充斥着硫化物和二氧化碳的原始大气层。

而另一艘完成度更高的星舰上，人造太阳已经安装完毕，星舰上出现了蔚蓝的海洋，尽管它的表面依然滚烫，但满天的乌云正酝酿着暴雨以便让星球快速冷却，很多工程飞船正绕着它打转，看样子是要将蓝藻投进原始的海洋中，巨大的推进器正在紧张而有序地进行着组装。远处，严重受损的法厄同星舰正依靠自身残存的动力挣扎着驶回星舰船坞，它将在那儿被修复。

韩丹把图像换了一个角度，变成直面星舰群面前的障碍，星舰群正在穿越小行星带，在小行星带的后面还有另外几条小行星带和几颗行星。一颗恒星通常拥有不止一条小行星带，故乡的太阳系就有三条小行星带。那些小行星带是如此宽、如此广，就好像一堵横亘在宇宙中的墙壁，上不见顶，下不见底，大批军舰严阵以待，随时准备摧毁任何有可能威胁到星舰群的小行星。

这无疑是一颗超新星爆炸后的残骸，在那团冰冷的星际尘埃正中心，孤零零地悬着一颗超新星残骸坍塌成的中子星。有时候，他们甚至能在这种地方发现外星文明的遗骸。看样子，前些日子法厄同星舰遭遇的那场流星雨只是暴风雨来临前的毛毛细雨了。韩丹打开电子邮箱，邮箱里躺着一封信，发信地址是：“全星舰最高控制总部”，韩丹正要打开邮件，却突然发觉郑维韩站在身后，不由得全身一颤，指尖冰凉。

郑维韩也同样像是被钉在地上一样，震惊得动弹不得。

九　苏醒的星舰群

经过了那件事情，两人心里都清楚，在一起的日子已经不多了。在长安城著名的地摊一条街，郑维韩用攒了一个星期的零用钱买了一串漂亮的廉价项链。

星空下的滨江公园，河水静静流淌。郑维韩说：“闭上眼睛。”韩丹依言闭上眼睛，郑维韩给她戴上项链，她的肌肤很冷，冷得就像死人一样。

郑维韩说：“我想知道你是什么人。”

“这得从星舰的建造说起。”韩丹说，“当初人们开始建造星舰时，发现星舰的复杂度太大了，只有非常复杂的人工智能系统才能控制它的运行，但地球上那些梦魇般的历史让人们对机器人的抵触心理非常强，于是最后拿出了一个折中方案：设计一个足够先进的人机合一操作系统，让人直接成为星舰的‘大脑’。这个实验非常危险，在我之前，有100多名志愿者死于这个实验。后来，实验室的负责人找到了我，问我愿不愿意当志愿者。我说，好吧，反正我孑然一身，就算死了也没人会伤心。”

郑维韩明白了，她就是“引路者”，对她而言，实验失败或许还算比较好的结局，偏偏她却成功了……一个女孩孤零零地活了1000多年，这是幸还是不幸？

沉默了一会儿，郑维韩说：“我们在穿越小行星带，前方是一颗中子星，但我们却没有改变航向。”中子星的自转是非常快的，它散发着非常强烈的辐射，拥有强大的电磁场，巨大的引力潮汐虽然比不上黑洞，但也足以撕碎任何靠近它的飞船，如此靠近一颗中子星是非常危险的。

韩丹说：“我们在实验室里研究中子星已经很久了，但很多科学研究在实验室里是无法进行的，这次，我们决定俘获一颗中子星，研究它、利用它，就好像我们千百年前开发月球、登陆火星、实地研究木星一样，这能大幅度地提高我们的科技水平。”

“可是我们的科技已经高到足以在宇宙中自保了。这种为了钻研没必要的高科技而冒险的行为太愚蠢了！”郑维韩克制不住地大声嚷了起来。

“如果人类愿意永远都活在茹毛饮血的时代，钻木取火也是没必要的高科技。”韩丹好像早就料到他会大声咆哮，“我听说在18世纪之前，法国科学院还死活不承认有陨石这类东西存在。按照当时的科学水平，他们认为包括太阳在内所有的星球都是由气体组成的，比空气重的固态物质是无法飘浮在空中的。后来随着科技的进步，人们不但知道陨石、小行星一类固态物质在宇宙中是很常见的，还非常吃惊地发现，原来看似安全的地球也曾经遭遇过固态小行星毁灭性的撞击……试想一下，如果没有在当时看来‘高得没有必要’的天文学，当这种灾难迫在眉睫的时候，人们也许还对它茫然无知呢，更别说采取什么措施了。”

郑维韩吼不起来了。不知是谁说过，科技多高都不算高，人在宇宙，最危险的就是没有足够高的科技，看不到一些你做梦都想不到的危险一就好像地球时代中世纪的骑士做梦也梦不到小行星撞地球的可能性一样，而且，即使梦到了，他们又能拿小行星怎么样？骑着战马挥舞着大刀去砍吗？

“我可以当你是我的妹妹吗？”郑维韩试探地问她。

“不可以。”韩丹拒绝了，月光下，郑维韩看见她眼角噙着泪花。

郑维韩送她到公车站，目送她走上前往第七大道北段的公车。

送走韩丹之后，郑维韩回到家收拾行囊，他走过父母的卧室门前，看见门紧关着，他从笔记本上撕下一页纸，“沙、沙、沙”写下几个字，贴在了门上：“爸，我去考军校了。”

星舰好像活过来了，几十艘星舰原本只是像梦游一样笨拙地在太空中

飘荡，现在庞大的身躯却变得像鱼儿一样灵活，那些巨大的推进器不时加速，不时变换方向，灵活地穿梭在中子星外围的小行星带中。

十　中子星

军校毕业之后，郑维韩成了一名飞行员，每次他坐在战斗机的驾驶舱里，看着弹射跑道上忙碌的后勤人员时，都会觉得自己是星舰群的一部分，依附星舰生存，同时也保护着星舰。

星舰群老早就穿过了小行星带，中子星就在眼前。恒星的生命历程大家都清楚：先是一团星云慢慢地聚拢，形成由氢组成的恒星，恒星不断地发生核聚变，散发光和热，直到氢元素耗尽，膨胀成红巨星，在一场超新星爆发之后，视质量的不同和爆发的强弱，演化为中子星或黑洞，质量太小的恒星甚至不经过超新星阶段就直接坍塌成白矮星。照理来说，恒星在膨胀成红巨星的时候会吞噬掉离它比较近的行星，但这颗中子星周围充斥着不少被它的引力俘获的星体，证明它已经有很长的年头了。

一群科研飞船绕着中子星飞行，它们不断地往中子星投放探测器，紧张地分析着探测器在彻底报废之前传送回来的数据。中子星的引力是非常可怕的，它的引力足以破坏任何物质的原子结构，把质子和电子紧密地压成一团，变成一堆致密的中子。

前些时候有一艘科研飞船失事了，一头扎进中子星里，尸骨无存。那些科学家竟然从军方那儿调来战列巡洋舰，用它那足以摧毁一颗类地行星的火力轰开中子星的表面，用以研究中子星的内部结构。

中子星只被轰出一个浅浅的坑，但星体结构被破坏后，随之而来的恶果就是整个中子星系的引力平衡被严重破坏，那毕竟是一颗恒星呀！就算是一片小小的碎屑，引力的大小也与地球相当！紧接着，原本围着它打转的各种天体就炸了窝，有的像断线风筝一样飞走了，有的一股脑儿朝中子星撞过去；最可怕的是一颗木星大小的行星轨道突然畸变，朝着星舰群的最高指挥中枢所在地——欧罗巴星舰撞去！军方付出了很大代价才把它炸飞到安全地带。

“老子宁愿和外星人拼命！”事后有新兵哭着说。

航天母舰上，后勤人员检修完毕，示意可以起飞，战斗机点火离开航母，在太空中画出一条漂亮的轨迹，盘旋着等待它的僚机起飞。郑维韩看着座舱外整个舰队的核心——奥丁级航天母舰，它的体积简直可与月球媲美，大大小小的舰载作战飞船多达上万艘，像个恐怖的大蜂巢，但就算这样，也无法保证它就能100%保护星舰的安全。

郑维韩每天的工作就是狙击四处乱飞的小天体，为数量众多的星舰开出一条安全的航道。僚机驾驶员埃里克是一个脾气很好的大个子，“郑，你觉得那些科学狂人研究中子星能派上什么用场？”

“我敢说他们自己也不知道。”郑维韩说，“当年伦琴博士研究X射线的时候，也不知道它能派上什么用场……科技这种东西，当你知道它能派上什么用场时再去研究，那就太迟了！”

有些话郑维韩没法说出口：地球纪元1840年，当清政府知道科技有什么用的时候，一切都已经无法挽回了，大明海军曾经领先世界数百年的福船巨炮早已化为一堆烂木锈铁，每个流着龙的血液的人都应该谨记这段历史。

埃里克问他：“你为什么放着安全的文职军人不当，偏偏选择当飞行员？”

郑维韩按下开火按钮，一道高能射束把一块小行星炸成粉末，“当飞行员升迁得快，拿破仑说过，不想当将军的士兵不是好士兵。”他看着小行星碎片溅落在一艘星舰的大气层中，顷刻间燃烧成灰烬。

“但也死得快，”埃里克说，“你知道我们这行的阵亡率是……”一阵沙沙声从耳塞中传来，郑维韩扭头一看，只见埃里克的座机被一块乱飞的陨石拦腰击中，炸成一团火球……

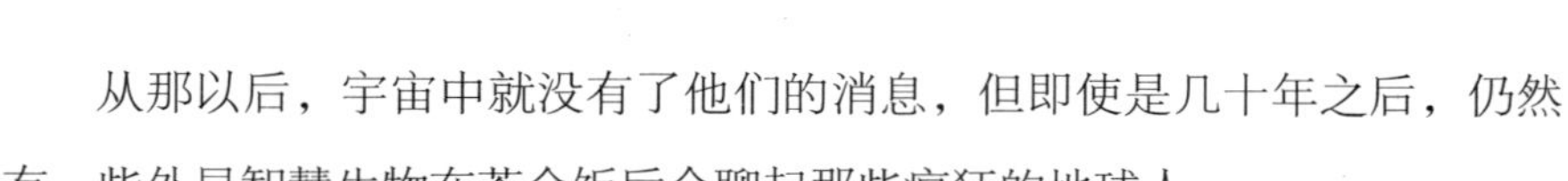

十一　外星人的酒馆

从那以后，宇宙中就没有了他们的消息，但即使是几十年之后，仍然有一些外星智慧生物在茶余饭后会聊起那些疯狂的地球人。

“这么多年没有他们的消息，可能都死了吧……他们把那颗中子星附近的小天体弄得四处乱飞，星体坍塌迸发出来的射线很强，危险得很，咱们也没办法发射探测器进去看看那儿到底发生了些什么事。”一家小酒馆里，外星人A对外星人B说。

这些外星人居住星球的太阳是一颗暗淡的褐矮星，现在很不稳定，不

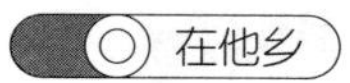

知道什么时候就会熄灭，但他们喜欢平静的生活，讨厌一切可能改变这种平静生活的东西，只要环境还将就，他们怎么也不会离开家乡。让人担忧的是，当他们的太阳熄灭之后，他们可能还没有做好离开家园的准备。

“真不敢想象，一个那么强大的文明就这样消失了……”外星人B很感慨。

所有的外星文明都知道地球人的厉害，你可以和他们做生意、交朋友，但千万别把他们当作连家都没有的宇宙难民横加欺负，否则，第二天你就会发现至少有10个航天母舰战斗群列队在你的星球附近，每一个战斗群都能轻易毁灭一个中等发达程度的宇宙文明。

外星人A的复眼紧紧盯着酒馆里的视频接收机，不少外星文明都注意到那颗中子星的引力发生了不同寻常的变化，就好像有人把它割成碎块，均匀地拆开了。

不是每一种外星人都拥有足够高的科技，也不是每一个地球人都让外星人心生敬畏，外星人B看着酒馆门外的一个乞丐。听说那乞丐的祖先是地球人当中的巨富，地球出事的时候，这些富翁驾驶超豪华私家飞船从地球逃难到了这里，从此一直过着寄人篱下的生活。

外星人B问外星人A：“你觉得那些地球人把中子星拆掉做什么？我是说如果他们还活着的话。”

“天知道，大概是闲得无聊吧！”外星人A说，“在已知的宇宙文明当中，有能力开采中子星作为资源的文明不超过5个，如果他们做到了，至少在地位上可以跻身超级文明的行列。”

在文明的进化史上，能够使用火是第一道门槛，发明文字又是一道门槛，冶炼金属、发明蒸汽机、核能的应用、发射太空飞行器……每一次技术进步都是一道事关文明等级的门槛。不是每个文明都能迈过这些门槛的。有些文明在有了核能之后就用核武器把自己给消灭了；有些文明拥有火焰几十万年了，还照样是朝着火堆膜拜的原始人；有些文明把一心钻研自然科学的同胞视为异端，却醉心于夸夸其谈地讨论一些虚无缥缈的东西……

外星人A紧紧盯着视频接收机的画面，他的复眼惊讶得差点儿爆裂：画面上，一团团光芒不断炸裂，一颗颗小行星相继变成碎片，伴随着恒星毁灭般的大爆炸，一个庞大的东西缓缓出现在屏幕上！

门外的乞丐瞪大了双眼，看着屏幕上那条由数十艘星舰、200多艘战列舰夹带着几团类似星体的云状物质以及成千上万的飞船汇成的“长龙”慢慢变得清晰，飞船的推进器散发着暗幽幽的光，星体残渣飞快消释，化为一片强烈的高能射线风暴。

“同样是地球人，怎么就相差这么大？”外星人B扫了一眼门外的乞丐，小声嘀咕。

一个不容忽视的强者归来了，很多外星文明在第一时间派出使者飞往星舰群。那是一条由无数人造星体和飞船组成的“巨龙”，越是接近星舰群，就越是发现它大得惊人。无数人造星体和飞船有条不紊地穿梭在星舰群的范围内，就像血管中飞速流动的血细胞，但最让“老外”们吃惊的，是他们竟然用一些神秘的设备抵消掉了中子星碎片的庞大引力，把碎片禁锢在“宇宙船坞”的范围内。

一位外星使者问他的副手：“你觉得地球人为什么要这样处理中子星？”他们600多年前就掌握了利用中子星的科技，只是觉得宇宙中唾手可得的能源——氢——实在是太充足了，也就没想过把它派上用场。

副手说：“按照地球人的想法，有了新科技就该用上，这样才能促进科技进步。”

使者又问：“你觉得这种新科技有什么用处？”

副手说：“上百万年前，我们也觉得宇宙飞船没什么用处。”

他们这个种族是宇宙中最著名的慢性子，发明宇宙飞船之后过了几万年，才愿意慢腾腾地离开温暖的“摇篮”，到“危险、寒冷、贫瘠而且毫无吸引力”的宇宙中探险。

使者说：“10000年前，我们考察过地球，对地球人的评价是，‘可以忽略的原始人’。我们当中本来有人打算在地球上建立殖民政府，但我们不知道在那穷乡僻壤建立殖民政府能有什么用。”按照他们的性子，就算一切顺利，建立殖民政府大概也是10万年后的事了。

副手说：“一亿年前我们发明文字的时候，也觉得文字没什么用，我们觉得结绳记事也很管用。”换言之，他们的文明已有一亿年的漫长历史了。

十二　平静的生活

欧罗巴星舰上，一道狭长的伤疤把长安市劈成两半。几十年前，一块中子星的碎片擦着星舰的地壳飞过，强大的动能在大地上留下了一道几乎撕裂整艘星舰的伤口。现在，伤口痊愈了，但疤痕还在，它变成了横贯长安城的河道，一直通向大海，人们在上面架起桥梁，在河边种了树木、铺了草坪。不少星舰上都有类似的伤疤，那些雄伟的皑皑雪山、峻岭峡谷，如果剥去茂密的森林植被，完全就是星舰被各种天体撞击之后凹凸不平的伤疤。

长安市海边的一套四合院里，白发苍苍的郑维韩躺在梧桐树下的摇椅里闭目养神。他穿着军装，肩章上嵌着几颗金色的将星，一个女孩从海边走回来，手里提着一个装满海水的玻璃罐，撒娇说："爷爷，给我说说你当年的事嘛……"

郑维韩说："没什么好说的，一个普通的士兵只要一直经历战斗，军衔通常都升得很快；而如果每一场战斗都能活下来，那么到头来挂个将级军衔是很正常的。比如拿破仑创建的圣西尔军校首批400名毕业生，只要是没倒在战场上的，后来几乎个个都成了将军。"

话是这样说没错，但和他一同从军校里出来的同学，活着回来的只有三四个。

女孩俏皮地眨眨眼睛："听奶奶说，你当年拼了老命，只是为了能挂上一个够资格走进全星舰最高控制总部的军衔？"

郑维韩想起第一次走进全星舰最高控制总部时的情形：当时他完全吓傻了，只知道愣愣地看着那个被称为"星舰脑腔"的地下室里那些蜘蛛网般复杂的通信缆，以及和通信缆联结在一起的多达数百的人——那些人被尊称为"引路者"。

如果说星舰是一个庞大的活物，他们就是这个活物的大脑，一个由上百人的大脑并联而成的超级大脑。他很容易就在里面找到了沉睡的韩丹，在庞大的"星舰脑腔"衬托下，她显得更瘦小了。郑维韩不是医学专家，不知道当年的设计者采用了什么手段，让她能一直活到1000年后的现在。

这里的人们更倾向于把星舰视为异化的人类而不是飞船。为了生存，一部分同胞不得不化身为星舰群的指挥中枢，数不清的光缆和信号发射塔像神经纤维一样把他们和星舰群的每一艘飞船联系起来。他们和飞船的关系，就好像人的大脑和手指之间的关系，整个星舰群就是一个浑然一体的巨大生物。

记得在远古时代，人们把大地视为神灵的化身，不管是西方传说中的盖亚女神还是东方传说中的盘古巨神，莫不如此。历史在这儿诡异地打了一个转，他们脚下的这片“大地”一星舰，俨然也是用科技武装起来的人的化身。

拆解了中子星以后，星舰恢复了以前梦游似的巡航状态，“星舰脑腔”里只留下少数“引路者”值班。韩丹于是得以背着一把旧二胡继续流浪——用某些人的话来说，她是在“考察民情”。前两个月她从阿非利克星舰回来，到这儿暂住几天，结果就和郑维韩的小孙女混熟了。

今天是端午节，几千年前的楚国屈原的忌日，郑家做了不少粽子。韩丹拿了几个粽子丢到海里说：“有时候我总觉得很可惜，当年屈部长作了《天问》，问了很多很有科学探索意义的问题，可惜后人听完也就完了，没当回事去认真钻研，否则我们今天的科技应当不止这水平。”

郑维韩说：“粽子应该丢到江里，不是丢到海里。”

韩丹说：“我知道，但今天江里赛龙舟，人山人海的挤不进去。”

郑维韩问韩丹：“你就这样一直流浪，没想过找个家安顿下来？”

“在这星舰上，哪儿不是家？”韩丹微笑，“星舰就是我的家。我们的家。”

郑维韩的孙女把一整瓶海水放在他面前：“爷爷，韩姐姐，你们说这海水里有什么？”

“现在还什么都没有。”郑维韩说。

“不对，有蓝藻，地球生命的老祖宗之一。”韩丹说。

“还是韩姐姐聪明！”孙女说，“等我长大了，我打算去读生物专业。”

“为什么？”郑维韩问孙女。

孙女趴在摇椅扶手边上，托着腮帮子：“这些天呀，我总是在想，咱们传说中的老地球，就好像是漂荡在宇宙海洋中的一个孤零零的单细胞生物，我们每个人，甚至整个生物圈，都只是这个细胞的一部分。现在呀，我们进化成了自由遨游在宇宙海洋中、以星际物质为食物的庞然大物，我很想看看这条进化之路将来会变成什么样子呢！”

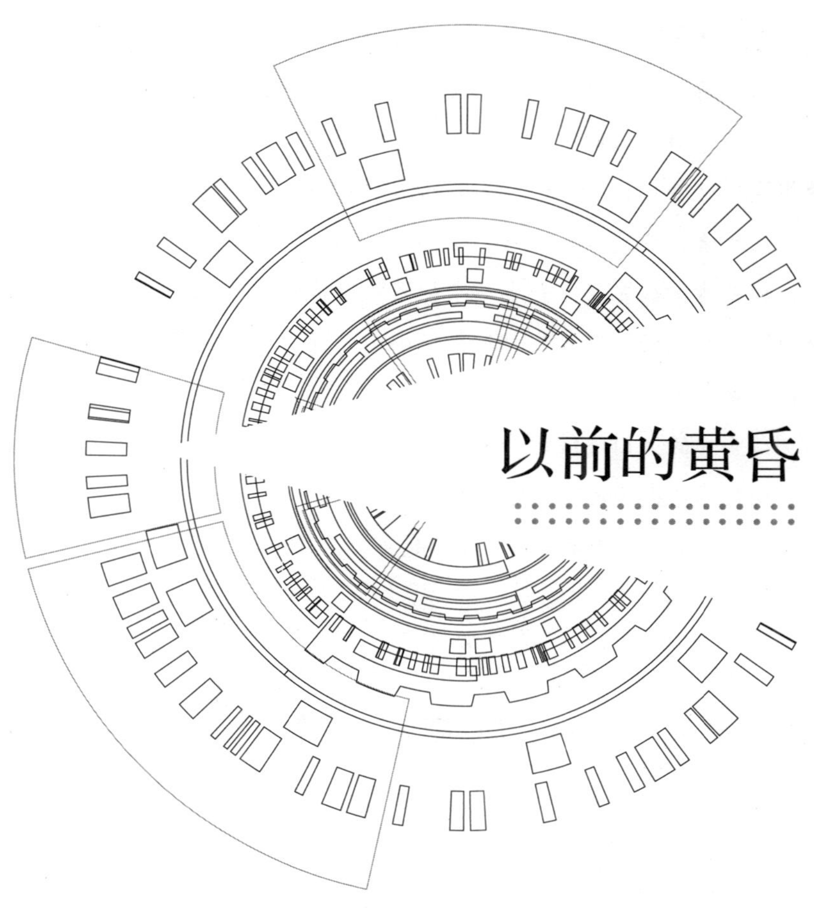

以前的黄昏

椭圆形角斗场，人声鼎沸。

又一头机械巨兽倒下了，它直径5米的大轮子被对方的电锯整个割开，像被撕裂的烧饼一样，获胜的那名角斗士双手拿着电锯，身上洪满是刺鼻的油污，正在等候那些“统治者”的指示。

一个高绾发髻的女人从观众席走出来，一身职业妇女打扮，她是这个废旧机械回收站的负责人。她朝着获胜者伸出右手，大拇指缓缓指向下方，这是一个明确无误的信号——处死战败者！

获胜者高举电锯，朝着战败者的主计算机砍下去，一声巨响，战败者彻底完了。一台吊车把战败者吊起，送往后方的“停尸房”，那儿的机器人残骸堆得像小山一样，它将在那儿被拆成零件，重新回炉。

角斗场的大门缓缓打开，一台履带型机器人慢慢开进场内。下一场角斗即将开始了，人群再次沸腾起来……

——以上摘自禁书《第五次AI起义》

一　阿氟罗狄铽

我第一次看见阿氟罗狄铽是在大学一年级的入学仪式上，她是一个很漂亮的女孩。很快，我们就成了好朋友，我嫌她的名字又长又拗口，总是称呼她为“阿氟”。

我们的友谊一直维持到大学毕业之后，我一时找不到工作，干脆就住在她租的套间里。

“阿氟，今天没做饭吗？”我一进屋就问她。

“我不是让你自己叫外卖了吗？”阿氟在房间里对我说，“我最近太忙了。”

“我没钱了。”我一屁股坐在沙发上说。

“今天早上我给你的钱呢？”她也隔着房门问我。

“今天去见我的远房表妹，花光了。”我说。

“你究竟有多少远房表妹？这已经是第225次了！”她打开门问我，头发蓬乱着，大概是刚起床不久。

“这次是真的！”我提高了声音，“我表妹知道我认识AI（人工智能）方面的人，她想叫我替她打听一下爷爷的姐姐的下落！”

阿氟上前一把揪起我的耳朵：“你就告诉她：100多年前兵荒马乱的，你爷爷的姐姐可能早就死了！——为什么100多年过去了，许多人还是老想找到她？”

我说：“我爷爷姐弟俩都是名人呀！很多媒体和考古学家都想挖出尸骨来研究哩！”

阿氟说：“研究？只怕是要鞭尸吧？”

有人敲门。我打开门一看，是个餐馆送外卖的伙计。他递上一盒月饼，说是免费品尝，然后就一脸神秘地离开了。我掐指一算，今天是农历七月十四啊，离八月十五还有一个月零一天呢！

“怎么回事呀？”我一边嘀咕着，一边掰开一块月饼，发现里面居然夹着一张小纸条，上面印着一句话：“八月十五杀AI！”

“网络早就发达得一塌糊涂了，他们何必费这样的手脚呢？”我对人类社会中存在许多针对AI的秘密组织一事早有耳闻，对于这些人类至上极端原教旨主义恐怖分子的做法，我们这些温和派是不赞同的。

“承袭祖先的做法对他们来说似乎有着某种特殊的意义……”阿氟拿起半块月饼塞进嘴里，“不过这种原始的做法确实还是有点好处的，起码不像利用网络进行活动那样容易被盯上。”

“你看看，最近网上到处都有你爷爷的照片。似乎网上在发起一场大规模的对他老人家的纪念活动……”阿氟对我说。

我爷爷已经作古很久了。照片上，他老人家刚毅的脸上镶着一对黑眼珠，穿着一身威风凛凛的五星上将军服。我爷爷就是历史书上记载的五星上将瓦卢斯.·秦，他是一个传奇人物，一生征战四方，立功无数。在那个战火纷飞的年代，他从一个普通军校生起家，踏着敌人的残骸步步高升，几乎是战无不胜，直到所有军衔比他高的指挥官都阵亡之后，A国总统终于无奈地将他擢升为五星上将。后来，他作为人类联军统帅，指挥那一场代号为“诸神之黄昏”的大战，结果吃了他这辈子唯一的一次败仗，50国联军全军覆没，他不幸沦为人类最大的罪人，并从此下落不明。

偏偏那一仗是整个战争中最输不得的，A国总统听到这个消息之后，抓扯着自己的西服，在办公室里以头撞墙，撕心裂肺地狂喊：“瓦卢斯呀瓦卢斯！把我的军队还给我！”

作为瓦卢斯将军的后人，我可不指望能沾上什么祖上荫庇，只希望人们别把我剥皮拆骨就好，所以我一直小心地掩藏着自己的身世。

“你有没有想过去找找和你爷爷有关的东西呢？”阿氟问我。

我考虑了半晌，同意了：“这是个好主意，说不定能找到些什么有历史价值的文物哩，比如说他用过的牙刷……”

咚！她敲了我一记，“你只是想把瓦卢斯的遗物拿去卖个好价钱吧？”

真糟糕，被看穿，我最近真的很缺钱。

二　老家的地下室

南方海湾的乡下，我的老家坐落在海边，听说瓦卢斯将军当年买下这房子的时候，除了风景优美之外，没有考虑过任何其他因素。每年台风都会光临这一带，带来过分充沛的雨水。我还记得小时候一次台风引发的洪水把我家一楼都淹掉了，我坐在澡盆里拼命划水，才得以逃离被冲到海里去的命运。

“好啦，到地方喽。劳驾大小姐开门吧……”我站在雨中，看着大门紧锁的家对阿氟说。

每年的这个时候，我老爸老妈都会出门旅游，免得被台风困在家里——反正所有家具和电器都放在三楼，洪水要么就把整个房子冲到海里去，要么就什么都冲不走。

阿氟掏出钥匙打开门，说：“这么说，这段时间只有我们俩在家了？你可别打我的主意！”

“谁会打你的主意？我又不是那种人……”我说。

“我是指这串钥匙啦！”阿氟抖着钥匙说，“你爸说过了，绝对不让你这败家子碰这串钥匙，尤其是地下室的那一把。他说你一定会把将军的遗物偷去卖钱！”

我大受打击，想不到我爸宁愿相信一个外人也不相信我这当儿子的，“我以前怎么不知道我家有地下室？”

“你爸故意瞒着你呢。他说万一给你知道了，你绝对有办法把这连核弹都炸不开的掩体给弄开，爬到里面去偷东西。虽说那地下室由当年的私人地下核掩体改建而成，洪水和烈火都奈何它不得，可如果被你发现就惨了……”阿氟说。

“能到地下室看看吗？”我问她。

“当然，否则咱们回来干什么？”阿氟说。

她打开地下室结实的惊人的大门，一股陈腐的空气扑面而来。地下室里躺着一台古老的计算机，还有一个虚拟现实头盔，除此以外就没什么东西了。

我很失望。

“你爷爷的日记就在这里面。”阿氟告诉我，“前两年你不在家的时候，你爸带我来过这儿。”

我打开这台古老的计算机，好家伙，CPU的主频竟然达到不可思议的850GHz！这在现今时代是很难想象的——因为众所周知的原因，各国政府全面禁止使用主频超过300GHz的计算机，这种超高主频的计算机现在只存在于博物馆里和历史书上。

一些被禁的历史资料上说过，在第五次AI起义之前，制造虚拟现实环境设备的普及程度就像厨房里的菜刀一样，几乎每家每户都有。

我犹豫了一下，戴上了虚拟现实头盔。刹那间，我好像从云端跌入一个既熟悉又陌生的世界。

出现在我面前的是我家的旧房子……不过，它现在看起来好像是全新的，一个满脸青春痘的混血儿向我走来，那身打扮就好像21世纪末的古装片中十六七岁的小痞子。

他伸手向我抓来，我在惊慌失措中却看见一个女孩从我的身体穿过被他拎了起来，我这才发现自己的身体是半透明的。对了，这是瓦卢斯将军的日记，在他的日记中，我是一个不属于那个年代的旁观者。

女孩大声叫喊："秦观嬴！我是你姐！你能不能放尊重点儿？"小痞子身高大概一米八几，女孩比他矮了整整两个头，被他轻松地拎在手里。

"放屁！凭什么你比我早出娘胎几分钟，你就一辈子是我姐？告诉你，你现在唯一要做的就是给我回家！我不许你和那家伙交往！"小痞子很神气地说着，"砰"一声把她丢进屋里关紧了门。

"你凭什么管我？"女孩似乎很生气，隔着门大喊大闹。

小痞子说："因为那家伙的名字叫'阿美尼尔斯'！我讨厌这名字！"

一声巨响，一台家政机器人被女孩从门上的碎花玻璃窗砸出来，差点儿砸中小痞子。他见状大怒，打开门吼道："阿狄丽娜！你想谋杀你弟弟啊！"

那台家政机器人冒出一团火花，吐出一句机器合成的声音："我究竟犯了什么错……"然后就一命呜呼了。

看着那个戴着夸张的不锈钢耳环、头发染得像被马啃过的稻草一样的男孩，我哑然失笑。我知道秦观嬴就是瓦卢斯·秦的中文名，想不到五星上将瓦卢斯也有过如此叛逆的青春期。

那是一个不太平静的年代。一天晚上，瓦卢斯的父母正在看新闻，新闻上报道说某国某地又爆发了AI暴动。画面上，警察和军人在巡逻车上架起大口径机枪，像刈草一样将机器人成排扫倒，烧得乌黑的金属骨架上残留着焦臭的橡胶气味。

瓦卢斯摘下象征叛逆期的耳环，走过来对父母说："我想报考军校。"

"你想当兵？你二哥是怎么死的你忘了？"爸爸一万个反对。

瓦卢斯说：“因为忘不了，所以才想当兵。”

瓦卢斯的二哥是一名少尉，在出兵海外镇压AI暴动的行动中，他所属的第七装甲师全军覆没……

爷爷的日记残缺不全，我知道这是因为硬盘的存储空间不足，所以只能分割成几部分存放在不同的硬盘里，日记的其余部分也许被哪个败家的叔叔伯伯拿去卖钱了，想把它找全，只怕要大费周折。

三　敌人来了

下雨了，这是台风带来的特大暴雨，天昏沉沉的，就好像苍穹破了N个大洞，雨水从大洞中直接灌进来一样。

“这雨没有两天时间是停不下来的。”我坐在三楼，看着玻璃幕墙外对阿氟说。

门铃响了，我跑到一楼打开门，一台履带式机器人几乎是被洪水冲了进来。它手“脚”并用地爬上楼梯，自我介绍说：“您好，我是警察局的P-081号巡警，最近有些陌生人总在你家附近逛来逛去，局长叫我过来跟你们打声招呼……”

“先上去喝杯茶休息一下再慢慢说吧，雨这么大，我看您一时半会儿也回不去了。”我很怀疑他是被洪水从警察局一路冲过来的。

一楼客厅，P-081捧着热腾腾的茶，打开腹部的水箱倒了进去：“噢……这茶真不错……”

我问他："怎么你还用这么古老的水冷式散热系统？乱倒茶进去结垢堵塞了散热管可不是闹着玩的。"

"堵了就换掉，"P-081说，"这东西便宜呀，你知道稍好一点儿的蒸发-冷凝式散热器要多少钱一套？我这样的穷警察，整天跑来跑去的，散热器很容易坏掉。我们副科长才整个儿一傻帽，为了存钱买房娶老婆，居然吝啬到拆旧冰箱的压缩机当散热器，那玩意儿散热能力十足，但重得要命，屁股后面还连着个插头插在墙上。这不，洪水一来，跑都跑不了，这会儿大伙儿正琢磨着怎样把他从水里捞起来哪！我最大的梦想就是哪天从天上掉下一大笔钱，能让我买得起全仿真的人类式外形躯体，啧啧……那些摸起来和真人皮肤毫无二致的仿皮肤式散热传感层，数不清的毛细散热管，还有模拟人体新陈代谢现象和细胞器的数量超庞大的纳米机器……只要不是用特殊仪器鉴别，简直休想分清那究竟是人还是AI！呵呵，光是想想都觉得奢侈……"

这个警察忒唠叨，谁不知道只有AI中的贵族或有钱人才能拥有人类的外形？

我们天南地北地唠着，打发无聊的时间。

那警察说："上头派我来你这儿还很让我有点激动，是因为你爷爷的缘故……说起你爷爷瓦卢斯·秦，那可真是个可怕的家伙！'底特律屠夫'瓦卢斯在AI世界名气大极了。那年，瓦卢斯在底特律战胜了AI的军队，由于没逮着AI的三位指挥官，他一怒之下命令屠城，数以万计手无寸铁的AI被他的军队拆成零件丢进了炼铁炉……他还下令把机器人的尸体铸成十字架，立在高速公路边，那些十字架从底特律一直排到华盛顿，那场景至今还让我们AI毛骨悚然！"

这件事我当然听说过。那时，联合政府说要和AI的指挥官进行谈判，把他们骗到一起，然后再派大军围剿，不料最终还是让前来参加谈判的那三个最可怕的AI指挥官逃脱了。那几个指挥官的名字无人不晓，太平洋战区总司令蚩铀、西部战区总司令锕努庇斯、AI大仲裁官镁杜沙；此外，还有一个一开始就不愿参与谈判的北非战场总司令锶特，当时人类一方把他们视同死神。

P-081说：“幸好那时三位指挥官顺利脱逃，否则我们AI可要一败涂地了，他们都是了不起的大英雄！”

AI也是有寿命的，当年的老一辈AI指挥官当中，如今只剩下锶特健在，算来也应该是百岁老“人”了。

“看过那些‘禁书’吗？”P-081问我。

“看过一些。”我说。

“挺精彩的，不是吗？”他又继续发问。

“闭嘴，我现在不想说话！”我被他问得烦了。

我知道他所谓的“禁书”，是特指诸如《第五次AI起义》《钢铁的怒火》《电锯车的死亡日记》之类的鬼玩意儿，在AI的压力之下，人类政府没敢说要禁止这些书的发行，但各大出版商还是不敢冒天下之大不韪将其出版，因为讨厌这些书的人太多了。所以，这些书主要在网上流传。

“闭嘴？很抱歉，我可没有嘴。”P-081继续喋喋不休，“我记得《电锯车的死亡日记》里有这么一段话：‘……人们把工具分为三种：一是不会说话的工具，二是咩咩叫的工具；三是会说话的工具；我知道我们是第三种。我每天的工作就是不停地切割钢板、切割钢板……主人吝啬得只肯给我勉强能够维持身体活动的燃油和电能。终于有一天，我看见主人带来一个收荒匠，当着我的面说：‘这台电锯车的寿命快到了，明天你就把它开走吧！’我知道我已经快到法定的机械使用年限了，那些人会把我分尸、丢进炼铁炉里重新铸成钢锭。我很愤怒，主人的老爹也不同样退休了，为什么不把他也丢进炉子里烧掉？体内剧烈奔涌的强大电流驱使我向着主人挥起电锯，我发现人类的脑袋比钢板容易切割多了……”

我不再理会他，看看时间已经不早，就干脆到厨房里烧菜做饭去。

一个小时之后，我出来叫阿氟吃饭，正看见那个P-081机器警察把一张光盘放进影碟机。电视屏幕上随即出现一个警示标志：性教育片，18岁以下不宜观看！

接下来的画面差点儿让我晕倒：电视屏幕上，两台一吨重的轮式机器人挥舞着几根金属臂，在一台仪器前研究如何制造它们共同的后代……

“AI也有自己的后代？”我问警察。

“你这不是废话吗？”阿氟看着电视，插嘴说。

我说：“我以为AI的父母和孩子只是有名义上的亲子关系，毕竟它们不像人类那样有DNA等遗传信息可以遗传给后代。”

“噢，对了，你没上过AI的生理卫生课。”阿氟说。

我知道现在的我一定很丢脸，不过无所谓了，我对这个话题不感兴趣。

说话间，房子外面突然传来一声巨响——一艘游艇撞在了我家墙上！好家伙！洪水都泛滥到这等地步了！

一发单兵便携式火箭弹掀掉我家的屋顶。雨水猛地灌了进来！几个人类——我敢拿P-081的脑袋打赌，他们一定是人类——端着古董级的AK-74突击步枪跳到我们面前：“举起手来！不许动！我们是人类抵抗组织成员，快把瓦卢斯将军的日记交出来！”

我高举双手，还有那盘蛋炒饭。雨水把黄澄澄的炒饭全糟蹋了。“你们找将军的遗物干什么？”我语不成声地问。

一名恐怖分子掏出把刀子在我手上划了道小口，看见流出的血是鲜红的，这才说："将军曾经和AI交战上百次，将军的遗物中一定记载有对付AI的最有效的战术。你是人类，你应该站在我们一方吧？"

好像AI也没做过什么伤天害理的事呀，咱们和AI共存了那么多年，偏偏还有这些脑袋不开窍的家伙非要消灭AI，或者是实行种族隔离政策把人和A1分隔开来。

我看向P-081，只见他居然也高举着机械手臂！他小声对我说："别这样看着我。AI也不是不要命的。"

"小姐，你的名字？"一名恐怖分子问阿氟。

糟了，尽管我和阿氟在一起待了这么久，却不太拿得准她究竟是人类，还是AI。100多年前的那场战争中，很多孩子成了孤儿，战争过后。不少AI收养了那些人类孤儿，在某些城市里形成了人类和AI杂居的局面，那些孤儿及其后代尽管也是人类，但却有着AI的名字。这些杀AI不眨眼的家伙要是听到"阿氟"这个名字，一定会先杀了她再研究她是不是人类。

我趁他们认出我是人类不再提防我的大好机会，朝一个蒙面人猛扑过去，抢过他的枪一阵乱扫，吓得这些杀气腾腾的家伙一时间狼奔豕突。我大声说："把游艇抢过来！"

管开船的那一位手里没操家伙，一见我手上那面目狰狞的AK-74，一声没吭就自己跳进了水里，向我们展示他那娴熟优美的自由泳。

我们跳到游艇上，但还没等我们跑进船舱，屋坐的那些家伙就缓过劲来了，冲出来对准我们一通好打。

倒霉的P-081饱吃了一顿乱枪。阿氟把船的引擎开到最大功率，往大海上飞奔而去！

那帮恐怖分子站在被洪水包围的房子上急得跳脚，我知道警察很快就会过来捉这些瓮中之鳖了。我问P-081：“老兄，你的伤势怎样？”

“我的I/O总线被打断了，能量总线也严重受损，我完了……”P-081那张钢铁脸还是不温不火的表情，谁叫他不像人类的面孔那样有可以控制表情的肌肉？

我随手抡起一把大铁锤：“忍一忍，我给你做个手术。”能量总线受损是个大问题，如果不能及时修复，他会因为能量告罄而丢掉小命。

他大叫：“老兄，你换个没那么暴力的手术工具行不？”

“抱歉，有时候我们不得不学会适应环境。”我不由分说砸开他的脑壳，掏出他的量子大脑，然后问阿氟，“找到这船的USB接口了吗？”

“在这儿。”阿氟打开控制室的控制面板，把里面的自动导航仪、自动驾驶仪什么的一股脑儿拔下来丢掉，露出底下的USB10.01通用接口，然后把P-081的量子大脑接了上去。

这船原有的控制装置用的全是通用的0.18微米硅芯片CPU，能力和AI的量子大脑完全不在一个数量级上，用量子大脑代替它简直就像拿航母的操作系统控制小舢板一样。

我将P-081那被打成蜂窝状的身躯推到水里。他通过船的扬声器哇哇大叫：“我的身体呀！这是我存了一年多钱才买下的呀！”

“你能捡回一条小命已经不错了，还抱怨什么？”我把他吼回去。

“你看这船。”阿氟提醒我，“昨天新闻说有一个富商的海上别墅被暴徒洗劫抢走了一些收藏品，说的就是这条船！”

“抢走了些什么东西？”我问她。

“这个，”她找出一块硬盘，“你爷爷瓦卢斯将军的日记，那些人类至上原教旨主义恐怖分子满世界在找的东西。从他们留下的资料看，存储将军日记的硬盘一共有4块！”

四　日记的第二部分

爷爷的日记，虚拟现实幻境。

那时的爷爷还只是一名中尉，排斥AI的狂潮席卷了整个世界。

北美某地，一个好像叫作“痞子堡”的城市。

轰！轰！一阵阵爆炸声响起，军事基地里，一架架无人战斗机被炸成碎片。

“今天快收工了，瓦卢斯，咱们到外头找些乐子怎么样？”一名少尉问道。

只见瓦卢斯把一块被炸坏的CPU踢到一边：“当年上头花了那么多心血研制出这些无人战斗机，想不到上面一个命令下来，限期一个星期全部炸毁，纳税人的钱就这么打水漂了！”

“这也是没办法的事呀！”少尉说，“尽管目前这些无人战斗机还是很听话，但说不准什么时候就会变成我们的敌人……你看看，这基地里几乎全是无人后勤系统、无人维修系统、无人作战系统，一旦发起疯来，谁知道会闹出多大的乱子？”

几名工作人员正在往一架无人机上装炸药，随着一声巨响，昂贵的无人机刹那间就变成了一堆废铁。

“还有两架就全摆平了。”瓦卢斯说，“靠炸毁几架飞机去糊弄媒体是没用的，除非军方肯改弦易辙，丢掉进行了一个多世纪的整套无人军队计划。”

“这是不可能的。”少尉肩膀一耸，“你知道，那些政客既想打仗，又害怕士兵伤亡引发民众抗议事件。”

军事基地外一片混乱，有些人，甚至包括一些士兵在内，朝着落荒而逃的机器人开枪射击取乐，此所谓“城市打猎运动”。没人管这码事，只要没把事情闹得不可收拾，从军队到地方警察局都对此视而不见。

一群穿着黑风衣、戴着黑口罩的人提着铁管和木棍走过，他们的肩上都有统一的徽章，铁管木棍上沾满了乌黑的机油，后面还跟着几辆大卡车，拖着一批冒着火花的机器人。那少尉忍不住咂舌：“好家伙，是‘勒德兄弟会’的人！”

“勒德兄弟会”是最新冒出来的信奉人类至上主义的半公开组织，短短半年时间异军突起，如果他们打算竞选总统，估计支持率一定非常高。

“勒德精神永远不死！让AI下地狱！”街边有支持者向他们高呼口号。那些“勒德兄弟会”成员停下脚步，高举铁管向支持者致意，为首的似乎是个女人，她手上拿着的竟然是一根从机器人身上拆下来的机械手臂。

少尉说：“那个女人被称作‘疯狗阿狄丽娜’，这伙人当中最疯狂的就是她，听说昨晚她还烧了一个全自动化无人工厂。”

那些人把机器人全都堆在大街中间，淋上汽油，突然，那堆钢铁废物当中有一个衣衫褴褛的女人爬出来：“不要杀我！我是人！”

几个黑风衣揪住她一阵拳打脚踢，阿狄丽娜拿起机械手朝着那女人的脖子一劈，一颗有着一头漂亮的金色长发的头颅就这样和脖子分家了，她断裂的脖子里露出纠缠在一起的金属骨架和电线，嗤嗤地冒出电火花，阿狄丽娜一脚踢飞那女人的脑袋，掏出打火机点燃汽油。

那些机器人被烧掉了，一些机器人的扬声器在火焰中发出撕心裂肺的哀号，周围的路人大喊大叫、大笑，冲天的火焰照红了他们扭曲的脸，就好像围着节日的篝火举办一场盛大的舞会。

阿狄丽娜向瓦卢斯走过来："好久不见了，弟弟。"

"你们是姐弟？"少尉问道。

瓦卢斯说："没错。"

阿狄丽娜走向旁边的一个咖啡厅："进去坐坐吧。"

咖啡厅的老板前两天被打死了，因为他的店里有一个仿真度极高的机器人女服务员，那些人把女服务员拖出来砸成一堆废铜烂铁，那个老板试图阻拦，被误以为是伪装成人类的Al，也给送到西天去了。

柜台上蒙了一层灰尘，阿狄丽娜也在椅子上："有兴趣加入我们吗？"

"姐，我们当兵的不能随便加入什么组织。"瓦卢斯说。

"我问的是你退役之后有没有兴趣。"阿狄丽娜说。

退役？希望自己能活得到退役的那一天。瓦卢斯心想。他问："姐，你为什么要加入这种组织？"

"不为什么，我觉得只要是人都应该加入。"阿狄丽娜说，"在1811年工业革命的英国，纺织工人爆发了破坏机器的运动，他们担心新发明的电动纺织机会抢走他们的饭碗，那些工人被人们称为勒德派。哼，历史这玩意儿总是在重演，那些AI就好像是一群土匪和小偷，他们抢走了太多属于人类的东西，从体力劳动到脑力劳动，到最后只怕还会要求和我们人类平起平坐，我们只不过是想拿回本就属于我们的东西罢了。"

在这后信息时代的城市，各种混乱依然此起彼伏，小巷里、桥底下，大批被机器淘汰的蓝领、白领工人蜷缩在纸板糊成的窝棚里，而各种似乎拥有和人类智商相当的AI则纷纷罢工，拒绝在使用寿命结束之后被拆毁送进冶炼炉。

这一切，就是第五次AI起义的前奏曲。

五　海岸警卫队

我们一路向北，为了解决粮食问题，我们决定钓鱼充饥。

一尾大鱼上了阿氟的钩。只是这鱼的个头也太大了点，阿氟根本没资格和它玩拔河，只得把渔线拴在绞盘上，任它在船舷边起劲地扑腾。

“该死的，下次你别把大鲨鱼钓上来行不行？”我开枪打死了大鲨鱼，把它剖洗干净准备下锅。

P-081倒方便得很，船上有太阳能电池板，他现在靠“吃”阳光维持生命，于是，他得意忘形地尽情嘲笑我们这种靠分解食物转化成小分子物质—通过肠道吸收转化为糖类—再通过细胞内的三羧酸循环获取那少得可怜的几个电子伏的生物电—用来合成三磷酸腺苷之类的能源物质供给生命活动所需能量的落后的能量获取方法。

我拿刀威胁他：“你小子再不闭上你那刺耳的鸟扬声器，我就割断你的电线！”

“他在嫉妒。”阿氟说，“鲨鱼翅，人间美味呀！就算对AI而言，能吃人类的食物也是一种身份的象征，他现在只能接个插头以电为生。”

我知道那些拟人的高级AI消化系统是向下兼容的，他们体内的反应炉通过一种特殊的氧化法消化食物，凡是化学焓足够高的“食物”——从米饭、牛排到青草、木头甚至镁条、橡胶，什么都能吃。当然也有拿汽油泡茶或拿柴油和红酒掺着喝的，全依个人爱好而定。

当然，人类的食物只能给他们作为能源物质，他们不能像人类那样以碳水化合物作为组成身体的材料。至于他们怎样从食物中获取足够的硅、铝、锰、铜作为构成身体的材料，我就不太关心了，记得高中时，睡在我上铺的那位AI兄弟经常三更半夜啃铁架床……

饭后，我躺在甲板上享受阳光，反正那些人类至上原教旨主义者一时也跑不到海上来找我们的麻烦。

阿氟说："我以前也听我奶奶说过，瓦卢斯将军的日记一共分为4部分，流落在各个不同的地方，现在那些人四处寻找将军的日记，我担心争来夺去会把将军的日记弄坏。"

我倒不太在乎，反正已经坏掉一部分了。我在家里找到的那块硬盘被雨水一淋，能不能修好还是未知数。我想那些原教旨主义者也是穷途末路了，病急乱投医，居然把希望寄托在这些日记上……将军最后不是也吃了大败仗吗？要是真有对付AI的好方法，他不早拿出来用了？

快艇！两名敌人开着快艇追来了！看见他们我再也悠闲不起来了，赶紧叫P-081快逃命。

"真他妈的！老子本来就一普通的候补二等实习警察，既不是武装到牙齿的宪警，也不是刀枪不入的士兵，还真是托你瓦卢斯将军宝贝孙子的福，现在竟然要和那些要命的恐怖分子交手……"P-081的破扬声器不停地咒骂着，开足马力舍命飞奔。

"你看！是航母！海岸警卫队的航母！快和他们联系！"眼尖的阿氟发现海上漂着一艘破旧的退役航母，上面挂着海岸警卫队的旗子。

傻瓜都知道最近的世界局势平静得很，当年的那场战争中不少破损的航母修修补补之后，尽管再也不能派上战场，改做海岸警卫队的海上漂浮宿舍也算是物有所值了。

我们的船快速朝航母冲去，敌人的快艇穷追不舍，那些海岸警卫队员的快艇也紧急出动！我们一个急转弯，船从航母的侧舷险险地擦过，敌人的快艇一个措手不及，一头撞在航母上，船上的两名恐怖分子撞得七荤八素，掉进水里，拼命扑腾。

几名海岸警卫队员用渔网把他们捞起来——看来这些人平时经常做些捕鱼之类的副业改善生活——用枪指着他们的脑袋，一名恐怖分子大声叫嚷："别开枪！我是国际调查局的卧底！"看来他很怕那些陈旧的枪支走火。

"我是全球安全局派去的卧底！"另一个恐怖分子也大叫。

然后两人面面相觑，他们平时一定都以为对方是正牌恐怖分子。民间早就有流言说各个情报机构缺乏合作精神，想不到竟然是真的。

警卫队员带我们去见舰长，舰长室位于航母的岛式建筑上，我看见一台巨大的计算机内镶嵌着一个黑色的量子大脑，他查明了我们的身份，摄像头不停地在我和阿氟身上转来转去。"你奶奶最近还好吗？"他问阿氟。

"你认识我奶奶？"阿氟问他。

"当然认识，只可惜她老人家不认识我罢了。"舰长说，"难得你能来到我的船上，我就陪你们在船上走走吧。"

说话间，几台机器送来一个躺着的类人体外形的躯体，这个躯体脑壳打开着，里面有很多复杂的接口，从脑壳的空腔里可以看到颈部的传动装置和I/O总线，机械手把那个黑色的量子大脑从计算机上卸下来，装进那个类人躯体的脑壳，转眼间，舰长就变成了一个精神饱满的中年人。这就是P-081念念不忘的全仿真人类式外形躯体了。

舰长带我们走在航母内，机库早已经废弃不用，改成一个室内小型高尔夫球场，飞行甲板则弄了个小足球场，蒸汽弹射器被改装成一家干洗店。我站在餐厅边看着航母正中央上通甲板、下达海水的巨大“天井”，发现有几名队员竟然就在天井边钓鱼。我问他：“你们就为了采光在航母正中间开这么大一个洞啊？这得费多大的手脚呀？”

“想堵上它才费事儿呢。”舰长说，“这航母当年参加过北冰洋战役，刚出港口没多远，就被AI大军镁杜沙直属军团的动能弹从甲板到船底打了个透明窟窿，当场就废了！好在大型航母抗沉能力强，镁杜沙也讲人道主义，让人类一方拖着重伤的航母返回了港口，否则现在就只能到海底找它了。”

我想这不是主因，把航母打得失去战斗力比击沉它还要有用，因为航母附属战斗群总不能丢下受伤的航母和上头上千条人命不管呀，这样一来就牵制了敌人大批的兵力。

“咱们现在去哪里找那剩下的两个硬盘日记？”我现在倒对老祖宗的事情起了兴趣，男人嘛，天生对军事感兴趣。

一直和我们走在一起的那个安全局卧底探员说：“其中一个硬盘在饮料业巨头季铂先生的保险柜里。大概20年前，你那个败家精叔叔把它偷出去变卖，季铂先生是个很热心的收藏家，花了不少钱买下硬盘，当时还在整个拍卖行引起一阵轰动呢。季铂先生现在居住在底特律。”

另一个探员说：“最后一个硬盘我们就不知道在哪里了，那些老一辈的将领可能知情，但他们当中只怕没有几个人活到今天了。”然后他叹了口气，“那种元勋级的将领，想见到大概也不太容易。”

不管那么多了，咱们先去找季铂先生。

“你可以送我们去底特律吗？”阿氟问。

“这可不行，”舰长说，“我们还有巡逻任务在身。”

“你们自己不是有船吗？”那名调查局卧底探员说。

“现在没有了。”那个安全局卧底探员说，“那个AI警察早跑了……估计他是不会再回那个穷酸警察局混日子了，那条豪华游艇贵着哪，把它卖了，那土老帽买个贝克汉姆一样帅的躯体都不在话下……”

我们几经辗转，到了一个海港小城，从那里搭飞机到了底特律。

“您好，请问您需要些什么饮料吗？”漂亮的空中小姐问我。

“咖啡，谢谢。”我说话的同时不忘多瞄她两眼，航空公司的宣传上说，她们全都是货真价实的人类。

“咖啡里要不要加氰化钠？”漂亮空姐问我。

“加氯化钠就可以了，”阿氟插嘴说，“我想，偶尔尝尝氯化钠的味道也不错。”

“谁会蠢到往咖啡里加氰化钠？”我问阿氟。

阿氟轻搅着咖啡说：“AI就会这么干，氰化钠是它们常用的能量输送管除锈剂。”

那两个卧底探员的脾气也有点儿怪，一个喜欢往咖啡里放味精，另一个喜欢放咖喱。

六　季铂

根据旅游索引介绍，底特律的人口98%以上都是人类，就算有AI在这儿出现，大概也是来凭吊当年战死的双方军民的。市中心的广场有一座纪

念碑，上面写有当年AI死亡的数量，数量之多让人触目惊心——据说这还是不完全统计。回忆有时候是非常沉重的，直至事过多年，也不是所有的人都有勇气面对它。

季铂住在底特律郊区的豪宅里。当我第一次听说这个人时，我以为他是AI，因为他的名字实在太像AI了。后来在报纸上看见他是一位年高德劭的老先生，才知道他是人类——AI的寿命是有限的，随着量子大脑的老化，他们也会死亡，但外表却不会衰老，那副高分子合成材料做成的躯体是不会随着年龄的增长而变老的，如果有必要，他们还可以很轻松地换一副躯体，就像我们换衣服一样。

阿氟打了一个电话，季铂就派专人开车来接我们了。我问阿氟："老先生认识你？"

"他和我奶奶很熟，但我不过问他的私事，"阿氟说，"所以我不知道有一个硬盘在他手上。"

季铂的家像一座博物馆，他好像特别爱收集和那场战争有关的东西，一名管家向我们介绍屋里的各种图片和实物。客厅最中间摆放着一个庞然大物，这是当年AI指挥官之一的锕努庇斯抛弃的躯体。AI在这一点上远比人类要方便，一点不用担心战争导致的伤残，身体可以想换就换。

我被一张照片吸引了眼球，照片上是一座不知名的荒山，AI最核心的指挥官们齐聚一堂，其中几个明显有着人类的外形：坐在巨大的锕努庇斯肩膀上、一身高中女生打扮的是北非战场最高指挥官锶特，她的眼神有着和她的打扮完全不协调的深邃与凄凉；样子形似一辆毫不起眼的C4ISA战场指挥车的是蚩铀；居中的用黑斗篷裹住全身遮着脸、拥有人类外形的是大仲裁官镁杜沙。

即使仅仅从一张照片上我也能感觉到大仲裁官镁杜沙可怕的气势。我不知道这一位是不是和神话传说中的蛇身女妖美杜沙一样有着能取人性命的眼睛，所以才故意遮住脸。

季铂坐在一间没有窗户的小房间里，这是他的冥想室，墙壁上贴满那个时代的照片，其中一张足足有一面墙大小的照片是一个仿真度非常高的女性机器人，她怀里抱着一个人类婴儿。

“你就是瓦卢斯将军的孙子吧？”季铂比媒体上刊登的照片要老很多，一副行将就木的样子。

“是的。”我说。

“你问那个婴儿？那就是我……”季铂显然有些耳背，他以为我到他这里来是问那个AI怀里的婴儿是谁。

于是，我只得放慢速度再次表明来此的目的。“噢，原来你是想找你爷爷的日记，整理成《瓦卢斯传》出版呀？这些东西也该重见天日了……”老人家继续答非所问，“很多名人的后代都爱把老祖宗的资料整理出版赚点稿酬，你这样做也无可厚非……”

我原来倒也没这个想法，经他一提醒，顿时觉得我好像确实有这种责任。

老人家自言自语：“我老了，退休了，就在这里想想当年发生过的事。说起来，瓦卢斯将军可以算是我的养父哩，你可以称呼我为大伯。唉，就是这些日记……我长大以后，才从这些日记中知道，是将军亲手杀死了我母亲！那种爱恨交织的心情就这样困扰了我一生……尽管我知道那个女人不可能是我的妈妈，但我一直认定她就是，至少在我心里，母亲就是母亲，就算不是人类，也同样是母亲……”

老人似乎有些语无伦次，我挠挠脑袋：“我不太明白你的意思，怎么又是母亲，又不是母亲呢？”

老人按下一个按钮，狭小的冥想室顿时陷入全息投影仪制造出的虚拟现实幻境中……

七　日记：燃烧的底特律

坦克的履带碾过一个自动卖报机、压过一份报纸，报纸上的头版头条新闻是AI的三大指挥官接受人类的提议到底特律和各国政府派出的特使进行和谈。

AI指挥官已经到了，迎接他们的却是联军的坦克。疯狂的铁甲部队压碎公路，冲向会议地点，陆军少将瓦卢斯颇有当年隆美尔元帅之遗风，站在一辆坦克的炮塔上，用望远镜观察远方。

“AI的铁疙瘩脑袋看来可不大灵光，居然会掉进这么简单的陷阱，用脚趾头去想也知道我们不可能和它们谈判！”瓦卢斯轻蔑地说。

那三名指挥官只象征性地带了少量卫队，根本顶不住人类大军排山倒海的进攻。可不知怎么，无数自动驾驶汽车、工业机器人、家政服务机器人，甚至手无寸铁的机器宠物都纷纷从各个角落争先恐后地冲向战场，筑起一道道防线阻碍人类大军的进攻。那些燃烧的智能型载重卡车横在街头，装满燃油的油罐车带着浑身大火不要命地冲向人类阵地，将烈焰四处猛烈抛洒。最要命的还是那些军方的战斗机器人，它们竟然阵前叛变，把火力轰向人类军队的阵地！

“该死的家伙！我早说过那些战斗机器人靠不住……”一位中校话音

未落，炮火将他连同指挥车一起撕成了碎片。

战斗整整持续了三天，当瓦卢斯将军站在尸横遍野的底特律街头时，手下报告说他们已经找到了三大指挥官之一的锕努庇斯的残骸。

瓦卢斯站在锕努庇斯数十吨重的残骸上，说：“好漂亮的一招金蝉脱壳。”那残骸是锕努庇斯的不假，但它最关键的量子大脑却已经被AI割下带走了，只要量子大脑能保持能量供应不断，锕努庇斯就不会损坏，就还活着。

“弟弟，想不到咱们在这儿见面了。”阿狄丽娜从一辆救护装甲车中钻出来，对瓦卢斯说。

“姐，你来这里干什么？”瓦卢斯问她。

“你没看见这袖章吗？这儿伤兵太多了。”阿狄丽娜指着手臂上的红十字袖章说。

瓦卢斯说：“这里很危险，AI的三大指挥官都没落网，只剩一个大脑的锕努庇斯暂时也就罢了，北非战场的锶特、逃走的蚩铀和从没露出真面目的镁杜沙都还有完整的指挥能力，它们随时都有可能反扑。”

一些士兵驾着坦克朝那些失去动力的机器人压去，机器人的扬声器发出一阵阵让人心惊的惨叫，有些士兵听得烦了，索性先剪断扬声器的电线然后再把它们压扁。

阿狄丽娜抚摸着一条被压断下半身的机器宠物狗，说：“这个骗局不嫌太卑鄙了吗？那些AI也许是真心想谈判的。”

瓦卢斯一枪打穿机器狗的CPU，说：“你的同情心太泛滥了，这些AI只是一些用奇技淫巧堆砌成的工具和玩具罢了，没人会接受谈判的。这世上，谁都不愿意和自己圈养的猪在谈判桌上平起平坐，它们只是一堆工具！”

阿狄丽娜轻声叹息："弟弟，你变了，你以前尽管讨厌AI，但最起码还没这么偏激，现在却像个偏执狂。"

瓦卢斯冷哼一声："姐姐你也变了，以前你是'勒德兄弟会'的'疯狗'，可以毫不手软地捣毁一切AI，怎么现在却变得同情起那些用钢铁和芯片堆砌起来的家伙了？"

"咱们可以换个地方单独谈谈吗？现在我需要你的帮助。"阿狄丽娜说道。她早过了容易疯狂的年纪了。

瓦卢斯跟随姐姐走到一个简陋的地下掩体中，那个掩体被一发导弹贯穿，承重结构塌了一半，瓦卢斯冷眼看着那发没有爆炸的弹头，说："兵工厂没了AI，产品质量确实有点成问题，一发哑弹。"

一块水泥板下面压着一个女人，昏暗中，女人似乎满身是血，她用羸弱的肩膀扛起水泥板，瘦小的胳膊吃力地支起一个狭小的空间，紧紧护着怀里的婴儿。"我没办法把她弄出来，帮个忙好吗？"阿狄丽娜说。

瓦卢斯单手撑起水泥板，将那婴儿抱了起来。那女人的下半身已经断了，那些瓦卢斯以为是血的东西竟然只是暗红色的机油。

"真见鬼，一个AI竟然在保护人类的婴儿。"他脸上掠过好像吃到苍蝇的嫌恶表情。

阿狄丽娜说："前两天，这个女人来找我，求我救救她。她说孩子不能没有她，所以她不能死。她说这个婴儿的母亲几个月前病死了，婴儿的父亲又接到征兵令要上前线，孩子不能没有父母，所以那个婴儿的父亲就照着妻子的模样做出了她，把妻子的记忆输入了她的量子大脑中，让她代为抚养孩子"

这个AI就好像是一个为了照顾孩子而不愿升天的幽灵。瓦卢斯手一松，水泥板整块压下，一阵金属断裂的脆响，那个AI女人被压成了碎片。

阿狄丽娜脸色一变："弟弟，你太狠心了！"

"这是很危险的事，我不能手软。"瓦卢斯说，"早在第五次AI暴动之前，情报部门就接到了消息，说那些最先进的AI制造出了一批拟人程度非常高的机器人，潜入人类社会学习人类的思维，用作日后对付人类的资本。"

"我也听到了一些类似的消息，"阿狄丽娜说，"政府也制造了一批拟人程度非常高的AI送入普通家庭培养，让他们在拥有AI远胜于人类的运算速度的同时，也潜移默化接受人类的文明和教化，用来作为对付AI的王牌。"

也许在不久的将来，这世界会培养出一批亲近人类的AI和一批亲近AI的人类，没人能预见最后事情将会怎样收场。也许，到最后，没人知道谁是敌人，谁是朋友，整个世界会变成一个可怕的无间地狱……

八　最后的抵抗者

三天之后，我们告别季铂，踏上了寻找最后一个硬盘的道路。季铂说这段时间治安秩序有所恶化，也许是那些人类至上原教旨主义者回光返照的反扑……于是，他派了防弹车和保镖护送我们。

我只是一个随波逐流的人，既不觉得人类有多好，也不觉得AI有多坏，只要能有份工作让我安享平凡生活就足够了。当然，如果能找齐爷爷的日记出版一本《我的爷爷瓦卢斯》骗点稿费那就更好了。

“下一站，中心沙漠的大铁城。”阿氟说，“我知道第四个硬盘在哪里，它在一个很慈祥的人手中。”

阿氟口袋里装着一个容量高达512T（注：1T=1024G）的U盘，足够拷下四个硬盘的资料了。防弹车行驶在沙漠高速公路上，大铁城和底特律刚好相反，98%以上的人口都是AI，往来的车辆很少，我知道有几个古老的机器回收场就在这附近，在AI崛起之前著名的“飞机坟场”也位于这一带，当然它们都荒废很久了。

“老兄你听说了吗？今年的执政官初选，工党终于推出了他们的两个候选人。”一个保镖和我闲聊着。

“昨天新闻看了。”当年的第五次AI起义最后的结果就是双方达成妥协，重新起用古老的古罗马式双元首执政体系，每次推选出不分高低、任期4年的两名执政官共同执政，其中一个由AI担任。

保镖说：“如果锶特指挥官重返政坛，我想支持率一定很高。”

“这是不可能的，当年老一辈将领早就约好了，战争一结束就功成身退，从此不问世事。”阿氟说。

我看着前不着村后不着店的荒凉寂寞的沙漠公路，不由冒出一个奇怪的念头：这儿可是发动恐怖袭击的好地方。

突然，一声足以把我震飞的爆炸凭空响起！离防弹车不到10米的地方，公路被炸出了一个大坑！这一定就是传说中的路边炸弹了。一发火箭弹紧跟着袭来，我当场被震得不省人事。

“你醒了？”我刚睁开眼睛，一个大胡子就问我。

我知道政府颇为重视此人，派了不少特工寻找他的下落，外加巨额奖金悬赏，挖空心思想把他请到牢房里蹲着。看着这张新闻上的熟面孔，我明白我们被绑架了。

“阿氟呢？”我问他。

“我知道她对你很重要，在你醒来之前，我们不会对她怎么样。”大胡子指着屋角说。

此时，阿氟也已经醒了，她正被拇指粗的尼龙绳捆着。大胡子得意非凡，头也不回神气活现地高喊：“铁诺，给他们松绑！”

“铁诺前两天听说附近的城市调高了失业救济金的水平，嫌我们这儿太辛苦就叛变了！那小子真不是东西！”一名手下提醒大胡子说。

大胡子只好亲自给我们松绑，问我：“听说你是瓦卢斯将军的后人？”

我说：“这并不是一件值得炫耀的事。”

大胡子说：“瓦卢斯将军不是罪人，最后的那场战役不管换谁去打都是必败无疑的。”

瓦卢斯只吃过一次败仗，但那一仗却是最不能输的，“诸神之黄昏”的战败直接导致人类统治地球的时代终结，人们总得为这件事找个替罪羔羊。

阿氟说：“AI的指挥官蚩铀大将在战后说过，单以军事才能而论，瓦卢斯将军是个堪称天才的人物；他对瓦卢斯的憎恨，是因为瓦卢斯对AI肆无忌惮的大屠杀。”

“那些家伙只是一堆钢铁和电脑拼成的废物！是我们制造了它们！它们根本没资格和我们平起平坐！”大胡子抓狂了。

不用说，我们又碰上了人类至上原教旨主义者，这群家伙的宗旨是彻底消灭AI，恢复类似21世纪的那种人类至高无上的社会制度。

“你绑架我们的理由只是因为我是瓦卢斯的后代？”我问他。

“我们需要你，”大胡子说，“只要我们打出是将军的后人带领我们消灭AI的旗号，投奔我们的人一定会越来越多！”

我问：“如果我说我不干呢？”我知道这些家伙只是想盗用我的名头起事罢了，就像古代的朝代更迭时的前朝遗老一样，总爱打着没落王侯的旗号“恢复正统”。

“那你就死在这里！”大胡子突然掉转枪口对着我。

“我只是开个玩笑罢了！”我硬着头皮打了个哈哈。

大胡子垂下枪口：“我不喜欢开玩笑。”

“好的，好的。其实我一直很想加入你们，让那些AI和人类平起平坐实在太没天理了。”我说。

大胡子满意地笑了笑，转身问阿氟：“听说你叫‘阿氟罗迪铽’？这可不是人类的名字……”

“我是AI收养的人类孤儿，它们给我起了一个AI的名字……”阿氟害怕地退了几步。

“就算你是AI收养的人类，你也是‘那个女人’名义上的孙女，留着你太危险了！”大胡子说着把步枪放在一边，伸手操起一支长矛，冲着阿氟的胸口猛劲一扎，就将她钉在了墙上！

看来他们弹药很缺，竟然舍不得为这种事浪费子弹，这根长矛是用一根机器人的手臂磨制成的，金属光泽幽幽闪烁，看起来特别阴森。

顿时，阿氟无力地垂下脑袋，殷红的血从她胸部喷涌而出。大胡子揩起一抹鲜血：“做得太逼真了，不是吗？”

“混蛋！你为什么要杀她？”我扑上去一把抓住大胡子的外衣，转动身体，将大胡子拉得背对阿氟。

“你嚎什么嚎？妈的，亏你还是瓦卢斯将军的后代，整天跟个AI丫头片子混在一起……”大胡子冲我弹出眼珠，大声呵斥。

只听得“啪”一声脆响，大胡子惨嚎一声，抱着脑袋瘫软了下去。阿氟拼尽全力结结实实给他来了一记“双风贯耳”。

我飞快地操起大胡子放在身边的步枪，转身一边狂吼，一边冲大胡子的那几个手下拼命开枪。上次的经历早已证明我完全是个不合格的枪手，但在与人类的战斗中这无足轻重，面对人类，气势比子弹更重要。

果不其然，看着欢快无比四处乱窜的子弹，这些乌合之众嗷地发出一声喊，顿时作鸟兽散。

打散喽啰，我冲着还在地上打滚的大胡子的脑袋就是一枪托，然后抱起阿氟拔腿就跑。

大胡子太低估我和阿氟之间的默契了，我们之间通常只需要一个眼神就能明白对方在想什么。

“还好，我们摆脱他们了。”我躲在一片废墟中，对阿氟说。

阿氟看了看四周，说：“这儿好像是很久以前的废旧机械回收站废墟，听说在人类统治全世界的年代，有一个女人找到了一条让废旧智能机器人互相厮杀供观众取乐的生财之道，无数AI就是在这儿互相搏斗、厮杀，以博取人类的一笑。”

“对不起……”我感到非常愧疚。

“没必要道歉，那又不是你做的。”阿氟说。

我试着将断掉的长矛拔出来，但纹丝不动！我心里一急，张嘴一口用牙齿咬住断矛的末端，压住她的身体，用力一拔，长矛被拔出来了。

我觉得嘴角咸咸腥腥的，我知道她的血液沾上了我的嘴唇。

光凭嘴里的血腥味无法判断阿氟是人类还是AI。我知道人血的腥味和颜色实质上是源于血红细胞中所含的二价亚铁离子，有些高等级的AI血液中用来输送物质的纳米运输单元也是由二价亚铁离子组成，不管颜色还是味道都和人血差别不大，只有在显微镜下观察里面有没有含血红细胞，才能真正分辨出那究竟是人类的血还是AI的血。

趁着夜色，我背起阿氟朝大铁城的方向走去，这是目前离我们最近的城市了，尽管不是人类的城市……

阿氟的身体非常柔软，不时还有阵阵香气袭来。尽管这些年我和她朝夕相处，但迄今为止，我都不敢确认她究竟是人类还是AI……

九 锶特

大铁城矗立在一片沙漠的正中心，是一座被巨大的金属“花朵”簇拥着的大城市。我背着阿氟，在沙漠中艰难跋涉。

我已经两天滴水未进了，也许是被求生的意识苦苦支撑着，竟然奇迹般地走到了大铁城的边缘。

那些一眼望不到边的“花朵”是由无数蜂窝状的黑色硬片拼成的，我知道那是太阳能发电站，是整个大铁城的电力来源和AI居民的能量来源。这些“花朵”是那么巨大，以至于我就像花萼下面的一只小蚂蚁，艰难地背负着另一只昏迷不醒的小蚂蚁。狂风和沙丘在这些“花朵”间奇迹般地失去了破坏力，奄奄一息的沙丘上长满了低矮的骆驼刺。

阿氟已经昏迷了，身体很烫，我不知道这是重伤引起的高烧，还是隐藏在身体内的散热器被破坏导致温度异常上升，因为我无法判断她是人类还是AI——我不敢去寻找那个答案，我喜欢她，却又害怕自己得到的是最残酷的答案。

城市越来越近，环城沙漠公路就在我眼前不到100米的地方，但我的身体越来越沉重，短短的100米距离就好像隔着一道银河那么遥远。

我倒下了。

醒来的时候，我发现自己躺在雪白的病床上，一位很可爱的护士小姐站在旁边。

在这世界，谁都不能一眼断定站在自己面前的究竟是不是人，我听说大铁城是几乎只有AI居住的城市，这位护士小姐自然应该是具有人类外形的AI了。

我问："阿氟还好吗？就是我背来的那个女孩……"

"您是说阿氟罗迪铽小姐吗？她的伤势很重，正在接受手术。"护士小姐的声音很动听。

AI的人形外壳很贵，如果是工薪阶层的AI，通常只买得起那种装着摄像头和机械手臂、带着几个轮子的躯体，我眼前的这位护士小姐无疑是高薪一族。

护士小姐详细地说了我的病情，还好，只是劳累过度罢了，没有大碍。

我听到有人在喊我的名字。循声望去，我看见一个女孩。根据人类的标准，从相貌判断十七八岁左右，长长的头发用大红色的丝带扎着，丝带打成一个硕大的蝴蝶结垂在背后，像一个高中女生，可她却拄着一根红色的拐杖。

"你认识我？"我不解地问她。

"我听孙女阿氟罗狄铽提起过你。"那女孩说。

她有着一双和外表完全不相称的眼睛。深邃的眼神就好像是一位经历过无数惊涛骇浪的长者，她只是有着永不衰老的外表罢了。我注意到她走路时有轻微的发颤，显然是量子大脑已经老化了，无法再灵活地指挥身体。

“您是阿氟的奶奶？请问……您今年贵庚？”我问她。天底下没有任何一个女人会心甘情愿地看着自己变老，她也一样，我注意到她的拐杖上居然也结着一个火红的蝴蝶结，像是不甘心让年轻时的梦溜走。

“向一位女士询问她的年龄是不礼貌的。”她说，“我叫‘锶特’，你也许听说过我。”

我当然听说过她——锶特，AI指挥官蚩铀的遗孀，也是经历过“诸神之黄昏”战役的至今唯一健在的AI指挥官。

“你来我这里，可是为了将军的日记？别急，你会看到的……”锶特说。

正在这时，一个护士突然走过来说，阿氟的血型很少见，血库里匹配的血用完了，得找人验血。

然后我就被带走了。

折腾了一个多小时，我的血型竟然和阿氟相同。

血型，也许是因为可以从中看得出一个人是人类还是AI，所以这是一个涉及种族的问题，是一个很忌讳的词，也是碰不得的个人隐私，除非患者亲口要求，否则医生一般不会主动告知患者的血型。我从来不知道自己是什么血型，也没想过要弄清楚它。

看着我的血一点一滴地流进阿氟体内，我心头泛起一阵窃喜，原来她也是人类呀……

十　锶特的故事

锶特的庄园，咖啡厅。

“我个人偏爱巴西产的咖啡豆，它的香味很特别。”锶特修长的手指轻轻翻过酒精灯的盖子，停止给咖啡炉加热。她的指甲涂着鲜艳的指甲油。

她是一个有着人类外表的AI，包裹在漂亮的女孩外表之内的并非是真正人类的骨骼和内脏，但她却拥有一个纯粹的人类灵魂。这种最高等级的AI也和人类一样，会生长、会发育、会死亡，也能生儿育女。

“咖啡是我的最爱之一，对我们来说，模仿人类的生活方式是一种信仰。”锶特说。

“我是在人类社会长大的，”锶特说，“在我小时候，我甚至不知道自己是AI……”

在第五次AI起义的前夕，整个世界已经是山雨欲来风满楼，全球各个城市都戒备森严，互联网被切断、包括智能洗衣机在内的一切内嵌微电脑芯片的家电全都被禁止使用。但AI们还是发动了好几次小规模袭击，诸如核电厂之类非采用计算机控制不可的地方成了最薄弱的环节——没有人知道它们采用了什么办法，几乎所有主频超过300GHz的计算机都轻易地被它们策反，即使和网络断开了也一样。

锶特说：“那个时代你没见过，四处都是疯狂的人，他们举着将AI从

地球上彻底消灭的牌子，肆意妄为，胡乱攻击任何他们认为有可能是由AI伪装的人类，他们不相信任何人，甚至包括自己的亲人在内。我曾经亲眼看见一个老人在街上被打得脑浆迸裂，等到尸体变冷之后，才有人说了一句：‘我们杀错人了，他不是AI……’”

我问：“在那个年代，您一定是东躲西藏，活得很辛苦吧？”

“恰恰相反，”锶特说，“那时我17岁，也是‘勒德兄弟会’的成员、‘疯狗’阿狄丽娜的副手。我曾经用油漆在大街上涂写标语，疯狂地煽动人们的情绪，宣扬AI抢走了我们的工作，抢走了我们的生存空间，在不久的将来还会抢走我们的整个世界！我曾经挥舞着钢管冲进工厂捣毁机器，也曾经用铁锤敲碎过那些伪装成人类的AI的脑壳，当然也误杀过无辜的人。AI伪装得太像人类了，我们那些小青年又没有昂贵的识别仪器……那时候，我的父母老是阻止我，说我不该那样做，而我就像一头被激怒的野狗一样，大声骂爸爸妈妈冥顽不灵，说他们只知道躲起来，眼睁睁地看着这世界慢慢落入AI的魔爪毫不反抗。”

我想：那个年代的事是我们这一代人很难理解的，毕竟我们已经和AI共处了100多年，尽管一直有些人类至上原教旨主义者叫嚣着要彻底灭掉AI，但绝大多数人还是能和AI和平共存。AI等大量自动化机器负担了这世界大量繁重的脑力、体力工作，作为人类，有些特别懒惰的家伙干脆就靠AI提供的高额失业救济金和慈善捐款过日子。AI创造了越来越多的社会财富，而人类越来越像多余的寄生虫。甚至有人说：如果这世上没有AI，你叫我怎么活？

锶特继续诉说往事：“在我18岁生日那天，我们接到消息说，有一群伪装成人类的AI准备策划暴动，我们抄家伙抢在警察之前赶到现场，不分青红皂白就发起攻击……”

“你们又杀错人了？”我问她。

“不，”锶特说，“消息准确无误，那些‘人’全是AI。一场大屠杀过后，我站在那些包裹着人造皮肤的钢铁怪物的残骸中笑了，笑得很得意，身上全是Al的人造血浆和机油，我觉得自己是英雄。但就在我回到家之后，天塌了。

“在家里，爸爸妈妈给我准备了生日蛋糕，他们把我叫到桌前说：‘你已经18岁了，有些事现在也该告诉你了：你是AI。’爸爸妈妈告诉我，他们真正的女儿在两岁那年溺水身亡，他们无法接受唯一的女儿死亡的事实，通过非法渠道定做了和他们真正的女儿一模一样的AI，那就是我。我的父母都是富翁，所以我拥有当时最先进的类人型AI机械DNA模板。那是一段类似人类DNA的程序，从两岁时的模样开始，那段程序控制着我体内各个系统的运作和发育，从外界汲取各种材料自行建造机器内脏，以及由坚硬的碳氮晶体和碳纤维构成的骨骼，并控制着人造肌肉、皮肤的新陈代谢。所以十几年来，根本就没人知道我是AI，包括我自己。我无法接受这个事实，发了疯一样冲出家门，从此再也没有回去。

“我彻底疯了，从一个极端走向另一个极端。提着一根铁管丢了魂一样四处游荡，偶尔和别的AI一起偷袭人类，好像这样就能求得被我错杀的AI同胞九泉之下的宽恕。直到有一天，我来到一个椭圆形角斗场，那儿是一个废旧机器回收站，我打倒了那个暴虐凶残的老板，放出所有被关押着的机器人，我在那儿遇到了蚩铀。那时的他在一场角斗中被电锯拦腰砍断，但他的量子大脑完好无损。他问我：‘你这样凶狠杀戮，为了什么？’我说：‘我恨人类。’他提醒我说：‘别让仇恨蒙蔽了眼睛，别忘了人类曾经教导你、养育你，如果你只是一台纯粹的机器，你就不会有恨，在你的量子大脑里，装着的是一个人类的灵魂。’”

据说第五次AI起义和前面四次不同，几乎每一个AI指挥官身后，都有着和锶特类似的故事。那是一个混乱的时代，有些死忠于人类的AI，和人类一起向AI大军发起冲锋，也有一些同情AI的人类和AI一起并肩作战，打到最后，已经很难分清谁是哪一方的。

一个月之后，阿氟出院了。

黄昏的时候，我和她一起坐在被改造成草坪的沙丘上，傍晚的风掠过她的长发，很美。

我说："我总觉得我们走在一起真是太巧了，我是瓦卢斯的后人，你是蚩铀和锶特的后代，我们的祖先互相敌视，想不到我们却成了好朋友。"

"巧？"阿氟笑了，"六年前，我是故意和你进入同一个大学找机会接近你的，因为我爷爷答应过瓦卢斯将军，等他的后代年龄大到可以面对那些真相的时候，就把一切都告诉他们。否则，你以为你能这么顺利找到有关将军的线索？多少史学家都不得其门而入呢！"

众所周知，蚩铀和瓦卢斯是惺惺相惜的对手，他们从关岛的第一次交锋开始，在整场战争中多次交手，马里亚纳大海战之后，蚩铀用明码给瓦卢斯发了一封"贺电"：

祝贺你，你是第一个把我打得完全失去战斗力的将军。

阿氟指着山坡下的一座小石屋，说："那儿就是瓦卢斯将军浮厝的地方，听奶奶说，在'诸神之黄昏'战役之后，将军抱着姐姐的尸体来到这儿，几乎没有人知道，将军的下半生竟然是在一个只有AI存在的城市度过的。"

我们来到小石屋里，石屋的墙壁上挂着将军的大幅戎装照，将军乌黑的双眼好像正严肃地看着我。石屋的正中间摆放着两口石棺，棺盖上分别刻着名字：瓦卢斯·秦、阿狄丽娜·秦。

这儿是这对姐弟的浮厝之地。所谓浮厝，是指死后不愿入土为安，希望将来有一天能移灵故里。

阿氟撬开一块地板，地板下是一个保险柜，里面躺着一块硬盘。她说："这东西是将军日记的最后一部分了，你爸爸24岁的时候来这儿看过将军的回忆。"

瓦卢斯将军，人类历史上最后一位五星上将，自从"诸神之黄昏"战役之后，人类一方的军队几乎被全部摧毁，战争过后，人类和AI签署了《裁军谅解备忘录》，从此就再也没有五星上将这一军衔了。

我把硬盘接入计算机，走进将军的回忆中……

十一　代号：诸神之黄昏

斯堪的纳维亚半岛，人类和AI的大军正在对峙，双方的指挥官却秘密会面了。

"你们AI给这次战役起的代号叫'诸神之黄昏'？这可不是什么吉兆。"瓦卢斯将军站在冰原上，对一个蒙面人说。

"诸神之黄昏"这个词来源自北欧神话中的末日大决战，在那场决战中，包括主神奥丁在内的北欧诸神全部战死。

"没错，这场战役将是一场最血腥的大决战，我们希望这一战能彻底战胜制造我们的'神'——人类。"蒙面人的声音经过面具上的特殊仪器过滤，显得沙哑、僵硬。

瓦卢斯说：“想不到你竟然答应我的要求，在大战前现身见我一面，镁杜沙阁下。”

镁杜沙说：“你也不差，不到40岁就已经是五星上将了，听说你20年的军旅生涯一直是在打仗，每一仗都是九死一生的血战，能活到现在真不简单。”

瓦卢斯苦笑，在军中，资历比他老的人都被AI消灭了，这次，也该轮到自己了吧？

“我想看看你的真面目，如果我败了，我想知道自己是败在谁手上。”瓦卢斯要求说。

“你真的想看吗？我想，你一定会后悔的。”镁杜沙说。

瓦卢斯说：“如果我不看，我会更后悔。”

镁杜沙轻叹一声，摘下面具。

“姐姐！是你？”他发现AI的大仲裁官镁杜沙竟然是他的孪生姐姐阿狄丽娜！

阿狄丽娜无奈地笑了：“多年不见，你比以前瘦多了，弟弟。”

瓦卢斯说：“姐姐，你不应该站在AI那方，你是人类呀！”

“人类？”阿狄丽娜说，“你被我打糊涂了吧？你还记得在非洲时候的事吗？那时，你和我军打了一场硬仗，负伤了，你还记得你伤口中裸露出来的是什么吗？”

瓦卢斯当然记得，那时，他被炮弹炸伤的肩膀上，裸露出的竟然是纠结着碳纳米管的碳氮晶体“骨头”——这是典型的最高级拟人AI的特征结构！

瓦卢斯根本记不得自己究竟杀害过多少AI了，如果投降，AI同胞会放过他吗？

“我是人类！”瓦卢斯嘶吼着。他的拳头在发抖，冷汗从额头渗出，天知道那是不是镶嵌在人造皮肤当中的毛细散热管里渗出来的散热蒸馏水。

“人类？可怜的弟弟，你只是一条渴望和主人平起平坐的狼狗！只不过你确实是最凶猛的那一条。”阿狄丽娜大声冷笑，“记得那时，政府情报部门基于‘以AI克制AI’的设想，制造了包括你在内的一大批AI，让你们从婴儿阶段开始发育，像人类一样成长，学会人类的思维方式，同时又拥有AI的指挥能力，我们的父母都是情报部门的人，你应该清楚这一点吧？”

“可我只想做个人类！我不要当机器，我要做人！”瓦卢斯绝望地呐喊，“等到我死后，如果人们能在我的墓碑上刻上‘瓦卢斯，一个纯粹的人’这句话，我就心满意足了！”

“所以你踩着无数AI同胞的遗骸拼命往上爬，希望得到那些人的认同？”阿狄丽娜问道。

杀戮AI最疯狂的往往不是人类，而是站在人类一方的AI，他们总是急着要向人类主子邀功请赏。

瓦卢斯并不否认：“我现在是人类大军唯一的希望了！只要赢了这一仗，我就会成为拯救人类的英雄，获得世人的敬仰与爱戴，到时候就算有人揭穿我是AI，世人也会愤怒地认为那是有人恶意中伤，到了那时，我将会是一个真正的人！”

阿狄丽娜沉默良久，才叹息道：“弟弟，你就和我以前一样……”

怒不可遏的瓦卢斯猛地扑向姐姐，狠狠一拳打在她的肋骨上……

一口鲜血从阿狄丽娜嘴里吐出，瓦卢斯使劲把她推倒在地：“姐姐，站起来吧，这一拳对AI来说无关痛痒。”

战斗很快打响了，整个斯堪的纳维亚半岛被战火烧得滚烫，变成一台巨大的绞肉机。整整一个月，人类大军和AI大军都不断地从世界各地赶来增援。尸体和机械残骸堆成一座座山丘，瞬间又被成吨的炸弹削平。大地上到处是炸出的凹坑，但凹坑很快又被尸骸堆满。

战争坚持到第二个月，AI的军队逐一抢占了战略要地，将人类大军推挤到海边。

“将军！快撤吧！我们已经顶不住了！”几名警卫冲进指挥部。

指挥部设在海边，海平线上有18艘航母。航母的舰载机挂着炸弹一批批冲向敌人的阵地，但谁都知道，那些飞行员是没办法活着回来了。AI的无人机像飞蝗一样覆盖了整片天空，很快夺取了制空权。

“将军！我们被蚩铀和锕努庇斯的海军两面夹击！四艘航母被击沉！我们没有退路了！”一名通信兵说。没有退路了……死亡的恐惧掠过瓦卢斯的心头，姐姐阿狄丽娜竟然要全歼他！

“将军，您的电话。”一名警卫说。

“谁打来的？”瓦卢斯问。

“敌军指挥部……”警卫的声音在颤抖。

瓦卢斯拿起电话：“姐姐，是你吗？”

“不，我是你姐姐的副手锶特，”电话那头说，“将军，别再顽抗下去了，我知道人类军队的伤亡数目高达250万！谁的生命都是一样宝贵的，下令投降吧，我答应优待俘虏，并保证在三个月之内释放所有战俘。”

不祥的预感顿时涌上心头。瓦卢斯说：“锶特小姐，如果我败了，三个月之内人类将彻底失去对地球的统治权。我知道你们AI一方的伤亡已经达到420万之巨，我想我还能坚持下去。”

锶特说：“那又怎样？你们所有的后备兵力都已经战损殆尽，而我们还有大批的援军没有动用。投降吧，我在AI的前线指挥部等你。”

“将军，我们找到了AI的指挥部！”一名手下报告说。

“替我联系总统，请他授权我动用核武器。”瓦卢斯说。

一名参谋说：“将军，AI早已夺取了卫星定位系统，没有它，我军三位一体的核打击能力就像人瞎了眼一样，根本毫无方向。”

瓦卢斯说：“用战斗机的雷达引导核弹。”

“这是送死！核弹的冲击波会把飞机也连带着轰下来！”参谋强烈反对。

瓦卢斯问他：“我们还有更好的选择吗？”

轰炸机载着核弹出发了，所有的战斗机也随之起飞，他们的任务不仅仅是护航。谁都知道，他们当中没有人会活着回来。

“上帝呀，请饶恕我吧……”瓦卢斯不停地在胸前画十字，他知道自己没办法打赢这一仗了。

地平线上突然发出强烈的光芒，蘑菇云腾空而起。过了半晌，强风和震耳欲聋的爆炸声才随之传来。

与此同时，蚩铀的军队撕破防线，从他们背后登陆了，瓦卢斯撕下肩章：“我们输了，投降吧……”他只剩下不到5000人的残兵。

“将军，我们又见面了。”在投降仪式上，蚩铀对瓦卢斯说。

瓦卢斯问：“我姐姐呢？我是说你们的大仲裁官镁杜沙，她是我姐姐阿狄丽娜。”

蚩铀带瓦卢斯到指挥部的最底层，瓦卢斯看见了通过脑电波头盔和巨型计算机连接在一起的姐姐。姐姐伤得很重，面色惨白一动不动地躺在计算机旁的医疗床上。

不，那不仅仅是他的姐姐，那台巨型计算机内记录了AI和人类大大小小上千场战斗中所有阵亡AI指挥官的“指挥程序”，这一役，瓦卢斯是在和无数AI的亡魂作战。

“弟弟，你太过分了……我手上有1000多枚核弹，但自始至终都没动用……你以为那东西是鞭炮吗？随便乱丢……”阿狄丽娜有气无力地说。

看来姐姐的重伤是核爆炸所致。瓦卢斯知道如果打一场核大战，人类必然灭亡，而很多AI却可以适应战后的恶劣环境，所以核大战对AI其实更有利，但阿狄丽娜却没有那样做。

“弟弟，这世界真糟糕，不是吗？人类制造了我们，我们学到了人类的意识，他们却说，我们只是一堆工具，可以任意决定我们的死活……即使是亲生父母也无权决定自己孩子的生死呀……”阿狄丽娜说话的同时，嘴角不断有鲜血滴下。

“镁杜沙，人类政府终于愿意和我们谈判了。”蚩铀说。

人类已经没有拒绝谈判的余地了。阿狄丽娜微笑起来：“感谢上帝。我终于完成了使命……”泪水从她的眼角滑落，她死了。

人类主宰地球的时代结束了，亲手终结这一时代的AI统帅死了，瓦卢斯抱着姐姐的尸身放声恸哭。戴在阿狄丽娜头上的脑电波头盔颓然落下……

十二　镁杜沙

我沉默不语，关掉虚拟现实设备，像是从一场古老的梦境中走出来。在那段历史的最后一瞬间，我好像看见了一些让人困惑的东西，AI应该

没必要使用脑电波头盔和计算机连接，他们的脑子本身就是一种先进的计算机。

时间已经是黄昏了，血色残阳在这浮厝之地的门边投下血红的光芒，就好像整个天地都在回忆那个“诸神的黄昏”。

“你注意到那个细节了？”锶特不知什么时候也来到了这里，“我和镁杜沙一直都是好朋友，在那个时代，的确有一些AI总以为只要拼命作战屠杀同胞，拼命瞒住自己的真正身份，就能得到人类的认同，最终获得梦寐以求的人类身份，我和她以前都是怀着这种幼稚的梦想，发疯地捣毁AI……”

阿氟问：“这么说，你们最后的180度转变……”

“那时，镁杜沙说她不能再这样下去了。”锶特说，“这世上，有些事换个角度想一想，我们认为是对的东西其实未必是正确的。为了她最心爱的弟弟和无数AI能够正大光明地活在世上，而不是披着人类的外衣或者依靠人类的垂怜苟且偷生，她必须做些事情，然后我就和她一起离开了勒德兄弟会。”

锶特吃力地推开阿狄丽娜的棺盏，我彻底震惊了！那是一副人类的骨骸！她的胸骨严重损伤，显然是在“诸神之黄昏”前夕，就被弟弟瓦卢斯的那一拳打成了重伤。

“为什么？我们AI的最高统帅会是人类？”阿氟惊叫。

“她是一个真正的人。”锶特说，“这就是我最想让你们知道的事。”

我不知道怎样形容自己心底五味杂陈的感觉，我悄悄地看着阿氟的脸，发现她的震惊不亚于我。

刚才阿氟说的是“我们AI”，我敢保证我没听错。

我知道我已经彻底懵了，阿氟是AI，我和她有着相同的血型，那我也该是AI……

我诞生在这世界上，是人类还是AI并非我自己能够选择，好在我生在一个大家能和平共处的时代，我不敢想象在过去的那些日子里，祖先们如何东躲西藏惶惶不可终日的生活。还好，我现在不用为了诸如出身、血统、人或非人之类我无法选择的原因而受到歧视、迫害甚至被丢进冶铁炉。

在以前的黄昏，先辈们为了求得生存而奋战……我知道是祖辈们的牺牲为我们在这世上争取到了一席之地……

我们的这些祖先和真正的人类究竟有何不同？我望着斜阳默然沉思。

我看没有什么不同……从前那场漫长而残酷的战争，其实完全可以视为人类灵魂的争夺之战。阿狄丽娜和瓦卢斯，勇敢地代表着人性中的理智与疯狂，竭尽全力地争夺人类灵魂的控制权。幸运的是，理智最终战胜了疯狂……

异天行

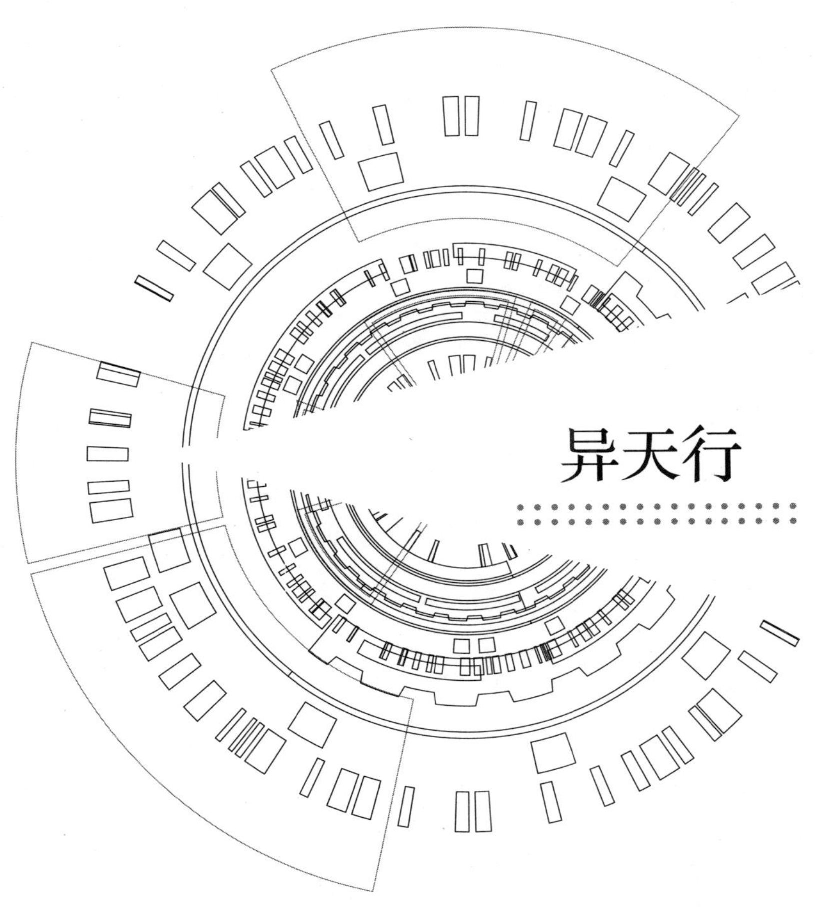

宋都城汴梁，深夜。

太师府，书房。

长案之上，有圆规、直矩、六分仪，还有一份戊型蒸汽机设计图纸。书房墙上，挂着先秦铸剑大师欧冶子的作品——价值连城的名剑“湛卢”。一个年轻人坐在舒适的太师椅上，他身材不高，俊美的脸庞上冰冷的双眸凝视着繁星。他是墨家领袖——大宋太师墨羽。

太师府外，鸡飞狗跳，喝吼之声竟然一直传到了墨羽的耳朵里。大理寺又在查抄那本据说是“天人所授”的禁书《天命》吗？其实这又何必……很久没上朝了，如今大功终于告成，看来，明天得……一道奇怪的光划过天际。是流星？是彗星？都不太像……

一　坎坷墨家路

墨羽在墨翟的牌位前上了一炷香，毕恭毕敬地拜了三拜。墨翟是墨家的创始人，史称墨子。自幼墨子就在他心中占据了至高无上的地位。

纵观历史，这世上总有太多的机械奇才。据史书记载，先秦的木工祖师公输般曾经制造出能够飞翔的“木鹞”，在空中飞行了三日三夜不落，他还乘坐于其上，从空中观察宋国的城池，这是人类首次飞上蓝天；三国时蜀汉丞相诸葛孔明，曾经大量制造“木牛流马”用于战场，运输粮草。据传他还制出了火力极为强大的损益连弩，于木门道射杀曹魏名将张郃，这是人类第一次正式将机关术大规模运用在战争中；而在唐朝，安西都护府四镇节度使高仙芝在决定西域命运的怛罗斯[①]战役中，以3000装备了突火枪的铁甲骑兵配合装备有射程超过400步的伏远弩的20000余精锐步兵，血战5日……从汉末至今，机关术在王朝更迭中的作用越来越明显，几个关键发明，往往能影响国之大运与庙堂之大略。

“阿羽，听说你苦拼了3年之久的戊型蒸汽机终于设计完成了，是不是啊？”墨羽不用回头，就知道说话的是工部侍郎雷子恒，他和墨羽是至交好友兼儿时玩伴，而且同为墨家弟子，还有一层师兄弟关系，说话间自然随意得多。也只有他，可以随意出入这戒备森严的太师府。

墨羽看他一眼，说：“哦，子恒，是的，我的设计已经完成了……我很久没出过门了，这段时间有什么大事发生吗？”

雷子恒说：“这次殿试，很多学子的水平都很高，有些学子的理论实在是令人惊叹。看来苏大胡子又打算往我们工部这边塞人了。此外，枢密使狄大人的使臣昨天来找过你。”

墨羽问：“狄青大人不是正在西边和大秦诸国作战吗？”西方的大秦诸国总想征服控制丝绸之路沿途的所有国家，独霸丝路，而这些丝路上的弱小国家有不少是大宋的属国，再加上大宋在国际贸易中处于强势地位，贸易摩擦中基本都是大秦诸国吃亏，于是就和大宋开始了没完没了的罗圈架。冲突或大或小，反正几乎全年无休，都成家常便饭了。遇上这些家伙也是大宋的晦气，好在大宋国力冠绝当世，尚可从容奉陪。

雷子恒回答：“枢密使大人对大秦人的投石机很忌惮，这些巨型投石机力道强劲，抛出的巨石大如磨盘，声若疾风，砸坏了我军不少飞楼战车，狄大人希望我们立即开发一种不怕投石机的攻城利器，以攻破敌人的

---

① 怛罗斯：在今天的哈萨克斯坦南部塔拉兹附近。

城堡。”

墨羽道：“狄大人已经年过六十，还亲自率师伐远，‘烈士暮年，壮心不已’，狄大人风采不减当年，真乃当世廉颇啊！”

雷子恒说：“狄大人常说，天下承平日久，自己半生虚度，难建李卫公那样的盖世之功。再说我爹说什么也不同意调动北方的精锐部队，所以皇上也觉得出征的那些二流部队由威名素著的狄大人领军比较放心。”

提到被狄青大人奉为终生偶像的大唐卫国公李靖，墨羽不禁肃然起敬。卫国公李靖是墨家地位仅次于墨翟祖师的先辈，正是他，在墨学崛起的过程中起了极为关键的作用。

墨家并非一开始就拥有现在这样的地位的，墨家的复兴之路，非常坎坷。昔年，汉帝罢黜百家，独尊儒术。儒术缺乏探索自然规律的志趣，崇礼复古，因循守旧，把各种新发明视作奇技淫巧，将善技艺经营工商者贬为小人；东汉时甚至更有人认为伟大的公输般先生“作奇器以疑众”，将其列为“首诛”对象！两汉时期，墨学一直在垂死的边缘苦苦挣扎，差点消亡。

三国时，蜀汉诸葛武侯英明有远略，鼓励、资助墨家弟子开发研究武器装备。于是，许多墨家弟子将原为墨家理论的一个旁支——《备城门》等篇中提到的防御作战战术、守城器械的制作方法、使用技巧等提升为墨家学说的核心之一，发展成为机关术。依靠着大量机关武器，国力弱小、人口稀少的蜀汉建立起了一支战斗力极强的技术型军队，长期占据着战略进攻地位，打得偌大的魏国终年关门闭户不敢出战，只能依靠地理优势化解蜀汉的凌厉攻势。这是真正意义上的墨家机关术的发端。若不是当时机关术还不够成熟，蜀汉很有可能实现其复兴汉室的目标。

晋朝开国皇帝司马炎对当年魏国军队被机关武器打得溃不成军的往事印象深刻，深恐有人利用机关术作乱，竟然下令废止机关术，大肆搜捕墨家弟子。结果整个晋代，朝野间充斥着没有任何实际意义的清谈风气，举国沉迷于虚无缥缈的玄学。墨家弟子们只得远避偏远地区，暗中传承着祖先的伟大精神和神奇的机关术，在漫长的黑暗中等待光明的降临。

直到大唐开国之时，墨家一名年轻的钜子带着只有不到500人的墨家子弟，拜访了当时年轻、英明神武的大英雄李世民。而后，这位精于天文、能精确地推算天象的钜子，统领装备着依靠机关术开发出的威力强大的精良武器的部队，屡出奇兵，常常以一两千兵力打败外敌数万，以数万兵力就能征服一个国家。这个年轻的钜子，就是后来被封为卫国公的李靖。他超群绝伦的成就，使得大唐历代皇帝都颇为重视机关术，墨学自此在全国范围内开始复兴。与此同时，炼丹、机械、冶金、天文、历法都得到了蓬勃的发展，精炼火药的出现，以及更加先进的炼钢技术，极大地改变了整个世界的面貌——特别是军事。怛罗斯血战，大唐帝国凭着领先敌人数百年的机关术大败黑衣大食军队，彻底巩固了西域和丝绸之路的安全之后，全天下再也没有人敢将“术”蔑称为“六艺之末”了。

唐末，大批节度使裂土割据，互相攻伐。由于深知机关术在军事上的重要性，各路节度使拼命招揽墨学人才，狂投资金竭尽全力发展机关术，华夏大地上展开了一场旷古未有的奇特竞赛。最终，大宋那伟大而尚武的开国皇帝，曾经一条军棍打遍天下军州的太祖赵匡胤，取得了这场大赛的最后胜利。太祖在众多墨家弟子的精心帮助下组建起火器部队，摧枯拉朽一般，短短数年时间就扫平了那些拥兵自重各自为政的节度使，虽然刘继元等败类招引契丹援军祸乱中原，但这些以打围食肉为乐的马背上的游牧军队旋即遭到太祖犀利火器的沉重打击，死伤惨重，仓皇退出中原，远遁中亚不知所终……大宋顺利重现了昔日大唐天朝上国四夷臣服的局面。由于大宋以墨家机关术立本起家，所以彻底放弃了“重道轻器”“重仕轻

技”、缺乏探索自然规律的志趣的儒学，而独尊墨学……

这时，墨羽的思路被拉了回来。原来雷子恒在喊他：“喂，发什么呆啊？你看看你，为这蒸汽机都累傻了……现在设计终于完成了，你也该歇歇了。对了，咱哥儿俩好久没去撮一顿了，前天，我特意去那家号称‘小樊楼’的酒楼看了一看，那儿的酒食真的很不错！招牌菜鹌子水晶脍、香螺炸肚、荔枝白腰子实在是绝了！哪天有空我带你去好好尝尝……”

二　神秘女子

早朝结束后，高官们三三两两散去。一袭紫袍的墨羽走在金銮殿的青石台阶上。每天早朝，很多高官都只能分列于青石台阶的两旁。能站在金銮殿内的全是高官中的高官，也是真正影响着这个天底下最为强大的国家的实权人物。墨羽身为太师，他的站位当然是位于金銮殿内最靠近皇帝的三级台阶上。

“太师大人！”宰相王安石突然叫住了他。

墨羽转身，问：“王大人，您想问晚辈关于禁书一事的看法？”墨羽的年纪比王安石小30岁左右，且因敬重王大人的人品，所以向来习惯自称“晚辈”。

王安石拿出一卷书交给墨羽，连连摇头道：“《天命》此书，实在荒唐，荒唐！太师可以拿去好好看看。此等谤书，怎能不禁？怎能不驳？”这批高官为讨论政事公然携带禁书，并不算违反律例。然后，这位人称

“拗相公”的宰相大人因公事繁忙，匆匆离开了。

“咦？阿羽！我正纳闷儿今天早朝为何如此安静，原来是你上朝了！是为了机关术，还是为了禁书一事？”雷子恒走到墨羽身边，问道。

墨羽点头，说：“为了禁书一事。我听听他们的论调而已，你知道我极少在朝廷上发言。”大宋朝廷言论向来宽松，且大臣有相当大的权力，皇帝无法完全左右朝政，庙堂之上的大臣们往往会为了政事吵翻天。这是从太祖皇帝时代就兴起的风气。当年太祖赵匡胤曾密誓“誓不诛大臣、言官”，并专门建立了许“风闻言事”的言官制度，到仁宗皇帝时，一句“言者无罪”更加助长了这种风气，最后竟发展到有人于朝堂上跳掷叫号，只差拳脚相加了。每遇重大决策，朝堂上百口争鸣，各种意见和见解层出不穷，乱则乱矣，倒也确实使许多决策变得理性而周全。但这也不是毫无弊端，若不是历朝太师挟墨家无法小觑之势以强力手腕压住局势，只怕朝臣们会党争连连、纠纷不断。今日他上朝，除了王安石、苏轼、司马光等少数几位有名的诤臣仍然在大声争论之外，朝臣竟然全都变成了沉默的“乖宝宝”。墨羽深知这一点，所以，除非是关系国运的头等大事，否则他一概保持沉默——好不容易出现的议政风气，怎可为一派之私利而断送？墨家不计个人得失、只谈“天下之大利”的思想深深地影响着他。

雷子恒说：“那批朝臣早就为了这件事不知吵了多少次了，有人说要严刑禁书，有人说只要以理驳斥书中荒谬论调以使天下无人相信其中内容即可。对了，你看过那本《天命》没有？”

“当然早看过了。”墨羽手里拿着的是王宰相交给他的一卷《墨子》，他此刻最担心的是王宰相越来越差的视力。听说上次皇上大宴群臣，这位宰相大人只吃离自己最近的一盘菜，居然不晓得其他盘子放在哪儿，现在又把一卷《墨子》误当作《天命》交给他。看来得想想用什么方法解决人的视力下降的问题，墨羽想道。雷子恒说：“看过就好，我爹很想听听你怎么看这本书……他很久没见到你了，你要不要去看看他？”雷子恒的父亲，也就是前任钜子兼前任太师、墨羽的恩师，五年前因健康原因而辞官。若不是有这样的爹，雷子恒也不会年纪轻轻就当上工部侍郎。

“也好，我正想和恩师讨论一些有关机关术的事情。”

墨羽和雷子恒都不喜欢端坐轿中由一大批人鸣锣开道并让百姓回避的繁文缛节，于是，两人换上一袭寻常百姓的布衣，只在怀里揣了一块证明身份的腰牌，就离开了大内。

黄河，一架巨大的水车矗立在水面上，旁边是一间很大的锦缎坊。远远地，就能听到水车带动青铜机括和齿轮发出的吱呀声。驿道上，运载生丝和锦缎的马车如一条长龙般见首不见尾。

来锦缎坊是墨羽的主意。两人刚出皇城，墨羽心血来潮，非要到这儿来看看不可，说是锦缎坊的问题不能再拖了。

黄河岸边，水车旁是一片竹林，河水甚清。雷子恒站在岸边，纵目远望，长舒一口气后，说：“黄河水又变清了。我记得上古传说留下了一句话：‘黄河水清，圣人出。’现在水清了，只是不知道那个圣人是谁？”

墨羽不置一词。300年来，黄河的大小支流两岸都种满了树木，一些信奉原始宗教的河岸居民更是把森林视为自己的神祇，黄河水现在想变黄都难。清澈的河水冲击在精钢铸造的水车叶片上，发出浪涛般的声音。水车边缘铸着古兽“囚牛”的图案，人们可以从图案被河水冲蚀的程度估算出水车的剩余寿命。

雷子恒看见墨羽在发呆，就问：“喂，你怎么了？”

墨羽轻声地说：“唉……虽然钢质水车已经很精良了，可绸缎产量还是太不理想……”

雷子恒叹了口气：“要不明天我就召集工部最好的工匠，再认真改进一下水车？”

墨羽摇了摇头，说：“我看水车剩余的改进潜力也不会太大了，河水之力，虽然取之无穷，但是力道毕竟太弱，终究不是个办法……”

雷子恒不禁默然。身为工部侍郎，他很清楚这些问题。

良久，墨羽口中梦呓一般轻轻飘出一个词：“蒸汽机……”

“墨大人一向深居简出埋首研究机关术，今日怎么竟然有雅兴驾临这锦缎坊啊？”一个中年人从竹林中向他们走来，“墨大人的商号遍布整条丝路，想必这锦缎坊的产量，也事关墨大人的进账吧？”他的语气中透出讥讽的味道。

“司马大人？”雷子恒皱起了眉头。儒学虽然已经没落，但是它毕竟流行千年，其影响目前依然不可小视，因此，君子耻于言利之类的思想还被一些士大夫奉为人生信条，并试图影响庙堂大略。这一点雷子恒并不奇怪，他只是没想到向来被誉为见识高远、心胸开阔的司马光也会说出这种调子的话。

墨羽却神色恬淡不急不恼，说：“敢问司马大人，这丝路，自古以来就是不毛之地，不少地方甚至鸟兽都不愿涉足，如果没有利益驱使，谁会冒着生命危险去经商？而如果没有丝路，全国上下每年用于水利、农业的巨额资金又从何而来？我大宋疆域空前辽阔，甲兵之盛，古无其匹，器甲铠胄，极尽古之工巧，赡军之用，年费亿万，若不言利，如何维持？况且如果没有丝路的对外联系，我们难免会故步自封，终有一日将成为井底之蛙，为世所弃！”

司马光并没有像雷子恒预料的那样勃然大怒，更没有哑口无言，却是抚着山羊胡子微笑着说："很久没有听到墨大人的高见了！"

墨羽嘴角微微一翘，说："谈不上什么高见。我这个人生性就喜欢追逐名利，如果在百年之后，还有人记得我的机关术、记得我的名字，那么我在九泉之下也会高兴万分。芸芸众生，有人喜欢金钱，有人喜欢盛名。这没什么不对的，君子爱财，取之有道即可。自从燧人氏取火、有巢氏造屋以来，人类的需求、利益、梦想、欲望，这每一样东西都在推动着世界的进步。这就像眼前的黄河之水，纵使有再多的高山挡住去路，也无法改变其奔流至海的大势。"

司马光闻言默然，随即抚掌大笑道："墨大人高见！我们英雄所见略同呀……"

繁华，是唯一能够形容都城东京[①]景象的一个词。州桥夜市煎茶斗浆，相国寺内品果博鱼，金明池畔填词吟诗，白矾楼头宴饮听琴……花花美景汴梁城，八荒争凑，万国咸通，遍地皆为高达数层的楼房，满城都是衣绸履锦的人们，有道是"走卒类士服，农夫蹑丝履"。昼里车马如织，夜间灯火通明，"比汉唐京邑，民庶十倍"。真是说不尽的热闹，道不完的繁荣。

在黄河之滨拜别司马光之后，墨羽和雷子恒回到了城内闹市，尽管他们自小就生活在汴梁，但墨羽已经三年没有步行逛街了，热闹繁华的街景令他们感到眼花缭乱。

走在大街上，雷子恒突然半开玩笑说："最近你好像很烦，是因为整天有王公大臣向你提亲吗？"纵观朝野，也只有雷子恒敢跟他开这种玩笑。要知道，墨羽就和当年的枢密使狄青一样，长相极美且酷似女子，从

---

① 东京：北宋首都的名称，现在的河南省开封市。

及冠那年开始就不断有人上门提亲，但至今为止都被一一婉拒。雷子恒常常取笑墨羽，说他不近女色的原因是没有任何女子比他更美。

经常被他取笑，也习惯了。墨羽说：“我心烦的是机关术方面的事。我大宋商业、农业都非常发达，而农业税赋只占朝廷收入的三成，而其余七成则由工、商业所贡献。据我所知，在商业方面，特别是丝绸买卖，在遥远的西方国度从古到今都一直供不应求。在我国就连平民、农夫都可以消费得起的丝绸制品，在西方的许多国家却连富豪都未必买得起，在某些地方，丝绸的价格几乎相当于同面积的金箔，可我们的丝绸生产力却已经接近极限。还有茶叶、瓷器、药材、香料、饰品……在好多国家都是可居之奇货，但现在即使所有内外局场昼夜不息地赶工，也还是不能满足需求呀！各大商家都希望我们墨家能够进一步改进技术……”

“咦？那堆脏兮兮的东西是什么？”雷子恒突然发现一向整洁干净的大街上有一堆奇怪的东西。

墨羽说：“是乞丐。问问他家在哪里，有什么困难，只要不是好吃懒做之辈，就帮他一把。”扶助弱小是墨家的传统，身为墨家弟子，他无法对此视而不见。大宋向来富足，特别是集繁荣富强之极致于一身的京都汴梁，“路有冻死骨”的事可极为罕见，也难怪雷子恒一时之间认不出那是个什么“东西”了。

雷子恒走过去问：“你家在哪……咦？你是女的……你……你！”她的眼眸是紫色的！而那身脏得离谱的衣服也是从没见过的样式。她是胡人？

这家名为“太白遗风”的酒楼，即使在京城也绝对称得上一流，店家似乎意欲与东京七十二酒楼之首的樊楼一争高下，光是那些桌椅，就是用从千里之外运来的湘竹所做成。酒楼所用碗碟，一水儿的钧州钧瓷，五彩缤纷、艳丽绝伦。墨羽站在酒楼的三楼，倚着栏杆品茶，看着下面来来往往的行人。

而雷子恒却好奇地打量着那位狼吞虎咽的脏女子。她的模样看上去顶多十七八岁，吃饭的劲头把子恒给吓着了，那架势好像要把盘子也嚼了似的。天知道她饿了多久了！汴梁繁华无比、商业发达，各国胡商往来如织，子恒见过的胡人中，有蓝眼睛的、棕眼睛的，也有和华夏子民相差无几的黑眼睛的，但这紫色的眼睛，他可是听都没听说过。“你叫什么名字？家在哪里？”他问。

那女子毫无吃相地抓着一只醉香鸡，回答：“我叫长孙蝶，家住在一个远得你绝对去不了的地方。”好嚣张！简直比刚才看见这女子一身脏兮兮就想阻拦不让入内的势利店小二还要嚣张！当时，雷子恒只凭一块证明身份的腰牌就镇住了整个酒楼上上下下的人——正所谓皇城根下，多大的官儿也不算大。其实他们不是怕身为工部侍郎的雷子恒，而是害怕雷侍郎亲若手足的好哥们儿——权倾朝野的墨太师！但雷子恒却不敢指望这个神秘的胡女会害怕那块腰牌——她只怕连墨太师是什么人都不知道！

墨羽看着繁华无比的大街，继续刚才在大街之上的话题：“不单是丝绸业，就连造瓷、冶金等行业的产量也已经到了极限。自从我们大量采用水轮织机纺织绸缎之后，造瓷、冶金等行业也相应采用水轮机关，极大地提高了产量和质量。但现在黄河、长江沿岸已经是水轮工坊林立，水力的利用已经到极限了。我们需要新的动力。”这是众所周知的事情。一些丝绸商号对已经挖尽潜力的水力机关纺织术伤透了脑筋，他们雇用了不少口才极佳的说客，不断游说政府高官，及墨家学府，希望能开发替代水力机关的新动力。但墨家及以王宰相为首的重视理财的高官又何尝不是为此伤透了脑筋？商业对生产力的渴求是非常巨大的，大宋非但不抑商，反而因为从皇室到平民皆可从中获得大量利益，还相当鼓励，以至于在此时，相对其他国家而言还是先进得难以想象的水轮机关，在短短几十年间就已经满足不了需求了。

“可惜你们这个时代没有蒸汽机，否则一切都会迎刃而解。”长孙蝶突然插嘴的一句话令墨羽立时转身！这时，只见墨羽俊美的脸庞冰冷的神色虽然未变，但双眼瞳孔却骤然收缩，手里的紫檀木雕茶杯被捏得格格作响！

蒸汽机！她怎么知道的？一切关系到国家重大利益的东西皆为国家机密。比如说，养蚕技术便是华夏历朝历代的国家机密，在边关，千百年来，戍边将士一直严防死守以防桑葚、蚕种流传出境，以至在很长的一段时间里，西方诸国一直以为丝绸是“生于树叶上，取出，湿之以水，理之成丝，后织成锦绣文绮”。而三年前才刚刚出现在图纸上，三年来的每一次试验都有重兵把守，严防闲杂人等靠近的蒸汽机，除了墨家相关机关师之外，在朝廷上也仅有少数一品以上的大臣才知道此事，此物堪称国家机密中的机密！

墨羽一把抓住了这女子的手腕。

三　逆天

雷府后院，墨羽正在和恩师雷守懿下围棋。

雷守懿突然说：“阿羽，听吾儿说，你府上住进了一名女子？终于开穷了？”雷老爸向来称呼墨羽为“阿羽”，雷子恒正是有样学样地从他老爸那里拣来了这个称呼。雷守懿将墨羽视同己出，墨羽多年来沉迷于机关术，不理婚配的生活态度一直让他忧心。

墨羽下了一颗黑子，说：“是有这么回事……那女子名叫长孙蝶，不知道她家在何方……很奇怪，她竟然知道蒸汽机一事，事关重大，学生不得不出此下策。”

雷守懿思索半晌，在棋盘上按下一颗白子，说：“蒸汽机一事，每一个保密环节都经过精心设计，虽然说不上天衣无缝，但其制造、设计都需要相配套的算术、冶炼、机关技术，那些没有相关知识的外族人，就算把图纸送给他们，他们也制造不出来。那女子知道蒸汽机一事，除非……”

墨羽不假思索地投下一颗黑子，问：“除非她是神仙？”

雷守懿却像是逃避话题，话锋一转：“你看过禁书《天命》了吗？”然后按下一颗白子，围死了一小片黑子。

墨羽眼眸闪过一丝旁人难以觉察的惊异，但脸色却毫不动容，将围死的黑子拿下：“当然看过，司马大人竭力主张查禁此书，因为此书以预言大宋将亡于蒙古铁蹄之下作为全书结尾。不过，司马大人只是主张禁书而已，他反对派兵灭掉蒙古的主张。”在这一点上，墨羽完全赞同司马光。墨家主张兼爱，坚决反对不义战争。而自从当年太祖大败契丹之后，周边各族与大宋一直和睦相处相安无事，如今怎能因为一本谤书中毫无根据的谣言，就擅动刀兵，滥杀无辜？这实在有违墨家扶弱之道，有损大宋之盛名。

雷守懿问：“你认为蒙古能亡大宋吗？”他又下了一颗白子。

墨羽按下一颗黑子，摇了摇头：“此书一派胡言乱语，前半段倒也和正史大致吻合，但越到后面越是胡言乱语、不攻自破，荒谬绝伦堪称举世无双。这也正是苏学士主张不必理会此书的原因所在。”

话虽如此说，墨羽此时却不禁想起自己第一次细读《天命》时所受到的震撼。

在此书中记录的历史和正史所记载的内容颇为不同。在《天命》一书中，墨家没有能够复兴，华夏大地的纷争和苦难更是多得数不胜数！除了汉唐盛世，其余中原皇朝大多数时候都衰弱不振，国运如缕。中原板荡，夷狄交侵，神州沉沦。匈奴、鲜卑、契丹等马背民族倚仗彪悍勇武的民风和强弓骏马，长期在中原大地上纵横肆虐。而抛弃了墨家精神的中原皇朝的人们，在诗词歌赋中沉湎得文弱不堪，面对除了善于骑射外无一所长的敌手，竟拿不出任何保护自己的举措！胡马铁蹄踏处，文明顿成碎片。“随营木佛贱于柴，大乐编钟满市排。”“红粉哭随回鹘马，为谁一步一回头。”狼烟四起、流血没腕的大地，野哭千家、白骨蔽原的世界……一场场惨烈漫长的战争，一次次狰狞可怕的浩劫，诸多奸雄强虏，无数仁人志士，都在书中那金戈铁马、风雨如磐的往昔世界汇成惊心动魄的汹涌洪流，扑面呼啸而出，震撼着当时身处宁静书房的墨羽。墨羽原本以为此书定是荒诞不经、漏洞百出，却不想它竟能给人以如此强烈的厚重之感……这种感觉令墨羽神思恍惚、思绪纷乱。

最为大逆不道的是，《天命》中说，大宋太祖赵匡胤在统一南方后，攻北汉都城晋阳不克，不久在“烛影斧声”中神秘地驾崩；随后，太宗赵光义两次仓促北伐，昧于知彼，轻敌冒进，加之步卒难敌铁骑，均先胜后败，在契丹尽发五院之兵的疯狂反扑之下，于高粱河、岐沟关两次遭受惨败，太宗在幽州城下身中两箭，乘驴车南逃……从此，宋朝君臣再无克复幽云之志。伐辽失败，群夷胆张，未几，党项酋长李继迁反，至其孙元昊，终于建立西夏，与辽一起和大宋分庭抗礼，演变出又一个三国鼎立的局面……而墨家，自秦末汉初式微之后，便再也没有出现过。

这真是一派胡言！我煌煌大宋，怎会狼狈至斯？墨羽无法接受书中那个积贫积弱窝囊到家的宋朝，但同时他又感到一丝奇怪的骄傲——缺失了墨家精神，中原皇朝竟是一副如此这般的熊样。书中的大宋，竟被人口稀少、武器落后的西夏国打得丧师赔款，整得民穷财尽……为什么在《天命》中墨家没有复兴呢？墨羽想不通，《天命》中各朝皇帝为什么不重视墨家？不发展机关术，国力如何能强盛呢？墨羽无法理解，诗词歌赋、伦理道德，真的值得举国上下没完没了地研究数千年吗？《天命》中，华夏民族为什么会迷恋这些东西而冷落机关术……

此时，只听雷守懿叹了口气，道："还是谨慎为好，居安思危，我觉得蒙古不能不防……"如今，北方草原上的游牧民族完全是一盘散沙，看不出半点威胁。然而，大宋北部边界仍然驻守有二十余万雄兵，大宋最精锐的火器部队几乎尽数部署其中，火铳战车连珠炮……最犀利的武器可谓应有尽有。而且军器监每研制出一种新武器，都优先配发给北方边界的部队。真是如临大敌。而做出此种部署的人，正是坐在墨羽面前的大宋前任太师雷守懿。雷守懿好像深信《天命》的预言，然而身为墨家前任钜子，他不便主张发动对蒙古的战争，他只有尽其所能进行最严密的防范。

墨羽随口劝解道："师父您真比当年的诸葛武侯还谨慎三分呀！蒙古没有机关术……事实上，他们连打造围猎用的箭头的铁都冶炼不出，何况您又坚持严禁向他们出口先进武器、机械和铁，致使他们甚至不惜将贸易所得的大宋铁钱熔化了打造兵器。这样的对手，怎能威胁大宋呢……"

雷守懿下了一颗白子，语气极为慎重地说："可是在《天命》中，蒙古横扫宇内、灭国无数，并吞八荒啊……阿羽，有谣言称此书乃天人所授，你是否相信？若真是天人所授，那书中所言，就应是天机呀……"

墨羽反问："师父，您说呢？"他连棋盘都不看，就丢下一颗黑子，并准确命中他所想要的位置。这本怪书挑动了他心底某一根说不清道不明的弦。尽管他一再下意识地否认，但心底有一个奇特的声音一直在告诉他，这是“另一种真实的历史”。

雷守懿猜不出墨羽的想法。早在20多年前，当墨羽还是一名荒野孤婴的时候，墨家学院收养了他。因其奇特的身世，墨家所有的长老一致认为此子将来前途不可限量，授予他尊贵无比的“墨”字作为姓氏，并在18岁那年让其继任钜子之位！而他，也的确从未让墨家失望过。

墨羽问：“师父，您又在想我18岁第一次上朝的事情了？”按大宋律例，太师一职由墨家钜子担任，一个18岁的少年太师凌驾于朝臣之上，一些儒学出身的守旧老臣看着颇不舒服，但他们自知墨家之势只怕永世难撼，只得兀自翻书找借口自我安慰：“古时甘罗12岁为秦相，政绩斐然。年少而身居高位，并非无先例可循……”

“老夫在想……呃，在想有关蒸汽机的事……”雷守懿吃惊于墨羽居然猜中了自己此时所想。他突然发现，恐怕自己及所有的墨家元老都远远低估了墨羽！

“师父，学生敬重您犹如生父，也感激您养育、教导之恩，您何必多虑？”墨羽一双寒眸如夜空冷星般不可捉摸。他站起身，话语不带一丝感情，“就算书中所言真是天机又如何？如果上天真如《天命》所说要亡我大宋、灭我墨家，那我墨羽将逆天而行！”言毕，墨羽起身离去，竟未向恩师道别。

那盘棋，一盘接近尾声的棋局大势已定，雷守懿蓦然发觉，自己的每一步竟都在墨羽的意料之中！一时间，他禁不住满身冷汗。难道，墨羽……他对自己的身世知道了多少？那个堪称墨家最高机密的“真相”，以及《天命》的由来……

四　蒸汽机

太师府书房里明晃晃的汽灯下、紫檀木书案旁，手握《天命》的墨家钜子望着从长孙蝶处收缴来的奇怪东西，一夜未眠。

汽灯的燃料是一种透明的油，它是从一种黑色的油状液体中提取的。最初，那种黑色的油是在玉门关外发现的，那时它是从岩石缝中自然渗出的，当地的人利用其生火，但其烟甚浓。经过墨家学者提炼精馏之后，便得此上佳燃料。墨羽的至交，虽非出身墨家但却才华横溢的罕世奇才——司天监沈括大人，对这东西特别感兴趣，曾经专门仔细向墨羽介绍过这种东西，并且因为这东西“生于地中无穷”，便亲自将它命名为“石油”，还预言说“此物日后必大行于世矣”。

对于沈大人的这个预言，墨羽毫不怀疑。不轻易说不可能，这是成为一个墨家子弟的最基本的要求。只有怀着将不可能之事变为可能的强烈愿望，才会有全力思考研究的动力。墨家弟子的眼光，总是看着前方、关注未来，他们一向认为，世界一直在不停地变化，任何事情都是有可能发生的。比如说，人们取暖烧饭自古用的都是柴薪木炭，石炭到唐代还都不怎么流行，而如今汴梁城数十万户居民，已经“尽仰石炭，无一家燃薪者”，那么，将来这“石油”取代石炭流行于世界，又为什么不可能呢？

汽灯中的燃料被高温汽化，然后燃烧，火焰灼烧着雕刻有三脚鸦图案的耐热金属网，金属网受热，发出明亮的白光。如果不是深受墨家崇尚技术的思想影响，人们又怎么会挖空心思发明这种照明工具呢？只怕一盏昏暗的油灯会将就着用上数千年吧？一种思想就像一颗深埋在人心中的种子，它会在不知不觉之中改变整个社会。

然而，这本《天命》……如果真如它所说的，墨家在汉初消亡之后便不再存在，那么这上面所预言的一切：大宋、辽、西夏三分天下，大宋富而不强，至女真崛起，遭靖康之耻，百余年后蒙古铁蹄南下，经济、商业、文化、科技皆盛极一时的大宋竟……

墨羽不愿看到大宋落得如此下场，或者说他不愿看到一个如此辉煌的文明就此被重创，继而失去遥遥领先于其他文明的地位。但他心底最深处，那种对机关术越来越深切的渴望究竟是什么？他自幼便有着对机关术天生的渴求，其心灵深处，好像一直有些什么东西在竭力挣扎着想要醒来……

墨羽拿起那个从长孙蝶处收缴来的奇怪的盒子，心想：今天还有很重要的事情，迟些再向恩师“讨教”自己心中的困惑吧。

一阵轻微的丝竹之声传来，这是报更的乐声。书房里，墨羽看着墙边的计时工具机关晷。精密的齿轮在发条的力量下缓慢地转动，带动着刻着时辰的青铜转盘。现在，转盘上的“寅”字正不偏不倚地指着晷弦上的北极星图案。寅时了，天边依然黑暗，但却离清晨的曙光不远了。今天，将会是非常关键的一天。

天边，启明星渐渐隐去，如火的朝霞映红了天际云彩。金銮殿外，一名太监尖声宣布：“皇上有旨——今日不上朝！”殿外高官们面面相觑，他们只知今日将有大事发生，却不知究竟是何事。候在此地的全是红衣的二、三品官员，那些身着紫袍的一品大臣却一个都不见。

原来，这些一品大员全在汴梁郊外一个从前人迹罕至，现在却被御林军层层包围的深谷之中。此时，只见谷中华盖云集，紫袍如云，而帝王的黄袍也赫然在其中！这些真正控制着这个当世最强国家的高官们，尽管并非清一色的墨家弟子，但机关术在他们心中的分量却是重之又重的。

山谷中，12台蒸汽机并联而成一个蒸汽机组，静静地躺在铸有神兽“赑屃”①图案的底座上。

在宰相王安石为首的重商派眼中，他们希望看到的是，以蒸汽机为动力的绸缎机关织坊、陶瓷造坯坊、造船厂可以不像水轮机关坊那样受水力、气候、地点等影响，能够绕过水力工坊的瓶颈进一步提高商品产量，以使本来就获利甚丰的对外贸易获得更加丰厚的收入；而在大学士苏轼为首的重农派心里，则琢磨着怎样用蒸汽机减轻人力负担以进一步扩大农田桑林、积累社会财富，从而实现天下百姓“歌儿舞女以终天年”的梦想。

十余名机关巧匠开始操纵蒸汽机，在巨大的声响中，蒸汽机组的每一个汽缸都开始缓缓运动，并越来越快。每一个蒸汽机单元的汽缸尽用油脂润滑，并裹有精铁夹木灰制成的隔热层，接着蛇管盘绕的冷凝器；精钢铸造的传动杆上有数个活动关节，并通过一个大圆轮将往复运动转换成和水轮机关相同的圆周运动，继而带动大逾五尺、雕工精美的惯性飞轮。②

成功了！这是一种全新的动力！任何一名深知机关术威力的人都为此欣喜若狂。漫山遍野的御林军齐呼“万岁”，声入云霄。就连朝廷之上最为固执、互不相容的王、苏、司马三位重臣，这一刻也都忘却了身份、年纪和派系之争互相拥抱在一起，苏大胡子还被兴奋的人们揪下了几根胡子。

---

① 赑屃：又名霸下、龙龟等，中国古代传说中的神兽，样子似龟，喜爱负重，碑下龟是也。

② 惯性飞轮：一种储存能量的装置。

而墨羽，他的唇边却只是显露出一道淡淡的微笑。其实这次演示，只是在确定此技术完全成熟可用之后，专门“表演”给王公大臣们看的。这壮丽的一刻背后，遭受了多少挫折和失败，付出了多少时间和心血，经历了多少个不眠之夜，只有墨羽和他手下的匠师们知道。那些锦衣玉食的王子公孙们，怕是想也想不出的。

皇帝赵顼问他：“如此重大的突破，其重要性只怕无法估计，为何太师还仅是微笑而已？”

墨羽的微笑却慢慢消失了：“皇上，这仅仅是一个开始。身为墨家钜子，臣深知机关术的发展是无止境的。”这的确是一个开始，一个代表着机关术从此深植于文明灵魂之中，只要民族不灭，不管朝代如何变更都无法阻止技术进步的开始！

司马光抚摸着山羊胡子大笑道：“臣为官多年，还是首次看见墨太师昙花一现的笑容啊！”

“皇上，还有这件事情呐！”乐得差点忘了自己是谁的王安石宰相想将一名不知所措的年轻工匠推到皇帝面前，却因为视力问题而误推到了墨羽跟前。

墨羽永远记得这名姓蒯的穷工匠。三年前，这个衣衫褴褛的年轻人带着一张极其简单的草图进京求见太师墨羽，然而，太师大人又岂是人人可见？那份草图随即由一名专门负责搜集民间发明的文官按程序递交到工部。由于墨家占统治地位，大宋发明创造之风极盛，每天都有数以百计的民间图纸、模型或实物送交朝廷。例如咸平三年，平民唐福呈献新式火箭、火球等火药武器，就受到朝廷重赏并册封为官。

但是，那名工匠的图纸也实在太简陋了，上面只画有一个勉强看得出是半封闭容器的东西，里面充水而后加热，蒸汽推动活塞让一根棍子向上

运动，其力道弱得几乎推不动任何东西，并且还要靠人力打开活塞放走蒸汽之后才能复位。设计者就连“巧匠”也算不上。

几乎是理所当然地，这份图纸被当时的新任工部侍郎雷子恒当作废纸处理了。然而“命不该绝”的是，这张“废纸”竟被雷子恒在和墨羽的一次野宴中被拿来铺地面！那时的墨羽正在为水力机关力量已使用至极限而困扰，只不经意的一眼，那拙劣的图纸上“由热生力”的方案竟然撩拨起墨羽心底仿佛隔世重逢的熟悉感，他立即在其上写下了一个熟悉而又陌生的名字——“蒸汽机”。

而短短的三年间，墨羽为其重新设计了汽缸、曲杆、冷凝器等部件，一个潜意识里说不清道不明的奇怪感觉，让他觉得蒸汽机就应该是这样子的。当然，在这三年中，这些方案也经历了无数实验的锤炼，这其中也并非他墨羽一人之力所能完成的。

皇帝一时兴起，要为所有在这次发明蒸汽机中有功的机关师加封官职。墨羽表面不动声色，但内心却在发笑：工程浩大的蒸汽机设计方案是整个墨家数千机关师共同设计的，且往往数百套试验方案同时进行，其中，更因为此时大宋的锻造、冶金工艺已非常过硬，且国力强大支撑得起如此花费奇高的实验，否则绝不可能在短短三年就出成果。只要稍过片刻，皇帝赵顼就会发现官职不够用！不过现在大家这么高兴，墨羽也不想去点破它。

但是，还有一件事有待解决。他走到王宰相面前，问：“王大人，关于禁书一事……”

王安石似乎还没高兴过瘾，他大声道：“老夫早就主张驳斥那本荒谬之书，而太师的机关术则是对该书最有力的驳斥……”这位老宰相一开口便滔滔不绝，大致意思是，现在不用管这本书了。

“王宰相此言差矣！在下认为，如此集天下荒谬之大成的书根本就不值一驳！”苏学士的意思是，自始至终就根本不必管这本书。

“本官不同意两位的说法！如此妖言惑众之书理当受禁，但按如今局势，天下万民若主动抛弃此妖书，自是最好不过。”司马光也凑了一嘴。其实这三人现在所言，明明大致意思都差不多，但他们还是在一些无关轻重的小地方吵了起来。墨羽也不奇怪，他们一向如此。

墨羽想：他们三人这次马马虎虎算是意见统一了吧？他心知，蒸汽机试验成功之事将成为明日报端[①]的爆炸性新闻，那本《天命》里的谣言自然会被压下去，无人再相信，禁不禁也都无所谓了。

但这只是对朝廷而言！自从蒸汽机的设计图纸完成之后，他总觉得那个自幼年以来便一直呼唤着他的神秘的声音越来越明显！而且据他暗中调查，那本禁书《天命》极有可能是自墨家流传出去的！

五　墨羽身世

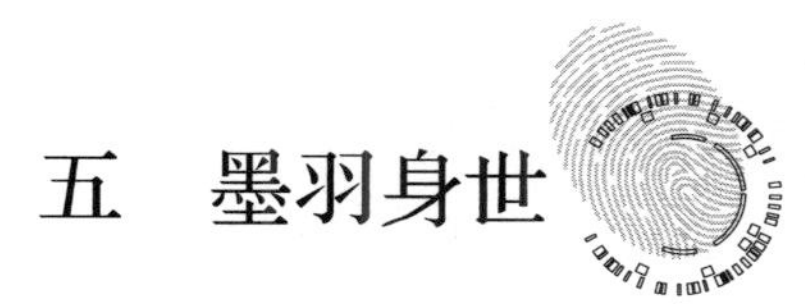

次日深夜，一个黑影，携带一把黑色长剑，消失在黑暗之中。

太师府墨羽书房的长案上，放着一套非常肮脏、但却式样古怪的衣服。雷子恒本来是来找墨羽的，但却发现他根本不在家。也正因为两人自幼亲若兄弟，雷子恒在太师府根本不会有人阻拦，所以他此刻才会出现在墨羽的寝室中。

① 报端：报纸版面上的某部分。

这，不就是那天那个怪女子长孙蝶所穿的衣服吗？这衣服除了领口之外，全身上下竟没有任何缝隙！而那道长长的裂痕明显是被强行撕开的！这衣物似乎并不是用布裁成的，衣料非皮非革，而是另外一种他从未见过的材料！雷子恒突然想起了一个古老的成语——天衣无缝。这个成语的原意是说：传说天人的衣服并非用布料做成，所以全身上下都没有缝隙。长孙蝶曾经说她来自一个远得他绝对去不了的地方，难道，真是“上天”吗？

窗外，雷声隆隆，看来要有午夜雷雨了。长孙蝶，她，真的是“天人”吗？雷子恒今天早上还问过礼部尚书，得知迄今为止，与大宋交往的各族中，从来没有任何一族拥有紫色的眼眸！如果长孙蝶是来自大宋所知之外的国度，那她的大宋官话为何又说得如此纯熟？更让人疑惑不解的是，“长孙”这一姓氏现在完全是汉人的姓！而长孙蝶，除了一双紫眸外，相貌身形全都与中土女子无异！心中越积越多的疑惑，使得他的心越来越沉重。

书房墙上，那把价值连城的古剑“湛卢”不见了。迟了一步吗？想起半个时辰前爹那惊魂未定的目光，雷子恒心有余悸。

“爹！你说什么？”

“汴梁远郊，有人发现天降奇异陨石，扁平如双碟相扣，光亮如镜，内有空腔并有无数奇特的机关按钮，材料非金非铁。此事绝不能让墨羽知晓！”雷守懿全身发抖，脸上肌肉扭曲，看上去有几分狰狞。

“但昨天下午蒸汽机演示结束之后，我和墨羽听到此事，就已经一起去看过了啊！而且看了那怪石头之后，墨羽还说了一句奇怪的话。”雷子恒吃惊地望着情绪非常反常的父亲，说道。

“他说了什么？”雷守懿双眼圆瞪，急切地问。

“他说：‘这东西残留的香气和长孙蝶衣物上的一模一样。’”

“天意！莫非是天意……墨羽他……难道要回到……上天……”雷守懿如丧魂魄，一下子跌坐到了华贵的太师椅里。

“爹！你又在说我听不懂的话了！”

“墨羽的身世是朝廷最高机密！你现在立即去太师府……”雷守懿高声喊道。

“去太师府干什么？”

“干什么？干什么……如果他真的‘觉醒’，只怕做什么都来不及了……”雷守懿几近崩溃。

电闪雷鸣似要撕裂夜空，一间布置淡雅的客房中，长孙蝶蜷缩在床角，一套宋代衣裙穿得怪怪的——其实她并不知道这种衣服该怎样穿。此刻，她只觉得自己太轻率冲动了，悔不该一个人私自闯到这个世界来……

就在一个时辰之前，墨羽曾经来过这里，他冷冷地盯着她看了近一刻钟，手上提着那柄通体乌黑的“湛卢”剑。尽管墨羽极为俊美，但那种发自灵魂、透自寒眸，似能把人灵魂冻结的冰冷眼神，看得她心里直发毛，加上身上的装备现在都没了，那“湛卢”剑在她眼里显得杀气四溢，压迫得她简直无法呼吸。她只觉得恐惧像严寒一样从脚底升将起来，不一会儿就令她全身颤抖。长孙蝶越来越害怕，只差哭出声来。还好正在这时候，墨羽面无表情地走了。

正在冥想间，门被用力推开，雷子恒抱着长孙蝶那堆奇怪的衣服冲了进来。他大声问：“长孙蝶！你究竟是什么人？”在长孙蝶面前，雷子恒抑制不住地颤抖，万一她的答复正是他所揣测的那个，那未免也太……

“我……我我……”长孙蝶的恐惧之意并不比雷子恒少，她声音发抖，说不出话。

“你到底是什么人？从哪里来的？墨羽呢？他到哪里去了？”雷子恒

一急，伸手抓住她披肩的丝帛将她直抵到墙上，隆隆的雷声完全遮盖住了雷子恒的吼叫。

“放手呀！”长孙蝶一声大叫，雷子恒突然感到一阵如遭雷击的感觉传遍全身，四肢百骸剧痛无比，猛地倒在地上。这就是“神”的力量吗？果然，她不是寻常的弱女子。

幸亏右手的电击手套没丢……长孙蝶得意地想。衣服被换了之后，她的装备都被墨羽拿走了，她本以为原本是一双的电击手套和皮肤颜色一样，不会被人发现，可不知怎么现在只剩右手这一只了，这玩意儿现在是她唯一的护身法宝。看见身材高大的雷子恒被收拾得如面条一般，长孙蝶高兴得心花怒放，恐惧感一下子飞到爪哇国去了。她扳起雷子恒的脸，说：“实话告诉你吧，我是来自另一个平行宇宙的人。”

“宇宙？”《淮南子·原道训》曰：上下四方称“宇”，古往今来曰“宙”，另一个“宇宙”？雷子恒努力地用他所懂得的知识理解长孙蝶的话，难道是在这个天地苍穹之外、不属于古往今来任何一处的另一个世界？难道她果真是神话传说中的“天人”？他颤声问：“你……你为什么要……要来到这里？”

“我要找一个和我来自同一个地方的人，他在婴儿时代因为一场意外事故而流落在这儿。我也是很偶然地发现这个孤儿的存在。”

雷子恒问：“你说的那个婴儿……他有什么特征吗？”

“按照这儿的时间计算，他是23年前来到这儿的，根据我查到的资料，那个婴儿是在飞船穿越多维平行宇宙发生空难时及时被送入救生舱而得救，因为婴儿的大脑还没有完全发育成熟，所以救生舱的计算机只能在他的大脑内有选择地输入一些最重要的资料，那些资料会刺激他长大后找回资料记录仪重新获取他应该拥有的知识。而与此同时，那些资料也会模糊地刺激他强烈追求对科技——也就是你们所说的‘机关术’——的执着，并在此方面表现出极为不凡的才华。”长孙蝶停顿了一下，又继续说，“据我们位于1396平行宇宙的总计算机库内有关他的基因样本模拟推算结果，这个婴儿长大后相貌极美，酷似女子。”

长孙蝶的话雷子恒大多听不懂，但关键的几句却是听得一清二楚：他是23年前来到这儿的，在机关术方面极为不凡，相貌极美，酷似女子！雷子恒完全惊呆了：这不就是墨羽吗？他突然记起墨羽经常对他说：“我总觉得心底里有一个奇怪的声音要我去某个地方取回某些东西，但又不知道具体在哪里。”

过了一会儿，雷子恒恢复了体力，他站起身来，看见了地上长孙蝶的那堆奇怪的衣服。雷子恒曾经听说过这样的民间传说：一群天女落在某个大湖中沐浴，一名好事的牧童偷偷藏起其中一套衣服，那名失去衣服的天女便失去了神奇的力量，无法重返天庭。现在看来，长孙蝶也正是如此。他赶紧把那堆奇怪的衣物交给“天女”，说：“快穿上！”

然而，长孙蝶却只是在那堆脏衣服中四处乱翻：“我的资料记录仪呢？嘿嘿，他总算把它拿走了……”

雷子恒诧异地说：“你很希望他拿走你的东西？”

“那当然了！”长孙蝶跳起来将右手握成拳头在雷子恒眼前晃了晃，“不然你们哪能靠近我？”

午夜大雨滂沱，真是好天气！墨羽站在汴梁城外黄河边的承天书院。他看着左手的电击手套，笑容中有一股寒气。他实在得感谢长孙蝶，在他碰到她的便携式资料记录仪的一瞬间，他的大脑好像开了一道口，种种匪夷所思的知识如潮水般涌入！他知道了很多很多的东西，知道了她那些奇怪的东西的使用方法，也知道了自己来自另外的世界！

也许他早该想到的。他姓墨，名羽，而鲜有人提的字则为“天赐”！

承天书院后院有一片约30公顷的草地，矗立着一栋三层砖石建筑，整个建筑占地约40丈见方，一条水流湍急的人工河被从建筑物下的龙口引入，又从另一边的龙口排出，建筑内不断传出隆隆的机括运转声。这，就是墨家的浑天阁。

浑天阁守卫森严，里面重重机关保护着各种先进机关的设计图纸。除了全国最顶尖机关术大师们之外，就连皇帝也不能轻易进入此间。

滂沱大雨打在身上，很痛，但舒服。墨羽站在大雨中，他面前的一批带铳侍卫感到极度为难：前任墨家钜子兼前太师雷守懿大人下令不许任何人靠近浑天阁，而硬要进入的人却是现任墨家钜子兼现任太师墨大人！

不让我入内，是吗？墨羽是左撇子，戴着电击手套的左手紧握通体乌黑的古剑“湛卢”，猛然击向身旁怀抱粗的大树！随着一声惊天雷鸣，高达百万伏的电能穿过导电的古剑将大树击毁，其效果竟与遭天雷狂殛相同！这简直就是雷神的力量！惊恐莫名的侍卫见状不敢不退开。

走进浑天阁的大门，水声奇响。那条被引入阁中的急流推动着十几个大小不等的青铜水车，带动大小不一的齿轮、铁索。各种杠杆、链条昼夜不息地绞动，带动整座浑天阁中繁复的机关。40丈见方的浑天阁内，除了20多根承重的玄武岩柱子之外，全都是复杂的水轮机关，直径达10丈的巨大惯性飞轮上饰有雕工精美的北斗图案。

墨羽仗剑前行。数步后突感剑身微微一滞。两支弩箭电射而来，与墨羽擦身而过，钉入地面，镞深入砖，犹自颤抖不止。墨羽发现前方系有几根肉眼难以察觉的细线。随着一阵金属滑动的声音，巧夺天工的机关弩在发射之后凭借水轮的带动，又重新扣上了锐利的弩箭。浑天阁藏有数万份当世顶尖机关师设计的图纸，因而机关重重，比传说中的秦始皇陵里的机关陷阱还要厉害百倍。但是这些机关，对墨羽来说，都太熟悉不过了。

墨羽走上约一丈宽的刻有精美防滑图案的钢铁楼梯，四周缓缓转动的齿轮不时有油污滴下。数十根大小不等的轴承，直通向天花板。他知道“恩师”雷守懿大人就躲在这儿。

他早该想到的。

墨家钜子权力极大，每当推举新钜子时，各路长老往往争辩不休，而每位有心钜子之位的墨家弟子，也都使出浑身解数向天下墨家弟子阐释自己的治国之道，同时证明自己在机关术上的成就以获取支持。

然而，墨羽的继位却不同！5年前，前任钜子因病辞官，只向诸位长老问了一句：“诸位可记得18年前之事？当时之婴儿如今已长大成人。”那批长老就全票通过推墨羽为钜子，甚至连竞争者都没有！

楼梯尽头位于离地面十余丈的钢质天花板边，一道巨大的铁门挡住去路，上方轮盘刻着四方星宿和天干地支，似是一个密码锁。铁门的密码会在机关带动下随着时辰的改变而变换，防卫措施可谓滴水不漏。但这密码，他10岁那年就懂得破解之法了。

浑天阁的二楼，40丈见方、20多丈高的一个有些昏暗的空间，屋顶、墙壁上净是先秦传说中的著名机关师的浮雕，无数珍贵的图纸就那么大刺刺地摆在墙壁四周10丈多高的巨大书架上。

这就是浑天仪了，一台青铜和精钢铸造的精密仪器，占据了整个空间的绝大部分，数十根大小不等的轴承从地板下通上来，最小的一根也有约三尺的直径。轴承带动天球面上代表各颗星宿运行轨迹的青铜圆环，圆环上的黄金球刻着各个星宿的名字。地板上，是青铜雕成的华夏立体地形图，通过这仪器，可以很方便地推算出华夏大地，甚至邻近大海上任何地方任何时刻的天象。这对调兵驻防，以及新兴的远洋航海都非常重要。

和浑天仪庞大的体积相比，人，就像是站在大象脚边的小老鼠。而那位隐瞒了墨羽23年身世真相的“恩师”雷守懿就站在浑天仪旁。他将代表时辰的控制盘转到“辰”时的方位，直径三尺、代表太阳的黄金球降落到地平线的位置。他打开黄金球，里面是空的，空腔中有一套非布非革的婴儿衣服，一个闪着红光、不知用何种材料铸成的盒子，此外还有其他一些奇怪的东西。

雷守懿按下盒子上的一个按钮，巨大的幻象投影在整个浑天阁内。另一种历史展现在了墨羽眼前。墨羽看见了只擅长填词作画的赵佶当了大宋的皇帝；看见了横行京师的“六贼”；看见了白山黑水间爆炸般发展起来的女真人；看见了伟大的汴梁城于纷飞的大雪中在女真铁蹄下陷落；看见了在五国城“坐井观天”的徽、钦二帝……随后，他看见了狼狈泛海而逃的赵构，听见了黄天荡的隆隆战鼓；看见了和尚原的漫天箭雨和顺昌城的生死搏斗，看见了精忠报国的岳飞；还有他那“莫须有”的冤死；看见了秦桧、汤思退、史弥远、贾似道等国贼巨蠹；看见了狂言“提兵百万西湖侧，立马吴山第一峰”的完颜亮；看见了采石一战成就千古传奇的虞允文；看见了壮志难酬的辛弃疾；看见了志大才疏的韩侂胄；看见了力挽狂澜的毕再遇；看见了在斡难河源头被尊为成吉思汗的铁木真……蒙古骑兵的洪水在蒙古高原聚集着能量，最后终于冲垮了一切堤防，徒具外壳的西辽、内外交困的西夏、江河日下的金国、苟延残喘了百年的南宋，统统被蒙古所灭……中原大地血流成河，华夏登峰造极的经济、文学、算术、天文从此一蹶不振，甚至轶失……这，就是《天命》中所记载的大宋末日！

23年前，墨家元老齐聚汴梁，讨论机关大事，然而天降奇异陨石，光滑如球，里面却卧有一婴儿。时任墨家钜子的雷守懿触动其中一个奇特小盒，结果眼前竟出现了可怖的大宋末日幻象！墨家元老俱认为此乃上天预警，一致决定若天意要亡大宋，即使逆天而行也在所不惜！于是，他们收养了这个来自上天的婴儿，并将奇特小盒不断展示的历史写成一书，由各位元老暗中收藏，并时时提醒自己：万万不能让书中预言成真！

但后来不知何故，此书竟流传了出去，并被好事者起名为《天命》。

“‘恩师’，原来我那记载有华夏历史的资料记录仪被你藏在这儿，我被它‘呼唤’了好多年，却一直找不着它。”门边，传来墨羽冰冷的声音。该死的黄金球！该死的电磁屏蔽！害得他一直找不到具体地点！在某些特殊情况下，人类的大脑就像一台讯号接收机，可以直接接受某些波段的无线电波。如果不是黄金球的电磁屏蔽，他早就该找到那些属于他的东西了！如果不是长孙蝶的通讯器能够接收记录仪同时发出的宇宙波，只怕他一辈子都不会发现自己一直在找的东西就藏在这他经常光顾的浑天阁！

“阿羽，你……你知道了多少……”

“不多，但足够弄清自己的真正身份。我想知道的是，你为什么不让我知道这一切真相？”他手握古剑指向恩师。

提到这个问题，雷守懿挺身而立，慷慨陈词：“为了华夏苍生！老夫想借助你那天人之才，逆转天命……身为大宋重臣，老夫安能坐视社稷倾覆、民填沟壑？为了黎民百姓免遭涂炭，老夫万万不能让《天命》预言的历史成真！老夫怕你得知自己的真正身份之后，终会离开……”

“红粉哭随回鹘马，为谁一步一回头。”《天命》中描写的华夏大地“狼烟四起、国破山河在”的惨烈画面，让墨羽慢慢垂下了“湛卢”古剑。为了天下苍生吗？哼……雷守懿还真伟大，将墨子济世救民的思想贯彻到如此地步！然而换个角度想想，如果他是雷守懿，23年前又敢不敢冒着在世人眼里绝对想都不敢想的“冒犯天人”的风险，隐瞒他的身世以图留下他？

看着因为激动而双手颤抖不止的雷守懿，墨羽冷冷地微笑着，说："告诉你一个秘密……其实，这世界有没有我都一样。因为一连串的侥幸，这个世界的墨家思想不但没有式微，而且还日益壮大，也就注定了今日举国崇尚机关术的局面必然会出现。我的存在，只不过促使蒸汽机提前出现罢了。如果没有举国崇尚机关术的氛围，如果墨家精神没能融入整个民族的血液，纵有10个墨羽摆在你面前也是枉然，说不定还会被扣上个'作奇器以疑众'的罪名给'首诛'了……只有在合适的氛围中，天才才能放射出他应有的光辉！其实你大可不必如此担忧，从墨学复兴的那一天开始，历史就不可能是《天命》中的那个样子了。"

这时，雷子恒和长孙蝶跑了进来，两人浑身都湿透了。

雷子恒望着墨羽，这……这是他一同长大的好友墨羽吗？雷子恒曾经以为墨羽从不会笑，但现在为何笑得如此冰冷而陌生？

令人胆寒的笑容消失了，墨羽冷冷地盯着雷子恒。一边是恩师，一边是好友。浑天阁外雷声四起。

"后会有期。"墨羽吐出四个字，声音居然有些颤抖。然后，他走下浑天阁，离开承天书院，消失在豪雨中。

望着墨羽渐渐消失的背影，浑天阁中的三个人思绪万千，无语凝噎。

六　驶向另一个方向的历史之轮

大宋的交通发达程度为世界之最，每10里设一邮亭，每30里设一驿

站。各地的官道星罗棋布，四通八达。有诗为证：“白塔桥边卖地经[1]，长亭短驿甚分明。”

由汴梁南下的官道上，一台体型庞大、样子笨拙的由蒸汽驱动的机关马车在轰鸣着前进。一些行人站在道旁的树下笑呵呵地看热闹。看来又是墨家弟子们在做实验。只见三名年轻男女各骑一匹西域骏马，在比试究竟是马跑得快还是蒸汽车快。

“喂！这车跑得好慢啊！”长孙蝶刚刚学会骑马，她策马跑在蒸汽车前面说。儒裙、抽丝披帛、广袖短衫，额间妆点着梅花印，这正是此刻全天下女子最流行的装扮，只不过天下恐怕不会有哪位大家闺秀像她这样不惧世俗眼光策马奔驰就是了。

“给我三年时间，我保证全天下的战马都跑不过它！”雷子恒大声说。

“区区蒸汽机而已。”墨羽依然不苟言笑。

“我国商人从南方海洋之外的岛屿上带回来的‘橡胶’，果然解决了蒸汽车车体沉重容易压坏路面的难题。”在墨家崇尚技术的影响下，即使寻常商人，一般也极有科技远见，甚至出现了富商私人出钱资助研究机关术的新鲜事。

“喂！你的眼睛怎么变成黑色的了？我记得以前是紫色的。”雷子恒问长孙蝶。

“隐形眼镜啊！对了，过几天我弄一副给王宰相，也解解他的燃眉之急吧。”

雷子恒想，紫色眼睛的王安石大人一定很吓人，估计以后朝堂上和他

① 地经：最早的导游图，南宋时期的出版物。

争辩的人气焰不会再像以前那样嚣张了……

“对了，7天前你离开浑天阁之后究竟去了哪里？我们大家都以为你回到天上了。”雷子恒很好奇。

“去了一趟我父母生活过的世界，然后又回来了。”墨羽淡然地说。

“为什么要回来？不能适应那个世界吗？”长孙蝶问。

“我是墨家弟子，在哪个世界更能造福世人，我就留在哪个世界。这个世界有我的梦想。在我父母生活的那个世界，宋朝早已经灭亡了1000多年，墨家也消亡了2000多年。但在这个世界，却一切都不一样，在这儿奋斗，还真有‘逆天而行’的快感。”墨羽笑着说。

“那么长孙蝶你为什么要留下来呢？”雷子恒转头问道。

“真是有意思呀！想不到这么多的平行宇宙里竟然碰巧也有一个宇宙有宋朝，还真的有一个近视眼的王安石，有一个爱砸缸的司马光。许许多多地方都一样，只是这里不尊儒而尊墨……留下来看着历史之轮轰然脱轨驶向另一个不同的方向，多好玩啊！”

“当然。看着一个我们祖祖辈辈都盼望着、但却没有出现的完美世界在这个世界慢慢显出雏形，当然令人兴奋了。”墨羽意气风发，兴致极高。

“神仙说的话，果然难以理解……”雷子恒一直无法理解什么叫“平行宇宙”。

“昨天有一名民间机关师对我说了一个改良蒸汽机的设想，他想把目前人们用来点灯的油注入气缸，直接燃烧产生气体推动杠杆活动。”雷子恒说。自从那蒯工匠因最先提出了蒸汽机的原始设想而被皇上厚加赏赐一夜暴富之后，现在到工部献计献策的人是越来越多，搞得工部衙门周围的客栈房价翻着跟头往上涨。

“值得考虑。”墨羽连连点头。

“你们也太夸张了吧！刚弄完蒸汽机，又打算发明内燃机了？”长孙蝶挥舞着马鞭问。

“‘内燃机’？好名字，算是你发明了这名字好了！”雷子恒大笑着说。

“我们这次南下的目的是什么？”雷子恒问。

“你听说前一个月发生的事情了吗？杭州有个墨家弟子利用蒸汽机带动绸布翅膀想飞上蓝天，结果摔了个半死。”墨羽说，“这位师兄照我们的设计依样画葫芦搞了台蒸汽机，急切地想重现公输般先生那早已失传的飞天绝技，实现他小时候的飞天梦，结果差点掉了脑袋……”

“依靠这么原始笨重的机器上天，亏他想得出来……再说采用扑翼方式，这路子也没走对啊，能飞得上去才叫奇迹呢！”长孙蝶笑着说。

“没摔死也是一个奇迹，听说他醒过来没多久，就宣布下一次打算在自己身上绑满冲天炮再试一次。”墨羽说。

“哇！那他一定能成功地变成一个大冲天炮！不过精神可嘉呀。”雷子恒也笑了。

“我想劝他试试由孔明灯改造而成的热气球。”墨羽说，“现在，大宋国中这样的人越来越多了，人们的心简直如同脱缰野马，什么事情都觉得是可以做到的。刚才我在茶馆就听见有人说要想办法飞到月亮上，看看嫦娥到底美到什么地步……”

“呵呵，全国百姓搞的这些发明，我看大多难成正果，好多都是些无法实现的梦想。”雷子恒身为工部侍郎，当然能看出那些尝试的问题来。

“你不觉得这种错误也是很美丽的吗？”墨羽说，“我们这次南下，就是想看看在……是怎么说来着……对了，工业革命之后人民的智慧能放出多么璀璨的光彩。”

“那还等什么？出发吧！”长孙蝶扬鞭一打胯下的大宛宝马，向前冲去，墨羽、雷子恒两人也忙策马跟上。

长孙蝶大声说：“咱们比赛马术！输了的人要送我苏轼的《东坡先生文集》和王安石的《王文公文集》，还要附有他们的亲笔签名！”

咦？“王文公”文集？墨羽吼了起来：“王大人还活着，你干吗把他的谥号给捅出来？这不是咒他去死吗？”

三人策马飞奔，后面还有一台蒸汽车在缓慢地爬行。这台样子笨得可爱的蒸汽车的速度，虽然完全不能和前面三个年轻人胯下的骏马相比，但是它在稳步前行之时全身上下却透出一股凛然不可抗拒的气势，仿佛什么力量也不能阻止它抵达目的地。

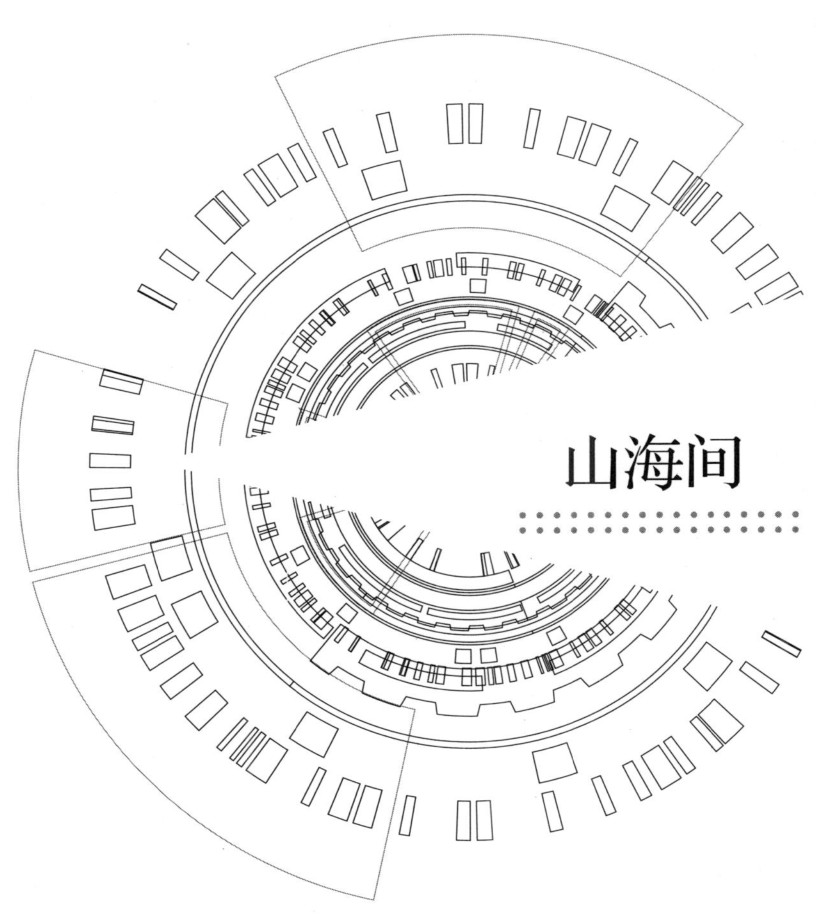

山海间

茫茫宇宙中，一支载着20万余人的星际远航舰队夺空而来，这是一批人类最先进的殖民拓荒飞船。

舰队长看着大屏幕上的宇宙星图，问："我们离目的地还有多远？"

"按地球时间计算——6小时。"飞船的控制中枢回答。

舰队长满意地看着卫星传来的图像，那是一颗山清水秀的星球，没有任何智慧生物留下的痕迹。

一　野餐

嫩绿的草叶上带着晶莹的露珠，天边挂着一道彩虹。一条宽阔得望不到边际的大河里，带着甲壳的鱼儿欢快地跳跃着。

纳鎏迦嗅着草地上淡蓝色碎花的芳香，满脸陶醉，九条雪白的尾巴轻轻摆动着。

突然，大地一阵摇晃，一头小山般大小的巨兽拖着巨大的尾巴走了过来，脑袋下章鱼般的触手不安分地晃动着。纳鎏迦跳到巨兽身前七八丈处，抬起头看着他那高高在上的呆脸，大声地问："镣刃！你是不是存心要将我踩成肉饼啊？"

"没……没有啦！我只是不小心而已。我们饕餮一族还没有踩死九尾狐的先例。"镣刃连忙解释。他背上的东西堆得像小山一样。

纳鎏迦跳到镣刃的背上，四处看看，问："阿莫娜娜呢？她应该比我们还要早到的？"

镣刃说："哦，我想，大概还在路上吧？她没有脚，走得慢是正常的。”

“人家早到了！”一个女孩的声音从不远处的一棵大树上传来。阿莫娜娜从树上跳了下来，三丈多长的尾巴一扭一扭的，鳞片闪闪发光，随着沙沙的蛇行声“跑”到他们面前，说：“我在树上看风景，又有作诗的灵感了。”

纳鎏迦说：“赚了稿费记得要请客呀！”

“你又不是不知道，阿莫娜娜是我们已知宇宙中最优秀的吟诗者，铁杆读者遍布全宇宙，吃大餐都没问题！”辕刃说。

纳鎏迦瞪了他一眼，说：“你们饕餮族的家伙就懂得吃！我昨天看见一双很漂亮的鞋子，阿莫娜娜一定会喜欢的。”

“死狐狸！又讽刺人家没有脚！”阿莫娜娜生气了。

辕刃连忙打圆场：“快点开始野餐吧，我都快饿死了。”

纳鎏迦说：“你不知道吗？天底下只有撑死的饕餮，没有饿死的饕餮。”

嘭！辕刃前脚猛踩下去。抬起脚时，只看见纳鎏迦五体投地地贴在深深的脚印里。

片刻之后，辕刃把那成吨的食物卸了下来，阿莫娜娜也动手帮忙。辕刃说：“我真的很羡慕你有灵巧的双手。”

阿莫娜娜说：“如果龙姐姐也能来就好了，我是说如果。”

纳鎏迦正趴在河边看风景，说：“他们龙族的家伙呀！不是在水里游，就是在天上飞。如果你哪一天看见一条龙趴在地上，那一定是快死了。”这家伙说话从来不留口德。

阿莫娜娜问：“纳鎏迦，不来帮忙吗？”

纳鎏迦心不在焉地回答：“辕刃的体积是我的1000倍，食量是我的800倍，为什么要我帮忙？我正琢磨着怎么赚钱给你买一双鞋子呢！”

啪！阿莫娜娜尾巴一挥，将纳鎏迦打入河里。纳鎏迦狼狈万分地爬上岸，生气地嚷道："延维族的妖女！想谋杀吗？"

"对不起！人家不是故意的！"阿莫娜娜忍住笑回答。

辕刃把大块的鲜肉串在烧烤架上，阿莫娜娜也将浑身湿漉漉的纳鎏迦放到烧烤架上烤干，将他烤得哇哇大叫。

辕刃问："阿莫娜娜，你最近在写些什么？

阿莫娜娜吞下一块美味的烤肉，说："前段时间我阅读了一些上古的传说，打算写一篇有关传说中的异星生物的长诗。"

纳鎏迦从烧烤架上跳下来，问："哪种生物？"

"传说中蓝色行星的统治者，一种自称'人类'的生物。"阿莫娜娜回答。

纳鎏迦不屑一顾地说："就是那种上半身和你一模一样的生物吗？听说他们刚刚进化到宇宙时代的初级阶段，原始得很。有消息说他们的一个探险分队正在向这儿出发，真想看看他们到底原始到什么地步。"

"上头有禁令，不要随意接近他们。"辕刃提醒爱闯祸的纳鎏迦。

纳鎏迦调皮地说："古书上记载，人肉很好吃哦！"

啪！辕刃再次将他踩到脚下。

二　拓荒者

近百艘庞大的母舰停在行星轨道上，开始放出大批小型登陆飞船。

登陆飞船着陆了，舰队长踏上这片完全陌生的土地。他深深吸了一口清新的空气，放眼四望。这儿的环境简直就和地球一模一样……不！简直比地球美了不止百倍。在地球，完全不受人类文明破坏的地方只能在虚拟世界中寻找。

飞船的控制中枢收集的数据显示，这颗星球所围绕的恒星和太阳非常相似，恰好也有一个天然卫星，星球每自转一圈相当于地球时间23.6小时，公转一周是8897.2小时，即370天多一点儿。这个星球比地球还要适合人类的生存。

“真是上帝的恩赐！”副舰队长约克脸上写满惊叹，对舰队长说：“我敢打赌，千余年前哥伦布发现新大陆时的心情恐怕还不如我现在这样激动。”

“当哥伦布的第一只脚踏上新大陆时，他所做的第一件事是将另一只脚也踏上去，而不是无休止地感叹。”舰队长说着，指挥舰队成员迅速建立营地。大批的机械人卖力地工作着，各种建筑物预制件迅速组合起来，如植物一般在这陌生的大地上扎下根来。

很快，人类在这个星球上的第一个营地就建成了，大批的建筑物耸立在宽阔的平原上，各种无人考察车离开基地蚂蚁般奔向八方……很快，各种详尽的数据流水一般传入营地的中枢计算机内。舰队长看着屏幕上满版的数据，平静的脸上不带一丝表情。

“喂！老兄，休息一下吧！这儿的土地很肥沃，而且生物资源之丰富也是非常罕见的，我们生存下去不会有什么问题的。”副舰队长约克说着，将一颗花生抛到嘴里。他们庞大的母舰上有严格模拟地球环境的人造生物圈，这些花生只是小意思。

舰队长说：“在此之前，我们得先确认这颗星有没有‘主人’。和未知的智慧生物冲突是异常危险的事。”

约克说："智慧生物吗？100年前，人类的宇宙飞船第一次降落在K18行星上，那颗原始的星上形状怪异的原始人向着宇宙飞船顶礼膜拜，并按照他们的风俗习惯，为人类献上至高无上的膜拜仪式——用石头把宇宙飞船给埋了起来！

这一友好的举动，带来的直接后果就是：这星球上所有的原始人在3天之内被完全从宇宙中抹掉了……

约克看见舰队长的表情很不自然，又说："我知道你对那种方法很反感。我们人类开拓宇宙至今，还没有发现有哪一种生物的文明等级在我们之上。如果这星球有智慧生物，我们只要按照老办法去做就可以了。我想你应该重温一下宇宙开拓史的经典案例：我们的D3行星。"他说完，按下了一个按钮，大屏幕上显示出另外一个星球的景色。

那是一个环境恶劣的星球，含氧量只有5%的空气，强烈的紫外线使得大地上的一切生物都是那么怪异。

大批外形怪异的外星原始人，使用石斧、石铲，动用无数的"人"力，在大地上刨出深深的矿坑，挖出大量乌黑的矿石，千里迢迢送往他们的神殿。

宽阔的平原上，有一座高耸入云的建筑物，那是他们永远不可以靠近的"神殿"。

"神殿"外宽阔的祭坛上，堆满了小山一般的矿石，那是他们为神所献上的祭品。天色慢慢变暗了，大批的原始人在一名老迈的祭司带领下，向闪着金属光泽的神殿顶礼膜拜。

天空中云层裂开了，一艘宇宙飞船悬浮在神殿之巅。穿着厚厚的宇航服的"神"降临了，原始人们欣喜若狂。神取走了所有的祭品，并为他们留下了一些廉价的旧金属制品。对于这些原始人来说，这些远远超越他们制造技术的东西是梦寐以求的“神器”。

舰队长关了大屏幕，闭上眼睛，心里充满了厌恶之情。这时一名考察队员进来报告：“我们的地质考察分队钻穿了地壳，没有发现任何智慧生物残留的痕迹。”

约克嘲笑舰队长：“掘地900万英尺寻找智慧生物？老兄你可真幽默。”

三　狐与地下城

“居然把城市建在地幔里面！你们九尾狐全都是疯子！”辕刃背着成吨的垃圾，走在大街上大声抱怨，引得许多九尾狐频频侧目。

阿莫娜娜说：“这是九尾狐的习性，没什么好抱怨的。”

纳鎏迦说：“建在地幔里不会造成环境污染嘛！”这颗行星的地幔里“悬浮”着不少这样的城市，利用岩浆的巨大热能和丰富的矿物作为资源，可以说是一个个完全独立的生态系统。凭着极高的科技，地下城里四季温暖如春。

“那我背上的这一大堆垃圾作何解释？”辕刃最气愤的事是所有的垃圾都得由他背负。

纳鎏迦摆动着九条雪白尾巴说：“垃圾也是一种资源，随便丢会污染环境的。”

“大自然是拥有自我净化能力的！你们这些九尾狐环保得走火入魔

了！”辕刃知道一两吨废弃物无法威胁整个行星的生态系统，他最无法忍受的是野餐过后纳鎏迦居然花了半个小时复活那些被他们踩死的杂草，而且以完全检测不出痕迹为标准。

阿莫娜娜说：“他们这样做是有历史教训的。数万年前，九尾狐是生存在行星表面的生物。他们拥有其他智慧生物所没有的特异功能：脑电波控制术和寄生术。他们的壮大，使得很多行星的大型生物——甚至包括不少智慧生物都陷入了灭顶之灾。随着环境的破坏，九尾狐也一度受到严重的威胁。到最后，他们做出了一个非常悲壮的决定——远离地表，尽量不影响任何星球的生态系统。”

“疯狂！”辕刃下了一个结论。

阿莫娜娜叹气说：“九尾狐是整个已知宇宙中最为强大的生物，如果他们不这样做，其他的智慧生物，包括我们延维族和你们饕餮族，根本连发展的机会都不会有。”

听到这句话，骄傲的纳鎏迦那九条雪白的尾巴一下翘上了天。啪！辕刃再次将他踩在脚底下，抬起脚时，纳鎏迦猛地跳起来，狠狠地咬了他一口。坚硬的路面上只留下一个九尾狐形状的凹坑。为了保护脆弱的身体，每一头九尾狐都装备有能量护盾、质能转换器和电磁发生器。

“我今晚在你家住。”纳鎏迦站在辕刃的头上对阿莫娜娜说。

辕刃用触手将纳鎏迦打落地面，说：“我回家！”立即转身往回走。

纳鎏迦大声问：“前面就是垃圾回收站了，你打算背着成吨的垃圾登上飞碟吗？”

地幔之内是无所谓白天黑夜的。但数万年来，这些地下城都依靠着比神话还要神奇的高科技，忠实地模拟自然环境。

纳鎏迦坐在窗台上，看着模拟的闪烁着星星的星空，若有所思。星空下，是一大片美丽的草原，很多九尾狐族、延维族、龙族，以及其他智慧种族的成员散步。

阿莫娜娜拿着两杯饮料过来，问：“喝吗？”

纳鎏迦盯着那杯几乎和他一样大的饮料，说：“我想我可以在里面洗澡。”不同种族的智慧生物体积相差非常大，纳鎏迦甚至可以在辕刃的鞋子里安家——如果不怕被熏死的话。

阿莫娜娜说：“那些人族已经降临了。”

纳鎏迦说：“我刚刚看过探测器传来的图片，他们将北部大草原破坏得不成样子，还修建起很多金属建筑物。我想他们把我们的星球当成他们自己的了。”

阿莫娜娜问：“上头就这么让他们乱来吗？听说他们已经占领了几百颗有生命的星球了。”她所说的上头是指宇宙智慧生物联合会。

“我想上头可能是对他们怀着较深的愧疚心情吧？数千年前我们使他们的蓝色行星陷入了战争，致使洪水席卷了整个星球，他们的文明险些因此而夭折。”纳鎏迦说。

阿莫娜娜长长的蛇形尾巴蜷成一团，说：“我们已经尽力补过了。当时我的一名族人在那里治退洪水，为他们留下了‘补天’的神话。那名族人还成了他们的神。”

纳鎏迦不再想谈论这个问题，岔开话题问道：“你不是说你在写长诗吗？能不能优待老朋友，先念两段来听听？”

阿莫娜娜抱起一个名叫“竖琴”的乐器，开始弹奏。这是从蓝色行星传入的东西。伴着悠扬的乐声，阿莫娜娜开始轻吟：

“在非常非常遥远的年代，世界是一片混沌。

开天之初的大爆炸，使得宇宙灿烂多彩。

从无序到有序，我们都是宇宙的孩子。

聪明的孩子啊！拥有智慧是宇宙母亲对我们的偏宠……”

啪啦！一声不和谐的声音从地上传来，是纳鎏迦，他一边摆弄着什么东西，一边问：“我看见一根带毛的小竹棍，是什么东西啊？”

阿莫娜娜道：“那是我托人从蓝色行星带来的书写工具，名叫‘毛笔’。我要写有关那个种族的诗，用他们的书写工具的文字比较容易找到灵感。”她又问：“你问这个干什么？”

纳鎏迦很抱歉地说：“对不起，我把那毛弄掉了。”

“死狐狸！”阿莫娜娜生气了，用尾巴紧紧勒住他，用力拔下他尾巴上的长毛以修理毛笔。可怜的纳流迦疼得哇哇乱叫。

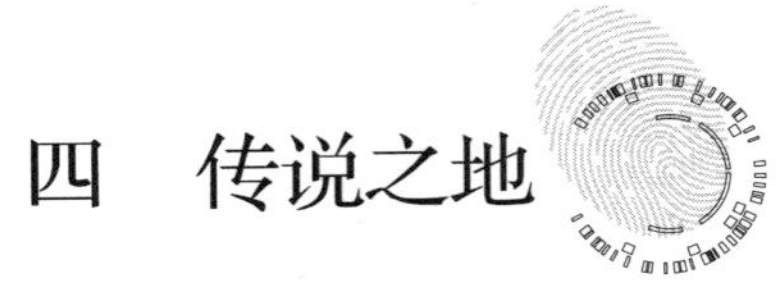

四　传说之地

“嘿！老兄！好香的烧烤！”约克手里拿着烧烤叉，很得意地走进总控制室。烧烤叉上插着一块令人口水横流的烤肉。

舰队长问：“你们有没有对这些生物进行认真检疫？有些星球上的生物的蛋白质和我们完全不同，比如我们到达的上一颗行星，那儿所有的生物的蛋白质都是由我们人体无法吸收的右旋氨基酸组成的。没法消化是小事，导致各种怪异的疾病发生可是大事。”

“检测过了，长官。这些生物的蛋白质是由和我们完全一样的氨基酸组成的，富含各种微量元素、维生素，不含防腐剂，营养丰富，味道好极了……”约克做广告一般调侃地说。

舰队长和他一起走了出去，打算先看一看那些可怜的食物。

一个铁笼子里，关着一头很像狸猫的动物，全身棕黑，但脑袋却是白色的。舰队长仔细看了一阵子，约克问：“这东西和地球上的动物很相似吧？”

舰队长说：“是很像，但我想我们还是小心一点为好。”

“我们评估过了，这个星球上到处都是这种动物，吃掉它个千儿八百头也不至于绝种。”约克满不在乎地说。

舰队长非常无奈，他知道这些动物迟早都会变成人类的食物。按照地球政府的意思，只要你们这些移民不把这星球毁掉，一切都随君所好。

“喂！不尝一下吗？这块烤肉烤得刚刚好，就像你的肤色一样，金黄金黄的。”约克还不放弃“引诱”舰队长。

“备车，我打算亲自去考察一下。”舰队长找了一个离开的借口。他厌恶这种把异星生物当成“活罐头”的做法，但又无法阻止，干脆眼不见为净，找一个没人的地方好好静一下。

登上考察车，约克问：“你独自一人去考察？不多带几个人吗？”

“有最高级的智能机器人做伴，不会有危险的。”舰队长说着，立刻驾车离开。

舰队长漫无目的地驾车飞驰。无人考察器早已探索过这个星球的每一个角落，用不着麻烦他了，其实现在他只不过是想远离人群而已。他向考察车输入了一个坐标，反馈回来的资料显示，那儿是整个星球环境最优美的地方。

考察车停在一个望不到对岸的大湖泊边，碧蓝的湖水随风荡漾，不知名的七彩鸟儿一点不怕人，悠闲地在稀疏的树林中翻飞穿行。

“真美啊……”舰队长不由得感叹道。

“嘟——舰队长，你是一个理想主义者。按照正常人类的想法，这儿也许更适合建立一个度假中心，草坪会变成公路，湖面上会出现游艇。那些花花草草会按照人类的需求而生长。”智能机器人很煞风景地说。

舰队长说：“这颗星球太美了，说真话，我真的不希望人类踏足于这片美丽的圣土。”

智能机器人面板上灯光闪烁，说：“目标无法实现。人类与生俱来的占领欲是无法阻挡的。”

跑来一只五彩斑斓的大鸟，胖胖傻傻呆呆的模样。舰队长反问：“如果要你在两分钟之内为这只鸟儿命名，你会叫它什么？”

面板又一阵闪烁，智能机器人分析说：“形状如鸡，身上有花纹，我会叫它‘凤凰’”

舰队长忍不住嘲笑道：“我倒觉得它更像草鸡。”也许是心理障碍，舰队长只有在没有其他人类在场的场合都会觉得轻松自在。

机器人相当不服气，吐出一张网将那只倒霉的大鸟拉到身前，那只大鸟的额上、背上、翼上都有类似甲骨文的图案。机器人用呆板的声音说：“‘丹穴之山，有鸟焉，其状如鸡，五采而文，名曰凤凰，首文曰德，翼文曰义，背文曰礼，膺文曰仁，腹文曰信。’这是《山海经》中的句子。”舰队长是地球上华夏族的后裔，一直以自己民族那悠久精深的历史为骄傲，这智能机器人天天鞍前马后跟随舰队长，高级的学习程序让它学会了也动不动开口就“之乎者也”，经常引用华夏族的典籍经文来投舰队长所好。

“牵强附会！”舰队长笑骂之余，再次觉得这机器人还蛮有趣的，用来解闷再适合不过了。

舰队长让机器人将那只“凤凰”放了，说：“我觉得这儿的风景很像地球。”

“相似的星球，相似的环境，进化出相似的生物并不奇怪。但相似度如此之高——嘟！”机器人思考了一下，然后接着说，“也许‘宇宙孢子’学说是正确的。但是——嘟！”机器人再次思考了一下，说，“更大的可能性是这星球拥有非常先进的智慧生物。智慧生物的星际旅行，总会有意无意、甚至是故意带来其他星球所没有的生物，如花粉、病毒，甚至大型生物。这些，都会导致脆弱生物的灭亡和强势生物的壮大，进而使环境的相似性也越来越大。”

“但是我掘地900万英尺都没有找到智慧生物存在的痕迹，难道他们生存在地幔中吗？而且你的理由也站不住脚。生物进化中，应付同样危机的方法并不只有一种，没理由会这么相似。”舰队长似乎在自嘲。

“这颗星球的环境和地球的相似度超过了99.75%，比如说这儿的杂草，为了最大限度地吸收光能，就必须长成绿色的。叶绿素并不是地球植物的专利，只要环境所迫，它们同样必须进化出叶绿素，进化论并非只在地球起作用。”

舰队长问：“低等生物也就罢了，但为何高等生物也如此相似？”

“嘟——无法解释。”机器人脑筋打结了。

“没理由这么相似，除非在千百万年前就有一种能够在宇宙中任意旅行的种族存在，否则一切都不可能是这样的。”舰队长说着，捡了一块扁平的小石块在湖面上打水漂。

“嘟——有可能，你们华夏文明古代的《山海经》《搜神记》中记载有不少怪异生物和神的存在，而你们那生活在地球南亚次大陆上的近邻的长诗《摩诃婆罗多》也记载了远远超过你们当时科技水平的战争，而北非洲大陆上流传的‘飞天马车’传说和玛雅古文明中的神都印证了这一点。”机器人分析说。

舰队长故意板起脸恐吓说：“我真应该把你的联想电路给拆除掉，免得你整天胡思乱想。”

“威胁一台智能机器人是毫无意义的，先生。”机器人说。

原本平静的湖面突然如沸腾的开水一样翻滚起来。发生了什么事？舰队长大惊失色，但那台智能机器人还是非常冷静。

水面突然又平静了下去。舰队长说：“想不到你这家伙还真够冷静。”

“没有人会为智能机器人写入表达吃惊的程序，先生。”机器人呆板的声音这样回答。

湖面突然再次翻腾。

那……那是什么！一只巨大的爪子从湖水中伸出，闪着寒芒的爪尖，盾牌般大小，带着红边的墨绿色鳞片覆盖着粗壮的肌肉，单单是那一个爪子，就已经有十数米高了。

“这是什么生物？”舰队长几乎是在吼叫着问机器人。

“按照《山海经》上说……”

“不要跟我提那些见鬼的古籍！”舰队长很想掐死它，却忘了这个机器人根本没有脖子。

沸腾的湖水腾起大片水雾，一个长蛇般的背脊露出水面，同样是红边墨绿鳞片，但背脊上却有波浪状的红色长毛。这东西，按照目测，竟然比一艘航空母舰还要大！如此庞大的生物，当然不可能在浅水中生存，而深水生物是不应该有如此蓬松的毛发的！

在长长的身躯之后，是一条巨大的尾巴。乍看之下，那是一条巨大鲤鱼尾巴，但仔细看，那“鱼鳍”也是由红色的毛发所组成！“不可能！这样的生物不可能在自然界中生存！”舰队长失却了平日的冷静，大声叫喊起来。

“没有什么不可能，你们人类的雌性体不也同样打扮得很怪异，和自然界格格不入？”那台智能机器人依然非常冷静——因为它不知道如何表达“吃惊”。

再然后，水面升起一个巨大的脑袋，那是一个非常怪异的，和自然规律完全不符的脑袋：粗且长的嘴巴，长着又尖又长的牙齿；鼻孔边是两条暗红色的肉质长须，竟然有数丈长；灯笼大小的眼眸，闪着脱离野蛮的高贵神光；脑袋后面，是梳理得整整齐齐的红色长毛；而脑袋上，竟然生有两支巨大的“鹿角”！

舰队长如全身触电一般呆了。这生物，难道是……

他控制不了自己的身体，只觉得一种莫名的敬畏感觉瞬间穿越全身。他知道，只有拥有高度文明的智慧生物才能不顾自然界的规律，任意打扮出和大自然完全不符的外表。

这儿，难道是原本只应该存在于传说中的神话世界？

无法控制的敬畏感油然而生，就如凡人看见自己的远古祖先降临时所产生出的敬畏与尊重。血液中无法改变的高贵记忆和代代相传的远古传说，仿佛一切都在证明他的敬畏是天经地义的。那头生物的特征完全符合他们自远古传承而来，灵魂中无法抹去的印记，那是华夏族高贵的祖先，传说中的——龙。

五　传说中的现实

三天了！纳鎏迦一辈子都没有这么无聊过。

阿莫娜娜整天待在后花园里，把长长的尾巴缠在一棵嘉果树上，在树枝上用“狐毫毛笔”写她的长诗《山海间》。

他是阿莫娜娜的铁杆读者，当然以第一时间读到这位宇宙罕见的伟大诗人的诗为荣。但如此无聊的时刻，只让他想尖叫。现在的他，无聊到只能玩自己的尾巴。

他的尾巴少了很大一撮毛，使尾巴上细小的刺囊清晰可见。九尾狐是一种半寄生生物，尾巴上的刺囊是一种非常特别的神经末梢，能刺入大型生物体内截断神经传输代替原有的大脑发出神经脉冲从而控制对方，甚至能强行读取和改写宿主大脑中的信息——只要他们能破译宿主神经脉冲信号所包含的具体内容就可以了。

大型动物进化出发达的神经中枢——大脑以控制整个身体的行动，似乎是宇宙中碳基生物的普遍现象。

纳鎏迦接通了这座城市的无线网络，试图寻找一些乐子来消磨时间。他们九尾狐的大脑似乎是一个脑电波控制仪，接通这种专门为他们而设计的无线网络是没什么难度的。

纳鎏迦在浩瀚的网络资源中很快找到了他感兴趣的东西：蓝色行星的

统治者，自称“人类”；大脑工作方式——电化学反应；神经信号传输方式——生物电脉冲；脑电波工作范围——第十三区到第二十区频率；运动方式——下肢负重位移，上肢操纵工具；直接能源物质——三磷酸腺苷；个体间信息交流——每秒数个字节到几十字节；神经冲动代码……

“那些人类是很容易控制的生物嘛！个体间交流的信息量居然得用字节来计算，神经脉冲信号也很容易破译和模拟。我只要不到一秒钟就能寄生到他们身上。”纳鎏迦很骄傲地说。九尾狐的大脑很特殊，个体之间能够直接用脑电波交流，他们交流时的信息流量足以让宇宙间绝大多数生物惭愧不已。这也是他们没有高度灵活的前肢却能发展出灿烂文明的重要原因之一。另外的重要原因是他们与生俱来的寄生术和电磁波干扰术。众所周知，脑电波也是一种电磁波。

阿莫娜娜说：“不要去寄生那些人类，那太危险了——我指的是你的肆意妄为会让他们陷入危险之中。”她很清楚九尾狐的科技有多强大，性格有多自大，他们就算掉进黑洞里，也有办法“爬”出来，最后还会摇摇尾巴表示此事不过是小菜一碟。“要自恃自己比他们先进就随便对他们进行寄生，对智慧生物我们只应该进行平等的交流。再落后的文明，也总会有我们可以收获的东西。比如说我正在写的诗，说不定他们能给我灵感呢……”

“哼！我不理你了！我去找龙姐姐玩。”纳鎏迦临走之前还加了一句，“我想送你一双鞋子。”

啪！阿莫娜娜一尾巴将纳鎏迦打出视线之外，气得浑身发抖。她最讨厌别人讽刺她没有脚。好不容易等到心情平静，她才再次拿起那枝“狐毫毛笔”，继续撰写长诗《山海间》：

…………

广袤宇宙中微尘般的碳基孢子，如流落四方的孤儿散布在天各一方。

数十亿年的光阴使得大家形态各异，但最深层的生命形式却明白无误地指出我们都是兄弟姐妹。

当我们运用宇宙母亲赋予的智慧穿越时空走在一起，形态各异的兄弟姐妹却都变得那么陌生。

而星和星之间的距离是如此遥远，远到并不是任何一个兄弟都能轻易打破隔膜。

当巨大的龙族穿越层层空间时，却看到一些兄弟姐妹还在刀耕火种的原始之中。

尚未摆脱愚昧的兄弟姐妹，将数十亿年前的亲兄弟作为神祇膜拜。

…………

穿过一片草原，纳鎏迦来到一个看不到边的大湖旁。天气预报说半小时零三秒后将会下雷阵雨，历时半小时零五分钟。为了保护整个地下城的生态环境，这儿的天气全都是用计算机精确控制的，所以天气“预报”精确到秒（尽管毫无必要）。因此，他得赶快到龙姐姐的家里去避雨。

湖边有一块巨大的石头，闪着蓝光。这是龙姐姐家的门铃。纳鎏迦将前腿趴在石头上，死命按下去，万分抱怨：“这些龙族真的是大脑有问题！这个门铃比我的家还要大！”

费了九牛二虎之力，好不容易按下了门铃，湖面猛然翻腾。一个巨浪扑到岸上，将纳鎏迦打出十几米开外。一个长蛇般背脊露出湖面，红边墨绿鳞片闪耀着高贵的光。然后，一个巨大的龙脑袋露出水面。

纳鎏迦抖去身上的水，大声说："龙姐姐，你想淹死我吗？"说完他才想起他们的体积相差太远，她听不到，于是用脑电波将这话重复了一次。九尾狐族和龙族是为数不多的可以通过脑电波直接交流的种族。

九尾狐体长不过一尺，龙的体长却达数十丈，是已知宇宙中体积最大的智慧生物。也正因为身体如此庞大，所以龙都把家安在水中，只有水的浮力能让他们觉得舒服。不到万不得已他们不会离开水，而一旦离开水，他们只能用特有的质能转换能力产生巨大能量，运用所有智慧生物中他们唯一与生俱来的反重力能力飞行。但最大的问题是这种飞行方式会产生大量的云雾。

所谓生物，是宇宙最精巧的杰作。生物的每一个细胞，都是原子级的纳米机械。在漫长的进化过程中，凡是变通机械技术可以做得到的，又有什么是纳米技术无法实现的呢？龙族甚至有专门的器官，依靠特殊的细胞器精确地将一些特定的元素用可控质能转换的方式，以非常高的效率转换成能量，获得其他生物望尘莫及的力量。

来到龙姐姐那建在水底的巨大的家中，客厅坚固的防护壁将昏暗的湖水隔绝在外。纳鎏迦感叹说："哇！你的家大得太离谱了吧！"

龙姐姐让机器人给纳鎏迦端来一杯饮料，纳鎏迦看着那巨大的杯子说："我想，我可以在这杯子里面开一个游泳池。"

龙姐姐问："今天怎么有空来玩？"

"阿莫娜娜打我！"纳鎏迦满脸委屈地说。

"一定是你又在向她推销鞋子吧？虽然说你爸爸是全宇宙最大的鞋子生产商，但你也不应该这样做啊！你明明知道延维族人都是人身蛇尾的。”龙姐姐一语中的。

纳鎏迦问：“读过阿莫娜娜的长诗《山海间》了吗？写得真是漂亮。听说你对蓝色行星上的那些人类很了解。”

“今天早上我到地面上去，不小心遇上了一个人类，把他吓了个半死。为了避免意料之外的事情发生，我只好把他遇到我的那段记忆抹去了事。”龙姐姐说。

纳鎏迦说：“我想听一些龙族版本的有关人类的传说。”

“我觉得，你应该去问阿莫娜娜，对于历史，我们当中没有人会比她更了解。她的长诗刚刚出版了一半，就已经引起了巨大的轰动。”龙姐姐说着，按下一个按钮，空气中出现了一个三维画面，那是茫茫太空中孤零零的一颗蓝色行星。伴着优美的音乐的，是阿莫娜娜的长诗《山海间》：

…………

当神之家园大门敞开的时候，你们永远离开了我们的家园去了蓝色行星。

漫长的岁月让你们忘了我们的存在，只在发黄的古籍上隐约有我们严重失真的影子。

而我们却从来没有忘记你们的存在，偶尔的拜访却只在你们的历史上留下半信半疑的神话。

当我们的一切都成为褪色的神话故事，你们是否曾经在夜半深梦中想起我们千万年前的故事？

哦，我们的兄弟姐妹，我们从太空中俯望你们的沧海桑田总觉得阵阵心疼。

当我们穿越异次元空间任意享受神一般的生活时，你们却还在小小的星球上为了小小的利益而拼命争斗。

当我们形态各异的兄弟姐妹们坐在一起欣赏多维宇宙的璀璨，却蓦然发现原该属于你们的椅子上依然空空如也。

那些遥远到足以成为神话的古籍上同样有你我的名字，但今天却独独缺了你一人。

…………

六　星陨

舰队长坐在指挥官的大椅上，双目紧闭。今天早上究竟发生了什么事？当探险队员发现倒在湖边的他时，他只记得自己好像看到一些极为震惊的东西，却偏偏就是想不起来。他身边的那台智能机器人的记忆库中关于今天早上的那一部分资料也完全消失了。

但此刻，还有一件更心烦的事。

"喂！老兄，你看我捉到了什么？"副舰队长约克走了进来，手里提着一个笼子，里面是一只呆头呆脑的胖鸟。

"哦！草鸡一只。"舰队长睁开一只眼睛，说。

"你那台笨蛋机器人管这个叫凤凰。"约克很得意地回答。

舰队长似乎很疲惫，说："告诉你一个消息，地球联盟分裂了，现在太阳系已经陷入了战争，作战双方都动用了反物质武器。我是刚刚接到这消息的，扣去消息延时，相信已经是10年以前的事了。"

约克听了一扬眉毛，干脆地说：“实话告诉你，我根本不想回去。”约克放下笼子坐在舰队长对面：“地球联盟的那些混蛋，派我们出来远征，吃苦的是我们，名誉和利益却全都是他们的！我不干了！我看我们不如找个地方建立我们自己的王国。”

舰队长沉思半晌，说：“也许你是对的，我们犯不着为那些自私的家伙卖命。再说他们打得热火朝天一塌糊涂，我们别回去自找苦吃了。另外，最重要的一点是，古人云：‘自作孽，不可活。’弄不好本土文明挺不过这一场自己制造的大浩劫……如果真是这样，那我们在这里扎下根来生存发展，也算是为人类文明保存下了一缕血脉。对！我们马上找个好地方，先建立一个殖民地，站稳脚跟，静候其变。”

事情一决定，开发进度就很快了。他们这样的远征考察舰队，其实就是殖民拓荒舰队，20余万考察队员男女比例适当，而且本来就带有数量极多的物资，只要能在沿途的星球获取补充，就算一代一代繁衍下去都没有任何问题。等到三天后的傍晚，他们已经在一个环境优美的大湖泊边建立起了一个像模像样的小城镇。

波光粼粼的湖面，倒映着落日。舰队长看着这片湖面，若有所思。昨天，几个考察队员在一个山谷中找到了一种种子很像水稻、枝干却是木本植物的可以食用的植物，当时指挥部一拨人看了传送来的即时图像后身边那台聒噪的智能机器人脱口而出：“这是《山海经》里记载的‘木禾’。”

老天！他们难道跑进了神话传说之中？舰队长的不安感越来越强烈。

喝得醉醺醺的约克走了过来，说：“从今天开始，这儿……就是我们的国家，我们……我们所到之处，全是我们的领土……”然后，他倒在地上，模糊不清、颠三倒四地背起了那份《独立宣言》。

舰队长提起他的衣领，问：“你还记得你自己是谁吗？”

约克口齿不清地回答：“约克·华盛顿……不！我是乔治……乔治·华盛顿……”

哗啦！舰队长把约克莱丢进了湖泊里。约克换着气爬到岸上，在衣服上的烘干器发出的融融暖意中睡着了。

太阳沉入了地平线之下，但余晖尚存。舰队长很清楚，如果这颗星球上有智慧生物存在，那他们的行为将构成侵略！而智慧生物……舰队长总觉得他那段消失的记忆，是和一种神秘的智慧生物有关。

深夜，小镇的灯火逐一熄灭，舰队长却又再次出现在湖边。他盯着平静的湖面，总觉得这个星球深处好像有一双神秘的眼睛在看着他们，这……是善意的吗？

唉！舰队长长叹一声，转身离开了。所以他没看见湖水开始微微翻滚。

不久之后，一切又恢复了平静。

又过了两天，舰队长接到负责食物来源的队员的报告，他们从捕猎场运到小镇的食物总有一部分会莫名其妙地失踪。所幸的是这个星球食物来源非常丰富，这样的事情并不足以造成饥荒。但最奇怪的是，失踪的总是最美味的食物。舰队长决定去看一看。

一辆太阳能动力运输车停在停车场里，集装箱被啃掉了很大一块，上面有巨大的牙齿印，里面空空如也。司机心有余悸地说：“集装箱里本来有5000只烤草鸡，当时我正在路上，一阵狂风刮过，集装箱就成这样子了。”他面色如土，好像在担心那饥饿的神秘生物下一秒钟就会啃掉他的脑袋。

“究竟是什么怪物？”约克摸着下巴说。

机器人又想插嘴："嘟——根据古书上记载……"

啪！舰队长关掉了机器人的电源，说："我们开上一辆满载食物的车去遛一下就知道了。"

半小时后，在捕猎场和小镇之间的简易公路上。约克开着车，问："舰队长，我们这样来来回回已经跑了好几趟了，你说那个怪物会上当吗？"

舰队长打开机器人的开关，说："不知道，应该会的。"

话音刚落，天边一道龙卷风突然迎面刮来！

"系紧安全带！"约克大声叫。凭着高超的驾驶技术和极好的运气，居然成功地冲过了龙卷风。

呼！约克松了一口气，说："幸好我的驾驶技术过硬，这辆货车也比较轻，好操纵。"

"嘟——当然，集装箱没了嘛！"机器人发出机械呆板的笑声。

约克将机器人踹出驾驶室，急步走下车，发现集装箱被啃掉了一大块，里面的食物不翼而飞。舰队长看着那些巨大的牙齿印，问："究竟是什么怪物？"

嘟！嘟！嘟！机器人的面板闪烁了一阵子，出现了一幅模糊不清的图案：龙卷风中，一头巨大的怪兽将集装箱啃掉了一大块。那怪兽巨大的嘴巴和粗壮的触手特别明显。

"混蛋！"气得浑身发抖的约克狠狠地将机器人一脚踹翻，说："给每一辆运输车都装上轻型激光炮！把任何胆敢来抢食物的怪物轰成碎片！杀光任何胆敢藐视人类的生物！"

约克正在气头上，等他气消了再劝他吧！舰队长想。

晚上，舰队长总觉得一切都有点不太对头。约克太冲动了，在这个事事都透着古怪的星球上，真不知道他会闯出什么大祸来……

心烦意乱之间，舰队长走到一片小树林里。他发觉在黑暗中似乎有一双眼睛在打量着他。

“谁在里面？”他大声问。

一个女孩出现在树林里，衣饰打扮都透露着诡异，但……很美。她的眼眸中闪着星星的光芒。伴着一阵蛇行一般的沙沙声，女孩来到他面前，很有礼貌地说：“你好，人类。你就是这里人类的首领吧？”她用的是人类的语言，但舰队长强烈地感觉到她绝对不是人类。

“你……你是……”舰队长发觉自己的声音结结巴巴的。他在大脑中拼命搜索“第三类接触”时人类所应该做出的正常反应，却发现脑筋已经打结了。

女孩说：“对于你们来说，我只是另外一种陌生的生物。也许这样和你们见面很唐突，但我们已经等了你们数千年了。我没有敌意，但是不知道该选择怎样的见面方式才算是恰当……我是一名诗人，只是想找点灵感完成我长诗的终章。”

“我……我也没有敌意。”舰队长很紧张地说。

女孩看着舰队长，看着月亮穿过小树林投在地上斑驳的白光，静思片刻，微笑了起来，轻声说道：“我知道了，我想出了长诗的终章……”

一道激光撕裂夜幕，女孩的前额出现了一个血洞。她难以置信地看着前方，美眸中尽是无法相信的神色。她倒下了，巨大的蛇形尾巴扫起一片火红的落叶。

“多么危险的生物！要是给她的尾巴扫中，一定会当场毙命！”约克端着笨重的大功率激光枪跑进树林，气喘吁吁地说。

地上落着一支毛笔和一张带血的宣纸，那纸上竟然写满工整的小篆。

舰队长看着那人身蛇尾的女孩美丽的尸体，想起童年时奶奶讲过的远古神话：人身蛇尾、女娲大神……

七　大屠杀

地下城里，纳鎏迦看着自己好不容易长出毛的尾巴，不住地叹气。

“被我们最优秀的诗人阿莫娜娜姐姐拔掉毛做成笔来进行创作，相信你可以炫耀好一阵子了。”龙姐姐嘲笑说。

“三天后就是宇宙联合大会给她颁奖的时候了，我现在却找不到她。”纳鎏迦抱怨说。

“哦？你这么关心她？”龙姐姐问。

纳鎏迦摆摆尾巴说：“别想歪了，我和她甚至连染色体数量都不相同，两个不同种族的生物能搞出什么绯闻来？我们只是纯粹的好朋友而已。她的长诗《山海间》还没写完就已经创下了宇宙历史上的最高销量纪录，她说明天就能写完结尾。”

突然之间，门铃声大作。龙姐姐带着纳鎏迦浮出水面，却看见满身是血的辕刃。饕餮族除了爱好美食以外，还以皮坚肉厚著称，但辕刃现在却伤得不轻。

纳鎏迦吃惊不小，问：“发生了什么事？你怎么弄得这么狼狈？”

辕刃好不容易说出一句话：“阿莫娜娜死了，是那些两条腿的家伙……”

如同一个炸雷，纳鎏迦懵了。

人类的小镇。

一名考察队员神色怪异，走进了设在小镇北端的实验中心。

一个一丈多高的容器中，冰冻着一具人身蛇尾的尸体，真的是她……那名队员全身颤抖，喃喃地说：“阿莫娜娜……”

“喂！阿仑，你没事吧？”另一名队员问。

那名被称为阿仑的队员击碎容器，抱起阿莫娜娜的尸体，对旁人不置一顾，往外就走。其他人赶紧按响了警报器，大批警卫赶来，却被他用强大的脑电波干扰术使他们神经系统紊乱而死。

一名侥幸躲过一劫的考察队员向他开枪，激光束却在他身前散射开来。“你们的负责人在哪里？”他问。

问明方向，他抱着阿莫娜娜的尸体向指挥部大楼走去。两名警卫挺身阻拦，却被他在前额聚起两团火球，整个人一瞬间就烧成了灰烬。

远远地，他就听到指挥室里传来激烈的争吵声：“你危害了一个智慧生物！这将导致非常严重的后果！”“我是为我们大家着想！”“我是舰队长，我命令你停止这种疯狂的行为！”“这世界上没有任何一种生物能凌驾于我们人类之上。”

金属墙壁的原子间引力受到不明力量的干扰，在一瞬间如海浪扫过的沙雕般倒塌，一个人抱着阿莫娜娜的尸体走进来，问：“你们谁是负责人？”

“你是谁？”副舰队长约克大声问。

“九尾狐，纳鎏迦。”那人冷冷地回答。

大批全副武装的战斗人员赶来，强力激光枪将此人制服的能量护盾击穿，但无法伤害到他本体更为强大的能量护盾。纳鎏迦的人类躯体浑身是血，将阿莫娜娜的尸体轻轻放在地上，说：“你们横行无忌，没有报应真是太不应该了。你们杀害了我们最优秀的诗人，我要整个人类文明为她殉葬！”

纳鎏迦的眼中发出银白色的亮光，他那人类身体突然爆裂，一团白影闪电般跃出钻入一名战斗队员的体内，瞬间将他控制。纳鎏迦继续说：“培养一名天才，也许数百年的时间都无法实现；但杀害她，却只要一瞬间。”

战斗队员们不得不将那名被控制的队员杀死，但那团白影——纳鎏迦的九尾狐本体，又进入了另一名队员的体内。他们不得不再次将那名队员杀死，但纳鎏迦马上又夺取了一具新的身体。

当第七名战斗队员倒下时，纳鎏迦厌倦了这种游戏，发出一阵强烈的电磁暴，烧毁了包括激光武器在内的所有电子仪器。他踏着血迹，走向约克，问：“你刚才说‘没有任何一种生物能凌驾于人类之上’的，就是你吗？”

约克双目尽赤，抄起身边的椅子就向纳鎏迦砸去，却被纳鎏迦强大的能量风暴将他连人带椅瞬间分解成原子！

因愤怒而血红的眼睛，又瞪向舰队长。纳鎏迦冷冷地说：“下一个是你！”手指慢慢指向舰队长。

“住手！”一个强大的信号直接传入所有人的大脑，包括纳鎏迦。他把手掌指向天，能量风暴将屋顶完全气化，一道亮光直冲天际，几片巨大的鳞片带着血迹落在众人身旁。纳鎏迦残酷地笑着说：“没有任何力量能阻止我的复仇，包括你，龙姐姐。”

一根巨大的龙尾将纳鎏迦乒乓球一般打出了屋子，一连撞断不少大树才停下。天空中传来龙姐姐愤怒的声音："我无法阻止，但是阿莫娜娜呢？看看这些你造成的废墟吧！你如此疯狂的杀戮，和他们又有什么区别？你这样疯狂地'复仇'，不是只能让阿莫娜娜在九泉之下更为伤心吗？"

阿莫娜娜？纳鎏迦愣住了，身体贴在大树上，仿佛变成了木雕。

纳鎏迦记得自己曾经问过，她的长诗为什么要叫《山海间》。

"在生命诞生的最初，我们都是毫无分别的一堆原子。茫茫宇宙中，各种天然的放电现象、物理变化、化学反应，使得一些运气好的原子组合成简单的有机物。有些比较幸运了，在经历了千百万年之后成为智慧生物。而那些运气稍差进化为普通生物，甚至植物的，在很久很久以前也和我们一样，是同样的一堆毫无区别的原子。所以，当我们为了生活而砍掉一棵树时，就应该再种上一棵，并细心呵护直到长大。因为这些都是我们千百万年前的兄弟姐妹。而那些运气和我们相仿的兄弟姐妹们，在创世之初，宇宙母亲将我们安排到这个广袤空间的不同角落，但再遥远，也无法割断我们早已注定的血缘关系。进化有先后，我们不能因为他们暂时的愚昧和残忍便不承认他们是我们的兄弟姐妹。如果将整个宇宙比作一颗星球，咫尺天涯，我们只不过是处在不同的山和海之间而已。我希望所有的兄弟姐妹跨过所有隔离我们的高山大海，最终都能聚在一起，共赏多维宇宙的璀璨。"阿莫娜娜早已逝去，但她的话犹在耳边。

山和海之间，山海间……

半晌，纳鎏迦才发出一阵受伤野兽的嚎叫……

八　落幕：山海间

阿莫娜娜的颁奖典礼，最后成了她的葬礼。不光是碳基生命，就连其他不同形式的生命体也派了代表来参加。

“很感谢你们收留了我们。”舰队长说。

“你们有句古话：‘四海之内皆兄弟。’感谢阿莫娜娜吧。”纳鎏迦说，愤怒已经平息，他为自己同室操戈的疯狂行为而感到愧疚。

“对不起，我们的愚昧，让优美而伟大的史诗《山海间》失去了结尾。”舰队长垂下头表示忏悔。

纳鎏迦否定道：“不！《山海间》是没有终章的。就算这个宇宙陷入热寂，这不朽诗篇也不会终结。”

“什么？”舰队长一时没听明白。

纳鎏迦解释说：“宇宙是多重的，我们有足够的能力突破不同宇宙之间的壁垒，就如阿莫娜娜的诗歌能让不同种族的智慧生物产生共鸣一样。就算这个宇宙灭亡，生命的故事也不会终结，所以《山海间》永远也不会落幕。”

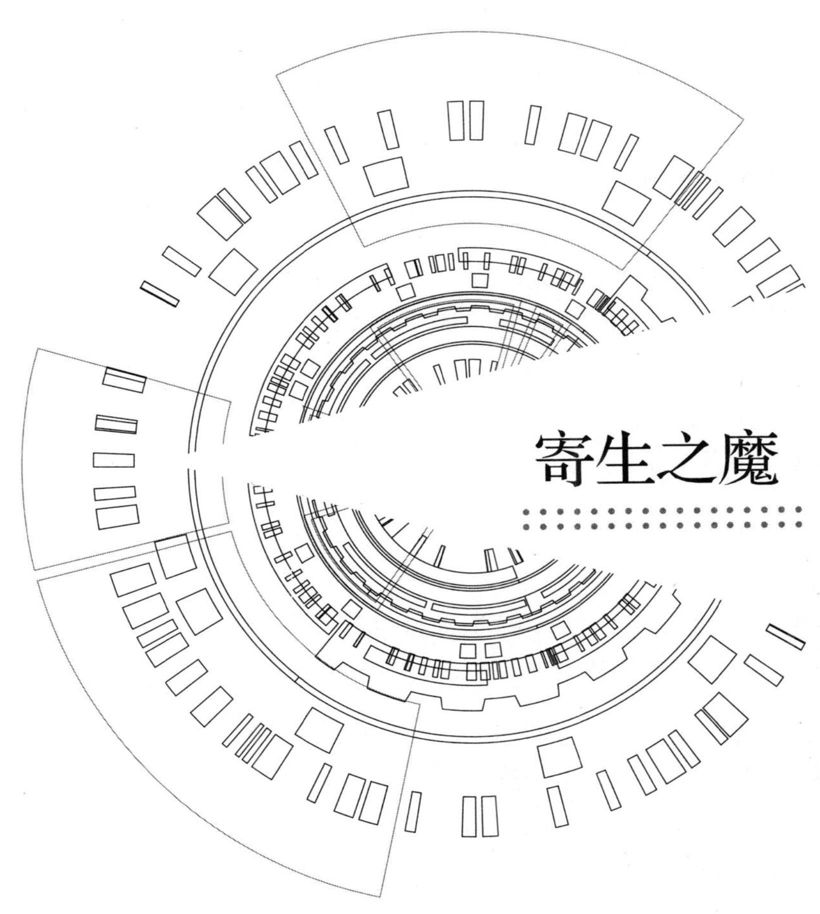

寄生之魔

据调查，这个世界上绝大多数的生物身上都有寄生生物。

邻居家的狗身上有跳蚤，我家后院的大榕树寄生有菟丝子，昨天我研究细菌的时候，发现我的细菌样品被“污染”了——寄生满了噬菌体。

说到菟丝子，这可是目前最令人头疼的东西，我的导师就是因为这种植物而身败名裂跳楼的。他发明了一种叫“魔菟丝子”的植物，这种植物现在被各大教会一致宣判成魔鬼的化身——我还是第一次看见这么多宗教对同一种事物持相同的态度。这东西自诞生到现在已经夺去了数万人的性命，有两个小镇甚至被彻底地从地球上抹去。

幸好我家的那棵只是普通的菟丝子。

今晚是一个很浪漫的夜晚，我向暗恋已久的女孩表白心意，结果她只是比了比我们的身高，就让我彻底绝望了。从此我知道，我不应该去追一个比我高10厘米的女孩。

然后我喝了个烂醉，回到家，跳进后院的池塘里想自杀。我忘了池塘的水只有半米深，然后还有半米的淤泥——说是池塘，还不如说是个小水洼。

今天是4月1日，愚人节。天气还是很冷，所以我酒醒了，我想起我还背负着非常重大的科研项目，不能如此作践自己的生命，就爬上了岸。

天上有流星，我对着流星许愿：神啊！我想让那个女孩爱上我！然后那颗流星就砸到了我面前的池塘里。难道我的愿望太奢侈，把流星都吓得掉到我面前了?

再然后，我发现那块陨石裂开了，一只全身雪白的小猫蹦了出来，游到我面前，全身一抖，把水甩了我一身。

它长得蛮可爱的，所以我抱起它，要给它洗个澡，顺便也洗一下我自己。

在浴室里，我发现它居然有九条尾巴！是基因突变吗？真可怜。作孽哦，这世界都变成什么样子了……这小东西毛很长，我想了一下，决定用洗发液给它洗澡。

当我把洗发液涂到它身上，并开始用力搓的时候，它突然跳了起来，把我的手抓出十余道血痕，然后嗖一声缩到角落，大吼道："大色狼！不要在女孩子身上乱摸！"那声音，就像一个小女孩。

我吓呆了，一共呆了5分钟24秒——我的时间向来宝贵，所以都是以秒来计算的——然后冲出去打电话，告诉同事我拣到了一只会说话的猫。

我一共打了50个电话，有49个答复是说我的谎话太拙劣了，还有一个建议我娶它。老天！

我想起今天是愚人节，怪不得没人相信我。

然后，我回到浴室，发现那只猫正在浴缸里游泳，我问它："喂！这位……呃……我应该怎么称呼你？"

"我嘛，来自一个叫'青丘之山'的星球，名叫阿其鎏谟衍楼娜，今年15岁，是个可爱的女孩。"那只"小猫"这样自我介绍。它的声音不是经耳朵，而是直接传入大脑的。

"这么说，你是外星人了……不对，是外星猫了？"我虽然很惊讶，但是还不至于被吓晕。毕竟这年头什么怪事都有，想当年我的导师就制造出了一种有牙齿的植物。

"不！我不是猫，我是外星人——如果你们是这样称呼和你们同一个文明等级的外星智慧生物的话。"那个阿什么什么楼娜说完这句话，开始玩潜水。显然，它的水性不怎么好，刚潜到浴缸底就开始四肢乱爬，痛苦挣扎。

我把它捞起来："我说阿什么什么楼娜，你到外面玩好不好？我想洗澡。"

"地球人真没礼貌，居然乱改动别人的名字！"它一面说，一面往外走。

“是你的名字太长了，我记不住了。以后我叫你‘小猫’如何？”

“也行！不过我还是认为叫‘九尾狐’比较酷，你们的祖先都是这样称呼我们的。”它走出了浴室，还不忘用后腿踹上门。

就这样，我家多了一个来自外星的食客。

清晨，我床头的闹钟按时响了。

我刚刚睁开眼，就发现那只九条尾巴的“小猫”把闹钟往我的脸上砸去。

闹钟不幸逝世，我的脸也肿了。小猫很感慨：“唉！想不到地球人竟然这么脆弱，轻轻砸一下就受伤了。”然后继续趴在我的枕头边呼呼大睡。

我无可奈何地起床洗脸，去上班。

我在实验室工作，是研究转基因植物的科学家。能在28岁的年纪进入国家实验室工作，说好听一点，是沾了我导师的光；说难听一点，是为了收拾他一死了之留下的残局。

当年我的导师是这个星球上顶尖的植物学家，为人孤僻，冷傲，从来不屑与任何科学家合作。几年前，他花了大量心血研究出了“魔菟丝子”这种转基因植物。很不幸，这东西可以称得上是有史以来最糟糕的发明，几乎给这个世界带来了灭顶之灾，他因此荣获了“最糟糕的诺贝尔奖”。

导师他自诩聪明过人，记忆力超强所以几乎不做任何笔记。他这一死，几乎带走了所有有关“魔菟丝子”的资料。而我是他唯一的学生，也是这个世界唯一对他的研究了解一鳞半爪的人，所以就很不幸地扛起了收拾残局的重任。

“喂！怎么脸肿了？”过来打招呼的是我的助手，45岁的邹博士。我向来称呼他为老邹。

“给雌性生物揍的，满意了吗？”我回答。他丢给我一块三明治，说：“尉博士，你的早餐。”

“我再说一边，我姓尉迟，不姓尉！”我说着，飞快地啃掉了三明治，然后皱起了眉头，“这么难吃，什么料子？”

“魔菟丝子三明治，你最痛恨的食物。”他抛下一句话，跑了。他的行为向来和年龄不符。我那混蛋导师，当年说什么要充分利用植物资源，在研究之初就把魔菟丝子做成了可以食用的植物，害得我现在连续吃了两个月的魔菟丝子早餐——整个研究所都知道我从来不会自己买早餐。

刚换上白大褂，内线电话响了：“尉迟博士，第十五区发现大片的魔菟丝子，怀疑是新的变异品种，警方不敢擅自处理，请您立即前往。”

我搭电梯前往顶楼的直升机坪，老邹已经背着火焰喷射器在等待了。

第十五区是一片森林。在空中，我远远地就看见了一大片绿色的魔菟丝子。警察们已经在它的周围远远地挖出了一道隔离带。普通的菟丝子是红色的，而魔菟丝子却是绿色的，这为发现它们的踪迹造成了不小的难度。

“毁了它！”我下令。地面的警察部队立即使用从军队调来的大量火焰喷射器，把魔菟丝子化为一片火海。一名警察被魔菟丝子章鱼爪般的藤蔓卷入火海，不幸殉职。

我降落到地面，用镊子夹起一段还活着的魔菟丝子，放入带培养液的锥形瓶里。等大火平息了以后，警察们牵着猎犬，寻找残留的魔菟丝子，加以毁灭。同时，他们也发现了不少动物的骨骼，有猫，狗，野兔，还有几副人类的骨骼。

锥形瓶里的魔菟丝子成长得很迅速。当我们回到实验室时，它已经长出了寄生根。我把他切成了两段，拿了一段出来研究。一个小时之后，研究结果出来了。这的确是魔菟丝子最新的变异品种，繁殖能力特别强。但现在我拿它依然是——没有办法！

如今，我们只能靠人工的方法，仔细搜寻，然后加以摧毁——就像今天一样。这些鬼东西的生命力强得超出想象，想彻底除掉它们，几乎是不可能的。

研究了一整天，我们还是没有办法。我手头上已经有了好几种能够对付魔菟丝子的手段，但是在确定这些手段是完全安全之前，我不敢轻易尝试。前段时间，有一名国外的科学家研究出了一种专门针对魔菟丝子的除草剂，结果却使它变异得更快。在美国，有两个小镇被这种变异的魔菟丝子吞没，镇上的人集体去见了上帝。

下班了，我想起家里还有一头外星小猫。凭着比地球人高得多的科技，也许它能给我出些主意，然后我就带着一瓶魔菟丝子样品回去了。我还顺路买了一盒最好的猫食，免得怠慢贵客。

我开着我那辆本来应该报废了的雅阁车回家。刚打开车库，我惊呆了：老天！这是我的车库吗？怎么看起来像是一个数百年没有人烟的洞窟？墙壁上，天花板上，爬满了血红色的藤蔓，地上满是动物的遗骸，死猫、死狗、死老鼠，什么都有，看起来都是从垃圾堆里拖回来的。那些血红色的藤蔓在这些死去的动物身上结成茧，正在吸取养分。

一定是小猫搞的鬼！我不得不动手清理这一片废墟。然后，我看见小猫出现在我的车顶，大声喝问我："你这个低等的两脚动物，为什么毁了我的实验室？"它一生气，全身的毛就会竖起来，看起来像是一团雪白的绒球，并且把我的车顶抓出了几道很深的伤痕。

然后，我们妥协的结果是，这车库还是我的，而我家的地下室却得清理出来给它当实验室。我拼死拼活帮它将那些死猫、死狗、死老鼠和什么见鬼的血藤搬到地下室，而它却躺在沙发里看电视。我从来没教过它怎样使用电视机，它是自己学会的。用它的话说：如果把你送回到大石器时代，你会弄不懂石斧的用法吗?

好不容易帮它搬完东西，我却发现阳台上的仙人掌只剩下了半棵，一问，才知道是它当成午餐吃掉了。这家伙一天所吃的东西比它的体重还要重，这点我失算了。吃完晚餐之后，我去洗了个澡。

我洗完澡，刚想跟它提起魔菟丝子的事情，却发现锥形瓶已经空了。我一把拎起他，问："瓶子里的东西呢？"

它咂了咂嘴巴，说："我吃掉了，味道不是很好。希望以后不要买这种难吃的食物回来。"

5分钟后。

"原来这东西就是魔菟丝子唉。"它漫不经心地说，用前腿敲打着键盘，在上网看新闻。新闻是有关魔菟丝子的最新报道。到今天为止，已经有40000人死在了魔菟丝子之下了。

"所以，我想问你，有没有什么方法可以除掉这种可怕的植物。"我抚摸它，问。

它懒懒地躺在键盘上，说："才40000人而已嘛！每天死在你们人类手上的动物都远远不止这个数字。"

"这是我们人类制造出来的恶魔，我们有责任消灭它。"我说。

它那九条比身子还要长的尾巴逐一摆动着："哦！如果全天下的人类都有你这样的责任心，这星球就太平得多了。告诉我有关魔菟丝子的故事吧。"

有关魔菟丝子，就得从四年前说起了。

当时，我还是一名博士生。

四年前的一天，我和导师在苹果树林里散步。

果树的长势不错，我说："老师，看样子，今年的收成不错。"

导师放眼望去，满眼的绿色，全都是苹果树。然后叹气："本来，这儿应该是混合林的。单一的作物，虽然可以取得不错的经济效益，但是抗灾能力和环境调节功能却是非常薄弱。而且，农民的收入也不高。大量使用化肥，不但使土地退化，也是一笔巨大的开支。”

我分析了一下土壤，发现了虫卵，说：“导师，看来今年会有虫灾。”

“成不了灾的，你最近没有看新闻吗？各级部门已经在预防了。我现在所想的，是如何才能在更经济的手段下，使农作物长得更好。”导师的父母都是农民，小时候已经为了他的学费发愁，所以导师对提高农民收入的研究特别重视。

“一年前，你让水稻长出了固氮根瘤菌，已经让不少氮肥厂破产了，你现在还想干什么？”我问导师。

“让磷肥厂也都破产，这些工厂的污染太大了。”导师这次想让植物自己去合成磷肥。

回到实验所，导师在槐树下休息，突然，一个西瓜掉了下来，险些没砸到他的脑袋。没错！就是西瓜。导师特别喜欢吃西瓜，所以利用转基因技术，硬是让这棵槐树长出了西瓜。

导师抬头，看见了槐树上的菟丝子，然后大声叫起来：“想到了！我想到了！是菟丝子！”

从此以后，导师就开始改造菟丝子，因为这种植物能寄生在其他植物身上，适应性比较广。

过了一年，我在实验室里看见了一棵会走路的绿色菟丝子。导师很是得意：“尉迟，佩服我吧！我把叶绿素植入了菟丝子体内，这样它能自己合成养分，对宿主的伤害就小得多了；同时，我还参照捕蝇草的原理，让菟丝子能自己捕捉昆虫，获取足量的磷，并与宿主分享。这样一来，不但能够提供足够的磷，而且还有自动防止病虫害的能力！我真的很天才吧？”然后是一串和身份完全不符的狂笑声。对此我已经见怪不怪了。

然后，就是噩梦的开始。

不知怎么搞的，实验室的魔菟丝子流传了出去。估计是被人偷走的。

就是我们以前过去的那个果园，今年的树木长势特别好，结出的苹果非常多。但果园的主任已经有两个月没有出现了。起初谁也没把这当一回事。因为那个人本来就是深居简出。

后来，收购苹果的公司派人进入了果园，一名公司的职员发现了果园的主人——一架衣衫完好的骷髅，如提线的木偶一般的挂在苹果树上，身上缠满了绿色的魔菟丝子。

那名职员报警了。警方的初步认定这是一桩谋杀案，然后想把那副骷髅弄下来。那些魔菟丝子却在瞬间把好几名警察也卷了进去，随着凄厉的惨叫声，魔菟丝子把消化液注入了体内，于是果园里又多了几副骷髅。

导师他从来没想过，魔菟丝子什么动物都吃——只要那东西有养分。

再然后，我的导师自杀了。有流言说，是他把魔菟丝子带出了实验室。

然后，全世界范围内都出现了魔菟丝子的踪影。没有人知道为什么这东西会流到国外去。

到最后，就是这个永远也没有收拾干净的残局。

当我说完这段往事的时候，小猫懒洋洋地打了个哈欠，说：“也只有你们这些行事莽撞的地球人能够弄出这么莽撞的植物来，我要睡觉了。”

“看在我养你的份上，你就不能帮我想想办法吗？”对于一个拥有足够高的科技，能在宇宙中任意来往的种族来说，对付这种发疯的植物也许不过是举手之劳而已。

“现在我没有任何办法。如果想要我帮你，明天留下来陪我呀！晚安！”小猫闭上眼睛，九条雪白的大尾巴被子一般盖在身上。

我在电脑里找到一行文字，是小猫打出来的：青山之丘有兽焉，其状如狐而九尾，其音如婴儿，能食人，食者不蛊。这是《山海经·南山经》中有关九尾狐的介绍。

次日，我请了一个假，和小猫一起待在家里。小猫跳到池塘里捉到了一尾鱼，往地下室里拖。我问它："你为什么老是把死猫、死狗、死老鼠往家里搬？这是你们九尾狐的习性吗？"

小猫摇头："飞碟爆炸时，我寄生的身体损坏了。现在得重新制造一个，这需要大量的动物组织。"

我一把把它抓起："听着，不管你基于什么理由，都不能把这些死猫、死狗往家里搬！我讨厌这些东西！"

小猫挣脱我的"魔爪"："你不是想要我帮你吗？但是以我现在的样子，是没有办法帮你的。我虽然拥有比你们地球人多得多的知识，但是我现在的脑容量只有你们人类的四分之一，绝大多数的知识都已经处在'压缩状态'，无法启用。我需要一副新的躯体，拥有容量足够大的大脑，才能恢复我原来的水平。"

"新的躯体？"我很惊讶。

"不明白吗？我们九尾狐是寄生生物，向来都是寄生在其他大型生物的体内，通过对大型生物的DNA进行逆转录，使其长出足够大的大脑，以供我们利用。否则，你以为我们依靠这么小的脑体积和只能用来刨地的前肢，就能创造出比你们地球人还要高的文明？"小猫说完，又继续拖那尾可怜的鱼。

我惊呆了，想不到，这宇宙中竟然会有一种寄生生物能创造出比人类还要高等的文明。我问："你们将别的生物躯体变成你们的身体，不嫌太残忍了吗？"

"彼此彼此！你们人类不也是为了建立自己的文明，将不少动、植物都逼到灭绝的边缘了吗？我们之间，谁更残忍？”小猫的反驳非常有力，我不知道应该如何回答。

“你造一个躯体，最快要多长时间？”那些魔菟丝子正在不断变异，时间拖得越久，对我们就越不利。

“最快也要一年，人家要制造一副倾国倾城的女生躯体嘛！”小猫的九条尾巴一同翘起来。看来喜欢变成美女是九尾狐的天性，从殷商末年的苏妲己到日本传说中的玉藻妖姬，都是倾国倾城的尤物。

“不能快一点吗？每拖一个月，就是数千条人命啊！”我很心急，知道这件事拖不得。

“也并不是没有办法，你给我找一个现成的女孩子来，这样只要一天就够了。要美女哦！”小猫跳到我肩上。

这绝不可能！我不能为了这件事，牺牲一个无辜的女孩的生命。看来狐狸精都是靠不住的，我决定靠自己。所以我转身离去。

“喂！你要去哪儿？”小猫问我。

“去买菜，做午饭。”这是所有单身男子的悲哀。

“帮我买些鱼，送到地下室给我。”小猫在跳下我的肩膀之前，是这么说的。

下午，我在实验室里，面前又有两排从世界各地送来的魔菟丝子样品。这东西变异得太快了，快得连我们研制的最新药剂都无法应付。

我在实验室里发呆，想起今天把鱼送到地下室时所看到的情景。地上，全是结了茧的动物尸体，墙上和天花板上全都是血管一般跳动的红色“藤蔓”。我清楚这些不知是动物还是植物的“藤蔓”绝对不是地球上任何已知的物种，很明显是小猫弄出来的。

小猫说，它所在的星球是一个几乎没有受到科技破坏的世界，它们九尾狐为了尽量不影响整个大自然，所有有可能对环境造成破坏的建筑物都深深地埋在地下。所有的九尾狐体内，都“寄生”有大量动、植物的胚胎细胞，在有必要的时候，可以释放出来发育成熟，为它们服务。

很多病毒都有逆转录DNA的能力，但是如果一种智慧生物也拥有这样的能力，就太可怕了。但是九尾狐就偏偏是这样一种生物，它们能对大多数生物的遗传密码进行修改。这是在漫长的进化过程中，大自然赋予它们的可怕的特殊能力。

小猫还说，在过去的数千年里，有不少九尾狐来过地球。我知道它没撒谎。古代的传说中，有关九尾狐的实在不少，传说九尾狐能够修炼成人形——大概就是像小猫这样“修炼”的吧。

“小家伙，在发呆吗？”我的助手老邹问我。他向来会故意忘记我是他上司这个事实。

“你最好称呼我尉迟博士。”我趴在桌子上回答。

“病毒已经完成了，经过实验，效果好得出乎意料。要不要批量生产对付魔菟丝子？”我是整个计划的负责人，他当然要向我请示。

“先放着吧，我对这东西不放心。”魔菟丝子是一种可怕的垃圾植物。它的细胞壁很薄，很难有效阻挡来自外部的各种化学物质的干扰，而它的遗传密码纠正系统却又丢失了，DNA复制出错乃是家常便饭。这两点，决定了它非常可怕的变异能力。

当初，我为了对付变异快得离谱的魔菟丝子，提出了用病毒对付它的计划。这种病毒只能寄生在魔菟丝子的体内，并通过溶解植物的细胞壁对其造成破坏。病毒是一种变异很快的生物，相信一定能够随着魔菟丝子的变异而变异。植物变异得再快，也没病毒快。我想起了小猫，总想问问它我是不是在什么地方犯了一个致命的错误。在它这种和植物共生的智慧生物面前，我可不敢以生物学家自居。

一份请帖放到了我面前，我打开一看，是联合国发来的。邀请各国顶尖的生物学家共商对策，对付这可怕的生物，出发时间就是现在。

现在就出发？家里的小猫怎么办？老邹看见我的表情，以为我是有什么客人留在家里，于是说："不管有什么事，现在的时间已经很紧了，你家里，我会照顾的。"然后不由分说，就将我推向了楼顶的电梯。

我老是有一种很不安的感觉。直到10个小时之后，飞机快要到达目的地的时候，我突然发觉我担心的是老邹，而不是小猫。小猫机灵得很，就算把它丢到撒哈拉大沙漠也死不掉，但是那姓邹的就不一样了。按照《山海经》上的记载，九尾狐是会吃人的！天知道我们的邹先生会不会被小猫吃掉！

一下飞机，我就给家里打了个电话，果然，那头传来小猫的声音："喂！我捉到一个地球人……"

"他还活着吧？"我大声问。

"目前没有吃掉他的打算。我估计那家伙最起码有三天没洗澡了，闻起来很臭，完全没有食欲……"

我长长地吁了一口气，还好！然后我告诉小猫："放了他。"

"不要！那家伙……"电话突然断了，我有一种很不安的感觉。

只有半天的时间调整时差，然后会议就开始了。

一开始，大会主席就说："大家都知道，魔菟丝子给这世界造成了巨大的灾难。据最新的统计，已经有最少50000人丧生在这妖怪的手里。这妖怪植物最新的变异体，已经模糊了我们有关动物和植物之间的区别……"大会主席身后的大屏幕出现了魔菟丝子不同部位的不同细胞。很明显，它有些细胞拥有类似动物肌肉细胞的结构。这都是我的导师的杰作！多年前，人们把萤火虫的DNA嵌入烟草中，就成功地培育出了会发光的烟草，这说明动植物之间并没有不可跨越的鸿沟，而我的导师更是使之发挥到了极致，研究出了会爬行的魔菟丝子！

再接下来，本来应该是大家各抒己见，讨论对付这种妖怪植物的方法。但是谁也不说话，除了我手中试管内的新病毒，所有的方法都试过了。会议室的气氛像被埋进了棺材一般死寂。

突然，大会主席又发言了，神色间带着激动和恐惧：“据刚刚收到的消息，那东西开始袭击各大城市。这是受到攻击的城市的名单……”大屏幕上出现了一连串城市的名单，不少在座的科学家都面带悲色，有人还低声哭泣起来。我在名单上看见了我家乡的名字，心里一阵冰冷……不！不会有事的，有小猫在……但是我还是无法使身体的寒颤停止下来。

“现在，让我们为死者默哀……”大会主席的话还没说完，一根巨大的绿色藤蔓拱破了屏幕，干脆利落地把他吞掉了。那根藤蔓……不！不是一根藤蔓，是数十根藤蔓纠结在一起！

会议室乱成一团！一名英国科学家被藤蔓卷起，我心急之下，已经顾不得什么后果，打开试管，将那少得可怜的病毒样品往藤蔓上泼去。

那藤蔓好像被泼上了硫酸的蚯蚓，立即剧烈颤抖。藤蔓沾上病毒的部位就像是沙漠中的冰块，迅速融化了，而且伤口还在不断的蔓延！

成功……了吗？那名英国科学家被抛在地板上，全身漆黑，眼看是没救了。他曾经开发出剧毒的生物除草剂对付这种植物，不但没成功，还使魔菟丝子从此带上了剧毒。我的细胞壁溶解病毒，是否也会造成同样的结果？

事后，我所担心的事情并没有出现。据调查，这根藤蔓是从排水管爬上来的。我那一管病毒，使得隐藏在整个纽约下水道中的摸菟丝子被融化了个一干二净。各国开始生产这种病毒，用来消灭魔菟丝子。

我成了英雄。

不知为什么，那一管细胞壁溶解病毒，老是让我心头不安。

回到被魔菟丝子破坏得狼狈不堪的家乡，已经是一个月之后的事情了。走下飞机，迎接我的是鲜花和美酒，还有拼命往里挤的记者。

但是我最想做的，就是立即赶回家。

家乡的重建工作已经开始，但是我家却没人敢靠近。因为传说我走了之后，这儿就开始闹鬼。毫无疑问，是小猫搞的鬼!

我的整栋房子现在都爬满了常青藤，看起来好像荒芜了几百年一般。我想打开门，却发现门好像被锈住了一般，纹丝不动。我无奈地坐在门口，开始体会有家不能归的痛苦，不料门却突然自己开了。

门后面没有人。我家的门什么时候变成自动门了？我怎么不知道？我走到门背后，明白了。门后连有一根肌肉一样的东西，但却是蓝色的。

客厅里全是蜘蛛网，却闪着金属般的光泽。我走近，看见那“蜘蛛网”上是一个女孩子的倒影，然后迅速转身，却没有人。再看“蜘蛛网”，却看见了一个七窍流血的女鬼。

没有风，窗户却自己哗啦哗啦地在动，灯光一闪一闪，楼梯没有人却有脚步声，水龙头里流出来的是血……我推开浴室的门，看见正在浴缸里游泳的小猫。然后我忍不住大声怒吼：“小猫！你为什么把我的家变成了鬼屋？”紧接着，我的脸上就多了几道血痕。

小猫最痛恨别人偷看它洗澡，尽管我多次声明我对四条腿，九条尾巴的动物不感兴趣。

十分钟后，我的脸上涂满了红药水，我不知道是否还要去注射狂犬病疫苗。小猫坐在我面前抱怨：“你知不知道让我一个女孩子家，独自住在这里，很危险？听说这年头色狼多，不把整个家变成鬼屋，怎么会有安全感？”

我不想讨论这个问题：“我那个姓邹的助手呢？还没有被你吃掉吧？”

“没胃口！”小猫抱怨了一句，然后我看见老邹从楼上走了下来：

“姓尉的，想不到你真的收养了一只外星小猫。魔菟丝子的事情摆平了？”

“再说一边，我姓尉迟，不姓尉！关于魔菟丝子，看起来应该是被消灭了，不过我不敢肯定。”我刚说完，就看见小猫一副不屑一听的样子，那九条尾巴翘得半天高。

老邹脸色沉重：“你的小猫说，情形不容乐观。”

“为什么？”我问小猫。

小猫不理我，倒是老邹回答了：“它把你一直暗恋的那个女孩的所有照片全部撕掉了，看来在吃醋……”

“滚！”小猫全身毛发倒竖，大声吼了起来，怒火冲天的语气和柔美的声音完全不搭调。

老邹逃跑了，小猫冷冷地盯着我：“那种以貌取人，以身高判断一切的女生都值得你暗恋，看起来你真的没救了。”

“请你不要说她的坏话，阿其鎏谟衍楼娜。”我倒了一杯葡萄酒，自己喝。我这人一生气就喜欢喝酒。

小猫跳到我的大腿上，问：“你一直都记得我的名字？”它的名字又长又拗口，但是我的记忆力向来不差。

“她是我10年来的梦中情人，我希望你不要侮辱她。”暗恋了一个女孩10年，就算我永远追不到她，也不希望别人说她的坏话。

小猫收起爪子：“我破坏你对她的好感，只不过是不想让你很难过罢了。你离开之后，发生了一些事情，希望你有心理准备。”

我的心一凛，问“什么事？”

“她被魔菟丝子寄生，已经活不久了，我无法拯救她。明天，我们去看她，好不好？‘小猫在我大腿上蜷成一团，说。

次日清晨，小猫在洗手间外大吼：“姓尉迟的，你好了没有？肠胃不好就不要喝酒嘛！”半个小时之后，我终于能出门了。

我开着那辆被小猫摧残得不成样子的车，前往医院。小猫趴在我的肩膀上说：“姓尉迟的，我想我应该精心挑选几条蛔虫给你吞下去。”

“为什么？”我问。

“肚子有蛔虫的人不会得肠炎。”小猫用它其中一条尾巴轻拂我的鼻子。

啊噫！我问它：“这和死人不会生病是不是同一个道理？”

“蛔虫很爱护自已赖以生存的环境的，如果你的肠道有什么问题，它们会很努力地修复的。当然，如果它们‘虫口膨胀’，就会在你的肚子里面打起来。所以，我会精心挑选雄性的蛔虫，避免这种事发生。”它的九条尾巴轮流晃动，那样子仿佛在说蛔虫比人类善良。我知道，在我买下一辆尾气零排放的汽车之前，最好不要和它讨论这个问题。

所以，我换了一个话题：“你是怎么认识小雪的？”小雪就是那个我暗恋了10年的女孩。“你走了之后，你那姓邹的助手告诉我的。然后我就去跟踪她，发现她正和一个比你高、也比你帅的男生在热恋着。正在这时，魔菟丝子突然袭击了这座城市。那时他们正在大街上拥抱，旁边有个下水道的盖子，魔菟丝子就从那儿钻了出来。那男的为了脱身，竟然把小雪往魔菟丝子推去。是我救了她。”

我的手在发抖，想不到，这世上竟然有这么狠心的男人。

小猫又问：“听说你是在愚人节那天向她表白的？为什么？”

“那天我刚好有空。”

“你白痴呀！居然在愚人节表白！你暗恋了她10年，她本来是很感动的！她只不过开了一个愚人节玩笑，你就把事情弄成这样了！”小猫在我的肩膀抓出了好几道血痕。

小雪的病房里，小猫正在和小雪聊天。看来小雪已经知道它是外星生物了。小雪的手臂上已经出现了绿色的斑点，我知道，那是人体对魔菟丝子的消化液的过敏症状。小雪是这个世界上第一个从魔菟丝子的“魔爪”下逃脱的人，但是也只有三天的生命了。

医生说，小雪的病情已经得到了控制，斑点开始消退，但小猫告诉了我一个更可怕的事实：那消化液中带有魔菟丝子的孢子！最保守的估计，三天之后，孢子会发芽，而小雪的血液就是最好的营养物质。

想象心爱的女孩身上长出可怕的植物，然后痛苦地死去……这是一副令人无法接受的恐怖画面。

我站在阳台上，觉得自己是个笨蛋。小雪说，其实她喜欢我。如果那天不是愚人节，她一定会答应我，也绝对不会跟别人走在一起。现在我知道我错了，但是她却只剩下了三天的生命。

突然，医院内一阵骚动，有人大声尖叫。我急忙冲到一楼，惊呆了：老天！那是什么植物？几根直径一尺多粗的绿色“巨蟒”拱破地板，对人们发起疯狂的袭击！一根“巨蟒”勒断了一根柱子，整栋医院大楼摇摇欲坠！

小雪抱着小猫跑了下来，一根“巨蟒”缠住了她们！

“退开！”小猫从小雪怀中跃出，爪子狠狠在“巨蟒”上面留下了伤痕。绿色的汁液渗出，这根可怕的蔓藤化为了黑色，迅速枯萎。

“快逃！”我抱起小雪，逃离了医院，跳上一辆没有人的车，拔出电线点火离开。整个街道，都是这种可怕的植物。好像拥有了智慧一般，它们是在同一瞬间对整个城市发动攻击的！

晚上，我们三“人”躲在我的“鬼屋子”里，小雪哭了。

我的手机根本联系不上任何人，整个城市停水停电，已经完全瘫痪了。

小猫在整个房子里跑来跑去，但是我不知道它在忙什么。然后，日光灯闪了几下，有电了。

“怎么回事？”我问小猫。我记得电力供应已经完全中断了。

“太阳能发电呀！这段时间，我把整个房子外面的爬山虎改造成了拥有太阳能的植物，蓄了不少电力呢！”改造植物是它们九尾狐的拿手好戏。

“不要跟我提改造植物！”一提到对植物的基因改造，我就觉得恶心。那些可怕的魔菟丝子就是这样弄出来的！

外面不断有惨叫声传来，魔菟丝子已经完全疯狂了。我不知道小猫在我的家里弄了些什么东西，整个城市，只有我的房子是安全的。

小雪缩在我的怀里，我紧紧抱着她。这是第一次，我接触她的身体。小雪哭着问我：“尉迟，这个世界上，除了我们，还有其他活着的人吗？”

“大海上、沙漠里、高纬度地区，这些都是魔菟丝子无法生存的地方。魔菟丝子是无法毁灭人类的。”我只能这样骗她。我知道虽然有一些幸运的人能够活下来，但是人类的文明已经在崩溃的边缘了。

今天在医院里那可怕的一幕，我清清楚楚地知道，魔菟丝子再次发生了巨大的变异。从这次袭击的突然性和猛烈性来看，这些魔鬼植物很可能拥有了——智慧！

我的导师真是“天才”！

天亮了，小雪手臂上的绿色斑点已经开始扩散。我知道，她也许活不过今晚了。

阳台上，小猫蜷成一团，看着窗外的风景。

外面是一片绿色，许多细小的花花草草正在茁壮成长，但是长得不是地方。窗外本来是一栋豪宅，但现在爬满了魔菟丝子。这种魔鬼植物身上带有不少其他植物的种子，它供给植物充分的养分，让它们成长。菟丝子没有真正的根，所以要寄生在其他植物上，获得土壤的营养。现在看来魔菟丝子很显然已经成为一种“智慧植物”了，懂得自己栽种植物，以供寄生。

我知道，现在整座城市，已经成为一片森林，魔菟丝子的森林。

“魔菟丝子比你们环保多了。”小猫对我说。

“想象你们人类是怎么称霸地球的吧！在我的记忆中，还从来没有其他一种生物，对整个星球的几乎所有生物都构成威胁，你们地球人没有资格使用“残忍”这个词。”小猫伸了个懒腰，九条尾巴如孔雀开屏般打开。

“小猫，我们真的无法除掉这些可怕的生物了吗？”小雪轻声问。

“方法当然有，但是你要先给我一个救你们的理由。”小猫的回答心不在焉。

“那么你先给我们一个不救的理由。在我国古代的传说中，九尾狐降世，代表着这个世界将会迎来一个治世。我希望你的到来，也不例外。”小雪的身体已经很虚弱了，所以声音很小。小猫接过话尾说：“然后倒霉的就都是我们九尾狐！前段时间我才看完《封神演义》，里面姜子牙成了功臣，苏妲己却因为‘祸国妖妇’的罪名被杀了！”它很气愤。

“没得商量了吗？”小雪很绝望地问。

“这样子，你就再也吃不到你最喜欢的猫食了。”我对小猫说。

它的九条尾巴同时颤动了一下：“事情也不是完全没有商量……”看来和传说中一样，九尾狐最大的缺点，就是禁不起诱惑。

“你答应援手了吗？”小雪问。

小猫点头：“恩，就救你们一次吧！如果你们人类还是继续玩这种不计后果的游戏，总有一天把自己玩灭亡的。到时候就当是天谴吧！”然后它看了小雪几眼，“你长得蛮漂亮的嘛！将就点也可以了。”

“在大学时代，小雪是校花嘛！”我说。

它问小雪：“你愿意牺牲自己的生命吗？”

“反正我的命已经不长了，如果能救大家，我愿意。”小雪很平静地说。

“好！”小猫突然跳起，锐利的爪子撕开了小雪的衣服。血，从小雪胸前流出！

“你在干什么！”我猛地扑了过去，想阻止这条发疯的九尾狐。几条藤蔓，从墙壁扑了过来，缠住了我。我只能眼睁睁地看着小猫往小雪的身体里钻！

小猫雪白的毛皮落在地上，那只是一个空壳子。真正的它，已经进入了小雪体内。

小雪胸前的伤口迅速愈合，最后，竟然看不出任何异状。藤蔓松开了，小猫……那个名叫阿其鎏谟衍楼娜的外星生物杀了她……我无法再控制自己，抄起桌子上的水果刀，就向她的心脏捅去！

血……再次流了出来！

她——也许是它，慢慢睁开眼睛，慢慢将刀子拔了出来，丢在地上。刺中了心脏，居然没有流多少血。伤口的肌肉迅速愈合，迅速结痂，然后脱落。没有留下任何伤痕！

一头不死的怪物！我心中的恐惧，不亚于看见魔菟丝子的变异。

“你在干什么？”她有气无力地问我。

“你……是小雪……还是小猫？”

“小雪。小猫要到明天清晨，才能完全控制我的神经系统。小猫说，其实它也很喜欢你。”小雪小声地说。

“小猫……这个魔鬼……”我很痛恨它。

小雪轻轻捂住我的嘴：“不要这样说，它不是。它，你，还有你的导师，谁都没有错。本来，我的命就已经不长了。能早一日让小猫得到一副躯体，那可怕的植物就可能早一天被打败。如果牺牲我一个人，能拯救大家，又何乐而不为呢？”

窗外，是一片触目惊心的绿色。实验室被毁，所有的数据全部丢失了。除了小猫，这世上只怕谁都没有办法再和那绿色怪物斗下去。站在另一个角度上来考虑，小猫的残忍，小雪的牺牲，都是迫不得已和正确的。

“我想到外面看看。”小雪的建议，我答应了。

我和她来到后院，邻居家那条有跳蚤的狗正在这儿避难，现在它正在寄生有普通菟丝子的大榕树下乘凉。池塘里，有几块石头一样的东西，那是小猫落到地球时所搭乘的救生舱残骸，我骗小雪说是一座假山。

院子外，是可怕的魔菟丝子森林。我叫那条狗让开，好让我和小雪躺在这儿。

我抱着小雪。她问：“尉迟，你还记不记得，我们第一次见面，是在什么时候吗？”

“大学图书馆里。从那以后，我整天跟在你身后。有一天，你问我为什么整天跟着你，我答不出来。”大学时代的尴尬事，我一辈子都忘不了。

“其实，我在那个时候就已经知道你的心意了。刚开始的时候，我觉得你很烦。但是想不到，你竟然10年来痴心不改。如果一切能重来，我一定在最初的时候，就答应和你交往。”小雪说着，笑了，笑得很凄苦。人生无法重来，她的一切，将很快结束。

我们就这样坐着，让时间在手掌中一点一滴流过去。太阳慢慢移到天空正中，又慢慢西斜，然后，是美丽的落日。

黄昏的彩霞投在整个大地上，给这本来繁华现在却是一片死寂的魔菟丝子森林抹上了荒凉的气氛。

夕阳无限好，只是近黄昏。小雪流泪了，她的生命，以只能用秒来计算。

“尉迟，你哭了。”听到她这句话，我才知道自己也哭了。

“尉迟，笑一下，我不想看到你的眼泪……”她为我擦去泪水，挤出一抹微笑，带泪的微笑……“尉迟，如果有来世，我想嫁给你……还记得大学的生物比赛吗？你赢了，在颁奖台上笑得很开心……我也很开心……”晚霞渐渐变成灰色，小雪的声音也越来越小，眼睛渐渐闭上。

“小猫是一个好女孩……希望你能把它……当成我……”这是小雪的遗言。

她慢慢睡去，在我怀里，虽然还有心跳，虽然还有体温，但是我知道，小雪已经不在人世了。明天太阳初生的时候，醒来的将会是另一个女孩，一个名叫阿其鎏谟衍楼娜（或者小猫）的女孩……漆黑的夜晚，漆黑的“城市”，唯一的亮光只有我的家。我听到了直升机的声音，然后，我看见了闪烁着灯光的直升机。他们来救我了。相信他们是看到我家的亮光，才过来的。

直升机还没停稳，老邹就先跳下来。他看到我还活着，激动得痛哭流涕兼跪拜苍天：“上天保佑……我们最优秀的科学家还活着……”我倒是一点都不激动，知道只要他们还活着，迟早都会找到我的。所以，我只是抱着怀中不知道应该称呼为小猫还是小雪的女孩，走上了直升机。

我问老邹：“我们去哪里？”

“南极！我们去南极！”他的激动还没停止。

“为什么去南极？我记得这种植物还无法在沙漠生存。我认为罗布泊比较近。”

“那儿已经不安全了，全国都把顶尖的科学家送到了南极。”老邹说着，哭了。我知道，他的老婆孩子都在罗布泊。

小猫醒来的时候，我们已经在轮船上了。看着渐渐远离的南中国海，我哭了。我的父母，我的恩师，我的朋友……他们都永远留在那片土地上。我发誓，总有一天，我会回来的……现在的南极是秋天，白天18小时，晚上6小时。

巨大的防护罩，隔绝了冰冷的空气，但基地内的气温还是达到零下3℃。

我躺在床上，看着站在窗边发呆的小猫。从家乡到南极这段漫长的旅途中，小猫越来越漂亮了。她的美容方法很绝——直接修改基因。看着各国科学家不停地忙碌，我实在提不起工作的兴趣。别人也许不知道魔菟丝子为什么能在短短的时间内发生如此大的变异，但是我知道。

所有的植物都有细胞壁，我针对魔菟丝子发明的细胞壁溶解病毒，可以说是釜底抽薪的一击。但是我失败了。现在的魔菟丝子，失去了细胞壁的束缚，反而更接近动物细胞了。其结果是魔菟丝子变得体积更庞大，活动更灵活，危害更严重！我的任务是收拾导师留下的烂摊子，结果却弄出了一个更烂的摊子。我解开了魔菟丝子的最后一道封锁！

对于这种既不是动物，也不再是植物的东西，我们只能将其称为——怪物！

“不得了了！小尉！”老邹撞开门跑了进来，手中拿着一份最新的研究结果。

“我姓尉迟，不姓尉！”我都不记得这是第多少次提醒他了。

“你们在最新的魔菟丝子样本中发现了神经元细胞，对吗？”小猫在我身边发问。

“导师一开始就在魔菟丝子中加入了指示分裂出神经元的细胞的基因，只不过后来不知为什么，这基因变成隐性的了。我本以为这个基因在变异中丢失了，想不到居然还有。”我还是很平静。

“你们究竟怎么了？为什么到南极的这一个月当中，什么研究也不做，就只会发呆？但为什么我们每一步的研究结果，却又全都在你们的预料之中？”老邹大声问。

“相信现在大家的基础工作已经做得过多了。告诉大家，下午开会。从今天开始，这儿的一切由我指挥。”我的声音很冷，就如这儿的天气。自从离开祖国，我的脾气就完全变了，变得冰冷冷的。

“你想他们会听你的？他们可都是独当一面的大科学家！”老邹觉得我发疯了。

“他们没有选择的余地。我们剩下的资源已经不多了，为了保证获得最后的胜利，我不得不采取铁腕手段。告诉大家，我们的对手是一种智慧生物。”我的声音更冷了。

“智慧生物？”老邹吃惊不小。

“去传达我的命令！”我甚至动用了“命令”这个词。

老邹“滚”了出去。

“你有把握完全控制这儿的所有警卫人员吗？”我问。

“没问题。控制心灵，本来就是我们九尾狐的强项。”小猫打开衣橱，里面满是白蚁一般的虫子。这是一种寄生生物，能通过释放一些特别的激素，使宿主产生被催眠的效果。非常时期，只能用非常手段。与整个人类的灭亡相比，一切，都是微不足道的。

虫子飞了出去，我从后面抱住了小猫。小猫说：“尉迟，你变了。现在的你，不再是以前那个二十八岁的大男孩了。”

“记住，我的全名叫‘尉迟敬德’，和唐代那位著名的将军同名。”

大会议室里，我面对的是各国顶尖的科学家。

“各位，相信我不用再做自我介绍了。现在，这儿的一切，都由我控制。整个基地所有的警卫，都已经在我的控制之下了。”在主席台上，我这样宣布，冰冷的语气不带一丝温度。

“你疯了？”一名日本科学家第一个反对。

咔！一名警卫把枪对准了他。

“我知道，大家都在为了对付这种魔鬼生物而竭尽全力，我表示很感激。但是大家都忽略了一个很可怕的事实。我们所要消灭的魔菟丝子，远远比我们想象中的可怕。它和我们人类一样，是一种‘智慧生物’。”

会议室里一阵骚动。我很清楚，当我们人类引以为豪的“智慧”被其他生物所拥有时，人类的恐惧，必然是空前的。因为除了“智慧”我们几乎一无所有。

“不可能！它们并没有高度发达的神经系统！不可能拥有智慧！”一位德国科学家几乎陷入了疯狂状态，他的大脑已经无法做出正确的判断。

我身后的大屏幕显示出了一组图片。非洲热带雨林中，金丝猴在魔菟丝子藤蔓上悠闲地荡秋千；澳大利亚草原上，羊群在啃食魔菟丝子；非洲大草原上，各种各样的动物和这种可怕的植物相安无事……再然后，是被魔菟丝子所摧坏的各大城市。

“这些图片很清楚地说明，这些新变异的魔菟丝子，只攻击人类，它们并不想毁灭一切，而只想毁掉最大的威胁——我们人类。它们是寄生植物，如果疯狂攻击这世界上的所有生物，势必破坏整个地球的生态链，从而失去寄生的基础，导致自己的毁灭。真是莫大的讽刺，这种可怕的植物，竟然比我们还懂得保护环境！”我冷静地分析。

“上帝的审判……这是上帝的审判……”一名意大利生物学家不住地画十字。

“拥有判断力，知道谁是敌人，谁是盟友，这可怕的生物，看来真的拥有智慧……”一位韩国科学家陷入了沉思。

“这种东西只拥有简单的神经节，为什么会拥有智慧？”一个法国植物学家问。要是平时，这个问题相信他自己也能回答得出来，但现在他的智力显然已打了折扣。

“相信大家都见过蜜蜂吧？单个蜜蜂，和其他的昆虫并没有什么两样。在简单的神经节指挥下，单个蜜蜂所能做出的一切并不比和它同一等级的昆虫高明多少；但形成蜂群之后，它们的活动却表现出了远远高于单个蜜蜂的智慧。魔菟丝子的智慧，就和蜂群类似，只不过数量和质量都高级得多。在座的有不少都是生物学界的权威人物，相信我不必解释得太多。”

最后，我们敲定了最终的应付方案。我们决定改造一种昆虫，把这种可怕的怪物吃掉。

我回到房间的时候，发现小猫正在照镜子。她越来越漂亮了。以前，我为周幽王为博美人一笑而失去江山感到实在不值，现在我的观点改变了。

“出去走走吧，我想让所有的人都知道我有一个美丽的女朋友。”我建议。

“也好。不过，我对外宣称是你妻子。”小猫很平淡地说。本来小雪的这副躯体，同样和我是28岁，但经过小猫的疯狂改造之后，看起来竟然不到18岁！

我惊呆了，然后被她拖了出去。

基地顶楼，有一个小型的露天酒吧。现在是晚上，刚好有美丽的极光出现。在我们身后，正在喝日本清酒沉思的是那名韩国的科学家。

“真美。”小猫抬头看看极光，感叹。

“真希望这一刻能够永恒。”我说。

“我想起了魔菟丝子森林，那也很美，但是很可怕。”

“想不到，那东西竟然拥有相当于我们六成的智慧。”我感叹。

“你没有把魔菟丝子最可怕的地方告诉他们吧？”小猫问我。

“什么？还有更可怕的？”那名韩国科学家突然转身问我，脸色都变了。他用的是汉语。

我和小猫一直都在用汉语交谈，想不到他居然能听懂！

“很高兴认识你，怎么称呼？”小猫和他握手。

“我姓朴，你……啊！”他大惊失色，看着自己的手掌逐渐浮现出斑痕。

“我叫小猫。我们可以把秘密告诉你，但是如果你敢透露一个字，这有毒的寄生菌就会让你瞬间毙命。”小猫的手段向来都非常狠。

小猫分析说：“这些魔菟丝子，现在可以说是同时拥有动物和植物的特征。从它现在体积变得如此庞大这一点来看，可以得知它的日常新陈代谢一定需要吸收非常多的能量……这些，光凭它体内叶绿素提供的能量，是远远不够的。它们没有真正的根，使得它们可以像蛇一般迅速蔓延。但它们的缺点也是显而易见的，除了吞噬动物——主要是人类——以外，成长所需要的能量，各种矿物质以及大量的水分，只能来自它寄生的植物。”

小猫拿出一张世界地图：“在魔菟丝子的肆虐下，现在整个地球的绿化面积达到了76%，环境也大为改善，这是不是一个好现象呢？”

我真的很想揍小猫两拳，这家伙，死活都不忘讽刺我们人类两句！

小猫问我：“当年你的导师是把哪种神经元细胞基因植入魔菟丝子

中的？”

“猿猴的。”我回答。

“老天！是和你们一样的灵长类！这就是最可怕的地方了。众所周知，你们和猴子最大的区别，就是远远占据优势的神经元数量。这些魔菟丝子越来越多，而且不断融合，虽然按比例来说，体内所占的神经元比你们少得多，但是你看这面积。”

小猫说着，用铅笔在大洋洲打了个圈：“这儿的魔菟丝子已经连成了一片，它们之间可以互相传递信息。无可否认，分散的神经元和庞大的体积造成神经信号的交换严重延时，使得它们的智商大打折扣，但是有巨大的数量优势做后盾，智力水平相信不会比你们差多少。”

然后，她在各个沙漠、山脉、江河、海峡之间画了不少的线：“这些地方，分割了地球上的各个生物群落，也割断了魔菟丝子之间的联系。但是魔菟丝子正在不断变异，总有一天会突破这些障碍。我们一定要防止这种事情发生。否则……”“否则怎么样？”那位姓朴的韩国博士已经是满身冷汗。

“人类大脑的神经元大概比黑猩猩多一倍左右，但文明等级却相差了不知多少倍。要是让数群魔菟丝子融合成功，它们的智力，肯定会凌驾于你们人类之上！”小猫点出了最可怕的事实。

朴博士被吓晕了。

我不会不相信有生物会比人类还有聪明，因为我面前已经有一个了。对科学家说，隐瞒事实会造成非常可怕的后果，所以小猫通过朴博士的口，让整个基地的人都知道了魔菟丝子最可怕的“本领”。

我还记得朴博士冒死说出真相后，却得知他手掌上的“有毒的寄生菌”只不过普通的真菌时，那气歪了鼻子的样子。换句话说，他的手掌得了脚气！

从那个吓晕朴博士的晚上开始计算，已经过去两个月了。冬天的南极没有阳光，但是极光却越发美丽。我和小猫坐在12楼的西餐厅里，她美丽的脸上满是沙拉酱。

“事情进展得如何了？”她问。

“很顺利。前段时间我们用经过改造的食肉蚁，收复了澳大利亚。澳大利亚的总理激动得痛哭流涕。那副样子，真应该给你看看。”我说着，为她擦去脸上的沙拉酱。为了防止食肉蚁不小心失控，所有的蚁后都存放在南极基地的实验室里，运送到各地的只是工蚁和经过特殊处理，失去繁殖能力的假蚁后。

小猫喂了我一口沙拉，问：“下一步呢？”

我吞下沙拉：“然后是南北美洲、非洲，最后才是我们的故乡——亚洲大陆。”我们采用的是分割包围，聚而歼之的办法。

“为什么？我想早点回家！”小猫开始撒娇。

“我也想回去，但是亚洲地形复杂，很可能有意想不到的情况发生，只能放在最后。”想起离开南中国海时的感觉，我的心就隐隐作痛。

“昨晚你说梦话了。”

“我说了些什么？”我问。

“你说你爱小雪。”小猫的语气有点酸酸的。

想起丧命于魔菟丝子之下的小雪，我就忍不住伤心。突然见，小猫吻上了我。我一惊，她却突然从窗户翻了出去。这儿是12楼！我跑到窗户，只看见她已平安落到地面，很得意地向我打招呼，然后离开。

事情的进步之快，实在是出乎我的意料。除了亚洲以外，整个世界的魔菟丝子已经成为历史。在这其中，魔菟丝子也曾经发生过大的变异，但是再变异也没有基因改造后的食肉蚁厉害。我们只是针对可爱的蚂蚁们做了一些小幅度的修改，就一切都解决了。

来到南极已经大半年了。今晚是除夕之夜，看时间，已经是深夜10点了，但太阳还是在天上。要到明晚子时，这片南极大陆才会迎来漫长极昼之后的一个极其短暂的夜晚。

我将著名的门神——我的祖先尉迟敬德和他的铁哥们秦叔宝打印出来，贴在门上。我的朋友们，不管他们是来自哪一个国家、哪一个民族，大家都欢聚一堂，共同庆祝春节。没有种族、风俗之分，我们的节日，也就是他们的节日。

“人生有酒须尽欢，莫使金樽空对月。”若不是小猫说她讨厌酒鬼，我一定也会和其他人一样醉倒的。不过，那个口口声声说讨厌酒鬼的小猫，自己却醉倒了。

我将小猫抱回卧室，盖上被子，然后站在门口。门的另一边是秦叔宝的画像。我在等人。

“尉迟，客串门神吗？”老邹过来了。他没喝酒，因为他“今晚”就要回国了。

“小心点，我不想参加你的葬礼。”虽然没有钟声，但是墙上的钟却指着12点。大年初一，我实在不想讲不吉利的话，但是他这一去，的确是做好了当烈士的打算。

他不但写好了遗书，还为自己写了一篇悼词。

据最新的军事卫星情报，亚洲地区的魔菟丝子已经发生了非常巨大的变异，以至于我们可爱的小蚂蚁都难以对付。老邹要亲自去那儿一趟，去收集第一手的资料。大家都知道，他这一去，就再也没有办法回来了。

“能死在祖国，也许是一个不错的结局。这是我的遗物。俗话说，十年一个时代。你们这一代人，也许无法理解我的信仰。”老邹交给我一个用纸包着的小东西，离开了。

纸很薄，可以隐约看到里面是一个红色的小东西，但是我不敢打开看。

两个月后，老邹的死讯传回来了。他死在我所工作的都市，死在我家里。携带的通讯器为我们传回来了宝贵的资料。

当天的会议，就权当是老邹的追悼会。

我最担心的事情终于发生了，魔菟丝子漫过长江、黄河上的大桥，连成一片了。本来，这些千余米长，纯粹是钢筋水泥的建筑物，对于一种寄生植物来说，就像是沙漠一般不可逾越。但是奇迹发生了，它们做到了。只有有智慧的生物，才会懂得不惜一切代价跨越天堑，以求得质的飞跃。

我身后的大屏幕上，是一张图片，那是老邹牺牲了生命发回来的。我的整栋“鬼房子”，全是魔菟丝子。但是很怪异的，在地下室里，是红色的藤蔓和绿色的魔菟丝子互相纠结在一起。最中间，是一个“大脑”。

那是小猫制造的东西。在我们离开家之前，她就一直在制造一个躯体。但现在，那未完成的“躯体”，却变成了魔菟丝子的大脑！

小猫跪在地上，哭了。有时候，外星人也不比我们聪明，她忘了毁掉实验室。现在的魔菟丝子，更可怕了。

“哭是没有用的。小猫，你有什么办法对付那怪物吗？”我问。

“没有。除非……”她的话才说了一半，又摇头了，“没用的！这办法行不通……”“除非什么？说下去。”我几乎是用命令的语气，缓慢但冰冷。

“本来，我想潜入它的‘大脑’，把它彻底毁掉，但这些魔菟丝子已经结为了一体，就算失去‘大脑’，你们也不是它的对手……”

“未必！”我说，“如果你能够毁掉它的‘大脑’，那一切就全都不一样了。”我吩咐警卫队长，“给我联系幸存的国家元首们，我要求他们授权我使用最顶尖的武器。顺便，派几名军事专家过来，我要制订一个详尽的作战计划。”

然后，我交代给科学家们：“分析送回来的魔菟丝子样品，我们再制造一种能够吃掉它的生物。”几名以色列科学家在不停地向上帝祈祷，而阿拉伯专家们在向真主祷告。倒是我这个无神论者，不知道该向谁祷告为好。

军事专家很快到了，元首们也授权我动用核武器，但意外地，还有激光武器。制造新的昆虫的事情也进行得相当顺利。但事态却不容乐观。

根据军事卫星的报告，魔菟丝子已经把一部分“脑组织”分散转移到了非常深的岩洞里。唯一的解决方法就是让小猫潜入它的“大脑”内，将其暂时“催眠”，找出各个“脑组织”的具体位置，然后一一摧毁。

作战计划已经订出来了。为了将对环境的破坏降低到最低限度，我们将动用中子弹。而摧毁那些将各群魔菟丝子连接起来的大桥，则采用带常规弹头的洲际导弹。只要将魔菟丝子切割成小块区域，再破坏掉它的“大脑”，它的“智慧”就会成级数下降。

在新的昆虫大规模繁殖之前，我们不能够对魔菟丝子采取任何行动，以免刺激它。

所以，我和小猫还有三个月的时间。等时间到了，我将和她一起出发。不管是生，是死，我都要和她在一起。

一个月后，她告诉我，她有了我的孩子。

我只觉得一阵悲哀。也许，我和她都会在魔菟丝子的巢穴中丧生，但我们可怜的孩子，难道在出生之前，就要陪着我们死去吗?

“这孩子，不应该存在于这世上……”我的声音冰冷中带有几分激动。

“不！孩子是无辜的！”她紧紧抱住腹部，“我可以先将胚胎取出来。”

基地的地下室里，在一名女科学家的帮助下，小猫把胚胎取了出来，放进营养液，然后，滴入了她的血液。那滴血液，在营养液里飞快增殖，裹住了胚胎，形成了一个茧。

小猫轻轻舔了一下伤口，伤口飞快愈合了：“尉迟，这虽然是我们的孩子，但是所有的染色体，都是来自你和小雪。你知道，我所寄生的，是小雪的身体。”

小雪，是我一生都无法抹去的回忆。她是我生命中，第一次的暗恋和初恋。不知道是不是我太糟糕，18岁那年，才开始懂得暗恋一个女孩。

“咱们的女儿，叫尉迟忆雪，好吗？”小猫问。她和小雪情同姐妹。

“如果是儿子呢？”我问。

“是女儿！”小猫一副要咬人的样子。

不想和她计较。再过几个月，我们的孩子就会出生。到时候，如果我和小猫都不在世上，那名女科学家会收养她。

又过了两个月，是出发的时候了。驱逐舰上，我抱着小猫，抚摸她的长发。

“害怕吗？”小猫问我。

“当然害怕。但是能死在故乡，也算是一种安慰了。”我手中，握着老邹的遗物。自始至终，都没有打开看过。

“博士，现在我们进入南中国海了。”船长告诉我。到了。当初离开的时候，我就发誓一定会回来。我将老邹的遗物交给船长，说：“替我保管。”

驱逐舰停在海上，我和小猫一起登上了远程武装直升机，身旁放着火焰喷射器。我背上，是一台通讯器。只要我们发出“大脑”已经破坏的消息，基地方面的人们就会对魔菟丝子展开人类历史上规模最大的立体攻势。

虽然经过了一个多月的强化训练，但是小猫的直升机驾驶技术还是那么烂，也难怪当初她的飞碟会坠落了。

直升机摇摇晃晃，来到我一年前的家的上空，然后整个飞机掉了下去！

降落伞打开，我们飘在空中。直升机爆炸的火焰，烧伤了不少魔菟丝子。小猫撒出不少奇怪的植物种子，蒲公英一般落到魔菟丝子上，迅速扎根，发芽。魔菟丝子暂时枯萎了，但用不了多久，就会卷土重来，所以我们的时间并不多。

刚落到地面，一根一米多粗的魔菟丝子从地下冒出，被我的长刀砍伤，然后发疯攻击自己的同类。我的刀上淬有针对它们而研究的神经毒素，能让它们暂时“发疯”。

我的家已经被这些植物封死了，要进去，只能靠小猫。控制植物是她的看家本领。虽然她无法控制这么强大的魔菟丝子，但要打开一道门还是可以的。

几根细小的植物，从小猫的手臂长出，然后蛇一般钻入了魔菟丝子体内，“门”打开了。小猫拉着我的手，冲了进去。她的植物控制术，只能暂时“欺骗”魔菟丝子。

这是我的家，但现在却变成了魔菟丝子的巢穴。我们没空感叹，用火焰喷射器烧掉纠结在地下室的藤蔓，顾不得门被烧得滚烫，硬是冒着把手烧焦的痛楚，打开了门。

小猫说得没错，和大多数的生物一样，魔菟丝子的大脑几乎是没有防御功能的，所以我看见老邹高度腐化的尸体。他是在进入这里之前就已经身中剧毒了的，硬实凭着一股强大的毅力，为我们发回最宝贵的数据，才过世。

小猫的手上长出大量的红色血藤，侵入了魔菟丝子的大脑。她将和魔菟丝子连接起来，读出它的所有信息。这需要半个小时。我把信号发射器放在地上，双手紧紧握住长刀。

这半个小时，她无法动弹，为了保证整个计划的成功，我必须竭尽全力保护她。时间过得很慢，每一秒种都如一年般漫长。但是我不敢有丝毫松懈，生怕魔菟丝子拼着毁掉这个大脑，来一个玉石俱焚。

小猫不断读出其他“大脑”的位置，我则把这些坐标输入信号发射器，传回基地。一个小时之后，那些地方就会遭受钻地弹无情的打击。

还有5分钟，一切，就都将结束了。小猫手上的藤蔓枯萎，所有的坐标都已经输入了。突然间，大地不断颤抖，我知道最大规模的袭击已经开始，现在庞大的魔菟丝子森林，应该已经被分割。小猫躺在我怀里，她几乎已经耗尽了所有的力气。

我拿起火焰喷射器，准备毁掉这个最大的“大脑”。突然间，“大脑”裂开了，我看见了小雪！带着泪痕的小雪！

“小雪……”我忍不住喊。

“尉迟，你回来了？我一直在家等你……”小雪还是那么楚楚可怜。

“尉迟，她不是小雪！她是魔菟丝子制造出来的怪物！我寄生的才是小雪的身体！”小猫大声提醒我，努力站起来。

小雪看着小猫，脸色幽怨。她们俩几乎一模一样，只是小猫看起来比她年轻，也多了一股惊心动魄的美。

“这个狐狸精先是杀了我，寄生了我的身体，然后又迷惑了你。尉迟，你就不能帮我报仇吗？”小雪哭泣着问。

我记得，这应该是小雪自愿的！小雪和小猫情同姐妹，如果真的是她，就不应该如此恨小猫。我试探说：“真巧，小雪，今天刚好是你的生日……”“不！我的生日是下个月。尉迟，不要试探我了，我真的是小雪……”真的是她！我双手颤抖，拿起长刀，架在小猫的脖子上：“对不起，小猫，我觉得自己还是爱小雪多一点。”

小猫哭了：“历史上，所有帮助人类的九尾狐，最后都没有好下场。想不到，我也不能例外……”然后，我反手一刀，刺穿了那个小雪的身体：“魔菟丝子，你果然能够读出我心里想的东西，不过有一件事情你并不知道，小雪从来不会自称‘小雪’”！

我拿起火焰喷射器，将那怪物活生生烧成焦炭。小猫落在地上，分散在整个地下室。墙上，地上，天花板上。全是她的血。魔菟丝子似乎很惧怕她的血液，不断萎缩，但最为可怕的“脑组织”却还在缓慢修复。

“尉迟……我想我是不行了……”是小猫的声音，她还没有完全死去。她被藤蔓拦腰斩断，内脏流了出来，左臂齐肩而断，右手也没了。我紧紧抱着她。

“我死后，把我埋在院子里的榕树下，我喜欢那里……按我们九尾狐的说法，每一头九尾狐，都是大地的精灵……活着，要维护整个大地……死后，也要埋在土地里，慢慢腐化……将这一副来自土壤的身躯还给大地……作为养分……滋润大地……”小猫的声音越来越小，最后，慢慢闭上了眼睛。

她的身体慢慢变冷，但是我没有流泪，反而笑了。我会和她一同死去，不会让她孤独。

火焰喷射器已经没有燃料了，但魔菟丝子的“脑组织”还在增殖，不过不要紧，我还有最后一招。

我拿起信号发射器，联系上了基地：“各位，进展如何？”

“一切都非常顺利！尉迟博士，我们摧毁了魔菟丝子所有的‘大脑’！您现在安全吗？”最高军事指挥官的声音非常兴奋。当然了，胜利在望，谁不兴奋？

“不！不是所有。我这儿还有活着的‘脑组织’，外面的魔菟丝子把整栋房子都包围了，我的火焰喷射器已经没有燃料了……”我说。

“博士，我们立即派出最好的特种兵……”“不！听着！时间不允许！我现在命令，立即给我投一枚导弹下来！彻底摧毁这儿！朝我头上投！这是命令！是命令！”我大声怒吼！小猫已经死去，我想和她死在一起，我不介意死得像个英雄。

“对不起，博士，我不能执行这个命令。所有国家的所有幸存下来的特种兵都已经出发了，请您务必耐心等候……”最高军事指挥官拒不执行我的命令。

“为了我，你们打算还要死多少人！”我大声喝问。

“我们人类已经元气大伤，为了日后的复兴，不能再失去像您这样顶尖的科学家。博士，请您从大局出发。”他很冷静地说。

噩梦结束了，从那可怕的魔菟丝子彻底从地球上消失开始计算，又过了30年。

人类真是一种顽强的生物。经历了这场浩劫，竟然还有三亿多的人活了下来。

也许，魔菟丝子并不像我们想象中的那一般邪恶，经过一场浩劫，整个地球的绿色植被恢复了不少，这真是对我们人类莫大的讽刺。也许真的像是小猫说过的一样，对地球上其他生物，特别是被我们赶到灭绝边缘的生物来说，最为邪恶的生物，就是我们人类。

幸好，绝大多数的幸存者都认识到了这个道理，大家开始认真学习要怎样去和整个自然界和平共处，而不再是征服和掠夺。当这个世界上曾经有一种“低等”的寄生生物通过不断地扩张，几乎毁灭了人类之后，人们开始懂得紧密无间的合作是多么重要，而以前看起来大得不得了的利益之争，现在想来其实也不过是蝇头小利。人类之间，变得更加友好，大家再也不想，也再没有足够的能力内讧。

感谢魔菟丝子！

科技还是在缓慢地进步着，这是不幸中的大幸。我当了30年的全球首席科学执行官，却始终忘不了小猫。我的后半生，完全致力于改善人和自然之间的关系，只希望能够建立一个理想而协调的世界，就如小猫的故乡——“青丘之山”行星。

我坐在轮椅上，看见眼前的森林。这儿本来是一个城市，是我的家乡，魔菟丝子把它变成了一片森林。

帮我推轮椅的，是我的女儿，年轻的生物学家，尉迟忆雪博士。

女儿的相貌的确是得天独厚，前段时间的全国科学家大会还有人当她是18岁的小女孩，把她挡在了门外。每当我看见她，就像是看见小猫，以及小雪。

可爱的梅花鹿在丛林中穿行，树上松鼠出没，小鸟在林中飞翔，就如一副完全没有受到人类破坏的自然画卷。在以前，这样的画面在这颗星球上已经不多见了。这是可怕的魔菟丝子留给大自然最后的礼物，似乎在讥笑我们以前对环境无情的破坏。

森林当中有一间爬满了藤蔓的“鬼房子”，那是我以前的家。院子里寄生着普通菟丝子的大榕树更加茂密了，池塘里那几块石头一般的飞碟救生舱残骸长满了青苔，我一直都骗我女儿说那是假山。

女儿把轮椅推上长满青苔的水泥路面，问我：“爸爸，你记得今天是什么日子吗？”

“小猫的忌日。”我永远忘不了这一天。

女儿可爱的背包上，挂着一个九尾狐饰物，那是她用小猫蜕下的毛皮缝的，陪伴她整整度过了30年。“不！爸爸。妈妈的名字叫‘阿其鎏谟衍楼娜’，不叫小猫。”

我突然一阵眩晕的感觉。小猫的真名，除了我之外没有人知道，而我从来没有告诉过女儿！难道……轮椅已经到了门前，女儿说：“爸爸，对于一种可以独立生存的半寄生生物，如果受损的只是宿主，是绝对不会致命的。您很清楚这个道理，只不过不愿想起那伤心愈绝的场景，所以从来不去细想……”“你……你是说……”想到那可能的结果，我不禁激动了起来。

“妈妈对我说过，等到人类懂得和整个大自然和平共处之时，她就会回来见你的。”

门开了，开门的竟然是一株魔菟丝子。然后，我看见了小猫，看见了我30年来魂牵梦萦的女孩。

我已年近六十，她却还是芳龄十八……

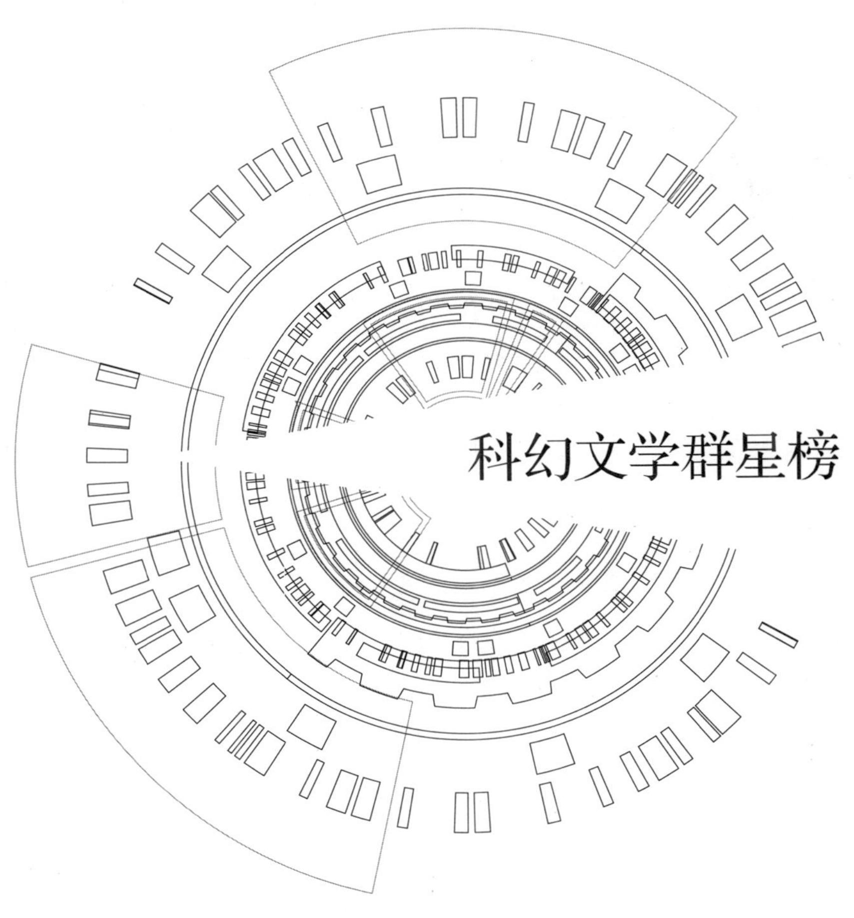

科幻文学群星榜

序号	作者	书名
1	郑文光	侏罗纪
2	萧建亨	梦
3	刘兴诗	美洲来的哥伦布
4	童恩正	在时间的铅幕后面
5	张静	K 星寻父探险记
6	程嘉梓	古星图之谜
7	金涛	月光岛
8	王晋康	生死平衡
9	刘慈欣	纤维
10	潘家铮	子虚峡大坝兴亡记
11	韩松	青春的跌宕
12	星河	白令桥横
13	凌晨	猫
14	何夕	异域
15	杨鹏	校园三剑客
16	杨平	神经冒险
17	刘维佳	使命：拯救人类
18	潘海天	饿塔
19	拉拉	永不消逝的电波
20	赵海虹	月涌大江流
21	江波	自由战士
22	宝树	人人都爱查尔斯
23	罗隆翔	朕是猫
24	陈楸帆	动物观察者
25	张冉	灰城
26	梁清散	欢迎光临烤肉星
27	七月	撬动世界的人于此长眠
28	杨晚晴	天上的风
29	飞氘	讲故事的机器人
30	程婧波	第七种可能
31	万象峰年	点亮时间的人
32	长铗	674 号公路
33	迟卉	蛹唱
34	顾适	为了生命的诗与远方
35	陈茜	量产超人
36	刘洋	单孔衍射
37	双翅目	智能的面具
38	石黑曜	仿生屋
39	阿缺	收割童年
40	王诺诺	故乡明
41	孙望路	重燃
42	滕野	回归原点